Katrine Engberg

Schwelbrand

KATRINE ENGBERG

SCHWELBRAND

Die Narben der Wahrheit

Ein neuer Fall für Liv Jensen

Aus dem Dänischen
von Hanne Hammer

PIPER

Mehr über unsere Autorinnen, Autoren und Bücher:
www.piper.de

Wenn Ihnen dieser Kriminalroman gefallen hat, schreiben Sie uns unter Nennung des Titels »Schwelbrand« an *empfehlungen@piper.de*, und wir empfehlen Ihnen gerne vergleichbare Bücher.

Von Katrine Engberg liegen im Piper Verlag vor:
Die Liv-Jensen-Reihe:
Band 1: Glutspur
Band 2: Aschezeichen
Band 3: Schwelbrand

ISBN 978-3-492-06513-9

Titel der dänischen Originalausgabe: »De Uønskedes Paradis«,
Alpha Forlag, Kopenhagen 2025
Published by agreement with Salomonsson Agency.

www.piper.de
Für einen direkten Kontakt und Fragen zum Produkt wenden Sie sich bitte an: *info@piper.de*
Redaktion: Regine Weisbrod
Satz: Eberl & Koesel Studio, Kempten
Gesetzt aus der Sabon
Druck und Bindung: CPI Books GmbH, Leck
Printed in the EU

Für Anne Mette

Bei Fahrtwind und Gegenwind
Immer Hand in Hand

Sie klangen, als hätten sie die Macht übernommen, ohne das zu wollen und nur für einen begrenzten Zeitraum, vielleicht glaubten sie das sogar, und dass direkt um die Ecke ein Paradies läge, in dem die Menschen frei und gleich wären. So sind wir nicht. Wir wissen, dass niemand die Macht ergreift mit der Absicht, sie wieder aufzugeben. Macht ist kein Mittel, sie ist ein Ziel.

George Orwell, »1984«

CHRISTIANIA, JULI 1984

Er hebt die Hände vors Gesicht, sieht sie an und versucht zu verstehen, dass es die eigenen sind. Der Körper kommt ihm fremd vor. Er liegt auf dem Rücken. Der Kopf tut so weh, dass er sich wünscht, der Schädel würde platzen, sodass das Gehirn hinaussickern könnte. Er dreht den Kopf von der Wand weg und erbricht sich, doch es kommt nichts heraus. Nur Magensäure, die der Körper zu nichts gebrauchen kann.

Die Wände in der kleinen Hütte sind mit Sperrholzplatten verkleidet, die die Kälte über den Winter verzogen hat. Die Hütte liegt direkt am Wallgraben, herrlich abgeschieden, wenn man vögeln will, aber einsam jetzt. Er denkt an die letzten Schlucke Wasser, die er vor drei Tagen aus einer angeschlagenen Henkeltasse getrunken hat. Er erinnert sich an das Gefühl der glatten Keramik zwischen den Fingern, an die Schwere des groben Lehms, den Mette bestimmt selbst in der Werkstatt gedreht hat. Erinnert sich, wie er versucht hat, den Augenblick festzuhalten, wie man das macht, wenn man weiß, dass er besonders ist. Aber man kann Hunger und Durst nicht vorgreifen. Oder dem Verlust.

Wo Mette jetzt wohl ist? Er versucht, sie sich vorzustellen. Doch der Gedanke ist flüchtig und weicht einem Krampf, der sich von den Magenmuskeln in die Brust hoch zum Hals ausbreitet und die Atmung lähmt. Die

Kraft reicht nicht länger, um aufzustehen. Die Übelkeit kommt und geht wie die Gezeiten, und der Gedanke an den Wallgraben, der unter ihm plätschert, macht ihn noch kränker.

Er schließt die Augen und bekommt die Atmung unter Kontrolle. Vielleicht schläft er ein, denn als er sie wieder öffnet, scheinen Sonnenstrahlen schon senkrecht an der Kante der roten Bettdecke vorbei, die Mette als Gardine aufgehängt hat. In der Hütte ist es noch warm, und die Pritsche unter ihm ist feucht von Schweiß. Er blickt zur Küche hin, es ist fast zu einer Zwangshandlung geworden. In den ersten Tagen hat er getestet, ob sie das Wasser abgedreht haben. Hat sich hingekniet und auf die Rohre geschlagen, aber vergebens. Er hat die nepalesischen Zigaretten geraucht, die nach Zimt schmecken, und Kartenhäuser und Türme aus Steinen gebaut. Durch die stumpfe Plexiglasscheibe auf den Wasserspiegel geschaut. Jetzt liegt er einfach da. Er kann nur warten, dass sie kommen.

Die Ungeduld ist ihm angeboren, das sagt sein Vater. Sie verstehen sich nicht mehr, und der Vater verbirgt seine Enttäuschung über seine mangelnden Ambitionen und wechselnden Freundinnen nicht. Und über die Drogen, natürlich, darüber haben sie immer wieder gestritten. Doch wenn am Abend in dem Haus am Nytorv die Kerzen angezündet werden und er sich ans Klavier setzt, gelingt es ihm trotzdem jedes Mal, mit etwas Beethoven oder Brahms alles wiedergutzumachen. Die Abkürzung zu Vergebung und Bewunderung von der Familie ist kurz und leicht zu finden.

Er versucht sich zu drehen und auf der Seite zu liegen, doch der Körper schickt Schmerzen von den Augenhöhlen ins Becken hinunter und durch den Magen wieder zurück.

Schließlich gibt er auf und lässt den Blick von dem verhangenen Fenster zu dem verstaubten Holzofen neben der Tür wandern. Er versucht zu schlucken, die Zunge ist geschwollen und trocken. Dafür tränen die Augen. Er schließt sie, um das Leck zu stopfen, und bemüht sich, an etwas Schönes zu denken. An den Rausch. An die Tage vor der Katastrophe. Menschen, die noch nie Heroin gespritzt haben, kennen das Gefühl kompletter Freiheit und kompletten Glücks nicht. Etwas, das sich so wahr anfühlt, kann nicht falsch sein.

Ein Knacken ertönt. Er öffnet die Augen, die Tränen fließen wieder. Die Tür geht auf, eine Gestalt löst sich aus der Türöffnung und kommt zu der Pritsche, stellt sich ans Fußende, sodass die Lichtstrahlen sie von hinten treffen. Das Gesicht ist im Dunkeln, und er kann nicht sehen, ob es sein Erlöser oder sein Henker ist. Doch die Flasche in der Hand leuchtet wie ein Gral in der Dämmerung.

»Darf ich …« Seine Stimme versagt, und er hat keine Spucke, um sie weich zu machen. »Bitte …«

Die Gestalt hebt die Flasche an den Mund und trinkt.

Er kann das Wasser über die Zunge gleiten hören, durch den Rachen in die Speiseröhre. Es gluckert wie ein Frühlingsbach. Als die Flasche leer ist, wird sie umgedreht, und die letzten Tropfen fallen auf den Boden. Die Gestalt geht zum Holzofen. Öffnet die Klappe und legt Holz hinein. Zündet es an und schaut ihn an. Wartet, dass die Hitze bei ihm ankommt.

»Nein. Nicht!«

Er erkennt seine eigene Stimme nicht. Die Worte sind eher Laute als Worte. Die Kraft, sich aufzurichten, ist nicht mehr da, das hätte er tun sollen, als er es noch konnte. Jetzt ist es zu spät.

Die Gestalt antwortet nicht, geht einfach hinaus und

schließt die Tür. Ein metallisches Klicken verrät ihm, dass sie abgeschlossen wird. Die Minuten vergehen, und er begreift, dass sie nicht wieder aufgehen wird. Er wird nicht gerettet.

MITTWOCH, 16. OKTOBER

KAPITEL 1

Der Leichenwagen fuhr rückwärts die schmale Straße entlang, die zum Krematorium führte. Das Auto hielt, und der Fahrer stieg aus und öffnete den Kofferraum. Ein weißer Sarg mit Sargschmuck in Herbstfarben wurde auf einem Wagen herausgefahren und zur Pforte gerollt. Zum Ofen und dem allerletzten Feuer. Liv sah zu, wie er verschwand, und ging weiter auf den Friedhof.

Niedrige Buchsbaumhecken umrundeten die Grasflächen in rechten Winkeln und zäunten den Gedenkstein der Gemeinschaftsgrabstätte ordentlich ein. Der Anblick erinnerte sie an den Garten des Reihenhauses ihrer Eltern, achthundert Meter von hier entfernt. Getrimmt und unter Kontrolle, nicht ein Grashalm zu lang oder ungebändigt. Unter den Toten herrschte offenbar nicht die Erwartung, dass es gemütlich sein sollte.

»Wo sind die Blumen? Hast du die im Auto vergessen? Ich habe doch gesagt, dass du sie aus dem Kofferraum holen sollst.« Livs Mutter klang, als sei der Tag ruiniert.

»Beruhig dich, Schatz, ich habe sie hier.«

Ihre Eltern hackten ein Stück auf dem Weg hinter ihr routiniert aufeinander herum. Ihr Umgangston war so verinnerlicht, dass sie ihn selbst schon lange nicht mehr wahrnahmen. Kleine Vorwürfe wurden mit einem Lachen kaschiert, was weder lustig noch liebevoll war. Merete und Erik Jensen waren seit zweiunddreißig Jahren verheiratet, und ihr Leben wurde von Gewohnheiten zusammengehalten. Eine davon war, dass sie immer mit dem Auto zum Friedhof fuhren, obwohl sie fußläufig wohnten.

Liv wurde schneller.

Die Bäume entlang des Kieswegs leuchteten orange und gelb. *Im Himmel ist immer Herbst*, dachte sie, während sie den Blick über die flachen Grabsteine schweifen ließ. Das hatte ihr Großvater immer gesagt, wenn der Kalender wieder den 1. Oktober zeigte und sie über einen weiteren Sommer jammerte, den sie nicht hinreichend ausgekostet hatte. Er hatte sie gelehrt, Kastanien zu rösten und Gulasch mit scharfer Paprika zu kochen, und er war es, der sie gezwungen hatte, im Sessel zu sitzen und *Pu der Bär* und die *Mumins* zu lesen, bis sie eines Tages von selbst nach Büchern gegriffen hatte. Großvater war der Baum, in dessen Schatten sie aufgewachsen war. Jetzt lag er selbst unter einem.

Sie fand seinen Grabstein zwischen den anderen auf dem Rasen. Der dritte von links, der vierte von unten. Sie ging in die Hocke und entfernte die Blätter, die an der nassen Oberfläche klebten und den Namen verdeckten.

Kriminalkommissar Carl Gunnar Jensen, vermisst und geliebt

Fünfzehn Jahre waren vergangen, seit ihr Großvater gestorben war, und Liv hatte sich längst an ein Leben ohne ihn gewöhnt. Doch wenn sie sein Grab besuchte, war die Trauer wieder spürbar, das einseitige Gespräch gleichzeitig echt und imaginär. Sodass sie es in der Regel mied. Stattdessen sprach sie mit ihm, wenn Vollmond war. Sie hatten ihn so gerne zusammen betrachtet.

Ihre Eltern erreichten das Grab, und sie murmelte vor allem ihretwegen: »Hallo Großvater, herzlichen Glückwunsch zum Geburtstag.«

Am letzten Geburtstag, den sie noch gemeinsam hatten feiern können, hatte er den Erdbeerkuchen nicht gegessen, den sie mit ins Hospiz gebracht hatte, gekauft von ihrem Taschengeld und ein paar Münzen aus dem Portemonnaie ihrer Mutter, das in der Diele gelegen hatte. Die Geschwüre im Hals waren so schmerzhaft, dass er nicht einmal die eigene Spucke schlucken konnte. Sie hatte eine einzige Strophe von einem Lied gesungen, und er hatte matt gelächelt und sie mit dem Zeigefinger gepiekst wie in ihrer Kindheit, als er sie durchgekitzelt hatte. Es schien ihr wie eine Ewigkeit her, sie war jetzt ein anderer Mensch.

»Und wo stehen noch mal die Vasen?«

»Das ist eine Topfblume.« Der Grundton in der Stimme ihrer Mutter war Gereiztheit. Vor allem, wenn sie sich an ihren Vater wandte. »Du kannst sie mir geben, dann packe ich sie selbst aus.«

Livs Eltern erfüllten die Luft über ihrem Kopf mit kurzen Fragen und Antworten. Merete befreite die Pflanze von dem knisternden Papier und stellte sie erst in die eine Ecke neben den Stein und dann in die andere.

»Sag mal, war Tante Anne überhaupt hier? Hätte sie nicht auch eine Blume mitgebracht?«

Meretes versteckte Kritik prallte an Erik ab. Aus seiner Sicht war seine kleine Schwester unfehlbar.

»Sie kommt bestimmt später, sie arbeitet sicher noch.« Er drehte sich zu Liv um. »Ich soll dich übrigens von ihr grüßen und fragen, ob es dich noch gibt.«

Liv lächelte angestrengt als Antwort.

»Wann hast du deine Tante das letzte Mal besucht?«

»Ich werde sie anrufen.«

Die Eltern wechselten einen Blick.

»Wie alt wäre er heute geworden, wenn er noch am Leben wäre? Fünfundachtzig?«

»Vierundachtzig«, korrigierte Liv ihre Mutter und richtete sich auf, sodass sie einen Schritt zur Seite machen und dem Arm ausweichen konnte, den Merete ihr um die Schultern legen wollte.

»Richtig.«

»Wir haben ihn viel zu früh verloren. Diese verdammte Krankheit!« Erik klang bewegt, doch Liv hatte ihn das zu oft sagen hören, um den Worten Beachtung zu schenken. Das Vorrecht auf die Trauer hatte nach wie vor sie, niemand hatte Großvater so gekannt wie sie, so geliebt.

Sie sahen stumm auf den Grabstein, während sie abwechselnd seufzten, als wäre die Trauer ihnen gemeinsam. Leise zählte Liv die Sekunden und lauschte dem schweren Atmen ihres Vaters durch die Nase. Er war nie ein Vorbild gewesen, die Achtung hatte eine Generation übersprungen. Es fiel ihr schwer, ihm das zu vergeben.

Livs Handy klingelte in der Jackentasche. Der Ton war unpassend laut. Sie griff nach dem Handy und sah Petter Bohms Nummer.

»Da muss ich rangehen. Wir sehen uns draußen am Auto.«

Sie eilte davon, sodass sie die vorwurfsvollen Blicke nicht mitbekam, und meldete sich.

»Hei Petter?« Sie ließ die Begrüßung wie eine Frage klingen.

»Es ist alles okay, deshalb rufe ich nicht an.«

Seit bei ihrem alten Freund und Mentor vor knapp einem halben Jahr eine frühe Demenz diagnostiziert worden war, begannen ihre Gespräche oft damit, dass er sie beruhigte.

»Hast du die Ausschreibung gesehen?«

»Nein.« Liv trat einen heruntergefallenen Ast im Kies vor sich her, holte ihn ein und trat erneut zu.

»Wir haben eine Ermittlerstelle in unserer Abteilung ausgeschrieben.«

»Wann?«

»Vorgestern, Montag. Ich darf so was ja im Voraus nicht weitergeben. Hast du es nicht gesehen?«

Liv spürte ein Ziehen in der Brust und blieb stehen, um tief Luft zu holen. Nachdem sie anderthalb Jahre gewartet hatte, eröffnete sich ihr endlich die Möglichkeit, in den Polizeidienst zurückzukehren. Und nicht irgendeine Stelle, sondern die einer Ermittlerin in der Abteilung für Gewaltkriminalität in Kopenhagen.

»Du musst dich natürlich auf die Stelle bewerben, Liv, das ist klar.« Er räusperte sich verlegen. »Aber du bist nicht der einzige Anwärter.«

»Wie meinst du das?«

»Ich habe das nicht allein zu entscheiden ... Die Führungsebene hat jemanden aus Jütland im Visier, der offenbar positiv von sich reden gemacht hat. Ich kenne ihn nicht.«

Liv konnte die Schritte ihrer Eltern auf dem Kies hören und ging schneller. Jemanden aus Jütland! Musste sie jetzt Angst haben, in Petters ureigenster Domäne ausgebootet zu werden?

»Aber entscheidest nicht du, wen ihr einstellt? Folgt die Führungsspitze letztendlich nicht deiner Empfehlung?«

»Mmm. Bis zu einem gewissen Grad. Ich sage ja auch, dass du dich bewerben sollst, Kleine.«

Sie schwieg.

»Nun, das war's eigentlich ...« Er wartete eindeutig darauf, dass sie etwas sagte, aber ihr fiel nichts ein. »Wir reden wieder, Liv. Tschüss, bis dann.«

Er legte auf. Sie blieb mit dem Handy in der Hand stehen, bis ihre Eltern sie eingeholt hatten. Sie lächelten und sahen aus, als hätten sie sich abgesprochen, etwas für die gute Stimmung zu tun und den Tag netter zu machen. Merete drückte ihren Arm.

»Wer war das?«

Liv antwortete, bevor sie sich selbst stoppen konnte. Normalerweise teilte sie ihre Träume und Hoffnungen nicht mit ihren Eltern.

»Petter braucht einen Ermittler im Präsidium. Ich soll mich bewerben.«

»Oh, Glückwunsch, Schatz! Erik, hast du das gehört? Petter hat Liv gefragt, ob sie für ihn arbeiten will!«

Erik klopfte seiner Tochter auf die Schulter.

»Ich habe die Stellung noch nicht bekommen, sie ist lediglich ausgeschrieben worden«, protestierte sie.

»Ja, ja, aber das ist doch trotzdem spannend. Lass uns das mit Kaffee und Kuchen feiern.«

*

»Bist du allein?«

Der Trainer zog einen Riemen an Hannahs Klettergurt fest und sah zu der digitalen Wanduhr hoch, die neben der Kletterwand hing. Sie schaute ebenfalls hin. Es war zwanzig nach elf, und Einführung und Umkleiden waren überstanden. Nima antwortete nicht auf ihre Nachrichten. Sie musste der Tatsache ins Auge sehen, dass er sie versetzt hatte.

»Mein Freund ist leider verhindert, deshalb mache ich den Kurs allein.«

Er nickte, dass die unter dem Helm hervorguckenden Locken wippten. »Wir können die Kosten leider nicht erstatten, wenn …«

»Das ist in Ordnung«, unterbrach sie ihn und schielte

zu den anderen Kursteilnehmern hin. Die meisten hatten graue Haare, standen paarweise zusammen und warteten stumm, den Blick auf sie gerichtet. Sie lächelte ihnen zu. Hier gab es keine Probleme, hier gab es nichts zu sehen. Nur eine zweiundvierzigjährige Frau, die an einem ganz gewöhnlichen Werktag allein an einem Kletterkurs teilnahm, während alle anderen zur Arbeit gingen.

»Gut, dann kletterst du einfach mit mir. Ich heiße Markus.«

»Hannah.«

Der Trainer stürzte sich in eine Vorstellung der Kletterwände in der Halle, und Hannah betrachtete die gelben und orangefarbenen Flächen und Griffe ohne Begeisterung.

Sie hatte Nima ohnehin mit einem gewissen Vorbehalt vorgeschlagen, hier herauszufahren. Ein entwurzelter Mann, der mitten im Leben stand und der durch einen Kletterkurs lernen sollte, ihr und dem Leben zu vertrauen? Das war fast zu klischeehaft. Doch zufälligerweise hatte sie schon lange davon geträumt, das mit dem Klettern einmal auszuprobieren, und es schien ihr eine nette Alternative zu Abendessen mit Rotwein und Mitternachtssex. Nima war da offenbar anderer Meinung.

Hannah schluckte den Geschmack der Enttäuschung hinunter. Er hätte zumindest anrufen und absagen können. Aber verdammt noch mal, sie würde sich das Erlebnis nicht von einem Mann verderben lassen. Sie konzentrierte sich auf den Redeschwall des Trainers.

»Der, der am Boden steht, hält das Seil stramm, aber nicht zu stramm. Es soll dem Kletternden ein Gefühl der Sicherheit geben, aber nicht seine Bewegungen behindern.«

Hannah, die langsam den Faden und das Interesse verlor, ging in die Hocke und zog die Kletterschuhe fest. Vielleicht hätte sie einfach gehen sollen, statt das Ganze alleine durchzuziehen. Letztlich hatte sie sich trotz allem hauptsächlich wegen Nima darauf eingelassen. Er musste sich bewegen, und sie war sicher, dass körperliche Aktivität ihn aus der Melancholie reißen konnte, in die er so oft verfiel. Und sie auch, um ehrlich zu sein.

Die Kündigung des Rigshospital hatte ihr den Boden unter den Füßen weggezogen. Sie hatte sehr wohl gewusst, dass das passieren konnte, und war im Grunde genommen darauf vorbereitet gewesen – so weit, dass sie die Möglichkeit mit Freundinnen durchgesprochen hatte –, und dennoch hatte es sie überrascht. Dass *sie* gefeuert wurde. Dass ausgerechnet sie entbehrlich war.

Sie hatten es ihr als Umstrukturierung und Sparmaßnahme verkauft, doch sie wusste, dass der Hauptgrund der war, dass der Stationsarzt des Centers für sexuelle Übergriffe sie nicht mochte. Es hatte ihm bei ihrem Abschlussgespräch nur so aus den Augen gestrahlt, obwohl er versuchte, empathisch und bedauernd zu wirken. Er hatte es kurz und konstruktiv gehalten, und sie ging mit einem Loch in ihrem Selbstvertrauen und einer netten Abfindung. Jetzt hatte sie drei Monate, um etwas Neues zu finden.

Einerseits machte es ihr Angst, nicht zu wissen, wie sie in Zukunft die Miete verdienen sollte, andererseits hatte sie jetzt die Möglichkeit, ihr Leben noch einmal neu zu überdenken. Sie war im öffentlichen Dienst tätig gewesen, seit sie vor sechzehn Jahren ihr Psychologiestudium beendet hatte. Vielleicht war es an der Zeit, ihre eigene Herrin zu werden. Und über kurz oder lang ins kalte Wasser zu springen und sich selbstständig zu machen.

»Seid ihr bereit? Wir beginnen mit *Bouldern.*«

Der Trainer klatschte zweimal in die Hände und führte die Gruppe zu einer langen, niedrigen Wand, unter der

Matratzen lagen. Das alles hatte etwas von einem Kinderhort.

»Ruhige Bewegungen, ruhige Atmung. Klettern ist ein mentaler Sport, auch wenn ich euch garantiere, dass ihr morgen auch in Armen und Beinen merkt, was ihr getan habt ... Immer zu zweit, der eine klettert, der andere wartet unten.« Er zeigte auf Hannah. »Komm rüber, dann zeigen wir den anderen, wie es geht. Ihr könnt zugucken.«

Sie ging zu der Wand, die Nerven zum Zerreißen gespannt. Sie packte den ersten Griff und sah den Trainer an, der zustimmend nickte. Die Kursteilnehmer kamen herüber und stellten sich in einem Halbkreis um sie auf. Hannah trat mit dem rechten Fuß auf einen lila Griff und zog sich langsam hoch. Er war nur einen halben Meter über dem Boden, doch das Gefühl war überwältigend. Als würde sie abheben. Sie wechselte die Hand und fand einen höheren Griff für den linken Fuß, doch als sie auftrat, merkte sie, wie der Trainer nach dem Gurt griff.

»Okay, gut, Hanne, ich halte dich hier mal fest.«

»Hannah«, verbesserte sie ihn.

»Yes, sorry. Halte dich so fest. Seht ihr, was sie falsch macht?«

Die Gruppe kam mit Vorschlägen. Hannah taten die Arme weh, und das Gefühl der Freiheit verflüchtigte sich still und leise. Sie sah zu der Wand hoch, die ihr jetzt viel höher vorkam als noch vor einem Moment, fast unüberwindbar.

*

Liv schaffte es, das Kaffeetrinken im Wintergarten ihrer Eltern in weniger als einer Stunde hinter sich zu bringen. Als sie die Tür zu ihrer Kellerwohnung in Vesterbro aufschloss, fragte sie sich, ob andere es aushielten, längere Zeit mit ihren Eltern zusammen zu sein, es womöglich sogar genossen. Für sie war es eine Quelle ständigen Ärgers, dass sie nicht besser darin war, ihre Liebe anzunehmen. So viele Menschen, die sie mochten, gab es nun auch wieder nicht.

Im Fortspinnen dieses Gedankens tauchte das Gespräch mit Petter auf und machte sich als Unruhe im Körper breit. Warum hatte er ihr nicht sofort gesagt, dass eine Stelle frei wurde? In der Mordkommission? Im letzten Jahr hatte er sie mehr als einmal wissen lassen, dass die nächste offene Stelle in der Abteilung ihre sein würde. Klar spielte es eine Rolle, was er offiziell sagen durfte und was nicht, doch davon ließ er sich gewöhnlich nicht beeindrucken, wenn er sie um Hilfe bei einem Fall bat. Waren das Demenzsymptome oder ein Zeichen, dass sie ihm weniger bedeutete als er ihr?

Sie schälte sich aus der Jacke, warf die Schlüssel auf den Küchentisch und kippte eine Portion Havre-Fras-Müsli mit Milch in eine Schale, die sie mit an den Arbeitstisch zum Computer nahm. Sie rief die Stellenausschreibung auf, wischte sich Milch vom Kinn und öffnete ein neues Dokument. In den achtzehn Monaten, die vergangen waren, seit sie ihre Stelle bei der Polizei in Nordjütland gekündigt hatte und zurück nach Kopenhagen gezogen war, hatte sie von einer Anstellung in Teglholmen fantasiert. Aber sie hatte sich nicht ein einziges Mal vorgestellt, einen Bewerbungsprozess durchlaufen zu müssen, hatte keinen Lebenslauf ausgearbeitet und nicht ein einziges Argument vorbereitet, warum man sich für sie entscheiden sollte. Es war kindlich von ihr gewesen und hoffnungslos naiv. Sie hatte wohl geglaubt, dass Petter etwas sagen würde wie *jetzt ist es so weit!* und dass sie dann ihren Dienstausweis und eine Dienstwaffe bekam und anfangen konnte.

Sie las die Ausschreibung und machte sich Notizen.

Hart arbeitend, zuverlässig, engagiert. Ihre Studienunterlagen, wo waren die? Ein Zeugnis ihres vorherigen Arbeitgebers dürfte wohl schwer zu bekommen sein. Der Gedanke, sich an ein Einstellungskomitee zu verkaufen, das aus Petter und einer Reihe fremder Menschen bestand, war ihr unangenehm. Aber er würde sich für sie einsetzen, natürlich würde er das.

Das Telefon klingelte, als sie den Mund voll Hafermüsli hatte. Sie meldete sich, ohne ganz ausgekaut zu haben.

»LJ Privatdetektive.«

»Öh ... spreche ich mit Liv Jensen?« Die Stimme gehörte einem älteren Mann und zitterte vor Nervosität.

Sie schluckte ihr Müsli herunter. »Ja, das bin ich.«

»Mein Name ist Bo Riebenau. Ich habe Ihren Großvater gekannt.« Die letzten Worte schrie er fast. Vielleicht, um die Angst im Zaum zu halten. »Carl Gunnar. Wir haben uns in Christiania kennengelernt, als wir jung waren.« Er seufzte wie als Bekundung von Sympathie und Ärger. »Ich habe gehört, dass er an Krebs gestorben ist. Viel zu früh. Ist das jetzt zehn Jahre her?«

»Fünfzehn.« Sie stand auf und brachte die Schale zum Spülbecken. Sie musste saugen, sie sah es an den Staubflusen, die aufstoben und über die Bodendielen flogen, wenn sie sich bewegte. »Sie brauchen eine Privatdetektivin?«

Er seufzte. »Ja, ich glaube schon. Vielleicht können Sie mir helfen einzuschätzen, ob ich richtigliege. Es kann sein, dass ich überreagiere.«

»Was ist passiert?«

Es knisterte in der Leitung. »Ich würde lieber von Angesicht zu Angesicht mit Ihnen reden. Verzeihen Sie, wenn ich da altmodisch bin, aber das erscheint mir sicherer. Haben Sie die Möglichkeit vorbeizukommen?« Im Hintergrund war Lärm zu hören, sodass sie den Hörer ein Stück vom Ohr halten musste. »Entschuldigung, mit dem Alter habe ich offenbar zwei linke Hände bekommen. Ich kann die Sachen nicht mehr richtig festhalten ... Ich wohne in den Kartoffelreihen. Sie sind doch auch in Kopenhagen, nicht?«

»Wann haben Sie denn gedacht?«

»So bald wie möglich.«

Liv warf einen Blick auf den Computer und die unfertige Bewerbung, die auf sie wartete.

»Schicken Sie mir eine SMS mit der Adresse. Ich kann in einer halben Stunde bei Ihnen sein.«

*

Wände aus Stahlbeton und große Glasflächen mit Aussicht auf das Wasser – die Schule in Sydhavnen hatte definitiv keine Ähnlichkeit mit der Grundschule in Qaem-Schahr, in die Nima Ansari als Kind gegangen war. Das moderne Gebäude erinnerte eher an ein schickes Theater als an eine öffentliche Lernstätte für Kinder. Die Schüler, die durch den Gang liefen, in dem er saß, sahen auf den ersten Blick zufrieden aus. Ihr fröhliches Kreischen tat ihm in den Ohren weh und zupfte an seinen ausgefransten Nerven.

Er zog sein Handy heraus, um zu sehen, wie spät es war. Hannah hatte angerufen, und er erinnerte sich mit einem schlechten Gewissen, dass sie heute verabredet gewesen waren und er nach dem Anruf aus der Schule vergessen hatte abzusagen. Er wollte ihr gerade eine Nachricht schreiben und es erklären, als die Tür zum Büro der Schulleitung aufging.

»Shirins Onkel? Nima?«

Die Schulleiterin hatte dunkle Haare und trug große Goldohrringe. Ihm kam der Gedanke, dass er vermutlich mit ihr geflirtet hätte, hätte er sie in einer Bar getroffen. Doch jetzt stand er auf, steckte das Handy weg und gab ihr mit ernster, der Situation hoffentlich angemessener Miene die Hand.

»Ich bin gekommen, so schnell ich konnte.«

»Und das wissen wir zu schätzen.«

»Ist sie okay?«

»Ihrer Nichte ist, wie gesagt, nichts passiert. Sie wartet da drinnen.«

Die Schuldirektorin führte ihn in ein Büro mit hellen Holzmöbeln, Kunstplakaten und Designerlampen. Vor dem Schreibtisch saß seine Nichte, schlaksig und mit krummem Rücken, und zog an einem Loch am Knie ihrer Jeans.

Sie wohnten seit knapp einem halben Jahr zusammen auf seinem Schleppboot im Fischereihafen, doch er war jetzt erst zu ihrem offiziellen Vormund ernannt worden. Und sie hatte nach den Sommerferien auf der neuen Schule angefangen. Das Leben war zerbrechlich, und jeder Tag bot neue Herausforderungen. Menstruationsschmerzen, Mathematikaufgaben und eine Gruppe von Mädchen in ihrer Klasse, die sie ausschlossen, wie um alles in der Welt sollte er mit alldem umgehen? Offenbar bedurfte es nahezu magischer Fähigkeiten, eine Fünfzehnjährige zu erziehen.

»Hei Shirin.« Er strich ihr über den Hinterkopf und spürte, wie ihr seine Hand unangenehm war. »Was ist passiert?«

Sie nestelte weiter an ihrer Hose herum und antwortete nicht. Die Direktorin legte eine grüne Süßigkeitentüte auf den Tisch.

»Hierum geht es. Nehmen Sie Platz.«

Nima setzte sich neben Shirin und versuchte zu lesen, was auf der Tüte stand, obwohl das nicht nötig war. Er kannte die Beschriftung.

»Shirin hatte diese Tüte mit Gummibärchen in ihrer Schultasche. Sie selbst hat keine Erklärung, woher sie kommen. Können Sie etwas dazu sagen?«

»Nein.« Das stimmte und stimmte auch wieder nicht. Er konnte nichts zu diesen Gummibärchen sagen, wusste aber nur zu gut, was in der Tüte war. Grüner Weingummi mit dem Geschmack nach frischen Äpfeln und einem Kern aus THC. Man wurde schon von einem einzigen high, vor allem, wenn man ein kleiner Scheißer war, der in die neunte Klasse ging. »Shirin, gehören die dir?«

»Ich weiß nicht, wo die herkommen«, murmelte sie, ohne aufzublicken.

»Und wie sind sie in deine Tasche gekommen?«

Sie zuckte die Schultern. Nima suchte nach einer Erklärung. Sie müsste nicht einmal stimmen, sie müsste ihnen nur aus der Patsche helfen. Die Direktorin kam ihm zuvor.

»Die Schule verfolgt eine Null-Toleranz-Politik was Drogen angeht. Sie sind leider ein wachsendes Problem in den oberen Klassen, sodass wir gezwungen sind, hart durchzugreifen. Der Besitz von Drogen ist ein Verweisgrund und zieht automatisch eine Strafanzeige nach sich.«

Nima nickte und merkte, wie das Kartenhaus seiner Vormundschaft in sich zusammenfiel. Gerade jetzt, wo er geglaubt hatte, sie wären auf dem Weg zu einer größeren Vertrautheit und Shirin in ihrem neuen Leben angekommen. Wie hatte er sich so irren können?

»Dass ich die Polizei noch nicht informiert habe, liegt … äh … an den besonderen Umständen, in denen Sie sich befinden. Die Schule hat dafür Verständnis, wie schwer das alles für dich sein muss, Shirin.«

Zu den Umständen, auf die die Direktorin anspielte, gehörten ein ermordeter Vater und eine zerstörte Familie. Schweres Gepäck für schmale Kinderschultern.

»Was heißt das?« Nima glaubte einen Lichtschimmer im Dunkeln zu erhaschen.

»Das heißt, dass wir dir zunächst einmal den Zweifel zugutekommen lassen, Shirin, und nicht den bösen Zungen glauben, die behaupten, dass du in der großen Pause neben dem Fahrradständer Hasch-Gummibärchen verkaufst.« Die Schuldirektorin lächelte sie beide an, aber angespannt, wie eine Ermahnung.

Nima hörte sich selbst nach Luft schnappen, langsam und zischend, wie sein Vater es immer getan hatte, wenn er oder seine Schwester unartig gewesen waren. Shirin weigerte sich, ihn anzusehen.

»Wir schicken dich für den Rest der Woche nach Hause, dann kannst du mit deinem Onkel reden, und am Montag treffen wir uns mit dem Schulpsychologen und einem Freizeitpädagogen wieder und unterhalten uns darüber, wie es weitergeht.« Die Schuldirektorin schob den Stuhl zurück und stand auf. »Abgemacht, Shirin?«

Sie nickte, stand auf und warf sich den Rucksack über die Schulter. Auf dem Weg zum Auto hob sie nicht einmal den Blick vom Asphalt.

KAPITEL 2

Auf dem Weg zu Bo Riebenau flammte Livs Fieber auf. Im Laufe des letzten Jahres waren die Anfälle wie aus dem Nichts gekommen und wieder vorübergegangen, doch nachdem sie durchgecheckt und alles von Krebs bis HIV und Tropenkrankheiten ausgeschlossen und sie für gesund befunden worden war, hatte sie sich mit den unerklärlichen Symptomen arrangiert. »Psychosomatisch« lautete die Einschätzung der Ärzte, die sie konsultiert hatte. Was sollte sie dazu sagen? Wenn die Medizin mit ihrem Latein am Ende war, blieb dieser nichts anderes übrig, als die Verantwortung dem Patienten zuzuschieben. Ein Arzt hatte ihr eine Psychotherapie empfohlen, ein Vorschlag, den sie mit genau dem Maß an Respekt zur Kenntnis genommen hatte, das sie für angemessen hielt. Einem Verdrehen der Augen und einem schnellen Abgang.

Jetzt radelte sie mit heißen Wangen an den Seen entlang und wünschte, sie hätte eine Paracetamol genommen. Sie fuhr im Zickzack zwischen den anderen Radfahrern hindurch und atmete tief die Herbstluft ein, wobei sie die dunklen Wolken im Auge behielt.

Bos Zuhause in der Hallinsgade 15 war ein älteres Reihenhaus. Ursprünglich für Arbeiter gebaut, waren diese Häuser inzwischen en vogue, und das kleine Viertel im Herzen von Østerbro war heute hauptsächlich von Familien mit Kindern bewohnt, die sich Lastenräder und Jeeps leisten konnten. In Bos Vorgarten gab es weder Spielsachen noch Transportmittel, dafür aber ein paar große Rosenbüsche mit verwelkten Blüten. Das Namensschild war alt und schien schon seit Jahrzehnten neben der Klingel zu hängen.

Er öffnete die Tür und überraschte sie gleich doppelt, da er älter aussah als erwartet, andererseits aber einem Dreißigjährigen glich. Das Gesicht war schmal und zerfurcht, das Haar über den hohen Schläfen grau, doch der Körper schlank und jugendlich in umgekrempelten Jeans und einem eng sitzenden Wollblazer mit kleinen Karos. Ein warmes Lächeln spaltete die Gesichtshaut in tausend kleine Falten.

»Das nennt man ein schnelles Ausrücken. Was für ein Service!« Sein Händedruck war knochig und schlaff, die Augen flackerten. »Gicht in den Fingern, verfluchte Krankheit. Trinken Sie Chai? Sie können ihn mit oder ohne Milch bekommen.«

»Danke, ich möchte nichts.« Liv trat in Bos Reihenhaus, hängte die Jacke an einen Haken hinter der Haustür und machte einen Bogen um ein Stück Abdeckfolie und einen offenen Werkzeugkasten.

»Ich bringe Kleiderhaken an«, erklärte er. »Aber ich kann das Werkzeug nicht festhalten, und die Wand bröselt, wenn ich bohre. Das wächst sich zu einem größeren Projekt aus.«

Liv sah an der löchrigen Wand hoch, doch ihr fiel nichts Tröstliches ein. Es sah schlimm aus. Sie holte ein Notizbuch aus dem Rucksack. »Wo können wir uns hinsetzen?«

Bo führte sie eine steile Treppe in die erste Etage hoch, die mit Möbeln aus den Sechzigerjahren und dicht bepackten Bücherregalen eingerichtet war. Liv musste sich unter einer Deckenlampe ducken, was bei ihrer bescheidenen

Größe von eins zweiundsechzig bedeutete, dass die Decke wirklich niedrig war. An der Wand gegenüber den Regalen leuchtete ein bunter Teppich, der Liv an die Zeit erinnerte, als ihre Mutter einen Abendkurs im Weben gemacht und überlegt hatte, ihre Stelle als Schulsekretärin zu kündigen und sich als selbstständige Künstlerin zu versuchen.

Er zog Liv an dem ellipsenförmigen Tisch im Wohnzimmer einen Stuhl vor und begann hektisch zu reden. Die Hände flatterten nervös in der Luft. »Kennen Sie die Kartoffelreihen? Gebaut im englischen Stil Ende des 18. Jahrhunderts für die Arbeiter der Schiffswerft B&W. Das Viertel sieht fast noch immer so aus wie damals.«

»Aha. Schön.« Liv öffnete ihr Notizbuch. »Was kann ich für Sie tun?«

Er setzte sich, legte die Hände flach auf den Tisch und seufzte. »Ich bekomme Anrufe. Von einer unterdrückten Nummer, Tag und Nacht. Manchmal fünfzig in vierundzwanzig Stunden. Wenn ich mich melde, sagt niemand etwas. Das ist … beunruhigend.«

»Wie lange geht das schon?«

»Eine Woche, vielleicht zehn Tage.« Er lehnte sich auf dem Stuhl zurück und seufzte erneut, griff nach der Tasse und drehte sie. »Gestern war ich in der Stadt zum Mittagessen verabredet, und als ich nach Hause kam, sah es so aus, als wäre jemand hier gewesen, während ich weg war.«

Sie sah von dem Notizbuch auf. »Also ein Einbruch?«

»Ja. Das Schloss war nicht aufgebrochen, aber der Extraschlüssel unter dem Blumentopf neben der Tür lag anders. Und in der Diele war Erde auf dem Boden. Ich ziehe immer draußen die Stiefel aus.«

»Fehlt etwas?«

»Auf den ersten Blick nicht.«

Bo ließ den Blick zu einem der überfüllten Regale wandern, als müsse er über die Frage nachdenken. Liv sah auf die noch immer leere Seite in ihrem Notizbuch.

»Ich habe meine Kinder gefragt, sie waren es nicht.«

Liv begann sich allmählich zu fragen, ob Bo Riebenau ganz klar im Kopf war. Auf dem Tisch zwischen ihnen stand eine Glasschale mit bunten Steinen, und sie ließ den Blick darüber wandern, was er bemerkte.

»Kennen Sie die heilenden Kräfte der Kristalle?« Es wirkte wie ein Vorwand, um über etwas anderes als den Einbruch zu reden.

»Äh, nein.«

Er lächelte verlegen. »Es kann gut sein, dass Sie das für verrückt halten, aber ich sammle Steine, seit ich als junger Mann Afrika und Asien bereist habe. Sie wirken.«

Liv vermied es, ihn anzusehen. Der Verdacht, dass er nicht mehr ganz klar im Kopf war, verstärkte sich durch sein nebulöses Gerede.

»Haben Sie die Polizei informiert?«

»Nein. Ich ziehe es vor, die Angelegenheit selbst zu untersuchen. Mit Ihrer Hilfe.«

»Warum?«

»Reicht es, wenn ich sage, dass ich meine Gründe habe?«

Jetzt war es an Liv, ihn entschlossen anzusehen.

Er seufzte. »Ich bin Anwalt oder richtiger Anwalt im Ruhestand. Ich habe meine Kanzlei gerade geschlossen und verwahre mein Archiv im Keller. Das sind alles nur alte Sachen, für die sich niemand interessiert, aber ich muss immer noch Rücksicht nehmen ...« Er wand sich auf dem Stuhl, schien sich unwohl zu fühlen.

»Haben Sie wertvolle Gegenstände im Haus? Silber, Kunst, Designermöbel ... Bargeld?«

»Tja, einiges ist wohl von Wert.«

Aber der, der eingebrochen war, hatte nichts mitgehen lassen. *Falls* jemand eingebrochen war. Liv legte den Kugelschreiber weg und sah ihn mit gerunzelter Stirn an.

»Was möchten Sie denn, dass ich tue?«

»Ich möchte zunächst einmal erfahren, wer das ist, der mich schikaniert. Diskret.«

Liv lächelte. »Das beinhaltet, dass ich Kameras um das Haus herum aufstelle, Ihre Mails kontrolliere und Anrufe auf Ihrem Telefon zurückverfolge. Wie geht es Ihnen damit?«

Bo zuckte die Schultern, dann nickte er. »Wir können das ein paar Tage so machen und sehen, was passiert, nicht? Aber können wir schnell damit anfangen?«

»Wenn Sie mir alles zeigen, kann ich die Kameras noch heute installieren.«

»Danke, das klingt gut. Ich möchte gerne Bescheid wissen.«

»Dann machen wir das. Sollen wir mit dem Keller anfangen?«

»Okay.« Er nahm einen Stein aus der Glasschale. »Lassen Sie mich Ihnen einen Selenit für die Tasche geben. Das ist ein sehr kraftvoller Stein mit reinigender Energie, der hilft, Licht und Klarheit in Ihrem Leben zu kanalisieren. Man nennt ihn auch Schwert des Lichts.«

»Aha. Danke.«

Liv nahm den kleinen, messerförmigen Stein und folgte Bo, während sie im Kopf rechnete. Zwei Tage Überwachung ließen ihre leere Haushaltskasse klingeln.

Da war es nicht so wichtig, ob der pensionierte Anwalt wirklich schikaniert wurde oder nur Gespenster sah.

»Hier runter.«

Bo machte Licht und stieg mit Liv im Schlepptau die steile Treppe hinab. Der Keller war kühl und eindeutig nur zur Lagerung von Sachen bestimmt, nicht, um sich darin aufzuhalten. Eine kräftige Birne leuchtete auf, warf aber nur noch tiefere Schatten. Die Regale an der Wand bogen sich gefährlich unter dem Gewicht von Büchern, Kassetten und Aktenmappen. Die Arbeit eines ganzen Lebens, chronologisch geordnet, von links nach rechts. Jahreszahl, Fallnummer und Nachname. Bo war offenbar nicht der Typ, der sich von etwas trennte.

Sie trat näher an ein Regalbrett heran und nahm es in Augenschein. Von hier hatte man eine gute Aussicht auf die Kellertreppe. »Ich denke, wir können uns mit zwei Kameras begnügen. Gibt es hier unten etwas Wichtiges?«

Bo verlagerte das Gewicht von einem Fuß auf den anderen und sah aus, als würde er das ganze Projekt bedauern.

»Wenn Sie mir helfen können herauszufinden, wer mich schikaniert, lasse ich Sie vielleicht an meinem Verdacht teilhaben. Aber vorerst würde ich ihn gerne für mich behalten.«

»Okay, akzeptiert.« Sie putzte sich den Staub von den Fingern und nickte. Das ging sie sozusagen nichts an. »Lassen Sie uns noch einen Blick nach oben werfen, bevor ich nach Hause fahre und die Kameras hole. Aber denken Sie nicht, dass es sich als etwas ganz Unschuldiges erweist? Das tut es meistens.«

*

Die alte Villa im Hinterhof in Vesterbro sah im Regen trostlos aus. Hannah stellte ihr Fahrrad mit einem kurzen Blick zu Nimas Autowerkstatt ab und eilte in ihr Elternhaus, um Schutz vor dem Regen zu suchen, der einen unwürdigen Schlusspunkt ihres missglückten Kletterversuchs auf der Halbinsel Refshaleøen bildete.

Sie warf die Sportsachen in die Waschmaschine und

versuchte in der Emaillebadewanne unter der warmen Dusche wieder bessere Laune zu bekommen. Arbeitslos, kinderlos und gerade von einem Freund versetzt worden, von dem sie sich nicht einmal sicher war, ob er ihr Freund war. Nicht so leicht, noch was Positives darin zu sehen. Sie zog Jeans und einen Pullover an und ging in die alte Rahmenwerkstatt, mit der ihr Vater vier Jahrzehnte lang die Familie versorgt hatte. Er hatte schließlich zugestimmt, den alten Arbeitstisch, die Archivschränke und den Glasschneider über das Anzeigenportal *Den Blå Avis* zu verkaufen, sodass Hannah sich den Raum mit ihren eigenen Möbeln einrichten konnte.

Eigentlich hatte sie vorgehabt, ihr Bett hier herunterzuschaffen, sodass sie und ihr Vater ihre Zimmer nicht mehr nebeneinander hatten. Doch wenn sie einen der Sessel aus dem Wohnzimmer hereinstellte, das kleine Sofa verkaufte und dafür einen niedrigen Tisch anschaffte, konnte die Werkstatt durchaus als private Praxis fungieren und sie ihren Traum von der Selbstständigkeit verwirklichen. Sie hatte bereits Angebote für das Design einer einfachen Website eingeholt, eine CVR-Nummer beantragt und einen Dienst ihres Kontakts bei der Zeitschrift *Psykologi* in Anspruch genommen, der ihr versprochen hatte, gegen die Einreichung eines relevanten und spannenden Artikels vor Monatsende ein Profil von ihr zu erstellen. Sie musste nur noch etwas finden, worüber sie schreiben konnte.

Hannah hatte ihrem Vater versprochen, bis zum bitteren Ende zu bleiben, und das schien glücklicherweise noch lange hin zu sein. Jan Leon war krebsfrei erklärt worden, aber immer noch sehr von ihr abhängig, und sie hatte nicht vor, ihn im Stich zu lassen. Dank ihrer Hilfe wirkte er gesünder und froher als seit Langem. Ging in die Bibliothek, spielte einmal die Woche mit einer Gruppe von

Senioren Karten in der Kneipe nebenan und machte Kurse in diesem und jenem. An manchen Abenden kam er nicht einmal zum Abendessen nach Hause, und das war schon eine unerwartete, aber wunderbare Entwicklung. Ja, seine Lebenskraft war beneidenswert, fand sie. Es war an der Zeit, dass sie sich davon anstecken ließ.

Sie hörte die Haustür gehen und warf einen Blick in die Diele, in der ihr Vater mit herbstroten Wangen und klaren Augen stand und sich den Mantel auszog.

»Hei Vater, wo warst du?«

»Nur zum Brunch.« Er fuhr sich mit den Händen durch das regenfeuchte Haar. »Hast du Zeit für eine Tasse Kaffee in der Küche, Schatz? Da ist etwas, worüber ich gerne mit dir reden möchte.«

Hannah stellten sich die Nackenhaare auf. Die klassische Geschichte über Patienten in der terminalen Phase ist die, dass es ihnen plötzlich besser geht und sie aufblühen, unmittelbar bevor sie sterben.

»Natürlich.«

»Ich ziehe mir nur etwas Trockenes an.«

Er verschwand die Treppe hinauf in sein Schlafzimmer, und sie ging in die kleine Küche, die hinten im Haus mit Aussicht auf den Garten lag. Sie mahlte Kaffeebohnen und setzte Wasser auf, während sich die Gedanken überschlugen. Konnte er das vor ihr verheimlicht haben?

»Ah, wie das duftet!« Jan kam in einem hellblauen Pullover herein und setzte sich auf die Klappbank. »Komm, setz dich, Schatz.«

Hannah nahm Platz, und er räusperte sich feierlich.

»Ich nehme schon seit ein paar Tagen Anlauf zu diesem Gespräch ... Das hier ist nicht ganz leicht für mich.« Er riss die Augen auf. »Du weißt, dass ich in diesem Kochkurs für Senioren war.«

»Ja?« Sie sah ihn verständnislos an.

»Ich habe in diesem Kurs eine Dame kennengelernt … Man könnte wohl sagen, dass ich eine Freundin habe.« Er lächelte verlegen.

Hannah klappte der Kiefer herunter. Als sie endlich etwas sagen konnte, klang ihre Stimme ganz dünn. »Aber was ist mit Mutter?«

Jan senkte den Blick. »Mutter ist tot.«

»Ich hatte geglaubt, sie wäre die Liebe deines Lebens gewesen?«

»Das war sie auch. Aber sie ist nicht mehr da.«

Hannah stand auf, ging zur Kaffeemaschine und schenkte zwei Becher ein. Ihre Augen brannten.

»Entschuldige, Schatz, wenn ich gewusst hätte, dass dich das so traurig macht, hätte ich gewartet, dir von ihr zu erzählen. Ich fände es nur schön, wenn du Judith kennenlernst.«

Sie kennenlernen? Es war kindisch und absurd, darüber war Hannah sich durchaus im Klaren, doch bei dem Gedanken an eine neue Frau im Leben ihres Vaters drehte sich ihr der Magen um.

Sie sah ihn an und lächelte. »Natürlich möchte ich Judith gerne kennenlernen. Du sagst einfach Bescheid.«

Sein Gesicht strahlte. »Danke, Schatz. Dann lade ich sie für morgen zum Abendessen ein. Du kannst ja fragen, ob Nima auch kommen mag.«

*

Ich bin gewissenhaft und engagiert, ein Teamplayer und habe keine Angst, Verantwortung zu übernehmen. Deshalb bin ich die absolut Richtige für die Stelle.

Liv las sich die letzten Sätze noch einmal durch und löschte sie dann. Sie hasste es, sich selbst auf diese Weise beschreiben zu müssen, und das mit dem Teamplayer war auf jeden Fall gelogen. Aber irgendetwas musste sie schließlich schreiben. Und sie wollte die Bewerbung rausschicken, bevor sie wieder zu dem Anwalt in die Kartoffelreihen fuhr. Ihre Augen waren starr auf das Dokument gerichtet. Ihre Handflächen wurden feucht. Sie wischte sie an der Hose ab und spürte, wie ihr die Wärme in den Kopf stieg, wie üblich, wenn sie an ihre Arbeitssituation dachte.

Sie lehnte sich auf dem Stuhl zurück und sah zur Decke. In der Theorie wusste sie sehr gut, dass sie ihre Wut, ungerecht behandelt worden zu sein, loslassen musste, doch in der Praxis war das schwer. Ihr Leben in Aalborg war perfekt gewesen, ihre Karriere lief wie geschmiert, bis … bis die Sache mit Malle Johnsson sie gezwungen hatte, die Stadt zu verlassen, als wäre sie diejenige, die etwas Falsches getan hatte. Und jetzt saß sie in einem feuchten Keller, schrieb Bewerbungen und lebte davon, paranoide Rentner zu überwachen. Es konnte kaum deutlicher sein, dass sie auf Start zurückgeworfen worden war.

Liv hängte ihren Lebenslauf an und schickte die Bewerbung ab, bevor sie kalte Füße bekam. Mit Petter im Bewerbungsausschuss musste sie wohl nicht so herausragend sein, um ernst genommen zu werden.

Sie schloss das Dokument und gab Bo Riebenau in das Suchfeld des Browsers ein. Er hatte ein LinkedIn-Profil, das nicht mehr aktuell war, und war auch sonst nicht in den sozialen Medien aktiv. Dafür fand sie ein Porträt von ihm aus dem letzten Jahr, geschrieben von einer Kopenhagener Lokalzeitung anlässlich seines fünfundsechzigsten Geburtstags.

Cand. jur. der Universität Kopenhagen 1987, Referendar bei der Anklagebehörde bis 1990, spät das Studium abgeschlossen, teils, weil er Soziologie studiert hatte, bevor er zum Jurastudium fand, teils, weil er das Studium für eine Indienreise unterbrochen hatte. Die ersten Jahre seiner Karriere hatte er den Ehrgeiz gehabt, Staatsanwalt zu werden und Strafprozesse zu führen, doch als er eine Familie gründete, wurde die Arbeitslast zu groß und er sattelte um, erzählte er.

Neben seiner privaten Kanzlei, die er 1992 zusammen mit seinem Studienkollegen Mogens Bramming gründete, war er dem Journalisten zufolge *ein Idealist mit einem Herzen, das für die Schwächsten der Gesellschaft schlug*. Er arbeitete bei der kostenlosen Rechtsberatung *Advokatvagten* an der Kofoed-Schule, wo Rechtshilfe für sozial Schwache zu Sorgerecht und Umgang, Mietrückständen und Schulden angeboten wurde, und saß zudem im Vorstand von Mændenes Hjem, einer Herberge für obdachlose Männer in Vesterbro mit kostenlosen Mahlzeiten und einer Fixerstube. Er besaß ein Sommerhaus auf Anholt, war geschieden, hatte zwei erwachsene Kinder und ein Enkelkind und liebte Fußball und Radsport.

Liv klappte den Computer zu. Bo war nicht älter als siebenundsechzig und machte auf den ersten Blick einen gesunden und fitten Eindruck, von der Gicht in den Fingern einmal abgesehen, doch das konnte täuschen. Petter war jünger, und man merkte ihm nicht an, dass er Dinge zu vergessen begann. Die Demenz ist ein listiger Gast, der sich hereinschleicht, ohne viel Aufhebens, um dann das gesamte Buffet umzureißen.

Sie holte ihren Rucksack, in dem wie immer eine Powerbank, ein leichtes und stabiles Seil und ein sogenannter HemDirect-Test steckten, mit dem man Blutspuren nachweisen konnte. Zusätzlich packte sie vier 4K-Bullet-Kameras, ein Harddisk-Aufnahmegerät, Kabel und eine Tüte Lakritz ein und trat in die frühe Nachmittagsdämmerung hinaus. Sie radelte an den Seen entlang zurück zu den Kartoffelreihen und schellte an Bos Tür.

»Ich wäre dann so weit. Ich fange hier mit der Haustür an, wenn das für Sie okay ist?«

Er spähte an ihr vorbei in den dunklen Himmel. »Was soll ich in der Zeit anfangen?«

»Sie machen einfach, was Sie immer tun, und vergessen, dass ich da bin. Wenn ich etwas brauche, melde ich mich. Wenn ich hier fertig bin, gehe ich runter in den Keller.«

»Ich lasse die Tür auf.«

Sie lächelte beruhigend. »Das Beste, das passieren kann, ist, dass niemand auftaucht und meine Arbeit vergebens war.«

»Und das Schlimmste?«

»Das Schlimmste ist, wenn mir der Lakritz ausgeht …« Sie lachte ihn an. Er verzog keine Miene.

Liv nahm eine Kamera aus dem Rucksack und suchte nach einer guten Stelle am Zaun, von wo aus sowohl die Tür als auch der Vorgarten zu sehen waren. Sie holte Metallklammern heraus, setzte ihre Mütze auf und öffnete die Süßigkeitentüte. Gerade als sie ein Stück Lakritz herunterschluckte, fiel der erste Regentropfen und landete auf ihrer Stirn. Der nächste folgte unmittelbar, gefolgt von weiteren.

»Und das Zweitschlimmste ist, dass es zu regnen anfängt«, murmelte sie vor sich hin und suchte nach einem Plastiküberzug für die Kamera, damit sie nicht nass wurde. Sie zog sich die Mütze über die Ohren, befestigte die Klemme an dem Zaun und dachte kurz an die Bewerbung, die jetzt bei der Verwaltung lag und darauf wartete, ihr den Weg zu bahnen.

*

»Was treibst du, Shirin?«

Nima sah seine Nichte ein weiteres Mal die kleine Bootstreppe zu ihrer Kajüte hinunter verschwinden und die Tür hinter sich schließen. Er blieb auf der Treppe stehen und wartete, dass sie wieder herauskam. Nach ein paar Minuten näherte er sich der Tür und lauschte. Sie hatte Musik angestellt oder sah eins dieser infernalischen Fünf-Sekunden-Videos, die dem Zweck dienten, die Gehirne der Teenager zu schmelzen und sie zu Sklaven von Konsum und Idiotentum zu machen.

Er ging hoch in die Kombüse und schrieb Hannah eine SMS. *Ich mache das wieder gut*, klang hohl, aber was sollte er sonst schreiben? Er öffnete den Kühlschrank, hatte allerdings auf nichts Lust, am wenigsten darauf, mit der Zubereitung des Kartoffelpürees anzufangen, das er eingekauft hatte.

Eine der vielen neuen Erfahrungen war, dass man von einem für ein Kind verantwortlichen Erwachsenen erwartete, mehrmals am Tag für Essen zu sorgen, am liebsten warm und irgendwie nahrhaft. Darüber hatte er sich nie nennenswert Gedanken gemacht. Er hatte in ein Kochbuch für Anfänger investieren und sich ein Gericht nach dem anderen beibringen müssen. Hacksteak mit Spiegelei auf Toast, One-pot-Pasta und Spaghetti Bolognese. Und dann war da all das andere. Schulintranet, Hausaufgaben, Monatsbinden und Schlafenszeiten – jeder Tag schuf neue Herausforderungen, zu denen er Stellung nehmen und eine Meinung haben musste. Ironischerweise war er besser qualifiziert, seiner Nichte Ratschläge zur Qualität des Haschs zu geben, das sie offenbar rauchte, als zu all dem anderen.

Wie sehr durfte man jemanden ausschimpfen, wenn man selbst mit dreizehn mit dem Haschrauchen begonnen hatte? Obwohl er seine gelegentlichen Joints vor Shirin zu verbergen suchte, konnte sie sie riechen, sodass es sinnlos war, den Heiligen zu spielen. Aber irgendetwas musste er tun. Er überlegte, seine kleine Schwester anzurufen, bei der eine verantwortungsvolle Elternschaft wenn auch nicht leicht, so doch ungezwungen aussah, aber etwas sagte ihm, dass sie zu heftig reagieren würde, was er auch verstehen konnte.

Er ging hinunter zu Shirins Zimmer und klopfte, und diesmal wartete er nicht auf eine Antwort, sondern öffnete die Tür. Sie lag auf dem Bett und starrte ihr Telefon an.

»Wir müssen darüber reden.«

Sie ignorierte ihn.

Nima sah seine Nichte an, während ihm der Ärger die Luft abschnürte. Das Gefühl war ihm neu. So etwas begleitete gewöhnlich das Ende einer Freundschaft und keine Alltagsstreiterei mit einem jungen Menschen, mit dem man zusammenwohnte.

»Leg das Telefon weg, Shirin, sonst schwöre ich dir, dass es im Hafen landet.«

Sie schaltete das Handy aus, behielt es jedoch in der Hand und drückte es an die Brust wie eine Rettungsleine. Ihr Gesichtsausdruck war cool, aber die Lippen waren ein schmaler Strich.

»Verstehst du, wie ernst das hier ist?«

»Ich bin keine Idiotin.«

Er ließ sich schwer auf das Bett fallen, sodass sie die Füße anziehen musste. »Hei, ich hab keine Ahnung, wie man so etwas macht. Ich bin nicht dein Vater und bilde mir auch nicht ein, es zu sein. Und ich werde nicht anfangen, dir Moralpredigten zu halten, aber wir müssen darüber reden, okay?«

Trotzig schob sie das Kinn leicht vor, nickte aber.

Er atmete aus und spürte, wie ein Teil des Ärgers wich. »Wie lange nimmst du die schon?«

»Ich ›nehme‹ keine Gummibärchen. Bei dir klingt das wie etwas, das ich dauernd mache. Aber das tue ich nicht, nur auf Partys oder so. Hin und wieder mal.« Sie schielte zu ihm hin. »Mein großer Bruder hatte die immer zu Hause rumliegen.«

Sie zog die Schultern bis zu den Ohren hoch, um zu unterstreichen, wie unschuldig das war.

»Und die Tüte hier, wo kommt die her?«

Ihr Blick flackerte auf eine Weise, die ihm versicherte, dass als Nächstes eine Lüge kommen würde.

»Von einem der anderen Mädchen aus der Klasse. Ich habe sie nur für sie verwahrt.«

Nima zog die Brauen hoch und wartete, bis ihr klar war, dass er ihr das nicht abnahm.

»Okay, sie gehört mir, aber ich habe sie einfach bekommen. Und sie war ja noch nicht einmal auf.«

»Von wem hast du sie bekommen?«

Sie seufzte gespielt und griff wieder nach dem Telefon. »Von irgend so einem Typen in Christiania, ich kenne ihn nicht. Er fand mich wohl süß.«

»Was hast du in Christiania gemacht?«

»Abgehangen. Das machen ein paar der Mädchen manchmal. Ich durfte mitgehen.«

»Das funktioniert nicht, dass du das herunterspielst, hörst du?« Er griff nach der Tüte und schüttelte sie. »Was wolltest du damit machen?«

Sie senkte den Blick und murmelte: »Verkaufen.«

»Verdammt, also doch! Verkaufen und dann?«

»Mit dem Geld zurückkommen und mehr Gummibärchen bekommen.«

Nima ballte die Hand um die Tüte. »Ich werde da rausfahren und sie zurückbringen, und dann ist Schluss mit Ausflügen in die Freistadt, hörst du?«

Shirin zuckte mit den Schultern und griff nach einer Tasche, die neben ihm am Fußende lag. Nicht nach dem praktischen Nylonrucksack, den sie als Schultasche nahm, sondern nach einer kleinen Schultertasche, wie erwachsene Frauen sie haben. Sie holte ein kleines Töpfchen heraus und begann sich die Lippen einzuschmieren, während Nimas Blick die Tasche fixierte. Das Design war bekannt, ikonisch würden die meisten wohl meinen. Er erinnerte sich nicht an den Namen des großen französischen Modehauses, aber er wusste, dass so eine Tasche teuer war. Viel, viel zu teuer für Shirins gespartes Taschengeld.

KAPITEL 3

Zeitgleich mit dem Einsetzen der Dämmerung wurde auch der Regen in der Hallinsgade stärker. Liv suchte in Bos Keller Schutz. Sie verschaffte sich durch das Haus Zutritt, und er gab sich redliche Mühe, das Wasser nicht zu sehen, das von ihren Kleidern auf die hellen Teppichböden tropfte, bevor sie an der Kellertür war.

»Ich installiere eine Kamera neben den Fenstern, falls jemand versucht, auf diesem Weg einzubrechen, und eine, die auf das Regal in der Ecke gerichtet ist.«

»Gut.« Er öffnete die Tür zur Kellertreppe und schaltete das Licht an. »Sie rufen einfach, wenn Sie etwas brauchen.«

Liv griff nach ihrer Ausrüstung und ging in den Keller hinunter. Die Luft war staubig und klamm, und die helle Birne an der Decke warf dunkle Schatten in die Ecken. Sie lief in ein Spinnennetz und schlug danach, meinte fast die Spinnen über die Kopfhaut krabbeln zu spüren. Der Regen war durch die Lagen an Kleidung bis auf die Haut gedrungen, die Süßigkeitentüte leer, und ihre Fingerspitzen waren kalt.

Sie sah sich um, um den besten Winkel für die Kamera zu finden, und gelobte sich, in weniger als einer halben Stunde fertig zu sein. Zog einen alten Bierkasten in die entfernteste Ecke und holte das Handy heraus, um bei der Arbeit Radio zu hören. Keine Balken, kein Empfang im

Keller, und den Wifi-Code hatte sie nicht. Seufzend steckte sie das Handy zurück in die Tasche und begann, die Kamera zu installieren.

Bo saß vor dem Fernseher, das sah sie an dem blauen Licht, das sich in den Fliesen des Gartens spiegelte. Bestimmt eine Dokumentation über den Zweiten Weltkrieg oder etwas anderes Kluges, während er schwarzen Tee trank und Ingwerkekse aß.

Ein Knarren ließ sie den Kopf zur Treppe umdrehen. Die Kellertür wurde geschlossen.

»Bo, haben Sie vergessen, dass ich hier unten bin?«, rief sie.

Er antwortete nicht.

»Bo?«

Liv legte die Kamera auf die schmale Fensterbank und hörte, wie der Schlüssel umgedreht und der Riegel vorgeschoben wurde.

Die Nackenhaare stellten sich ihr auf, und innerhalb von Sekunden bildete sich eine Schweißschicht auf ihrem Rücken. Die Tür mochte vielleicht von selbst zugegangen sein, aber wenn sie abgeschlossen wurde, geschah das willentlich. Jemand hatte sie hier unten eingesperrt.

Sie sprang auf den Boden und lief die Treppe hoch. Die Tür war tatsächlich von außen abgeschlossen. Kurzatmig versuchte sie die Katastrophengedanken zu sortieren, statt den Körper in Panik ausbrechen zu lassen, aber es war unmöglich. Es konnte nur einen Grund geben, sie hier unten im Keller einzusperren: Jemand hatte Übles im Sinn.

Sie hämmerte mit der Faust gegen das dunkelgrüne Holz.

»Hallo, lassen Sie mich raus!«

Liv sah auf ihr Handy, noch immer kein Signal. Sie machte einen Schritt zurück und trat gegen die Tür, sodass sie fast die Kellertreppe hinuntergefallen wäre. Die Tür rührte sich keinen Zentimeter. Liv rüttelte an der Klinke, spürte jedoch, dass die Tür wie das Haus war: sehr robust.

Sie legte das Ohr ans Holz und hörte Bo schreien.

»Raus!«

Gefolgt von einem Schlag. Etwas kippte um und zerbrach.

Liv lief die Treppe zu dem Bierkasten hinunter, griff nach dem Fensterhaken und versuchte, das Kellerfenster aufzuschieben. Sie stellte sich auf die Zehenspitzen und legte ihr ganzes Gewicht hinein. Der Haken rutschte zwischen ihren verschwitzten Fingern, der Holzrahmen knarrte, hielt aber stand. Sie sah sich im Keller um. In einer Ecke stand ein Feuerlöscher. Sie holte ihn und schlug gegen die Scheibe, während sie das Gesicht abwandte. Ein Knirschen ertönte, und als sie sich umdrehte, war das Fenster gesplittert, aber noch in der Fassung. Bo hatte den Keller mit laminiertem Glas gesichert.

Durch die massive Kellertür konnte sie Bo um Hilfe rufen hören. Sie rannte mit dem Feuerlöscher die Treppe hoch und schlug damit auf die Klinke. Der Türrahmen ächzte, aber die Klinke saß fest. Sie trat mit aller Kraft gegen die Tür, ohne Resultat.

Liv setzte den Fuß auf den Boden und stellte den Feuerlöscher ab, während Rotz und Schweiß von ihrem Kinn tropften. Sie betrachtete ihre kleinen Füße auf dem Holzboden der Kellertreppe. Größe fünfunddreißig, was konnten sie schon gegen so eine Tür ausrichten?

»Bo, verdammt.«

Auf der anderen Seite der Tür war es still.

Sie richtete sich auf, griff erneut nach dem Feuerlöscher und schlug auf die Klinke ein. Dreimal, dann knirschte das Holz, und sie trat zu.

Diesmal splitterte der Rahmen, und die Tür sprang auf.

Liv bewaffnete sich mit dem Feuerlöscher und hielt ihn gut fest. Der Gang war dunkel, jemand hatte das Licht gelöscht. Sie konnte nicht riskieren, es anzumachen und sichtbar zu werden, solange sie nicht wusste, wer sich in den Schatten verbarg.

Liv stieß mit der Schulter gegen die Wand und bewegte sich in die Richtung, wo ihrer Erinnerung nach die Tür zum Wohnzimmer war. Sie spitzte die Ohren wie eine Feldmaus auf der Flucht. Das Haus umgab sie dunkel und stumm.

Sie gelangte zum Wohnzimmer. Das Licht der Straßenlaternen schien durch die Fenster, sodass sie die Umrisse der Möbel erkennen konnte. Ein Stuhl war umgefallen und eine Glaslampe zerbrochen. Sie blieb stehen und lauschte erneut. Stille, keine Bewegung. Sie wagte es, die Taschenlampe an ihrem Handy einzuschalten, und leuchtete über den Boden, bis sie zwei Beine in Hausschuhen sah. Die Spitzen waren zur Seite gefallen und zeigten schräg zur Decke.

Bo lag neben dem Sessel.

»Fuck!«

Liv leuchtete ihn an. Sein Mund stand offen, und seine Augen waren glasig. Unter ihm breitete sich eine Blutlache auf dem Holzboden aus.

Der Kriminaltechniker legte Liv eine Decke um die Schultern. Die kleine fürsorgliche Geste rührte sie, das war die Müdigkeit, sicher, und der Schock. Bo war in die Notaufnahme gebracht worden, doch alle wussten, dass es zu spät war. Sie beobachtete den stillen Tanz der Spurensicherung mit Pinseln, Abstrichtupfern und Plastiktütchen. In ihren weißen Schutzanzügen erinnerten sie an ein

Ballett. Sie kannte die Choreografie, doch im Moment war sie froh über einen Zuschauerplatz.

»Hei, Kleine.« Petter legte ihr eine Hand auf den Hinterkopf und drückte ganz leicht, wie ein Vater ein Kind tröstet, das wieder einmal vom Fahrrad gefallen ist. Liv schloss die Augen und spürte dem Gefühl ein oder zwei Sekunden lang nach, dann stand sie auf und ließ die Decke auf dem Sofa zurück.

»Er ist also tot?«

Er nickte. »Schlag auf den rechten Hinterkopf mit einem stumpfen Gegenstand, der Schädel ist zertrümmert. Komm, lass uns nach oben gehen, wo wir etwas Ruhe haben.«

Liv folgte seiner großen Gestalt eine mit Teppich ausgelegte Treppe in den ersten Stock hinauf. Sein Gang war schwer, er schwankte von einer Seite zur anderen wie ein Schiff im Sturm, und sie überlegte, wer von ihnen am nächsten dran war, heute zu kentern.

»Die Techniker sind hier oben fertig. Es gibt keine Spuren vom Täter, alles scheint sich unten im Erdgeschoss abgespielt zu haben.« Er setzte sich in einen unbequemen Sessel und schielte zu ihr rüber.

»Bist du okay?«

Sie nickte und setzte sich.

Er zog sein Notizbuch hervor und legte es sich auf die Knie. Ein Zeichen, dass jetzt das offizielle Verhör begann.

»Gut. Erzähl mir zuerst, warum du hier bist.«

Sie erklärte ihm, wie Bo sie früher am Tag beauftragt hatte, weil er schikaniert wurde, erzählte ihm von den Anrufen mit der unterdrückten Nummer.

»Ich war hier, um Kameras zu installieren. Der Täter ist gekommen, als ich im Keller war. Ziemlich genau gegen achtzehn Uhr. Zuerst wurde die Tür zum Keller abgeschlossen, dann habe ich Krach gehört … Möbel, die umfielen, und Bo, der um Hilfe rief. Aber ich konnte nichts machen. Es hat gedauert, die Tür aufzubrechen.«

Petter machte sich Notizen. »Hast du es an der Tür schellen gehört?«

»Nein. Ich hätte es auch gehört, wenn geklopft worden wäre, der Täter muss sich also hineingeschlichen haben. Die Haustür war nicht abgeschlossen. Ich bin mit den Kameras ja hinein- und hinausgegangen.«

»Was ist mit Schritten? Leise, schwere, harte Sohlen, weiche?«

Sie schüttelte den Kopf.

»Die Stimme des Täters?«

»Tut mir leid, Petter, ich habe nichts.«

Er tat es mit einer Handbewegung ab, als wäre es nicht wichtig.

»Ich bitte die Techniker, von der Kellertür und dem Schloss Fingerabdrücke zu nehmen. Möchtest du was trinken?«

»Nein, danke.« Sie räusperte sich. »Warum hat er dem Täter den Rücken zugewandt? Du hast gesagt, er hat einen Schlag auf den Hinterkopf bekommen …«

»Es sieht so aus, als hätte er an sein Telefon gewollt. Bestimmt, um Alarm zu schlagen.«

Liv schluckte, doch der Kloß im Hals wollte sich nicht lösen. »Habt ihr die Mordwaffe gefunden?«

»Noch nicht. Die Hunde suchen in den Gärten der Umgebung, aber die Dunkelheit macht es nicht einfacher.«

»Bo hatte einen Werkzeugkasten in der Diele stehen.«

Petter sah sie fragend an.

»Es könnte sein, dass etwas fehlt«, ergänzte sie.

Er nickte. »Wir überprüfen den Kasten. Bist du fertig geworden mit deinen Kameras?«

Sie schüttelte den Kopf, und er lächelte schief.

Liv durchfuhr ein Kälteschauer, der ihre Schultern erzittern ließ. Sie brauchte bald etwas Trockenes zum Anziehen. »Ich sollte nur für ihn herausfinden, wer bei ihm eingebrochen ist, um den Rest wollte er sich dann selbst kümmern. Aber ihr müsst doch die Anrufe auf seinem Telefon nachverfolgen können …«

Petter hob eine Hand. »Habe ich dich um Rat gebeten, wie ich meine Arbeit machen soll?«

Liv schwieg. Sie wusste, dass es nichts brachte, mit seinen plötzlichen Ausfällen zu hadern.

»Hast du etwas Schriftliches von ihm? Eine E-Mail, in der er dich beauftragt?«

Sie dachte nach. »Definitiv nicht. Er hat angerufen, und wir haben das so ausgemacht. Der Grund, warum er sich für mich entschieden hatte, war, dass er meinen Großvater gekannt hat …«

»Gibt es eine Banküberweisung? Einen anderen Beweis, dass ihr eine Vereinbarung getroffen habt?«

Liv sah an sich herunter. Sie war bei Bo gewesen, als er ermordet wurde. Allein, ohne Zeugen. Und saß hier, besudelt mit seinem Blut.

»Ich werde das überprüfen, Petter, aber ich glaube nicht. Er hat, wie gesagt, früher am Tag angerufen. Ihr könnt auf mein Handy zugreifen und alles überprüfen.«

»Gut, gut. Vielleicht können die Nachbarn bestätigen, dass du draußen gestanden und gearbeitet hast. Und wir können auch sehen, dass du im Keller eingeschlossen warst. Du musst dir keine Sorgen machen.« Er stand auf und steckte das Notizbuch zurück in die Innentasche seines abgenutzten Blazers. »Du weißt, dass du ein Anrecht auf eine Sitzung bei einem Traumatherapeuten hast, wenn du das brauchst.«

Liv schnaubte.

»Ja, ja, von so etwas hältst du nichts. Das weiß ich sehr wohl. Aber wenn du doch willst, melde dich. Und wenn dir noch etwas einfällt, ruf sofort an!«

»Okay.« Liv stand ebenfalls auf. Ihr rechter Turnschuh hinterließ blutige Fußspuren auf dem Teppich. Vor einer Stunde war sie noch einem leichten Job nachgegangen, der ihr die Miete für diesen Monat sichern sollte. Jetzt bestand die Gefahr, dass sie eine Verdächtige in einem Mordfall war.

CHRISTIANIA, JULI 1984

»Es ist der Schuppen da unten am Ufer. Die Techniker sind an der Arbeit, sie können dir einen Schutzanzug geben.«

Kriminalkommissar Carl Gunnar Jensen bedankt sich bei dem Beamten und geht den Wall hinunter zum Wasser und dem kleinen Holzhaus. Es hat tatsächlich mehr Ähnlichkeit mit einem Schuppen als mit einer Wohnung, aber so ist das in der sogenannten Freistadt Christiania. Die Leute sind zwar frei, aber sie leben spartanisch. Nicht, dass es sie zu stören scheint. Carl ist gerade an einer Gruppe junger Punker mit nackten Füßen vorbeigegangen, die auf der Erde saßen und einen Joint und eine Eiswaffel herumgehen ließen. Er ist einen Augenblick stehen geblieben und hat sie abwechselnd rauchen und an dem Schokoladeneis lecken sehen, als könnten sie sich nichts Besseres vorstellen. Als wären gerade sie auserwählt, im Paradies zu leben.

Carl versteht das nicht. Sicher, Gott bewahre, der Hang zur Anarchie ist ihm nicht fremd, er ist selbst einmal jung gewesen, und so lange ist das auch noch nicht her. Aber muss Protest partout mit schlechter täglicher Hygiene einhergehen?

Die Wärme ist drückend, als er bei dem Schuppen ankommt und einem Kriminaltechniker zunickt, den er in dem Schutzanzug nicht erkennt.

»Tag, Jensen, komm rein. Schuhüberzieher und Hand-

schuhe sind da im Eimer, mehr brauchst du nicht, solange du vorsichtig bist.« Der Techniker zieht seinen Mundschutz herunter und nickt freundlich.

»Ah, du bist das, Friis. Du bist doch sonst nicht so heiser, warst du auf Sauftour?«

Friis blickt über das Wasser, ohne auf den Scherz einzugehen. Dann ist es ernst, das kann Carl sich ausrechnen.

»Was für ein Tag! Traurig, hier zu stehen und sich wieder um einen armen Junkie kümmern zu müssen, statt draußen auf dem Wasser zu sein.«

Friis ist passionierter Segler und verbringt Ferien und Wochenenden zusammengepfercht mit der Familie auf einem GFK-Boot. Er zeigt in der Kantine oft Bilder von Sonnenuntergängen und Kopfsprüngen der Kinder von der Reling. Aber nicht heute.

»Eine Überdosis?«

»Hmm, vielleicht. Ein jüngerer Mann, Einstiche an den Armen, gefunden auf einer Pritsche, allein in einer Hütte.«

Carl zieht sich Überzieher über die Schuhe und richtet sich auf.

»Mit einer Nadel im Arm?«

Friis schüttelt den Kopf und schiebt den Mundschutz wieder an seinen Platz.

»Nein, da ist kein Besteck, entweder hat er es woanders gespritzt, oder er war nicht allein. Komm mit, bevor die Rechtsmediziner zusammenpacken. Es stinkt, nur damit du gewarnt bist.«

Carl folgt dem Kriminaltechniker in die Hütte und registriert mehrere Dinge gleichzeitig: den Geruch nach Urin und Scheiße, der aus einem Eimer in der Ecke kommt; den Boden, der knarrt; die Wärme, die so intensiv ist, dass man das Gefühl hat, in eine Sauna zu treten. Vier weiß gekleidete Gestalten laufen herum und sammeln Spuren nach einem wortlosen Muster. Plastikboxen werden mit Gegenständen herausgetragen, die auf Fingerabdrücke hin untersucht werden sollen.

Die Hütte ist nicht mehr als ein einfacher, niedriger Raum mit direktem Blick auf die rohen Holzwände und einem Holzofen als einziger Wärmequelle. Nicht, dass man ihn heute brauchen würde, aber im Winter dürfte der Wind durch die Bretter pfeifen. Er öffnet die Ofentür und sieht Asche und Reste von Brennholz, vermutlich vom Winter. Eine provisorische Teeküche am Fenster zum Wallgraben, bestehend aus einem Tisch mit Spülbecken und einem Eimer darunter. Er dreht den Hahn auf, doch es kommt kein Wasser. Abgestellt, offenbar. Eine dicke Leitung läuft an der Wand entlang vom Kühlschrank zu einem Generator, doch der Schrank ist offen, sodass man sieht, dass er leer ist. Keine Toilette, deshalb der Eimer in der Ecke. Wie es aussieht, ist er mehrere Tage nicht geleert worden.

Er dreht eine Runde und nimmt Bücher, Teebecher, Zeitungsstapel und Körbe mit allerlei Krimskrams in Augenschein. Es ist primitiv hier, aber die Aussicht über das Wasser unbezahlbar. Und die Einsamkeit. Hier ist man allein und kann Musik hören, schreien und nackt herumlaufen, ohne gesehen zu werden. Ein Aschenbecher mit schmalen, bis ganz auf die goldenen Filter heruntergerauchten Kippen, er zählt insgesamt zwanzig. Ein ganzes Päckchen also, hintereinander geraucht. In einem Stoß zusammenliegende Spielkarten erinnern an ein eingestürztes Kartenhaus, und in einer Ecke steht ein kleiner Turm aus diesen farbigen Steinen, von denen die Hippies behaupten, sie könnten alle möglichen Krankheiten heilen. Es sieht aus, als habe jemand versucht, sich die Zeit zu vertreiben, und als wäre diese nur langsam verstrichen.

Die Techniker haben Arbeitslampen aufgestellt, die ihr weißes Licht auf die spartanische Möblierung werfen.

»Können wir ihn identifizieren?« Carl stellt die Frage offen in den Raum, während er sich der Pritsche nähert. Der Tote liegt mit offenem Mund und steif auf einen Punkt an der Decke gerichtetem Blick auf dem Rücken. Er ist wohl erst Anfang zwanzig, schlank, an der Grenze zu mager, mit strähnigem dunklem Haar und eingesunkenen Wangen. Carl lässt den Blick über den Körper schweifen. Keine Anzeichen von Gewalt.

»Der Krankenversicherungskarte in seiner Geldbörse nach heißt er Alban Vitting-Hansen.« Friis taucht mit einem Plastiktütchen neben der Pritsche auf, das er vorsichtig schließt.

»Vitting-Hansen, wie der Generalstaatsanwalt?«

»Ja, scheint so. Glaubst du, sie sind verwandt?«

Sie sehen einander an. Ein Todesopfer mit prominenten Angehörigen bietet immer eine gute Story, und eine vergrößerte Aufmerksamkeit seitens der Presse bedeutet für die Ermittlungen von Anfang an Druck.

»Gibst du mir die Karte? Dann suche ich im CPR-Register nach seinen Angehörigen, wenn ich wieder im Präsidium bin.«

Friis reicht ihm das Tütchen, und Carl schiebt es sich im Rücken unter den Hosenbund und beugt sich über die Leiche.

»Wissen wir, wie lange er schon hier liegt?«

»Der Muskelstarre und den Leichenflecken nach zu urteilen, meint der Rechtsmediziner, dass er höchstens seit vierundzwanzig Stunden tot ist, wenn nicht kürzer.«

Carl sieht sich um. Es gibt Spuren gelebten Lebens, aber keine Essensreste. Dem Kloakeneimer nach zu urteilen, hat der junge Mann sich einige Tage in der Hütte aufge-

halten, ohne sie zu verlassen, aber warum? Carl geht in die Hocke, sodass er unter die Pritsche schauen kann. Abgesehen von Staubflocken und einer Tragetasche ist da nichts. Bei dem Spülbecken liegen zwei Spüllappen. Wozu braucht man die ohne Wasser? Er richtet seine Aufmerksamkeit auf die Leiche selbst. Der Tote trägt nur eine Unterhose, und die Haut ist so braun wie bei jemandem, der sich längere Zeit in der Sonne aufgehalten hat, aber faltig wie bei einem älteren Menschen.

»Warum sieht die Haut so alt aus?«

»Er scheint ernsthaft dehydriert.« Friis klemmt die Haut am Oberarm zwischen die Finger. Als er loslässt, bleibt die Falte eine Zeit lang bestehen, bevor sich die Haut wieder glättet.

»Wer hat ihn gefunden?«

»Eine Anwohnerin. Die Frau hat einen Spaziergang gemacht und ist in eine Scherbe getreten, sie hat geklopft, weil sie um ein Pflaster bitten wollte, und die Leiche gefunden. Die Hütte gehört offenbar einer Frau, die Lalika heißt oder so.«

»Lalika?« Carl greift nach einem grünen Stein auf dem Boden und dreht ihn zwischen den Fingern. »Was ist mit der Anwohnerin, die ihn gefunden hat?«

»Sie wartet oben in der Gemeinschaftsküche.«

»Und wie heißt sie? Mondstrahl?«

Friis lächelt schief.

»Sie heißt Ida.«

DONNERSTAG, 17. OKTOBER

KAPITEL 4

Zu ihrer eigenen Überraschung griff Liv früh am Donnerstagmorgen nach dem Handy auf ihrem Nachttisch und schickte ihren Eltern eine Nachricht, um sich zum Frühstück einzuladen. Vielleicht war es das mehrmalige abrupte Aufwachen in der Nacht, das sie sich klein fühlen ließ, oder einfach die Aussicht auf ihren leeren Kühlschrank, die sie nach Rødovre trieb. Was immer es war, ihre Eltern waren begeistert und bewirteten sie mit Rührei und einer Kanne von dem Kaffee, den sie nicht trank.

»Du gibst doch kein Salz darüber, bevor du nicht probiert hast!« Merete versetzte Livs Hand einen Klaps, sodass sie den Salzstreuer losließ und an die kleinen Machtkämpfe erinnert wurde, die sie und ihre Mutter miteinander ausgetragen hatten, als sie noch zu Hause wohnte. Sie hatte die Tür zu ihrem Zimmer so oft zugeknallt, dass sie locker in den Scharnieren hing. Heute fügte sie sich ihrer Mutter und ließ das Salz stehen.

»Das war eine wunderbare Überraschung, Schatz. Wenn wir etwas früher gewusst hätten, dass du kommst, wäre Vater zum Bäcker gefahren und hätte Schokoladenbrötchen geholt.« Merete bestrich eine Scheibe Toast mit Butter und Marmelade und legte sie auf Livs Teller.

Sie wollte protestieren, doch etwas an der Geste ihrer Mutter sorgte dafür, dass sie einen Kloß im Hals bekam – auch wenn sie sie unter normalen Umständen geärgert hätte. Heute rührte sie diese Fürsorge, und sie bekam Lust, ihren Eltern von gestern zu erzählen. Wie sie von einem Mörder unten im Keller eingesperrt worden war und neben einem toten Mann gesessen hatte, während sie auf Hilfe wartete. Zu ihrem Entsetzen merkte sie, wie ihr Tränen in die Augen stiegen, und sie blinzelte sie schnell weg.

»Das hier ist gut, Mutter. Danke.« Liv aß ihren Toast und hörte zu, wie ihre Eltern darüber diskutierten, ob sie eine Heizung im Badezimmer installieren lassen sollten oder nicht. Eine Diskussion, die sie schon mehrere Male mit angehört hatte und die offenbar nie zu einem Abschluss kam. Auch heute nicht. Merete unterbrach sich selbst mitten in einem Satz über marokkanische Zementfliesen, griff nach ihrer Hand und streichelte sie.

Liv räusperte sich. »Kennt ihr Bo Riebenau?«

»Ja, sicher, den Anwalt. Ich habe gerade etwas über ihn in der Zeitung gelesen.« Erik zeigte mit dem Zeigefinger auf die zusammengefaltete Zeitung. »Im eigenen Haus ermordet, steht da. Bestimmt wieder so ein Einbruch.«

»Uff, sprich nicht davon!« Merete schloss die Augen, als täte ihr das Thema weh.

»Er war ein Kunde von mir.«

Livs Eltern wandten sich ihr zeitgleich zu und rissen die Augen auf. Jetzt war der Zeitpunkt gekommen, um zu erzählen, dass sie da gewesen war, als er ermordet wurde. Und dass die Polizei vermutlich gerade ihre Handygespräche durchging, um zu prüfen, ob die Erklärungen stimmten, die sie abgegeben hatte. Doch der Klumpen im Hals war nicht verschwunden, und sie ließ es.

»Er hat gesagt, dass er Großvater kannte.«

Die Eltern wechselten einen Blick. Liv dachte oft, dass das der Kitt ihrer Beziehung war. Die Einigkeit. Ungeachtet, wie sehr sie aufeinander herumhackten, waren sie immer zu zweit gegen den Rest der Welt.

Erik schob seine Kaffeetasse ein wenig zur Seite, sodass das Porzellan nervös klirrte. »Hat er etwas darüber gesagt, woher sie einander kannten?«

»Nein, nur, dass es aus Christiania war.«

»Großvater hatte gute Freunde in Christiania. Kannst du dich an das Foto von ihm und diesem Hollywood-Schauspieler erinnern, das bei ihm in der Diele hing …« Erik suchte Hilfe bei seiner Frau.

»Dustin Hoffman«, sagte Merete.

»Ja, Dustin Hoffman! Das ist in den Achtzigern in Christiania aufgenommen worden. Moment!« Erik stand auf und ging in die Waschküche.

Liv lehnte sich in ihrem Rattanstuhl zurück und versuchte, diese Information in das Bild einzupassen, das sie von ihrem Großvater hatte. Alle Informationen über ihn, die ihr fremd waren, fühlten sich wie Nadelstiche an. Unangenehm.

Erik kam mit einem goldenen Rahmen und einem blassgrauen Fotoalbum zurück. Er reichte ihr den Rahmen. Auf dem Bild stand ihr Großvater als schneidiger junger Mann, sonnengebräunt und mit dichtem Haar und Schnurrbart, neben Dustin Hoffman, der gut einen Kopf kleiner war und sehr weiße Zähne hatte. Sie standen vor einem der bunten Häuser in Christiania.

»Er war wohl für einen Film in Dänemark, an die Details erinnere ich mich nicht.« Erik betrachtete liebevoll das Bild und stellte es auf den Tisch, sodass er das Fotoalbum aufschlagen konnte. »Und ich erinnere mich auch nicht, ob ich dir jemals diese Bilder aus seinem Nachlass gezeigt habe. Die sind aus den Jahren, nachdem Großmutter von uns gegangen war. Als du noch klein warst.«

Er schlug das Album auf und blätterte an Weihnachtsabenden und Sommerferien vorbei, bis er zu Aufnahmen mit viel Natur kam. Liv sah Wasser und grüne Zweige, Erdhaufen und bemalte Holzhäuser.

»Die sind aus dem Sommer, als du mit ihm in Kopenhagen Ferien gemacht hast. Ich kann mich erinnern, dass er dich mit nach Christiania genommen hat.«

Sie lachte. »Großvater hat mich doch nie mit da rausgenommen.«

»Kannst du dich nicht erinnern? Auf den Bildern musst du zehn, elf Jahre alt sein.«

Er reichte ihr das offene Album über den Tisch, sodass sie die Fotos sehen konnte. Richtig, sie und ihr Großvater zusammen am Eingang zu Christiania, sie erkannte ihren gestreiften Anorak. Auf einem anderen Bild drückte sie einen Plüschtiger an sich. Auf einem dritten standen sie zusammen vor einer Hütte am Wall. Liv erkannte sich, doch es war, als sähe sie eine Fremde an. Dafür spürte sie, wie ihr Magen sich zu einer harten Kugel zusammenzog, die sie am Atmen hinderte. Sie begann zu schwitzen.

»Das war er, das meinte ich doch.« Erik gab ihr zu verstehen, eine Seite zurückzugehen. »Guck, da steht ihr!«

Liv blätterte und sah ein Gruppenbild von sich und ihrem Großvater in Shorts und mit Federballschlägern zusammen mit einem fremden Mann und einer fremden Frau. Sie sah zu ihrem Vater hoch und schüttelte verwirrt den Kopf.

Er runzelte die Stirn. »Ist irgendetwas nicht in Ordnung, Schatz?«

»Nein, nein, ich habe nur etwas Magenschmerzen. Das hat nichts zu bedeuten. Wer ist das auf dem Bild?«

»Erkennst du ihn nicht?« Erik zeigte auf den Mann. »Ich weiß nicht, wer die Frau ist, aber das ist Bo Riebenau.«

*

Nima versetzte dem großen Hund mit dem grauen Fell einen Klaps und setzte seinen Weg über den Platz fort. Christiania war morgendlich still, und dafür war er dankbar. In der Hand knüllte er die Tüte mit den Gummibärchen zusammen. Er kam an der verlassenen Pusher Street vorbei, die einmal vierundzwanzig Stunden am Tag vor Aktivität gebrummt hatte. Jetzt war sie geschlossen und lag verwaist da.

Er ging zu der Bäckerbude und kaufte sich eine Tasse Kaffee, stellte sich an den kleinen Tisch und trank, während er sich die laufende Herbstnase putzte. Eigentlich musste er in die Werkstatt, um zu arbeiten, doch zuerst wollte er das hier in Ordnung bringen. Die Drogen loswerden, das Loch im Damm schließen. Anschließend musste er sich um Shirin kümmern. Er überlegte noch einmal, zu seiner Schwester Daria rauszufahren und sie um Hilfe zu bitten. Sie würde bestimmt wissen, wie man einen aufsässigen Teenager zur Raison brachte.

Nima war sich durchaus darüber im Klaren, dass das mit den Drogen nicht seine Schuld war. Shirin war in einem von Drogen und Missbrauch geprägten Elternhaus aufgewachsen. Aber sie hatte ihn auch mehr als einmal einen Joint rauchen sehen. Sie wusste, dass ihr Onkel hier rausfuhr, und kannte den Namen seines festen Dealers Mike. Er war wohl nicht das beste Vorbild.

Er wärmte sich die Finger an der Tasse und sah sich auf dem Platz um. Asiatische Touristen in Dreier- und Fünfergruppen, ein barfüßiger junger Mann mit einem Gitarrenkasten auf dem Rücken und ein paar ältere Verkäufer. Die verschärfte Strafzone hier draußen hatte den Handel weniger sichtbar gemacht, doch in den Ecken lief er noch immer. Hin und wieder kreuzte ein Radfahrer mit Brettern oder Kisten mit Metallzeug auf dem Gepäckträger den Platz.

Ein Pferdeschwanztyp kam zu ihm rüber und stellte sich etwas zu nah neben ihn.

»Willst du was kaufen?«

»Ich suche Mike. Ist er heute hier?«

»Du kannst bei mir kaufen und es an der Metro abholen.«

Nima schüttelte den Kopf. »Danke, ich brauche Mike.«

Der Pferdeschwanz sah ihn lange an. »Das letzte Mal habe ich ihn unten am Wasser gesehen. In der Nähe von Morten Pynts rotem Haus.«

»Danke.«

Der Pusher nickte und ging mit einem lässig über die Schulter gemurmeltem *whatever* weiter. Nima trank seinen Kaffee aus und schlug die entgegengesetzte Richtung rund um Fredens Ark und am Wasser entlang hinten um Nemoland herum ein. Er kam an einem grünen Schuppen vorbei, den sie Kone Søges – »Frau gesucht« – nannten und in dem der Waldtroll wohnte. Hier war Nima nach einem Konzert einmal mit einem Mädchen auf einer Schaumgummimatratze abgestürzt. Unmittelbar hinter Kone Søges lag ein rot angestrichenes Holzhaus am Wasser. Das musste Morten Pynts sein. Es war hübsch gestaltet und gut in Schuss, hätte ebenso gut das Sommerhaus eines reichen Typen in Tisvilde sein können wie die Wohnung eines Freigeists in der Hauptstadt.

Auf der anderen Seite des roten Hauses stand Mike auf

dem Weg vor einer kleinen grauen Hütte und sah auf sein Handy. Als Nima näher kam, steckte er es in die Tasche.

»Nima, was gibt's?«

Mike gab ihm auf Hip-Hopper-Art die Hand. Sein schwarzes Haar war glatt zurückgekämmt, und am Handgelenk blinkte eine Sportuhr auf und zeigte seinen Puls an. Fünfundsechzig Schläge in der Minute, ein ruhiger Mann, oder er war wirklich gut in Form.

»Hast du trainiert?« Nima befreite sich aus dem unangenehmen Griff.

»BJJ, Bruder. Brasilianisches Jiu-Jitsu.« Mike spannte unter der Fleecejacke die Muskeln an einem imponierenden Oberarm an. »Alle MMA-Kämpfer machen das, das hält dich super in Form.«

»Kampfsport ist nicht meins.«

»Das ist doch eigentlich so ein Araber-Ding.« Mike, der selbst aus dem Nahen Osten kam, zwinkerte ihm zu.

»Ich bin Perser, kein Araber. Was machst du hier unten?«

»Ich brauchte eine Pause. Bei Lalikas Hütte hat man meistens seine Ruhe.«

Nima sah sich um. Die Hütte war aus Holz gebaut, über die Jahre aber mit Sperrholzplatten repariert worden und hatte etwas von einem baufälligen Schuppen.

»Lalikas Hütte, Mann! Hast du davon noch nie gehört? Es heißt, dass hier mal jemand ermordet wurde.« Mike zog die Brauen hoch. »Okay, scheiß drauf. Was brauchst du?«

»Eigentlich bin ich nicht hier, um was zu kaufen. Im Gegenteil, ich möchte etwas zurückbringen.« Nima hob die Tüte hoch und raschelte damit.

Mikes Augen streiften sie kurz, als hätte er es eilig, aber er sagte nichts, stand nur abwartend da.

»Meine Nichte hatte gestern eine Tüte mit THC-Gummibärchen mit in der Schule«, erklärte Nima. »Sie sagt, dass sie sie von jemandem hier draußen bekommen hat, will aber nicht damit herausrücken, von wem.«

»Und du glaubst, dass ich das weiß?« Das freundliche Blitzen in seinen Augen war verschwunden, und ein Schleier aus Misstrauen verdeckte die dunkelbraune Iris.

»Das habe ich nicht gesagt!« Nima hob beschwichtigend die Hände und versuchte, seinen Dealer anzulächeln. Er kaufte seit Jahren bei ihm, das musste doch was wert sein?

Mike beugte sich zu Nima vor. »Du solltest es besser wissen, als hier herauszukommen und solche Fragen zu stellen, Bruder.« Er sah über seine Schulter. »Ich helfe dir nur, weil es um deine Familie geht und weil du ein guter Kunde bist. Wie alt ist deine Nichte?«

»Fünfzehn.«

Der Dealer verdrehte die Augen und seufzte, dass ihn eine Dampfwolke einhüllte. »Das Rekrutieren beginnt seit Neuestem schon bei den Jüngsten. Gummibärchen und Vapes, zunächst ganz unschuldig. Es geht darum, sie in den Club zu bekommen, du weißt schon, und dann raus in die Schulen und auf die Spielplätze.«

»Rekrutieren?«

»Die netten Jugendlichen bekommen die Ware gratis, die sie an die anderen Schüler weiterverkaufen sollen. Anfangs dürfen sie den Gewinn behalten, doch dann schnappt die Falle zu. Bevor sie sichs versehen, haben sie Schulden, die sie abarbeiten müssen, indem sie Amphetamine und Koks verkaufen. Das Ganze hat System.«

»Von wem bekommen sie das Zeug? Wem soll ich das hier zurückgeben?«

»Das kann ich dir nicht sagen, mein Freund.« Mikes

Laufuhr piepte, und er sah aufs Display. »Aber glaub mir, diese Leute sind wirklich schlechte Gesellschaft. Tut euch selbst einen Gefallen, und haltet euch von denen fern.«

*

Liv stellte das Auto auf den Parkplatz hinter Føtex und ging die Tullinsgade entlang nach Hause, das Fotoalbum ihres Großvaters unter dem Arm. Hinter der Stirn, wo in der Regel ein Gedankenchaos herrschte, war es leer. So musste es sich anfühlen, dement zu sein, dachte sie, und im selben Moment rief Petter an.

»Hast du geschlafen?«

»Ein paar Stunden.«

Liv kam an dem vornehmen Buchladen vorbei, vor dem oft kluge Menschen mit Zigaretten und Büchern auf der Bank draußen saßen, aber nicht heute.

»Ich weiß genau, dass du das nicht hören willst, aber könntest du nicht wenigstens darüber nachdenken, mit einem Traumatherapeuten zu reden, Kleine? Das ist ein ganz normaler Vorgang, wenn man etwas erlebt hat, das …«

»Stehe ich immer noch unter Verdacht?« Er hatte recht, sie wollte das nicht hören.

»Wie bitte?«

»Komm schon, Petter. Ich war während eines Mords vor Ort. Ihr habt mich mit dem Blut des Opfers am Körper angetroffen.«

Er brummte neutral. »Eure Telefongespräche gestern stützen deine Zeugenaussage, und es deutet nichts darauf hin, dass ihr schon vorher Kontakt hattet, du stehst also nicht im Brennpunkt des Interesses.«

»Das freut mich zu hören.«

Sie bog nach links in den Værnedamsvej ein und atmete die Gerüche aus den Restaurants ein, in denen das Mittagessen vorbereitet wurde, den Geruch von Rippchen und köchelnden Fonds. Ein Fahrradkurier schnitt sie, als sie die Straße überquerte.

»Wir haben die Anrufe auf Bos Telefon zurückverfolgt – die von der unterdrückten Nummer, die ihn nervös gemacht haben.«

»Das ging schnell.«

»Der Idiot hatte keine unterdrückte Nummer, er hat nur #31# gewählt, bevor er angerufen hat, sodass Bo nicht sehen konnte, wer es war. Es hat unseren Techniker nur wenige Minuten gekostet, ihn zu finden. Zweihundertfünfzigmal hat er in den letzten Wochen angerufen, oft mitten in der Nacht.«

»Wer ist es?«

»Sonny Harbeck, schon mal von ihm gehört?«

»Nein.«

»Er hat vor vier Jahren eine Zeit lang im Obdachlosenheim für Männer gewohnt und ist mit einem der anderen Bewohner aneinandergeraten. Es ist richtig hässlich geworden und hat mit einer Verurteilung wegen Gewalt geendet. Bo hat ihn vertreten und ein gutes Urteil erzielt. Offener Vollzug und anschließend ein halbes Jahr mit Fußfessel in einer Wohneinrichtung mit Unterhaltszahlung. Doch dem Leiter der Einrichtung zufolge hat Sonny das anders gesehen.«

Liv war am Zebrastreifen in der Vesterbrogade angelangt und blieb bei Rot stehen. Das Piepen des Stoppsignals klang unnatürlich laut.

»Was sagt Sonny selbst?«

»Wir können ihn erst jetzt befragen. Er war betrunken und high von Schmerztabletten, als wir ihn abgeholt haben. Es hätte keinen Sinn gemacht, mit ihm zu reden, sodass er die Nacht in der Ausnüchterungszelle verbracht hat … Bist du noch da?«

»Ja, sorry, ich bin gerade nach Hause gekommen und schließe die Tür zum Hof auf.«

»Willst du bei uns schlafen, bis wir sicher sind, dass er es war? Jetzt, wo die Mädchen ausgezogen sind, haben wir ja ein schönes Gästezimmer …«

»Nein danke. Selbst wenn der Täter noch frei herumläuft, ist die Wahrscheinlichkeit, dass er es auf mich abgesehen hat, verschwindend gering. Ich habe ihn ja nicht gesehen.« Sie ging um das hintere Haus herum zu ihrer eigenen Haustür und schloss auf, stieß die Tür auf und legte das Fotoalbum auf den kleinen Esstisch in der Küche. Sie legte eine Hand auf das warme Leder des Umschlags. Es roch alt und verstaubt, es roch nach Großvater.

Petter wollte etwas sagen, musste jedoch husten. Der Husten endete in einem Räuspern.

»Gut. Solange du dir keine Sorgen wegen frei herumlaufenden Tätern machst. Ich melde mich, sobald wir Sonny befragt haben.«

Liv spürte nach. Sie machte sich Sorgen, natürlich tat sie das. Aber das musste er nicht wissen.

CHRISTIANIA, JULI 1984

Die Gemeinschaftsküche liegt an der berüchtigten Pusher Street, ein paar Minuten von dem kleinen Haus am Wallgraben entfernt. Carl nimmt den Weg durch die alte Kaserne und kommt unterwegs an mehreren Gerüsten vorbei. An einer Stelle werden zwei Bauwagen zu einem kleinen Haus umgebaut und daneben neue Fenster in ein Mietshaus eingesetzt.

Um die Bauplätze herrscht reges Leben, Leute in Blaumännern schleppen Gipsplatten und Schutt, und ein Zementmischer lärmt. Abgesehen von dem Fehlen von schwerem Material gleichen sie den meisten anderen Baustellen. Und nicht gerade dem Bild von Hippieträgheit, das er sonst vor sich sieht, wenn das Gespräch auf die Freistadt kommt.

Drinnen ist die Temperatur gnädiger. Carl wischt sich den Nacken mit einem Taschentuch ab und lässt den Blick über die langen Tische und die Holzbänke der Gemeinschaftsküche schweifen.

An einem sitzt eine Frau, einen Fuß hochgelegt und einen alten Kinderwagen mit einem schlafenden Säugling neben sich. Sie trägt eine abgeschnittene Jeans und ein rosa T-Shirt ohne etwas darunter, ihr blondes Haar wird von einem Tuch zusammengehalten, wie er es schon bei französischen Schauspielerinnen gesehen hat. Der Fuß auf der Bank ist verbunden.

»Hat da ein Arzt einen Blick drauf geworfen?«

Sie sieht auf und lächelt. Ihre Augen sind sehr blau und die Vorderzähne etwas zu groß für den Rest des Gebisses.

»Die Glasscherbe ist raus. Es ist nur eine kleine Wunde. Sind Sie der Polizist, auf den ich warte?«

Er muss lachen. »Carl Jensen. Sie müssen Ida sein. Und wer ist das?« Er sieht auf das Baby hinunter, das auf dem Rücken liegt, die Arme über dem blonden Kopf.

»Sie heißt Magda, ich passe tagsüber auf sie auf. Sie wird wohl gleich aufwachen.« Ida rutscht ein Stück, sodass er sich neben sie setzen kann.

»Haben Sie eine Tetanusimpfung erhalten?«

»Ja.« Das Lächeln erstrahlt eine Sekunde, dann erlischt es abrupt. »Er war tot, nicht? Niemand will mir etwas sagen.«

»Leider ja. Sind Sie okay?«

»Ich komme zurecht, danke. Er ist leider nicht der erste Junkie, der in Christiania stirbt.« Sie seufzt. »Als ich hier rausgezogen bin, ist Christiania fast in harten Drogen ertrunken. Wir anderen haben uns um die Junkies gekümmert und eine Weile als unbezahlte Sozialarbeiter fungiert. Aber die Stoff-Blockade hat geholfen. Jetzt haben wir Entzugsangebote, und die Hilfe ist systematisiert worden.«

Carl setzt sich auf die Bank, vorsichtig, um nicht an den verletzten Fuß zu kommen.

»Erzählen Sie mir, wie Sie ihn gefunden haben. Soweit ich meinen Kollegen verstanden habe, haben Sie einen Spaziergang am Wall gemacht und sich eine Glasscherbe in den Fuß getreten?«

Sie nickt. »Es ist auch dumm, da draußen barfuß herumzulaufen. Ich habe bei Alban geklopft, um ihn um ein Pflaster oder etwas Toilettenpapier zu bitten, und als er nicht geantwortet hat, bin ich reingegangen. Das machen wir hier draußen so.«

»Die Tür war nicht abgeschlossen?«

»Nein.«

»Was ist dann passiert?«

Sie schnappt nach Luft und hält sie einen Moment an. »Es roch übel in der Hütte. Ich habe gedacht ... vielleicht haben ein paar Landstreicher die Hütte als Toilette benutzt. Aber dann habe ich ihn mit offenen Augen auf der Pritsche liegen sehen. Ganz still.«

»Was haben Sie gemacht, als Sie ihn gesehen haben?«

Wieder eine kleine Pause. Vielleicht ist sie einfach der Typ, der erst nachdenkt, bevor er spricht. »Ich habe seinen Namen gerufen. Bestimmt mehrmals, aber er hat nicht reagiert.«

»Sind Sie zu ihm gegangen?«

Sie schüttelt den Kopf, als wäre ihr der Gedanke unangenehm. »Ich hatte Angst. Er lag ganz still, und seine Augen waren glasig. Deshalb bin ich hierhergelaufen, weil ich wusste, dass es hier ein Telefon gibt, mit dem ich Hilfe rufen kann. Ich habe nicht einmal gewagt, jemanden auf dem Weg anzusprechen, weil ich Angst hatte, dass er etwas Falsches tun könnte, bevor die Polizei kommt.«

Carl macht sich Notizen. Dann muss sie sich ziemlich sicher gewesen sein, dass er tot war.

»Woher kennen Sie Alban Vitting-Hansen?«

»Er war mit meiner Freundin Mette zusammen, mit der ich im Keramikhaus arbeite. Manchmal jedenfalls.« Sie streckt die Hand nach dem Fuß aus und richtet den Verband. »Also, sie waren manchmal zusammen, meine ich.«

Er zieht fragend die Augenbrauen hoch, und sie macht eine feine, kleine Handbewegung, wie um zu zeigen, dass es hier ganz normal ist, einen Teilzeitfreund zu haben.

»Alban war oft unterwegs, und in der Zeit hat Jørn bei Mette gewohnt.«

Carl zieht ein Notizbuch aus der Hintertasche, blättert und schreibt die Namen auf.

»Und das war für Alban okay?«

»Jørn wohnt normalerweise mit Louise zusammen. Alle scheinen mit dem Arrangement zufrieden.« Sie lächelt traurig. »Aber Alban hat gerne gefeiert. Er hatte einen richtig schlechten Einfluss.«

»Ich gehe mal davon aus, dass Sie von Drogen sprechen?«

Ida nickt. »Früher haben er und Mette hin und wieder zusammen Heroin gespritzt. Aber sie hat damit aufgehört.«

»Wo wohnt Mette … Wie heißt sie eigentlich mit Nachnamen?«

»Sie wohnt in einem Kollektiv in Fredens Ark, im gleichen Treppenhaus wie ich. Ich kann mich an den Nachnamen nicht erinnern, die brauchen wir hier draußen nicht so oft. Aber sie ist vor knapp einer Woche abgereist. Ich weiß nicht, wohin.«

Carl macht sich Notizen. Dann war die Freundin also nicht in der Nähe, als Alban starb. Vielleicht hat er mit ein paar anderen gefeiert?

»Wohnt Alban in der Hütte am Wasser?«

»Er hat sie nur von Lalika geliehen, während sie in Nepal ist. Soweit ich weiß, wohnt er sonst in einer besetzten Wohnung in der Innenstadt.«

Er nickt. »Was können Sie mir sonst noch über Alban erzählen?«

»Nicht viel, fürchte ich. Er ist Aktivist in der Fotogruppe Regina. Ich habe mir ihre Ausstellung im Kulturhaus in der Magstræde angesehen.«

»Wann haben Sie ihn zuletzt gesehen?«

Sie schüttelt langsam den Kopf. »Das ist eine Woche her. Er und ich sind nie Freunde geworden. Tut mir leid, ich wünschte, ich könnte Ihnen mehr helfen.«

Carl nimmt Augenkontakt zu ihr auf und meint, ein kleines Zögern zu sehen. Er schlägt das Notizbuch zu.

»Es kann sein, dass wir noch einmal mit Ihnen reden müssen. Haben Sie ein Telefon?«

»Nein, Sie müssen schon vorbeikommen, wenn Sie noch etwas von mir wollen.«

Magda rührt sich im Kinderwagen. Ida nimmt den verletzten Fuß von der Bank und zieht vorsichtig eine Socke über den Verband. Als beide Füße bestrumpft sind, steckt sie sie in ein Paar gelbe Holzschuhe und steht vorsichtig auf. Ihre Beine sind lang und braun.

Carl steht ebenfalls auf.

»Wissen Sie, ob Alban mit dem Generalstaatsanwalt verwandt ist?«

»Manche sagen das, aber ich weiß nicht, ob es stimmt, und es ist mir auch egal.« Sie sieht ihn ausdruckslos an. »Wenn man hier rauszieht, ist man ein unbeschriebenes Blatt. In gewisser Weise lässt man die Welt hinter sich. All das, was draußen Status einbringt, zählt hier nicht.«

»Und was zählt dann?«

»Ein anständiger Mensch zu sein.« Sie legt ihm eine Hand auf die Brust. Es ist zu intim, fast schon unpassend, aber er rückt nicht ab.

KAPITEL 5

»Brauchst du Hilfe?«

Hannah hockte hinter dem karierten Wohnzimmersessel. Liv stand in der Tür und sah sie an.

»Könntest du mir helfen? Der ist furchtbar schwer.«

»Wo soll er hin?«

»In die Rahmenwerkstatt.« Hannah griff nach den hinteren Stuhlbeinen und stand probeweise auf. »Schaffst du das?«

»Ich habe bestimmt das leichtere Ende«, schnaufte Liv.

Hannah spürte, wie ihr der Holzrahmen des Sessels in die Finger schnitt, biss aber die Zähne zusammen. »Geht das?«

»Ja, ja, kein Problem.« Liv wischte sich die Stirn mit dem Handrücken ab. »Sollen wir?«

Hannah hob als Antwort den Sessel an, und zusammen schafften sie ihn in die Werkstatt und auf seinen neuen Platz gegenüber dem Sofa.

»Muss noch mehr rüber?« Liv lächelte und stützte sich auf den Stuhlrücken.

»Nein, alles gut. Aber danke für die Hilfe.«

Hannah schob den Couchtisch zwischen Stuhl und Sofa und stellte die Stehlampe neben die Armlehne. So könnte es gehen.

Als sie aufblickte, stand Liv immer noch da und sah ihr zu, das kindliche Gesicht in ernste Falten gelegt.

»Ich habe über etwas nachgedacht.« Liv sah beklommen aus. »Du bist doch Traumapsychologin?«

»Ja?«

»Es ist nur, weil ... Gestern habe ich etwas Unangenehmes erlebt.« Sie sah aus, als würde sie das Für und Wider abwägen, dann nickte sie vor sich hin. »Ich bin in einem Keller eingeschlossen worden, während ein Täter oben im Wohnzimmer meinen Kunden umgebracht hat.«

»Was sagst du da?« Hannah sah Liv mit offenem Mund an. »Das klingt heftig. Bist du okay?«

»Na ja, heute Nacht habe ich nicht so gut geschlafen.«

»Klar.« Sie nahm die Sofakissen vom Boden hoch, schüttelte sie und legte sie an ihren Platz. Sie sah die junge Frau forschend an. »Willst du darüber reden?«

Liv zuckte die Schultern. »Vielleicht.«

»Sag einfach Bescheid.«

»Yes, danke.« Liv sah zur Diele hin, biss sich auf die Lippen und nickte. »Heute Morgen haben meine Eltern mir ein paar Fotos aus der Zeit gezeigt, als ich zehn Jahre alt war, aber ich kann mich an nichts davon erinnern. Es fühlt sich so an, als ... als wüsste ich nicht richtig, wer ich bin. Kann das der Schock sein?«

Hannah lächelte. »Das glaube ich nicht. Zudem ist es ganz normal, dass man sich an Dinge, die lange zurückliegen, nicht mehr erinnert. Ich kann mich kaum daran erinnern, was ich letzte Woche gemacht habe.«

Liv nickte, sah aber immer noch besorgt aus. »Ich habe so einen Druck auf der Brust gespürt ... Kann der Körper sich an etwas erinnern, was das Gehirn vergessen hat?«

»Kann damals etwas passiert sein, das dein Unterbewusstsein für nötig gehalten hat zu vergessen?«

Liv gab ein höhnisches *tsst* von sich.

»Verdrängung«, fuhr Hannah fort, »ist nicht nur

schlecht. Sie kann einen davor schützen, von schrecklichen Erinnerungen zu sehr belastet zu werden. Aber es kann sehr viel Energie kosten, unschöne Erinnerungen zu verdrängen.«

»*Falls* man entdeckt, dass man mit so einer Verdrängung lebt, wie wird man die dann los?«

»Durch Therapie.«

Liv brummte und ging zur Haustür hinaus. Kurz darauf knallte diese zu.

Eine drollige junge Frau, dachte Hannah, und das nicht zum ersten Mal. Verschroben und drollig. Sie wirkte wie jemand, der zwar mit einem scharfen analytischen Verstand ausgestattet, jedoch außerstande war, ihn bei sich selbst anzuwenden. Jemand, der Angst hatte vor dem Dunkel in den eigenen Gedanken. Das haben die meisten von uns in der einen oder anderen Ausprägung, doch bei Liv schien die Angst ihre Wurzeln auch in der Familie zu haben. Vielleicht ein vererbtes Trauma? Dieses Phänomen beschäftigte sie im Moment selbst sehr viel. Ihre Mutter hatte oft von diesem Leeregefühl gesprochen, das viele Juden empfinden und an die nächste Generation weitergeben, weil sie es nicht schaffen, den Schmerz von Krieg und Vertreibung zu verarbeiten.

Hannah setzte sich an den Schreibtisch und schaltete den Computer an. Es würde Zeit brauchen, eine private Patientenkartei aufzubauen, hoffentlich lockte der Artikel in der Psychologiezeitschrift einige Klienten an. Sie öffnete das Dokument und begann in ihren Notizen zu lesen.

Das Telefon klingelte und zeigte eine unbekannte Nummer an, sie meldete sich zögernd.

»Ja, hallo?«

»Hei, spreche ich mit Hannah Leon?«

Die Stimme gehörte einem Mann, den sie nicht kannte.

»Äh, ja, mit wem spreche ich?«

»Mein Name ist Nikolaj. Ich bin Redakteur bei der Zeitschrift *Psykologi*, für die Sie einen Artikel schreiben. Wir haben gemailt …«

»Das ist richtig. Ich sitze gerade daran.«

Er räusperte sich. »Wir sind uns in der Tat auch schon einmal begegnet. Auf dem Sommerfest im Riget. Ja, und jetzt ist Ihr Name bei dem Redaktionstreffen gefallen, und ich habe mir gedacht … Vielleicht geht es ja nur mir so, aber … haben Sie Lust, mit mir einen Kaffee zu trinken? Wenn dem nicht so ist, bitte ich vielmals um Entschuldigung, und Sie hören nie wieder von mir.«

Hannah musste sich fast die Hand vor den Mund halten, um nicht aus reiner Überraschung zu lachen. Wie sah er aus? Mittelgroß, schlank, blond vielleicht, er war ihr nicht aufgefallen.

»Öh … ich weiß nicht so recht.«

Er beeilte sich einzulenken. »Entschuldigung, das ist bestimmt unpassend. Seien Sie so nett und vergessen Sie es.«

»Nein, so war das nicht gemeint.«

Sie sollte sich einfach verabschieden und auflegen, doch stattdessen lachte sie. Flirtend. Es war schön, von einem Mann umworben zu werden und die Schmetterlinge im Bauch abheben zu spüren.

»Ich trinke gerne eine Tasse Kaffee mit Ihnen, Nikolaj.«

*

Zu Hause in der Kellerwohnung stellte Liv das Fotoalbum ins Regal und beschloss, die Ereignisse des Abends und alles, woran sie sich nicht erinnern konnte, zu vergessen. Sie schaltete den Computer an und sah die Excel-Datei mit dem Monatsbudget vor sich auf dem Bildschirm. Niedergeschlagen löschte sie den Posten mit Bos Honorar und stellte fest, dass unterm Strich ein Minus herauskam. Es war natürlich nicht sehr einfühlsam von ihr, an die Finanzen zu denken, wenn ein Mann ermordet worden war, aber bekanntermaßen ist es leichter, nicht an Geld zu denken, wenn man welches hat.

Das Telefon klingelte, wieder war es Petter.

»Das ging schnell. Habt ihr Sonny befragt?«

»Ja, ich bin gerade in mein Büro zurückgekommen.«

»Glaubst du, er war's?« Liv fand einen halben Mars-Riegel auf dem Tisch und biss hinein.

»Ich weiß nicht recht. Wir warten noch auf die technischen Proben aus Bos Haus, vielleicht können die nachweisen, dass Sonny sich am Tatort aufgehalten hat. Aber er sagt, dass er gestern allein zu Hause war und kann ziemlich genau Auskunft geben, welche Filme er gesehen und wie viel Wodka er getrunken hat.«

»Das ist doch kein Alibi.«

»Nein.« Petter zündete sich eine Zigarette an und blies den Rauch in den Hörer. »Und er war wütend auf Bo Riebenau und hat ihn angerufen, das leugnet er nicht. Aber er sagt, dass er noch nie in seinem Haus war und ihn nicht umgebracht hat.«

»Und was meinst du?«

»Ich meine, dass er ins Profil passt.«

»Aber dass er es nicht war?«

Petter brummte bestätigend. »Er ist ein armes Schwein und ein Hitzkopf, aber einer von denen, die das schon immer waren. Unglücklich geboren und von Anfang an wütend auf die Welt.«

»Die Wut richtete sich nicht nur auf Bo, sondern auch auf andere?«

»Ja, und die hat er schließlich nicht umgebracht ... Ich

weiß es nicht, meine Kollegen scheinen ziemlich überzeugt, dass er es gewesen sein muss, aber ich mag dem nicht so recht folgen. Sag mal, kannst du nicht aufhören zu essen, während wir telefonieren? Das ist verdammt irritierend.«

»Klar, wenn du die Zigarette ausmachst.«

Er seufzte und rauchte demonstrativ weiter.

»Nee, dachte ich mir doch.« Liv steckte sich das letzte Stück Schokolade in den Mund. »Okay, Petter, danke für die Information. Ich hoffe, ihr findet den richtigen Täter.«

»Wie meinst du das? Ist dir das egal?«

»Das klingt ein bisschen so, als wolltest du meine Hilfe in deinem Mordfall.«

»*Meinem* Mordfall? Du warst im Keller, während es passiert ist! Bist du nicht daran interessiert herauszufinden, wer dich da eingeschlossen und Bo umgebracht hat?«

Sie ließ sich mit der Antwort so viel Zeit, wie sie irgend konnte.

»Da vertraue ich ganz darauf, dass die Polizei das schafft.«

Er seufzte tief. »Was willst du?«

»Das ist doch eher meine Frage. Ich bin mehr als reichlich damit beschäftigt, die Miete zu verdienen und eine Bewerbung an die Polizei von Kopenhagen zu schreiben. Was willst du also von mir?«

»Deine Hilfe, Liv.« Er sprach so leise, dass sie das Telefon ans Ohr pressen musste. »Ich habe Angst, etwas zu vergessen oder eine Spur zu übersehen, weil ...«

Sie wussten beide, warum. In dem Moment, in dem Petters Kollegen Wind von der beginnenden Demenz bekamen, war es aus für ihn bei der Polizei. Er bewegte sich auf dünnem Eis. Und in gewisser Weise tat sie das auch. Aber konnte sie ihn hängen lassen, wenn er sie am meisten brauchte?

»Du wirst irgendwie Geld für mich auftreiben müssen, damit ich meine Rechnungen bezahlen kann.«

»Das ist nur fair. Ich treibe ein Beraterhonorar auf. Bringt uns das weiter?«

Sie lächelte in den Hörer. »Was soll ich tun?«

»Die ersten achtundvierzig Stunden sind bei einer Ermittlung entscheidend, das weißt du. Wenn es nicht Sonny war, hat unser richtiger Täter bereits einen allzu großen Vorsprung. Was wäre dein nächster Schritt, wenn es dein Fall wäre?«

Liv dachte nach. »Ich halte es für plausibel, dass ein ehemaliger Mandant die Nase von Bo voll hatte. Er hat jedenfalls seine Akten im Keller erwähnt und davon gesprochen, dass man Rücksicht nehmen müsse. Das Thema schien ihn unangenehm zu berühren. Ich möchte da runter und sie mir ansehen.«

»Ich kann dir keinen Zugang zu einem Tatort verschaffen.«

»Hmm ... nein ... Sind die Kriminaltechniker fertig mit den Proben?«

»Ja. Bos erwachsene Kinder dürfen jetzt ins Haus. Sie möchten gerne anfangen, die Sachen ihres Vaters zusammenzupacken.«

»Ich habe immer noch meine Sachen im Haus, die muss ich irgendwann holen ...«

Petter brummte. »Der Sohn wohnt mit seiner Familie im Ausland, aber die Tochter hat eine Adresse in Kopenhagen, sie könnte dich also reinlassen. Viola Riebenau. Soll ich dir ihre Telefonnummer schicken?«

»Ja bitte.«

Liv legte auf und wartete, bis sie die Nummer hatte. Dann rief sie Bos erwachsene Tochter an.

»Bist du unterwegs?«

Weder ein *Hei* noch ein *Viola*, sondern direkt und schonungslos. Liv zögerte.

»Äh, hier ist Liv Jensen. Ich bin Privatdetektivin. Ich weiß nicht, ob …«

»Ich dachte, das wäre mein Bruder. Entschuldigung.«

»Ich habe für Ihren Vater gearbeitet. Ich war gestern bei ihm, als … Die Polizei hat mich nicht erwähnt?«

»Ah …« Sie seufzte und schwieg. Es dauerte eine Weile, bis Liv klar wurde, dass sie weinte.

»Es tut mir leid.«

»Ich laufe in seinem Haus herum … Da ist immer noch Blut auf dem Boden.«

Liv räusperte sich verlegen. »Entschuldigung, dass ich anrufe und störe, aber ich muss meine Kameras abholen. Es dauert nicht lange.«

»Ja, natürlich.« Sie putzte sich die Nase. »Mein Bruder landet erst heute Abend, aber ich bin den Rest des Tages im Haus. Kommen Sie einfach vorbei.«

*

Daria begrüßte sie stürmisch. Die schwarzen Locken tanzten um ihr rundes Gesicht, sie lächelte breit, und ihre Augen strahlten.

»Mein Schatz!« Sie zog Shirin in eine feste Umarmung. Shirin wehrte sich nicht, lächelte und umarmte sie ebenfalls.

Nima empfand einen Stich von Eifersucht angesichts ihrer Vertrautheit. »Jetzt ist aber Schluss, ihr beiden! Darf ich vielleicht mal vorbei?«

Daria lächelte und tätschelte ihm die Wange. »Hei, Bruderherz, gut, dich zu sehen. Morten ist noch auf der Arbeit, ich soll grüßen.«

»Danke, grüß zurück.«

»Wir setzen uns in die Küche, ich habe einen Kuchen gebacken.«

Daria verschwand die Treppe des Genossenschaftshauses hinauf, in dem sie mit ihrem Mann und ihren drei Kindern wohnte. Sie war Biomedizinerin und einer der kompetentesten Menschen, die Nima kannte. Er bekam ein schlechtes Gewissen, wenn er sich vor Augen hielt, was sie an einem Tag alles schaffte. Aber wenn er Hilfe brauchte, war sie die Erste, an die er sich wandte.

Shirin holte ihr Handy heraus und starrte auf das Display, während sie die Treppe hochging. Nicht einmal eine kleine Pause konnte sie ihrem Gehirn gönnen, die fünfzehn Sekunden, die es brauchte, um nach oben zu kommen, mussten partout mit Unterhaltung gefüllt werden.

»Komm, gib mir das mal!« Nima nahm ihr das Telefon aus der Hand und steckte es in die Tasche.

»What the fuck tust du?«

»Ich behalte es. Du sollst das hier sowieso nicht benutzen.«

Shirin verdrehte die Augen. »Wie lange bleiben wir? Ich muss noch Geschichte machen, du erinnerst dich?«

»Das kannst du auch, wenn wir nach Hause kommen. Müsst ihr nicht erst heute Abend um acht online abgeben?«

»Trinken wir nur zusammen Tee?«

»Was meinst du?«

Sie riss die Augen auf, als wäre er schwer von Begriff.

»Jetzt komm!« Nima scheuchte sie weiter die Treppe hoch und holte tief Luft. Das machte er oft, bevor er seine kleine Schwester besuchte, aber heute richtete sich sein Unmut eher gegen Shirin als gegen Daria.

Ihm fiel auf, dass Shirin die teure Tasche über der Schulter hatte, sodass sie gegen ihre Hüfte schlug.

»Wo hast du die her?«

»Die hat Mama gehört. Ich hab sie geerbt.«

Nima wusste, dass sie log. Die Tasche war neu. Aber etwas ließ ihn den Mund halten. Konfliktscheue wahrscheinlich.

In der Küche duftete es nach Selbstgebackenem. Er lehnte den Kuchen ab und setzte sich stattdessen mit einem Glas Tee, schlug die Beine übereinander und versuchte, erwachsen zu sein.

»Sind die Kleinen im Kindergarten?«

»In der Schule, ja.« Daria setzte sich mit einem Teller mit Bienenstich neben ihn und leckte sich den Zucker von den Fingern. »Solltest du da nicht auch sein, Shirin?«

»Ich mache heute frei«, antwortete sie und sah ihn an, woraufhin er wegsah.

»Sie ist suspendiert worden.«

»Hä?« Daria sah von einem zur anderen. »Was soll das heißen?«

»Willst du es selbst erzählen, Shirin?«

Sie sah ihn voller Verachtung an.

»Die Schule verdächtigt sie, Drogen zu verkaufen.«

»Onkel ...«

Nima wusste, dass er aufhören sollte. Er hatte nicht den geringsten Zweifel, dass er jetzt nicht weiterreden durfte, sondern zu etwas Ungefährlichem überleiten sollte. Aber das konnte er nicht. Die Frustration schob die Worte aus seinem Mund.

»Hast du die Designertasche gesehen, die plötzlich aufgetaucht ist? Wer zum Teufel hat mit fünfzehn eine Vuitton-Tasche oder wie die Dinger heißen?«

»Die hat Mama gehört!«, rief Shirin.

»Du lügst!« Er sah seine Schwester an. »Sie lügt mich die ganze Zeit an. Was soll ich verdammt noch mal tun?«

Daria sah auf ihren Teller und sprach mit so fest zusammengebissenen Zähnen, dass er die Ohren spitzen musste, um sie zu verstehen. »Vielleicht solltest du auf den Balkon gehen und eine deiner Zigaretten rauchen, dann unterhalten Shirin und ich uns in der Zwischenzeit.« Daria stand auf und öffnete ihm die Wohnzimmertür. Ihre Wangen glühten.

Nima erhob sich. Er fühlte sich wie gelähmt vor Wut, sowohl von seiner eigenen wie von ihrer. Als er an seiner Schwester vorbeiging, zischte sie hinter ihm her.

»Du bist ein Idiot, Bruderherz. So erzieht man kein Kind.«

Nima ging ins Wohnzimmer und öffnete die Glastür zu dem kleinen Balkon, wo er hin und wieder gnädigerweise seiner Abhängigkeit frönen durfte. Er zündete sich eine Zigarette an, zog kräftig und wartete, dass er sich beruhigte.

Aus seiner Tasche kam ein *Pling*. Nima steckte die Hand hinein und holte Shirins Handy heraus. Auf dem Display leuchtete eine SMS auf.

hey schöne warum gehst du nicht an dein telefon

Der Absender war mit Bilal Abbar angegeben. Nicht unmittelbar ein Name, der ihm etwas sagte. Einen Moment später ging noch eine Nachricht ein.

wenn du weitere tüten brauchst, komm in der Bispeengen 15 vorbei … gruß :)

Viola Riebenau öffnete die Tür zum Haus ihres Vaters in einem gestreiften Seidenkimono, der ihr zu groß war. Unten guckten ein paar Jeans heraus, was Liv beruhigte. Viola war unter der exotischen Montur angezogen. Sie war auch auffallend schön und so jung, dass die verweinten Augen ihrer Schönheit nicht ernsthaft schadeten. Sie war in Livs Alter, nur sehr viel schöner.

Liv streckte die Hand aus. »Das mit deinem Vater tut mir leid.«

»Ich fasse es nicht, dass diesen Satz jemand zu mir sagt.« Viola blieb mit schlaff am Körper herabhängenden Armen stehen.

Liv zeigte in Richtung Wohnzimmer. »Ich habe gehört, dass die Techniker hier fertig sind. Haben sie hinter sich aufgeräumt?«

»Ja. Aber ich habe mich noch nicht überwinden können sauber zu machen. Mein Bruder ist von Stockholm auf dem Weg ... Das habe ich bestimmt schon gesagt, nicht?«

Liv sah zur Treppe hin. »Ich wollte meine Kameras holen.«

Viola schüttelte resigniert den Kopf. »Ich habe ihn gestern noch gesehen. Er ist auf einen Kaffee bei mir vorbeigekommen.«

»Dein Vater? Was hat er für einen Eindruck auf dich gemacht?«

»Ein bisschen gestresst. Er hat mir von den Anrufen erzählt und gesagt, dass sie ihn beunruhigen. Aber ich habe das nicht ernst genommen ... Ich habe nicht gewusst, dass er eine Privatdetektivin beauftragt hatte.«

»Das hat er auch erst gestern gemacht. Ich bin sofort gekommen.« Liv blieb mit dem Rucksack auf dem Rücken stehen, bemüht, die Unterhaltung so schnell wie möglich zu beenden, sodass sie sich in Ruhe umsehen konnte.

»Das hätte ich offensichtlich auch tun sollen.« Viola schnitt eine Grimasse. »Du warst hier, als … als mein Vater ermordet wurde?«

Liv blickte zu Boden. »Ja. Ich war gerade dabei, Überwachungskameras zu installieren, als der Täter gekommen ist. Im Keller. Meine Kameras liegen noch unten …«

»Ja. Natürlich. Du kennst den Weg.«

Liv ging den Gang hinunter Richtung Kellertür und blieb einen Moment mit der Hand auf der Klinke stehen. Ihr Körper erinnerte sich an gestern.

Sie stieg in die Dunkelheit des Kellers hinab, suchte an der Wand nach dem Schalter und blinzelte, als die Birne aufleuchtete. Sie zog schnell den Bierkasten heran und griff nach der Kamera, steckte sie in die Filzhülle und packte diese in den Rucksack. Wenn Bos Tochter nicht misstrauisch werden sollte, hatte sie maximal ein paar Minuten Zeit.

Sie ging zu dem Regal, und ihr Blick flog über die Bretter. Ordner, Schnellhefter und Plastikmappen standen dicht an dicht, die ältesten ganz links, die neuesten ganz rechts. Ihre Augen schweiften über die Jahreszahlen. Die ältesten Mappen waren von 1982, dünne Pappmappen mit einer kritzligen Schrift auf dem Rücken. Sie öffnete eine und sah, dass es sich um Vorlesungsnotizen und Seminararbeiten von 1982 und 1983 handelte. Aus seiner Studienzeit also. Etwas weiter rechts war eine Lücke in der Reihe. Die Mappe daneben enthielt weitere juristische Aufgaben und fallbasierte Studienarbeiten aus dem Jahr 1985. Sie warf wieder einen Blick hinein, ging weiter an den Brettern entlang und sah, wie sich die Jahreszahlen auf dickeren und professioneller aussehenden Mappen bis heute fortsetzten. Alles stand dicht zusammen. Nur die Mappe mit der Jahreszahl 1984 fehlte. Wenn sie mit ihrer

Handytaschenlampe in die Lücke leuchtete, konnte sie Ziehspuren in der dünnen Staubschicht sehen. Jemand hatte die Mappe erst kürzlich herausgenommen.

Liv warf sich den Rucksack über die Schulter und stieg eine Stufe nach der anderen die Treppe hoch. Sie eilte zu dem Büro, das Bo im ersten Stock hatte, wie sie sich erinnerte. Sah die ordentlichen Stapel auf dem Tisch durch und öffnete Schubladen. Keine alte Mappe. Sie drehte eine Runde durch das Stockwerk und ließ den Blick über Regale und Tische schweifen, jedoch ohne Resultat. Als sie es nicht länger hinauszögern konnte, ging sie runter ins Erdgeschoss.

Viola wartete in der Diele. »Hast du alles?«

»Es war ein bisschen schwierig, aber ich habe sie abmontiert bekommen.« Liv zeigte dümmlich nach oben. »Ich hatte auch oben eine installiert«, log sie, »doch jetzt habe ich alles und bin wieder weg.«

Viola nickte und sah verwirrt aus.

Liv blieb in der Tür stehen. »Weißt du, ob etwas fehlt?«

»Nein, was sollte das sein?«

»Vielleicht aus dem Keller?«

Viola runzelte die Brauen. »Warum sollte jemand etwas aus dem Keller stehlen? Da sind doch nur alte Sachen.«

»Dein Vater hat vor Kurzem seine Kanzlei geschlossen und sein Archiv im Keller untergebracht. Wo war das früher?«

»Er hat sich das Büro mit einem ehemaligen Studienkameraden geteilt, mit Mogens. Warum ist das wichtig?«

Liv zuckte die Schultern. »Ist es vielleicht nicht. Glaubst du, dass Mogens Einblick in die Fälle deines Vaters hatte?«

Viola nickte. »Sie haben sich wohl über das meiste ausgetauscht. Willst du seine Nummer? Die steht bestimmt im Adressbuch meines Vaters.«

»Ja, danke.«

Sie wartete, während Viola die Treppe hinauf verschwand. Eine Minute später kam sie mit einem Zettel und der Nummer zurück. Liv nahm ihn entgegen und machte einen Schritt weiter zur Tür hin.

»Du hast gesagt, dein Vater war gestern bei dir zu Hause? Könnte er etwas bei dir deponiert haben? Dokumente, von denen er nicht wollte, dass andere sie sehen?«

»Das glaube ich nicht …«

»Schau dich doch mal um. Und ruf mich an, wenn du über etwas stolperst.«

»Dich oder die Polizei?«

Liv lächelte schief. »Das ist kein Entweder-oder, ich arbeite mit dem zuständigen Ermittler zusammen. Aber ruf zuerst mich an.«

»Je mehr zuständig sind, desto besser.« Viola sah sie mit ihren großen dunkelbraunen rotgeränderten Augen an. »Entschuldigung, das habe ich ganz vergessen. Mein Vater kann dich noch nicht bezahlt haben. Schulden wir dir etwas?«

CHRISTIANIA, JULI 1984

Die ersten Journalisten finden sich bei der Hütte ein, gerade als Carl zusammenpacken will und die Sommersonne niedrig über der Stadt steht. Ein Fotograf macht Schnappschüsse von den letzten Kriminaltechnikern, die Ausrüstung und Beweismitteltüten zu den Autos tragen. Carl taucht unter dem Absperrband durch, und ein Kriminalreporter des Ekstra Bladet *läuft ihm hinterher.*

»Hallo, können Sie bestätigen, dass der Sohn des Generalstaatsanwalts tot da drinnen aufgefunden wurde?«

»Kein Kommentar. Sie müssen die Pressekonferenz abwarten.«

Der Journalist hält ihm das Mikrofon dicht vors Gesicht. »Woran ist er gestorben? Wurde der Generalstaatsanwalt unterrichtet?«

Carl schiebt das Mikrofon weg und versucht, an dem Journalisten vorbeizukommen.

»Können Sie zumindest bestätigen, ob er Drogen im Blut hatte?«

»Das Einzige, das ich bestätigen kann, ist, dass hier für heute Schluss ist.«

Der Journalist verdreht die Augen, lässt ihn aber endlich gehen. Carl eilt zu seinem Dienstwagen in der Prinsessegade und fährt die paar Kilometer um den Christianshavns Vold herum und über die Langebro zum Präsidium. Parkt und nimmt wie üblich zwei Stufen der Marmor-

treppe auf einmal hoch in den zweiten Stock, wo die Mordkommission untergebracht ist und er sich ein Büro mit Kriminalkommissar Findsen teilt.

»Na, da bist du ja. Ich habe schon geglaubt, du ziehst dir da draußen einen Joint rein.« Findsen redet, ohne von seiner Schreibmaschine aufzusehen. »Der Generalstaatsanwalt und seine Frau sind von der Rechtsmedizin auf dem Weg hierher.«

»Die armen Leute! Sollen wir mit ihnen reden?«

Findsen nickt und fährt sich mit beiden Händen über den inzwischen recht kahlen Schädel. Ein paar Haare wachsen noch direkt über der Stirn, und Carl hat den Verdacht, dass sein eitler Kollege glaubt, das Haar bedecke den ganzen Kopf. Irgendwann muss er ihn einmal von hinten fotografieren und das Bild ans Pinboard hängen. Nur um ihn auf den Boden der Tatsachen zurückzuholen.

»Wir müssen die Freundin des Opfers finden, damit sie es nicht aus den Nachrichten erfährt. Sie heißt Mette und besucht ihre Eltern in Südjütland. Albans Familie muss ihre Nummer haben oder zumindest ihren Nachnamen kennen, sodass wir die Nummer auch selbst herausfinden können.« Carl setzt sich und spürt zum ersten Mal an diesem Tag, wie sich seine Wirbelsäule entspannt. »Etwas Neues bezüglich der Todesursache?«

»Der Rechtsmediziner hat vorhin angerufen. Er will sich natürlich nicht öffentlich äußern, bevor die Ergebnisse der toxikologischen Proben da sind.« Findsen zieht an dem Blatt in der Schreibmaschine und sieht endlich auf. »Die Leiche ist ausgehungert und dehydriert. Aber die Arme sind auch die reinsten Nadelkissen.«

»Wenn er eine Überdosis genommen hat, war er nicht allein. Sonst hätten wir das Besteck in der Hütte gefunden. Was ist mit Fingerabdrücken?« Carl riecht an seinen

Achseln und knöpft das Hemd auf. Er hat noch eins in Reserve hinter der Tür hängen.

»Ein paar auf Tassen und Gläsern, die wir wohl brauchen können«, antwortet Findsen. »Aber es ist seit Langem nicht sauber gemacht worden, sie können alt sein. Er kann ohne Weiteres die letzte Zeit allein verbracht haben. Tatsächlich deutet vieles darauf hin. Der Inhalt des Eimers lässt auf drei Tage … Entleerung schließen.«

»Pfui Teufel! Warum ist er nicht einfach rausgegangen?«

Findsen zuckt die Schultern und wendet die Handflächen nach oben, aber sie wissen beide, worauf das hindeutet.

»Sind wir uns einig, dass die Hütte nicht abgeschlossen war? Er hätte einfach rausmarschieren und um Hilfe bitten oder sich etwas Wasser kaufen können?«

Findsen nickt. »Ungeachtet, woran er gestorben ist, hat er sich freiwillig dort aufgehalten.«

Es klopft an der Tür, und einer der jüngeren Beamten steckt den Kopf herein, sodass Carl einen Schritt zurück machen muss. Er nickt dem Kollegen zu, der einen Blick auf seinen nackten Oberkörper wirft, sich jedoch entschließt, ihn nicht zu kommentieren.

»Die Vitting-Hansens sind da. Sie sitzen im Besprechungsraum.«

»Ja, danke. Wir sind auf dem Weg.« Carl zieht sich das frische Hemd an und knöpft es zu. Findsen kommt auf die Beine und wirft einen Blick auf das Chagall-Plakat an der Wand. Nicht um sich an der Kunst zu erfreuen, das weiß Carl, sondern um sich im Glas zu spiegeln.

»Du siehst hinreißend aus, komm jetzt.«

Sie gehen zusammen den langen Gang entlang, hinunter in die erste Etage, vorbei am Vorzimmer. Ihre Schritte klicken auf den gemusterten Marmorböden im gleichen

Takt, als wären sie ein Regiment auf dem Weg an die Front. Das ärgert Carl, gibt ihm aber gleichzeitig ein warmes Gefühl, was er nicht ganz versteht.

Am Ende des acht Meter langen Eichentisches im Besprechungsraum sitzt Per Vitting-Hansen und hält die Hand seiner Frau. Sie sitzen mit Abstand zueinander und starren leer in die Luft. Doch die Art, wie sie sich an den Händen halten, ist behutsam. Als könnten sie einander nicht entbehren. Er kann sich nicht erinnern, wann er und Lisbet zuletzt so Hand in Hand gesessen haben.

Sie begrüßen das Paar, und er bereut seine Gedanken sofort. Es ist nichts Beneidenswertes an Eltern, die gerade ihr Kind verloren haben.

»Mein Beileid.«

»Danke.« Es ist Frau Vitting-Hansen, die antwortet. Sie sieht ihn nervös an. »Wir möchten gerne nach Hause. Unser jüngster Sohn wartet auf uns.«

»Wie alt ist er?«

»Sixten ist siebzehn. Er ist so eine empfindsame Seele.«

Carl lächelt. »Ich verstehe. Mein Erik ist achtzehn, er ist auch ein empfindsamer Junge. Wir werden dafür sorgen, dass Sie bald nach Hause können.«

»Ich hatte immer solche Angst, wenn er auf Reisen war.« Die Stimme des Generalstaatsanwalts ist schwach. »Kambodscha, Kolumbien, Sowjetunion – für Alban konnte es nicht unwegsam genug sein. Oft haben wir wochenlang nichts von ihm gehört. Und dann stirbt er ein paar Kilometer von uns entfernt. In diesem Rattenloch!«

»Soweit wir wissen, wohnte er in einer Wohnung in der Stadt?«

»Alban hatte keine feste Adresse. Er war ein freier Vogel und wollte sich so früh im Leben nicht binden. Weder

an jemanden noch an etwas. Glücklicherweise hatte er viele gute Freunde, die ihn gerne beherbergt haben, wenn er zu Hause in Dänemark war.«

»Und eine Freundin, nicht?« Carl sieht die Blicke der Eltern leer werden. »Mette. Sie hat in Christiania gewohnt. Ich hatte den Eindruck, dass Alban sich dort draußen eine Hütte ausgeliehen hatte, um ihr nahe zu sein …«

Sie schütteln synchron den Kopf, und Frau Vitting-Hansen antwortet: »Das kann nichts Ernstes gewesen sein, Alban hat sie nie erwähnt.«

Carl macht sich eine Notiz. So wird sie schwer zu finden sein. »Wann haben Sie ihn zum letzten Mal gesehen?«

»Vor zwei Wochen. Er war zu Hause, um den Geburtstag seines kleinen Bruders zu feiern.«

»Wie hat er auf Sie gewirkt?«

»Ein wenig vom Leben gezeichnet. Er war gerade aus Botswana zurückgekommen und unterwegs krank gewesen. Aber er hatte Bilder dabei, die wir uns angesehen haben. Hat davon gesprochen, eine Ausstellung zu machen.« Frau Vitting-Hansen räuspert sich, sichtlich bewegt. »Er hat gesagt, dass er eine große Neuigkeit hat, die er so bald wie möglich mit uns teilen will.«

»Worum ging es da?«

»Das haben wir nicht erfahren.«

Carl wundert sich über diese Aussage. Die meisten großen Neuigkeiten teilt man sofort. Es sei denn, man rechnet damit, dass die Neuigkeit keine Begeisterung weckt. »Er war Fotograf?«

»Ja. Sehr tüchtig und politisch engagiert. Er hat Reportagen und Kunstausstellungen gemacht. Hin und wieder auch Bilder an Zeitschriften verkauft.«

Der Generalstaatsanwalt drückt die Hand seiner Frau

und sieht Carl eindringlich an. »Die Ärzte haben angedeutet, dass unser Sohn an Drogen gestorben ist. Können Sie das bestätigen?«

Carl zögert, Findsen rutscht neben ihm auf dem Stuhl herum und ergreift das Wort. »Wir haben noch kein vollständiges Bild …«

Die Eltern sehen einander an. Verändern weder ihre Stellung noch ihre Mimik, doch einen Augenblick sehen sie aus, als wären sie die einzigen Menschen auf der Welt, und Carl spürt erneut diesen Stich von Neid.

Der Generalstaatsanwalt richtet seine Aufmerksamkeit wieder auf sie. »Es soll kein Geheimnis sein, dass Alban in seinem Leben mit vielem experimentiert hat und dass wir oft besorgt waren, dass es eines Tages schiefgehen könnte.« Er seufzt und spricht weiter, diesmal leise. »Ich hasse es, das sagen zu müssen, aber ich muss Sie um Diskretion bitten. Das eine ist es, was ich als Person erdulden kann und muss, das andere ist mein Amt, und das ist sehr anfällig für Skandale.«

»Das werde ich nach oben weitergeben.« Carl wechselt einen Blick mit Findsen. Der Sohn des Mannes ist gerade gestorben, und er macht sich Sorgen um seinen Ruf. »Sollen wir Ihnen ein Taxi rufen?«

Er und Findsen begleiten das Paar am Büro des Polizeichefs vorbei und die Treppe zur Otto Mønsteds Gade hinunter nach draußen. Sie stehen eng zusammen und warten, bis das Taxi kommt. Carl sieht ihnen nach. Ein trauerndes Elternpaar, offenbar stolz auf den Sohn trotz seines ausschweifenden Lebens, passt das zusammen? Sie kennen nicht einmal seine Freundin, vielleicht war Alban letztendlich doch nicht so eng mit seinen Eltern.

KAPITEL 6

Mogens Bramming, der Anwalt, praktizierte noch in seiner Kanzlei in der Store Kongensgade, nicht weit von den Kartoffelreihen entfernt. Er ging selbst ans Telefon, als Liv anrief.

»Ich war ohnehin auf dem Weg nach Hause, aber wir können uns gerne auf einen After-Work-Drink treffen. Das ist an einem Donnerstagabend wohl legitim, wenn ein alter Freund ermordet wurde.«

Da war ein Hauch von Humor in der Stimme, von dem Liv annahm, dass er verinnerlicht war und er ihn nicht ablegen konnte, selbst wenn das Thema ernst war. Er schlug ein Café im Nyboder-Viertel vor, das sie mit dem Fahrrad in weniger als fünfzehn Minuten erreichen konnte. Es lag an einer Ecke und ähnelte auf den ersten Blick jenen Orten, die sie zu meiden versuchte. Zu gut besucht und zu stylish.

Als sie die Glastür aufschob, wurde sie in beidem bestätigt. Das Café war supervoll und der Lärm ohrenbetäubend. Klirrende Gläser, lautes Lachen und ein Soundtrack aus den Neunzigern trafen ihr Trommelfell wie eine klingende Ohrfeige. Sie scannte die Tische und entdeckte ihn glücklicherweise sofort, alleine unter all den Paaren, die Burrata zum Abendessen aßen. Seine Selbstbeschreibung als der *am besten gekleidete Silberfuchs im Lokal* machte es ihr leicht.

»Hei Mogens, ich bin Liv Jensen.«

Er reichte ihr mit einem festen Griff die Hand. »Ja, man muss ein wenig schreien, aber es ist so nett hier, und das brauche ich heute. Möchten Sie einen Pastis?«

Liv, die nicht wusste, was ein Pastis war, nickte und sah zu, wie der Anwalt bestellte. Er war um die fünfundsechzig, hatte eine schicke modische Mähne und einen Kleidungsstil, der jeden italienischen Signore neidisch gemacht hätte. Ein currygelber Wollblazer, ein rosa Hemd, ein Einstecktuch und eine bordeauxfarbene Hose. Wenn er nicht so einen herzlichen und freundlichen Eindruck gemacht hätte, hätte sie ihn sofort als Parodie eines Kunstmäzens aus Nordseeland abgeschrieben.

Aber da war nichts Affektiertes an Mogens Bramming, ganz im Gegenteil. Er drückte sich konkret und ungekünstelt aus, und seine Aussprache ließ darauf schließen, dass er in Amager aufgewachsen war.

»Ich bin total deprimiert, seit ich das von Bo gehört habe. Das muss man sich einmal vorstellen, dass gerade ihm so etwas passiert.« Mogens schob die kleine Vase zurecht, die in der Mitte des Tisches stand, und sah traurig aus. »Er war ein guter Mensch, und von wem kann man das schon noch sagen?«

Der Ober brachte Liv ein kleines Glas mit einer klaren Flüssigkeit, und Mogens gab kaltes Wasser hinzu und stieß feierlich mit ihr an. Der Likör brannte im Hals und schmeckte nach Lakritz, sodass sie husten musste.

»Sie haben sich während des Studiums kennengelernt?«

»Ja, Bo war ein paar Jahre älter als ich und im Studium schon weiter. Aber dann haben wir uns später wiedergetroffen, als wir bei *Juhl, Fisker und Rasmussen* Referendare waren. Das muss ungefähr – warten Sie mal – 1987 gewesen sein. Später sind wir Partner geworden. Und lebenslange Freunde.« Mogens sah mit feuchten Augen auf das Likörglas. »Was für eine blöde Erfindung, alt zu werden! Das steht Ihnen auch noch bevor.« Mogens versuchte sich an einem Lächeln, doch es missglückte. Stattdessen leerte er sein Likörglas und hob zwei Finger Richtung Bar, um es auffüllen zu lassen.

Liv legte schnell eine Hand über ihr Glas. »Mogens, ich habe Sie um dieses Treffen gebeten, weil es so aussieht, als würde eine Aktenmappe aus Bos Archiv fehlen, und weil ich den Verdacht habe, dass da eine Verbindung zu seinem Tod bestehen könnte. Als sein langjähriger Partner kennen Sie sich doch bestimmt mit seiner Arbeitsmethode und seinem Archiv aus?«

»Ja, das will ich meinen. Was wissen Sie über die fehlende Mappe?«

»Nur dass sie das Jahr 1984 abdeckt.«

Mogens legte das Gesicht in nachdenkliche Falten. »Dann ist das keine Fallakte, denn 1984 hat er noch studiert. Sind Sie sicher, dass sie wichtig ist, diese Mappe? Kann er sie nicht einfach verlegt haben?«

»Natürlich«, räumte sie ein. »Aber erinnern Sie sich, was Bo damals gemacht hat? Alles, was Sie mir erzählen können, kann eventuell weiterhelfen.«

Mogens legte einen dicken Zeigefinger über die Lippen und blickte mit buschigen Brauen zur Decke. »Hmm, lassen Sie mich nachdenken ... Das war die Zeit, wo er in Christiania gewohnt hat. Er hat es fertiggebracht, zwei, drei Jahre da draußen zu leben, und war sehr engagiert. Bo war eine lustige Mischung: einerseits überzeugt von den juristischen Grundwerten und davon, wie eine Gesellschaft das Gerechtigkeitsprinzip umsetzt, andererseits ein Hippie, der an *die intuitive Vernunft der Gesellschaft* glaubte, wie er das genannt hat.«

Liv nippte an dem Lakritzlikör und schnitt eine Grimasse. »Dann hat er 1984 in Christiania gewohnt und studiert. Hat er damals auch gearbeitet?«

»Das glaube ich nicht, vielleicht ehrenamtlich in der Freistadt.« Mogens ließ den Ober das Glas wieder auffüllen, saß da und starrte darauf. Er schien tief in Gedanken versunken. »1984 war das Jahr, in dem das mit dem Sohn des Generalstaatsanwalts passiert ist. Er hat in Christiania Selbstmord begangen, vermutlich infolge einer Pilzpsychose, und hat damit einen Skandal verursacht. Die Familie war wütend über die Arbeit der Polizei und Christiania in den Medien gewaltiger Kritik ausgesetzt. Ich weiß nicht, ob da ein Zusammenhang besteht, doch ich meine, dass Bo nach dem Fall aus der Freistadt weggezogen ist ... Nein, ich kann mich an die Details nicht erinnern.«

»Aber was kann Bo mit dem Fall zu tun gehabt haben? Außer dass er dort gewohnt hat?«

Mogens schüttelte den Kopf. »Wenn ich das erwähne, dann deshalb, weil Bo damals eben *nicht* über den Selbstmord geredet hat. Das war in dem Sommer damals eine große Sache, und Bo wohnte in Christiania, aber er hat nicht darüber gesprochen.«

»Wie das?«

»Vielleicht hat er den Sohn des Generalstaatsanwalts gekannt, und sein Tod hat ihn berührt, wer weiß? Aber wenn Sie nach 1984 fragen, taucht unmittelbar dieser Fall auf. Skål!«

Liv prostete Bos ehemaligem Partner zu und schluckte. Es brannte im Magen.

*

Es qualmte und roch verbrannt in der Küche im Hinterhaus in der Kaalundsgade. Hannah hielt sich im Hintergrund. Der Geruch verursachte ihr Übelkeit, aber sie wollte ihrem Vater auch nicht den Mut nehmen, selbst wenn er die Hacksteaks zu heiß anbriet und die Mehlschwitze für die Petersiliensoße nicht richtig durcherhitzte, bevor er die Milch zugab.

»Du sagst, wenn ich dir helfen kann, ja?«

Jan ließ den Topf in die Spüle fallen, sodass die Kartoffeln zwischen einem schmutzigen Schneidebrett und einem Schneebesen herumrollten.

Hannah musste sich zwingen, nicht hinzulaufen und zu übernehmen. Glücklicherweise schellte es an der Tür, sodass sie nicht zusehen musste, wie ihr Vater mit Schweißperlen auf der Stirn im Spülbecken hantierte.

»Ich mache auf!«

Sie eilte mit einem kleinen erwartungsvollen Kribbeln im Bauch zur Haustür. Nima hatte zwar nicht auf die Einladung geantwortet, aber es konnte ja sein, dass er sie überraschte.

Vor der Tür stand eine Dame mit einem grauweißen Pagenkopf und Wangenknochen, die jedes Model neidisch gemacht hätten. Sie trug einen dunkelblauen Wollmantel und hatte einen großen Strauß von dem teuren Blumenhändler am Værnedamsvej im Arm.

»Hannah? Sie sind genauso schön, wie Ihr Vater mit Ihnen geprahlt hat.« Die Frau reichte ihr eine kleine schlanke Hand mit kurzen, gut gepflegten Fingernägeln und einem großen Silberring. »Judith. Und die sind für Sie.«

Hannah nahm den Strauß. »Tausend Dank. Ich liebe Pfingstrosen.«

»Das habe ich geahnt.« Judith zog mit einer graziösen

Bewegung den Mantel aus und hängte ihn auf einen der übervollen Haken in der Diele.

»Und Ihr Vater kocht, das kann ich riechen.«

Sie sahen sich an, und Hannah lächelte gegen ihren Willen. Sie hatte Humor, okay, eins zu null für Judith.

»Wie ich gehört habe, haben Sie sich in der Abendschule kennengelernt?«

»Über der Tomatensoße, buchstäblich gesprochen. In meiner Ehe hat mein Mann sich um das Essen gekümmert, sodass ich nach unserer Scheidung die Basics lernen musste. Genau wie Ihr Vater.«

Hannah nickte. »Abgesehen davon, dass er nicht geschieden wurde. Seine Frau ist gestorben.«

Judiths Blick flackerte. »Ja, das tut mir leid. Auch das mit Ihrem Bruder …«

»Daniel.«

»Ja, Daniel.« Eine leichte Röte stieg in Judiths Wangen. »Sollen wir hineingehen und Ihrem Vater Guten Tag sagen?«

Hannah wies ihr den Weg in Richtung Küche. Jans Gesicht leuchtete auf, als er seine Freundin sah.

»Da bist du ja, Herzl!« Er ging Judith entgegen und küsste sie auf den Mund. »Ich wusste, du würdest kommen und die Soße retten.«

Judith lachte, und einen Moment standen sie dicht beisammen. Hannah krümmte sich innerlich bei dem Gebrauch des Kosenamens, mit dem er seinerzeit auch ihre Mutter angeredet hatte.

»Ein Glas Wein?« Er schenkte ein, ohne eine Antwort abzuwarten, und reichte es Judith, die es mit einem breiten Lächeln entgegennahm.

»Kommt Ihr Freund auch?«

»Mein Freund?«

Judith sah verwirrt zu Jan, der am Spülbecken begonnen hatte, die Kartoffeln zu schälen.

»Hast du Nima nicht eingeladen, Schatz?«

Hannah lächelte ihren Vater säuerlich an. »Davon habe ich nichts gesagt ... Wo wohnen Sie, Judith?«

»Ich habe eine Wohnung in Hellerup. Mit einem kleinen Garten. Ich bin so gerne im Garten, davon hat Ihr Vater vielleicht erzählt?«

»Neeein ... nicht wirklich.« Sie trank einen Schluck Wein. »Meine Mutter war auch gerne im Garten. Nach ihrem Tod ist er ganz zugewachsen, wie Sie sehen.«

Judith nickte. Hannah riss sich zusammen.

»Haben Sie nicht auch in Italien gelebt?«

»Ja, in Rom. Achtzehn Jahre, es hat sich wie mein zweites Zuhause angefühlt.« Judith nippte an ihrem Wein.

»Ich liebe Italien!«

»Ja, da ist es auch wunderschön.«

Judith wusste eindeutig nicht, was sie sonst noch sagen sollte. Das tat Hannah allerdings auch nicht.

»Ihr Vater hat erzählt, Sie sind Krisenpsychologin?«

Es klingelte, was Hannah davor bewahrte, von ihrem nicht existenten Job erzählen zu müssen. Sie ging nach draußen, um die Haustür zu öffnen. Auf dem Treppenabsatz stand Nima mit vom Regen nassen Haaren. »Du bist ja doch gekommen!« Hannah konnte sich nicht erinnern, wann sie das letzte Mal so froh gewesen war, jemanden zu sehen. Doch sein verwirrter Blick bremste sie.

»Das Abendessen. Mit meinem Vater und Judith. Ich habe dir geschrieben ...«

Er schüttelte bedauernd den Kopf. »Das ist richtig, ich habe das auch gesehen, aber es nicht geschafft zu antworten ... Im Moment ist es schlecht. Shirin ist bei meiner Schwester und muss abgeholt werden.«

Ihr wurde schwer ums Herz. Nicht einmal zu einer Absage hatte er sich aufraffen können. Sie versuchte, sich so weit zu fassen, etwas Abgeklärtes zu sagen, doch ihr Mund wollte nicht kooperieren.

Nima fuhr sich mit den Händen übers Gesicht. Er sah müde aus.

»Ja, ich wollte euch nur fragen, ob es okay ist, wenn ich den Wagen, an dem ich gerade arbeite, die Nacht über draußen im Hof stehen lasse. Ich kümmere mich morgen darum.«

Hannah nickte. »Natürlich.«

»Danke. Dann mache ich mich mal auf den Weg. Grüß deinen Vater und guten Abend.«

Er drehte sich um und ging Richtung Tor. Sie schloss die Tür hinter ihm und blieb ein paar Sekunden in der Dunkelheit der Diele stehen, bevor sie zurück in die Küche ging. Allein.

*

Auf dem Heimweg von Nyboder begann es zu regnen. Als Liv das Tor in der Kaalundsgade aufschloss, war sie total durchnasst. Die Birne am Fahrradständer im Hinterhof hatte den Geist aufgegeben, und sie musste sich durch die Dunkelheit im Garten zu ihrer eigenen Haustür vortasten. Sie schloss mit vor Kälte zitternden Fingern auf und hinterließ Pfützen auf dem Boden, bis sie sich die Jacke ausgezogen hatte. Der Anblick der Pfützen erinnerte sie daran, wie sie gestern zu Bo gekommen war. Bei dem Gedanken drehte sich ihr der Magen um, und sie schob ihn schnell weg.

Sie zog in der Diele die restlichen Sachen aus und stellte sich unter die Dusche. Als ihr wieder warm war und sie nach synthetischen Äpfeln duftete, trocknete sie sich ab und ging zum Kleiderschrank. Da spukte etwas in ihrem Hinterkopf herum, und es war nicht nur die Erinnerung an Bos Hilferufe. Ein Gedanke blitzte auf, zu flüchtig, um ihn festzuhalten und konkret werden zu lassen. Sie schielte zu dem Fotoalbum ihres Großvaters im Regal. Verdrängung hatte Hannah das genannt. Bei dem Gedanken, genau damit zu kämpfen zu haben, fühlte sie sich seltsam. Schwach.

Sie ließ sich aufs Bett fallen, schaltete den Computer an und gab Per Vitting-Hansen ein. Ein ausführlicher Wikipedia-Artikel klärte sie darüber auf, dass er mit einem Hintergrund als Landesrichter und Staatsanwalt 1973 zum Generalstaatsanwalt ernannt worden war und das Amt bis 1988 innehatte. Damit war er der Chef der obersten Anklagebehörde gewesen. Der Generalstaatsanwalt leitete Strafverfahren am obersten Gericht und arbeitete loyal für Justizministerium und Folketing. Per Vitting-Hansen war 1984 also ein äußerst mächtiger Mann gewesen.

Der Tod des Sohnes wurde in dem Artikel nicht erwähnt, ansonsten aber so gut wie überall, wo es um den alten Generalstaatsanwalt ging. Bei Wikipedia gab es einen Link zu dem eingescannten Foto eines klatschgeprägten Artikels vom Februar 1985, in dem er zitiert wurde, dass die Ermittlung der Polizei amateurhaft gewesen sei und er sich nicht mit dem Resultat zufriedengeben werde.

Mein Sohn hat keinen Selbstmord begangen! Ich bin schockiert über die schlampige und mangelhafte Ermittlung der Polizei.

Heute war der Generalstaatsanwalt vierundneunzig Jahre alt und wohnte mit seiner Ehefrau in Kopenhagen. Der jüngere Sohn, Sixten Vitting-Hansen, führte die Familientradition als Rechtsanwalt mit eigener Kanzlei weiter.

Liv schaltete den Computer aus und schloss die Augen. Der Regen trommelte auf die Gartenfliesen, auf das Dach und gegen das Fenster. Sie ließ sich von dem Klang in das Vorstadium zum Schlaf tragen. Der Geschmack von Lakritzlikör kratzte an dem Schatten einer Erinnerung, die am Rande ihres Bewusstseins lag. Wie in einem Traum, wo das Gefühl klar ist, der Kontext aber fehlt.

Eine Frau, die ihr die Haare flicht. Ein Kung-Fu-Eis. Draußen regnet es. Und das Gefühl, dass etwas falsch ist.

Das Klingeln weckte sie zwanzig Minuten später. Sie wischte sich den Speichel von der Wange und suchte auf dem Federbett nach ihrem Handy. Es war Petter.

»Schläfst du schon? Es ist noch nicht einmal neun.«

»Nein, nein, ich habe nur dagelegen und nachgedacht.«

Er lachte. »Und, neue Erkenntnisse?«

»Hmm, vielleicht.« Sie setzte sich im Bett auf. »In Bo Riebenaus Keller fehlt eine Aktenmappe. Das ist mir aufgefallen, als ich dort war, um meine Kameras zu holen. Die Mappe scheint das Jahr 1984 abzudecken, in dem er in Christiania gewohnt hat. Seinem ehemaligen Partner zufolge könnte Bo Zeuge eines Kriminalfalls gewesen sein, der sich in dem Jahr ereignet hat. Der Sohn des Generalstaatsanwalts hat dort angeblich Selbstmord begangen.«

»Also vor vierzig Jahren?« Petter klang skeptisch. »Nicht gerade die bahnbrechende Entdeckung, die Mappe kann überall sein.«

Sie rieb sich die Augen. »Hast du was Besseres? Hat Sonny gestanden?«

Er brummte sauer. »Red weiter!«

»Ich würde sehr gerne einmal einen Blick in die Fallakte von damals werfen. Kannst du die beschaffen? Er heißt Per Vitting-Hansen. Also der Generalstaatsanwalt, der Sohn hieß Alban.«

Petter brummte erneut. Sie kannte diesen Laut so gut. Müde und unzufrieden an der Oberfläche, doch darunter lag die Neugier auf der Lauer.

»Ich sehe, was ich tun kann.«

»Danke, Petter.«

»Liv?«

»Ja?«

»Pass auf dich auf. Vergiss nicht, dass der Täter dich vielleicht gesehen hat und weiß, wer du bist.«

CHRISTIANIA, JULI 1984

»Bleibt sitzen, haltet Abstand! Der Ofen ist über tausend Grad heiß.«

Ida sieht die Kinder ernst an, doch die sind mit ihrer Glasur beschäftigt und hören ihre Ermahnung nicht. Sie öffnet die Ofentür und tritt einen Schritt zurück, um die Hitze nicht abzubekommen. Einige der Glasuren sind giftig, und sie haben noch keine Absauganlage installiert, aber es wird schon nichts passieren. Sie lüften gut.

Sie stellt die Platten hinein und schließt den Ofen wieder. Magda wacht in ihrer Babytragetasche auf und weint leise. Ida zwingt sich, sich die Hände zu waschen und abzutrocknen, bevor sie mit ruhigen Schritten zu ihr geht und Kirstens Tochter auf den Arm nimmt. Die Panik liegt die ganze Zeit auf der Lauer, doch sie kämpft dagegen an, weil sie instinktiv weiß, dass das Kind das genaue Gegenteil braucht. Ruhe, Stabilität. Und wenn Kirsten studiert und Ida auf sie aufpasst, ist sie die Einzige, die ihm das vermitteln kann.

»Hast du Hunger, kleiner Schatz? Du musst noch ein bisschen warten, bis wir hier fertig sind.« Sie wiegt Magda in den Armen und küsst sie auf Stirn, Nasenspitze und Kinn. Kleine, leichte Nadelstiche an der Flickendecke, die mit der Zeit zur Identität des Kindes werden wird. Mit einer Hand streift sie sich den Tragegurt über den Kopf und setzt das Kind hinein. Es dauert nicht lange, bis Magda

wieder ruhig ist und Ida sich auf den Unterricht konzentrieren kann. Fünf Kinder aus der Freistadt jeden Donnerstag zu Töpfern und Kreativzeit, die Bezahlung ist bescheiden, aber das sind ihre Ausgaben auch. Und die Kinder zu unterrichten ist wunderbar. Meistens.

»Stopp, Bjørnstjerne, du bist so ein Idiot!« Tine springt auf, sodass der Stuhl umkippt. Sie ist vor Wut ganz rot im Gesicht. »Ida, er malt dauernd auf meine Tasse, und jetzt ist die Glasur ganz braun.«

Ida besieht sich den Schaden. Tines vorher hellblaue Tasse hat Schlammstreifen bekommen. Bjørnstjerne sitzt zusammengekrümmt über seiner eigenen Tasse und kichert.

»Warum ärgerst du Tine?«

Der Junge sieht mit unschuldigem Blick zu Ida hoch. »Das war ein Missgeschick. Die Tasse stand im Weg.«

Tine protestiert, und Ida beschwichtigt sie. »Wir machen deine Tasse wieder schön, setz dich schon mal hin, dann komme ich und helfe dir.«

Magda wimmert in der Trage, und Ida muss sie wiegen, während sie die Tasse zu retten versucht. Das Kind spürt die Unruhe, natürlich, und reagiert darauf.

»Guck, jetzt wird sie wieder schön, Tine. Du musst so mit dem Pinsel weiterarbeiten.« Ida zeigt ihr die Technik und übergibt an Tine. Als wieder Ruhe am Tisch ist, geht sie zu dem Spülbecken in der Ecke und spült mit abgewandtem Rücken Formen aus.

Ihr Puls wird schneller und schlägt ihr bis in den Hals, sodass ihr schwindlig wird. So war es die ganzen letzten Tage. Seit Alban. Die Zeit wird zeigen, was das letztendlich zu bedeuten hat. Jetzt hält sie erst mal den Mund, um sich nicht zu verplappern, und konzentriert sich auf das Wichtigste.

»Au!«

Hinter ihr ertönt ein Heulen. Ida dreht sich gerade noch rechtzeitig um, um zu sehen, wie Bjørnstjerne mit einem Klumpen Lehm nach Tine wirft. Die Flecken auf ihrer Bluse legen Zeugnis davon ab, dass es nicht das erste Mal ist. Ida geht hin und greift ihn am Handgelenk, nicht fest, aber fest genug, dass er erschrocken ist.

»Lass mich los, du Scheißschlampe!«

»Jetzt reicht es!« Sie stellt Augenkontakt zu dem Jungen her und wartet, bis er den Blick niederschlägt. Dann lässt sie ihn los. »Wir hören für heute auf. Packt zusammen, ich brenne die Tassen für euch bis zum nächsten Mal.«

Die Kinder strömen zur Tür und verschwinden hinaus in die Sonne. Ida wartet, bis sie weg sind, und schließt die Tür hinter ihnen. Zieht den Tragegurt aus und legt Magda wieder vorsichtig in die Babytrage. Sie scheint gern darin zu liegen, sie hebt die kleinen Händchen zur Decke hoch und sieht sie neugierig an. Ida räumt hinter den Kindern auf, während sie singt. »Die Sonne ist so rot, Mutter.« Sie sammelt die glasierten Becher auf einem Tablett ein und trägt sie zum Ofen, um sie zu brennen.

Sie stützt das Tablett auf der Hüfte ab und öffnet die Ofentür, um die Becher einen nach dem anderen in die Hitze zu schieben. Als Bjørnstjernes Becher an der Reihe ist, hält sie mitten in der Bewegung inne und schaut ihn sich an. Sie hat ihn nie leiden können, den Rotzlöffel, obwohl man so etwas nicht von einem Kind sagen sollte. Selbst der Becher ist hässlich. Mit einem schnellen Blick zur Tür lässt sie den Becher fallen und auf dem Boden zersplittern.

FREITAG, 18. OKTOBER

KAPITEL 7

Liv erwachte und stand auf, warm und schwer, wie wenn ein Infekt den Körper Zelle für Zelle vereinnahmt, und ließ das Frühstück zugunsten einer Cola ausfallen. Das half. Während sie im Bett saß und trank, überflog sie die Nachrichtenkanäle, und als sie den letzten Schluck aus der Flasche heraussog, fühlte sie sich fast wieder wie sie selbst.

»Hallo?«

Es klopfte ans Fenster. Draußen stand ein Mann in einer blauen Uniform und winkte mit einem flachen Päckchen. Sie zeigte zur Hintertür und machte auf.

»Jensen, right? Sie müssen hier unterschreiben, please.«

Sie nahm das Päckchen und öffnete es. Darin lag eine dünne grüne Mappe mit einer Fallnummer und einem hellroten Post-it auf der Vorderseite. Sie erkannte Petters geschwungene Krakelschrift.

Wie versprochen – der Vitting-Hansen-Bericht von Christiania 1984. X Petter

Liv setzte sich im Bett zurecht und betrachtete die Mappe. Jemand hatte unten einen fetten Daumenabdruck hinterlassen, und die Ecken waren abgegriffen. Sie öffnete sie vorsichtig und begann zu lesen.

In dem Fall ging es um einen tot aufgefundenen Mann. Der Obduktionsbericht konstatierte, dass Alban Vitting-Hansen am Mittwoch, den 11. Juli 1984, um 17:10 Uhr nach einem durch Dehydrierung verursachten Herzstillstand tot aufgefunden worden war. Die Polizei traf um 17:48 Uhr am Fundort ein. Der Todeszeitpunkt wurde auf die Zeit zwischen 9:00 und 11:00 Uhr am Mittwoch, den 11. Juli, festgesetzt. Die Leiche wies Einstiche in den Armen auf, in den Blutproben konnten jedoch weder Heroin noch andere Drogen nachgewiesen werden. Der Mageninhalt bestand aus reiner Magensäure und ließ auf ungefähr drei Tage ohne Nahrungszufuhr schließen, der Grad der Dehydrierung auf minimal drei Tage ohne Flüssigkeit. Der Körper wies keine Spuren von Gewalt oder Zwang auf, weder von Schlägen noch von Fesseln, es fanden sich auch keine Reste von Haut und Blut unter den Fingernägeln.

Sie blätterte zu der Fundortbeschreibung weiter.

Das Opfer wurde in einer primitiven Hütte (die Besitzerin ist eine derzeit verreiste Frau namens Lalika) am Weg entlang des Wallgrabens gefunden. Die Hütte misst ca. sechzehn Quadratmeter, hat Generator und Kühlschrank (ausgeschaltet), ein Spülbecken (das Wasser war abgestellt), keine Toilette (Eimer!), eine unverschlossene Tür mit einem Stalltürgriff und einen Brennofen mit Asche darin (Geruch nach frischem Rauch).

Liv hielt inne und machte sich eine Notiz. Hatte jemand im Juli geheizt? Wozu machte man das, wenn man nicht eine unerträglich hohe Temperatur erzeugen wollte? Die Hütte klang nach einer siedend heißen Gefängniszelle mit einer unverschlossenen Tür. Warum sollte sich jemand dort freiwillig tagelang aufhalten und in einen Eimer entleeren?

Aus dem Bericht ging hervor, dass der Fall am 19. Juli 1984 als Selbstmord geschlossen wurde, acht Tage nach dem Auffinden der Leiche. Alban Vitting-Hansen wurde als Junkie beschrieben, der teils immer noch unter den Folgen einer Pilzpsychose litt, die er sich in Botswana zugezogen hatte, teils unter Liebeskummer. Er hatte sich aus freiem Willen entschlossen zu verhungern und zu verdursten. Die Ursache für diese höchst ungewöhnliche Selbstmordmethode wurde nicht weiter erklärt.

Liv öffnete den Umschlag mit den Fotografien der Leiche und des Fundorts, lehnte sich über die Bettkante und breitete sie auf dem Boden aus. Die grau gestrichene Hütte am Wasser, der magere junge Mann auf der Pritsche mit den eingesunkenen Wangen und den weit aufgerissenen Augen, der Eimer mit Kot und Erbrochenem. Es gab zudem Bilder von einem übervollen Aschenbecher, von Spielkarten, Büchern und kleinen Türmen aus farbigen Steinen. Wo hatte sie zuletzt solche Steine gesehen? Sie stand auf und ging zur Garderobe, kramte in ihrer Jackentasche und nahm den blanken Stein heraus, den Bo ihr am Mittwoch geschenkt hatte, um sie mit guter Energie für ihre Nachforschungen zu versorgen. Aus der Schale mit den farbigen Steinen auf seinem Tisch. Sie setzte sich zurück aufs Bett und betrachtete abwechselnd den Stein und die Palette von Fotos auf dem Boden, während der Knoten im Magen zurückkehrte. Verband der Stein Bo mit dem Fundort von Albans Leiche, oder sah sie Gespenster?

Sie nahm den Bericht wieder auf und blätterte zu den Zeugenaussagen weiter. Die Frau, die die Hütte betreten hatte, um nach einem Pflaster zu fragen, und die die Leiche gefunden hatte, hieß Ida Bergman, aber sie war nur eine von zehn Zeugen in dem Fall. Nachbarn, die Angehörigen des Toten, jemand aus der Schmiede und ein anderer aus dem örtlichen Supermarkt, aber nicht die Freundin. Liv blätterte alles noch einmal durch. Wenn man davon ausging, dass Alban sich aus Liebeskummer das Leben genommen hatte, warum hatte die Polizei dann nicht mit der Freundin gesprochen?

Sie schrieb die Namen der Zeugen auf, obwohl nicht zu erwarten war, dass diese sich vierzig Jahre später an irgendetwas Brauchbares erinnerten, wenn sie überhaupt noch lebten. Es war nicht verwunderlich, dass Albans Vater mit den Ermittlungen unzufrieden gewesen war! Allein der Gedanke, dass ein junger Mann Selbstmord beging, indem er sich zu Tode hungerte und durstete, schien absurd. Wer würde sich in einer solchen Situation für ein langes Leiden entscheiden, wenn er auch kurzen Prozess machen konnte?

Sie suchte nach dem Generalstaatsanwalt, fand aber keine Kontaktdaten. Schwer erreichbar zu sein war wohl ein Privileg, das man einem Mann von über neunzig Jahren zugestehen musste. Stattdessen schrieb sie eine kurze Mail an den jüngsten Sohn, Sixten Vitting-Hansen, der eine Kanzlei in Indre By betrieb, und stellte sich als Privatdetektivin vor, die in einem Fall ermittelte, der Albans Tod involvierte.

Sie blätterte in dem Bericht zurück, sah sich die Vorderseite an und las die Namen der beiden leitenden Ermittler. Der eine war Kriminalkommissar Findsen, sie erinnerte sich gut, als Kind von ihm gehört zu haben.

Bei dem anderen Namen stellten sich ihr die feinen Härchen auf.

Der Bericht wurde erstellt von dem Leiter der Ermittlungen, Carl Gunnar Jensen.

*

Der sechsspurige Bispeengbuen erhob sich wie eine lärmende Brücke über die Wiese, durch die einmal der Ladegårdsbach geflossen war, und verband die Stadt mit den Vorstädten. Das berüchtigte Kopenhagener Wahrzeichen war von Anfang an verhasst gewesen, und in regelmäßigen Abständen gab es immer noch Bürgereingaben, den Scheiß abzureißen und stattdessen einen Tunnel zu bauen, sodass die Gegend ihren Bach zurückbekam. Nima war unzählige Male über diese Autobahn gefahren, ohne Notiz von den Häusern zu nehmen, die an der lauten Einfallstraße lagen. Jetzt stand er vor dem Haus Bispeengen Nummer 15 und spürte den Sog des Verkehrs im Rücken. Es klang wie eine Kriegszone mitten in der Stadt.

»Bilal Abbar« stand auf dem Schild im dritten Stock. Nima zögerte einen Moment, bevor er schellte.

Eine Stimme antwortete so schnell, als hätte er neben der Sprechanlage gestanden. »Ja?«

»Hei, Bilal. Wir haben gemeinsame Bekannte, Mike unter anderem. Hast du zwei Minuten?«

Pause. Der Türöffner brummte, und Nima trat ins Treppenhaus. Es war möglicherweise nicht klug, unangemeldet zu kommen. Aber er konnte das nicht einfach auf sich beruhen lassen.

Bilal stand in der Tür und wartete mit den Händen in den Hosentaschen. Er war um die dreißig, durchtrainiert, hatte ein rundes Gesicht mit deutlichen Lachfältchen um die Augen und an der rechten Schläfe ein Tattoo von einem Würfel mit der Sechs nach oben.

»Ich habe dich in der Freistadt gesehen. Was treibt dich her, mein Freund?«

Sie gaben einander nach Straßenmanier die Hand, und Bilal fuhr ihm schnell über den Rücken, bevor er ihn in die Wohnung ließ. Die Gardinen waren zugezogen, und die Zimmer lagen im Dämmerlicht. Im Wohnzimmer lief auf einem riesigen Flachbildschirm ein Computerspiel im Pausen-Modus, das fast den Verkehrslärm von der Straße unten übertönte. Es roch leicht nach Fritten und Hasch.

»Meine Nichte ist fünfzehn, sie heißt Shirin und ist so groß.« Er hielt eine Hand in Schulterhöhe. »Und sie hat lockige Haare. Sagt dir das was?«

»Shirin, hast du gesagt?«

Nima nickte. »Du hast ihr gerade eine SMS geschickt.«

»Was ist das Problem?«

»Entweder verkauft sie für dich Gummibärchen an ihre Schulkameraden, oder aber es läuft noch etwas Schlimmeres. Wie dem auch sei, das muss aufhören.«

Bilal verschränkte die Arme und sah ihn an. »Hey, mein Freund. Du schellst bei mir und stellst Forderungen ... Drohst du mir? Muss ich Angst vor dir haben?«

»Sie hat es schwer gehabt. Ich will nur, dass sie eine ordentliche Schulausbildung und die Chance auf eine einigermaßen sichere Zukunft bekommt. Und das bekommt sie nicht, wenn sie Drogen verkauft.«

Bilal sah ihn mit leeren Augen an. »Wir stehen hier in meiner Wohnung. Wenn wir uns unterhalten sollen, muss das still und ruhig vor sich gehen. Verstehst du?«

»Ich bin ganz ruhig. Ich will nur wissen, was passieren muss, damit du sie in Frieden lässt.«

Bilal schüttelte lachend den Kopf. »In meinem Geschäft ist alles freiwillig. Ich zwinge niemanden.«

»Dann ist sie raus?«

»Wie gesagt, es ist freiwillig, ob man bei uns mitspielen will.«

»Ja, dann ...« Nima zeigte mit der Hand auf die Tür und überlegte, wie man sich in so einer Situation verabschiedete. »Dann will ich deine Zeit nicht länger in Anspruch nehmen.«

»Bist du ihr Vormund oder was?«

Nima nickte.

»Dann haftest du von jetzt an.«

»Haften für was?«

»Für sie. Verstehst du, mein Freund?« Bilal verschränkte die Arme vor der Brust, sodass die Oberarmmuskeln zu sehen waren. »Ich will nur das, was sie mir schuldet.«

Nima hielt mitten im Schritt inne. »Wovon sprichst du?«

»Deine Nichte und ich haben eine Abmachung, dass sie ein gewisses Kontingent verkauft. Sie hat einen Vorschuss bekommen.«

»Ein Kontingent wovon?«

Bilal lachte wieder sein kleines Lachen, das eher höhnisch als freundlich und auch so gedacht war. »Frag deine Nichte. Sie weiß, was zu tun ist.«

»Du bekommst den Stoff zurück, dann können andere ihn verkaufen!« Nima machte einen appellierenden Schritt nach vorn, sah aber sofort, dass das falsch war, und trat wieder zurück.

Bilals Augen wurden schmal. »So läuft das nicht. Deine Nichte hat eine Abmachung mit mir, Mann. Wenn sie da rauswill, kostet das hunderttausend. Das gilt für alle.«

Das Blut wich aus Nimas Kopf. »Ich habe keine hunderttausend Kronen.«

»Shirin hat etwas, das ihr verkaufen könnt. Das ist doch ein Anfang.«

»Sie ist erst fünfzehn.«

Jetzt war es an Bilal, einen Schritt auf Nima zuzumachen. »Glaubst du, ich arbeite allein, du Idiot?«

Nimas Herz schlug schwer in seiner Brust. Er sah sich um, Bilal kam noch einen Schritt näher. »Mir ist es völlig egal, wer was verkauft. Aber Montag wird mein Geld fällig. Hunderttausend, hast du das verstanden? Montagmorgen in der Freistadt. Shirin weiß, wie es läuft.«

Nima drehte sich um und verließ die Wohnung, während Bilals Worte wie ein Tinnitus in seinen Ohren klingelten, von dem man weiß, dass man ihn nie mehr loswird.

*

»Das ist wohl die schnellste Antwort, die ich je bekommen habe.« Liv lächelte Sixten Vitting-Hansen an, der verlegen nickte. Er hatte in weniger als zehn Minuten zurückgerufen, nachdem sie ihm die Mail geschickt hatte.

»Etwas sagt mir, dass es kein Zufall ist, gerade jetzt von Ihnen zu hören. Kommen Sie herein!«

Liv ging an dem Schild *Vitting-Hansen Anwälte* vorbei, das an der Fassade des kleinen Stadthauses am Nytorv 21 hing, und trat in eine bezaubernde Diele mit schiefen Holzböden und hohen Paneelen. Neugierig sah sie sich um.

»Das Haus gehört der Familie seit drei Generationen, mein Bruder und ich sind hier aufgewachsen. Heute habe ich mein Büro im Erdgeschoss, und meine Eltern wohnen ganz oben«, erklärte Sixten mit hochgekrempelten Hemdsärmeln, einem Schlips und einem professionellen Lächeln. Er zeigte aus dem Fenster über den Platz. »Søren Kierkegaards Familie hat fünfzig Jahre in einem Haus da drüben gewohnt. Wir sind hier noch länger.«

Albans kleiner Bruder war ein großer Mann von knapp sechzig Jahren mit einem gepflegten grau gesprenkelten Bart und einem aufmerksamen Blick, der ihn sympathisch und ein klein wenig einschüchternd wirken ließ. Wollte man einen Film über einen charismatischen Sektenführer drehen, wäre er keine schlechte Besetzung für die Hauptrolle, dachte Liv und ließ sich durch das Treppenhaus ins Büro führen.

»Das ist bestimmt nicht einfach für Ihre Eltern mit all den Treppen?«

»Wir haben vor zehn Jahren einen Aufzug einbauen lassen. Mein Vater ist vierundneunzig, und obwohl meine Mutter acht Jahre jünger und imponierend gut in Form ist, machen die Knie hin und wieder Ärger.« Er schob ein Stück Papier einige Zentimeter zur Seite und legte einen Kugelschreiber darauf. »Nehmen Sie Platz.«

»Danke.« Liv fiel auf, dass seine Nägel mit einem zartrosa Lack in dem gleichen Ton lackiert waren, den ihre Mutter trug. Es lenkte sie einen Moment ab.

»Darf ich fragen, warum Sie sich für den Tod meines Bruders interessieren?«

Sie nickte. Ihr Großvater hatte in dem Todesfall ermittelt, Bos Aktenmappe mit den Aufzeichnungen über diesen Zeitraum war verschwunden, und er hatte sie beauftragt, den Plagegeist ausfindig zu machen – der ihn schließlich umgebracht hatte? Das ließ sich nicht einfach so erklären, deshalb stellte sie ihm stattdessen selbst eine Frage.

»Sie haben bestimmt von dem Mord an Bo Riebenau am Mittwoch gehört, oder? Ich habe Grund zu der Annahme, dass sein Tod eine Verbindung zu Albans Tod hat.«

Sie ließ das so stehen und hoffte auf eine Reaktion, aber es kam keine. Er saß nur da und sah sie ruhig an.

»Haben Sie ihn gekannt? Bo?«

»Nein. Was sollten die beiden Todesfälle miteinander zu tun haben?«

Liv richtete sich auf, sodass der Ledersitz unter ihr

knarrte. »Das weiß ich noch nicht. Ich habe gerade erst Zugang zu dem Polizeibericht von damals erhalten, aber ich verstehe sehr gut, dass Ihr Vater mit dem Ergebnis der Ermittlungen nicht zufrieden war.«

Ein Mikrozucken der dünnen Haut um die Augen, mehr war da nicht, doch Sixten war sichtlich berührt.

»Mein Bruder hat keinen Selbstmord begangen. Die Ermittlung der Polizei war eine Farce.«

Liv beobachtete, wie Sixten Vitting-Hansen sich warmredete. In einem Mundwinkel sammelte sich ein Speicheltropfen, den er nicht abwischte.

»Mein Vater ist daran zerbrochen. Er hat sich wenige Jahre danach pensionieren lassen, obwohl er seine Arbeit geliebt hat. Man kann durchaus sagen, dass er nie über den Verlust hinweggekommen ist, das ist keiner von uns. Aber ich ... ich habe nie aufgehört, mich zu fragen, was damals passiert ist.«

Liv nickte mitfühlend. »Darf ich ein paar Fragen stellen? Wie Sie selbst sagen, war der Polizeibericht etwas ... verwirrend.«

Er drückte reservierte Zustimmung aus, indem er die Schultern hochzog.

»In dem Bericht ist von einer durch Pilze ausgelösten Psychose die Rede und von Einstichen in den Armen. Hat die Polizei recht damit, dass Ihr Bruder Drogen genommen hat?«

Eine Ader trat auf Sixtens Stirn hervor. »Er hat wohl hin und wieder was genommen, aber er war nicht drogenabhängig. Und das mit der Psychose ist übertrieben. Ich habe meinen Bruder wenige Tage vor seinem Tod gesehen, und da war er ... okay.«

»Haben Sie das? War das vor oder nach der Abreise seiner Freundin?«

Ein Zögern, ein weiteres Zucken neben dem Auge. »Danach. Er war traurig, aber in keiner Weise suizidal. Mein Bruder war einfach nicht der Typ dafür.«

»Was für ein Typ war er dann?«

Sixten sah sie überrascht an, als wäre das eine Frage, die ihm noch keiner gestellt hatte. Als hätte der Todesfall längst alles überschattet und den Menschen ausgewischt, der er einmal gewesen war.

»Alban war ein Sonntagskind. Attraktiv und selbstsicher und abenteuerlustig von klein auf. Ich war eher ... vorsichtig. Er hat mich zu Sachen überredet, von denen unsere Eltern keine Ahnung hatten.« Er lächelte entrückt. »Ich habe ihn bewundert. Er war fünf Jahre älter als ich, fast erwachsen, aus meiner Sicht als Kind.«

»Was haben Ihre Eltern dazu gesagt, dass er in Christiania gewohnt hat? Das muss etwas von einem Kulturclash gehabt haben.« Liv ließ den Blick durch das schicke Stadthaus mit Aussicht auf das Amtsgericht wandern.

»Alban war kompromisslos und politisch aktiv und gehörte zum äußersten linken Flügel, darüber hat er oft mit meinen Eltern gestritten. Und es gab viel, das er nicht mit ihnen geteilt hat. Zum Beispiel, dass er eine Freundin hatte. Er wollte nicht, dass sie sich einmischten. Trotzdem war er Vaters Augenstern, vielleicht, weil sie sich so ähnlich waren.«

Liv lächelte ihn an. Der schüchterne kleine Bruder, der mit dem attraktiven, rebellischen Alban als Vorbild aufwuchs. Keine ganz einfache Rolle, dachte sie sich.

»Aber wenn Ihr Bruder keinen Selbstmord begangen hat, was ist dann passiert? Ein Unglück?«

»Vielleicht. Die Umstände waren so mysteriös, dass sie einfach keinen Sinn ergaben. Aber genau das war ja die Aufgabe der Polizei: herauszufinden, was passiert war, und nicht den Fall einfach mit der bequemsten Erklärung abzuschließen. Die wohlgemerkt nicht stimmte.«

Liv begann die Konturen eines Familienkomplexes zu erkennen. »Wie hieß Albans Freundin?«

»Mette. Mette Møller. Sie ist ein paar Tage vor dem Tod meines Bruders nach Hause zu ihren Eltern nach Tondern gefahren und nie mehr zurückgekommen.«

»Warum ist sie gefahren?«

»Sie haben sich getrennt, sie mochte wohl nicht mehr in Christiania sein?« Er zuckte die Schultern.

»Die Polizei hat sie nicht befragt. Wissen Sie, warum?«

»Nein.«

»Hat Ihre Familie selbst Kontakt zu ihr aufgenommen?«

Er schüttelte wieder den Kopf. »Wir haben es versucht, haben sie aber nie erreicht. Sie ist nicht einmal zum Begräbnis gekommen. Ihre Eltern haben erklärt, dass sie krank sei und keinem Stress ausgesetzt werden dürfe. Und daran hat sich nichts geändert, obwohl wir es mehrmals versucht haben. Ich weiß nicht einmal, ob sie noch lebt. Das Letzte, was ich gehört habe, war, dass sie in die Geschlossene eingeliefert wurde.«

CHRISTIANIA, JULI 1984

Ein Schmetterling flattert am grünen Ufer des Wallgrabens entlang. Carl verfolgt seinen Flug mit den Augen und fragt sich, ob er bewusst oder instinktiv ist. Es wäre schließlich effektiver, in geraden Linien zu fliegen, wozu also die Kehren und Wenden? Macht es ihm einfach Spaß, in Kreisen zu fliegen? Er sieht ihn über den Wasserspiegel verschwinden. Ein leichter Dunst färbt das Morgenlicht rosa, die gleiche Farbe, wie Wangen sie in der Kälte annehmen. Am Ufer liegen die Reste eines Schwanennests neben einem Baumstamm. Durch das dichte Laub der Vilhelms Bastion sieht er undeutlich das Fachwerk des Kommandørhuset und geht weiter am Ufer entlang Richtung Fundort.

Den vorläufigen Zeugenaussagen zufolge ist Alban seit dem Samstagmorgen, wo er einen Kaffee im Lebensmittelladen gekauft hat, nicht mehr gesehen worden, sodass einiges darauf hindeutet, dass er sich bis zu seinem Tod am Mittwoch alleine in der Hütte aufgehalten hat. Aber warum? War er vier Tage krank? Seine Freundin ist verreist, vielleicht haben sie gestritten? Vielleicht war er trauriger, als es den Anschein hatte?

Carl geht durch die Freistadt, am Pferdegatter und den Gemeinschaftshäusern vorbei, an wucherndem Gebüsch und spielenden Kindern. An so einem Sommertag, wo aller Scheiß und alle politischen Ideologien hinter Blumen und frohem Lächeln verborgen bleiben, ist es hier ganz idyllisch.

Ein handgemaltes rotes Schild über der Tür zu einem weiß gestrichenen Haus verkündet, dass hier der Lebensmittelladen ist. Carl tritt durch die offene Tür und landet fast in den Armen eines Rockers mit einer Bullshit-Weste, der den Laden gerade verlässt.

»Danke für das Tänzchen!« Der Rocker zwinkert ihm zu und ist kein bisschen verlegen wegen des abgestandenen Witzes.

Carl wartet, bis er draußen ist, nickt der jungen Frau hinter der Backsteintheke zu und zeigt ihr seinen Dienstausweis. Sie lächelt ihn an, scheint sich von dem Besuch der Ordnungsmacht nicht einschüchtern zu lassen, selbst wenn ihr verwischter roter Lippenstift darauf hindeutet, dass der Rocker mehr als nur Lebensmittel bekommen hat.

»Mein Name ist Carl Jensen. Ich bin von der Polizei in Kopenhagen. Sind Sie Jenni?«

Die junge Frau strahlt ihn an.

»Haben Sie Zeit für ein paar Fragen?«

»Hier passiert heute sowieso nichts mehr.« Sie spricht mit einem nordischen Akzent, den Carl instinktiv als Finnisch einordnet.

»Möchten Sie einen Eistee? Er ist mit Pfirsichsaft, ich habe ihn selbst gemacht.«

»Da kann ich nicht Nein sagen.«

Sie nimmt eine Kanne mit einer orangefarbenen Flüssigkeit, schenkt zwei Gläser ein und reicht ihm das eine. Der Eistee ist lauwarm.

»Gut, nicht? Man schmeckt gar nicht, dass kein Zucker drin ist.«

Das tut Carl sehr wohl, doch er begnügt sich mit einem

höflichen Nicken. »Haben Sie Alban am Samstagmorgen eine Tasse Kaffee verkauft?«

Sie reißt die Augen auf, sodass es weiß um die blaue Iris aufleuchtet. »Stimmt es, dass ich die Letzte war, die ihn lebend gesehen hat?«

»Wer sagt das?«

Sie zuckt die Schultern. »Die Leute. Ich glaube, Sylle von der Schmiede.«

»Das kann zum jetzigen Zeitpunkt keiner sagen. Wann ist er Samstagmorgen hier gewesen?«

»Direkt nachdem ich aufgemacht habe. Es muss also neun gewesen sein.«

»Erzählen Sie mir, was passiert ist. Worüber haben Sie gesprochen, was für einen Eindruck hat er gemacht, all so was. Gerne so detailliert, wie Sie sich erinnern können.«

Er lächelt, um die junge Verkäuferin zu beruhigen. »Kannten Sie ihn gut?«

Sie schüttelt den Kopf, sodass ihr das strähnige Haar in die Augen fällt. »Er war gerade von einer langen Reise nach Hause gekommen, und ich wohne hier erst seit Ostern, aber er war ein paarmal hier. Und Alban ist jemand, an den man sich erinnert …«

»Woran liegt das?«

Jenni lächelt verlegen. »Er ist freundlich. Und bleibt immer noch auf einen Klön, das ist gemütlich.«

»Und am Samstag?«

»Da nicht, da war er kurz angebunden. Hat nur den Kaffee gekauft und ist gleich wieder gegangen. Er hat gesagt, dass er Kopfschmerzen hat. Er hatte auch ganz rote Augen.«

»Hat er irgendwas von Liebeskummer gesagt?«

»Nein.« Jenni trinkt einen Schluck Eistee. »Aber ich

glaube auch nicht, dass das so ernst war mit Mette. Hat sie nicht auch Kinder mit einem anderen?«

»Kinder?« Carl zieht die Augenbrauen hoch.

»Sie läuft oft mit einem Baby in einem Tragetuch herum. Aber vielleicht passt sie auch nur darauf auf. Ich habe sie auch im Gesundheitshaus gesehen, vielleicht ist sie Tagesmutter.« Sie zuckt die Schultern. »Oder sie ist von dem anderen schwanger geworden, mit dem sie manchmal zusammen ist. Dem mit dem Bart.« Jenni richtet sich auf, signalisiert, etwas anderes machen zu wollen.

»Mehrere Freunde auf einmal?«

Als Antwort bekommt Carl ein schiefes Lächeln, das bezwecken soll, dass er sich alt und spießig fühlt.

»Wissen Sie, wie er heißt?«

»Jørn. Sind Sie fertig mit Ihrem Eistee? Sie haben nicht viel getrunken.«

Er reicht Jenni das volle Glas mit einem entschuldigenden Lächeln. Sie nimmt es und sieht leicht gekränkt aus. Dreht das Glas um, sodass der Inhalt gegen die Seiten des Spülbeckens spritzt, und spült es mit Wasser aus einer Plastikflasche aus. Carl bleibt stehen und beobachtet sie. Als sie das Glas auf seinen Platz im Regal stellt, bemerkt sie seinen fragenden Blick.

»Er hat einen roten Bart und langes Haar und wohnt dort bei Omeletten.« Sie zeigt vage in Richtung Stadt.

»Okay. Danke für das Gespräch.«

Noch bevor er die Tür erreicht hat, ruft sie ihm nach: »Stimmt es, dass sein Tod kein Selbstmord war?«

»Wer sagt das?«

Sie lächelt unschuldig. »Sylle. Aber das ist vielleicht nur Gerede?«

»Ja.« Carl legt Gewicht auf die Antwort und notiert sich den Namen. Sylle von der Schmiede.

KAPITEL 8

Als Liv wieder auf dem Nytorv stand, suchte sie sich eine Bank vor dem Amtsgericht und sah nach, ob Mette Møller aus Südjütland auf Facebook war. Es gab vierzehn Mette Møllers. Wenn sie 1984 in etwa gleichaltrig mit Alban gewesen war, musste sie heute in den Sechzigern sein, was das Suchfeld etwas eingrenzte. Aber nicht genug. Liv versuchte es mit diversen Suchen auf Google, doch Mette Møller aus Tondern tauchte nirgendwo auf. Ein paar Tage vor Albans Tod hatte sie Christiania verlassen und war nie mehr zurückgekommen. Versteckte sie sich seitdem in Südjütland, war sie längst umgezogen oder sogar tot?

Liv holte ihr Fahrrad aus dem Fahrradständer und radelte Richtung Kalvebod Brygge 34. Zwanzig Minuten später parkte sie das Rad vor der monumentalen gemauerten Fassade des Reichsarchivs mit den runenähnlichen Reliefs vom Bürgersteig bis zum Dachfirst. Die Gebäude erstreckten sich endlos die Straße entlang und ähnelten mit ihren fehlenden Fenstern mehr einem Gefängnis als einer Sammlung von Daten und Dokumenten über die dänische Gesellschaft. Liv wusste, dass man als Bürger das Recht hatte, das Archiv zu nutzen, doch nur mit einem Termin. Den zu vereinbaren, hatte sie jetzt keine Zeit. Dafür konnte sie vielleicht zwei Fliegen mit einer Klappe schlagen.

Sie ging an der Fassade entlang bis zu der Glastür der

Rezeption. Hinter einer langen Stahlschranke stand ein junger studentischer Mitarbeiter und sortierte rosa Durchschläge nach einem undurchschaubaren System. Er sah Liv an, als hoffte er, dass sie ihn vor dieser Aufgabe rettete.

»Hallo. Ich möchte zu der Archivarin Anne Jensen.«

Enttäuscht legte er die Papiere beiseite und griff nach dem Festnetztelefon. Das hier würde ihn nicht lange beschäftigen. »Haben Sie einen Termin?«

»Sagen Sie ihr einfach, dass Liv Jensen hier ist.«

Er rief an, sprach kurz mit jemandem am anderen Ende und legte wieder auf. »Nehmen Sie Platz. Sie kommt sofort runter und holt Sie.«

Liv setzte sich auf einen harten Holzstuhl vor der Glasfront, und es vergingen nur wenige Minuten, bis ihre Tante mit energischen Schritten an der Rezeption erschien.

»Das glaube ich jetzt nicht!«, rief Anne, sodass der Rezeptionist nicht die Ohren spitzen musste, um alles mitzubekommen. »Liv, du kleiner Scheißer, du bist garantiert hier, um mich um einen Gefallen zu bitten.«

»*Und* um dich zu sehen!«

»Ja, ja, wenn das dazu nötig ist.« Anne zog sie in eine Bärenumarmung.

Liv erduldete sie ein paar Sekunden, dann klopfte sie ihrer Tante auf die Schulter und trat einen Schritt zurück. »Es ist nur eine Kleinigkeit, die ich wissen möchte.«

»So was gibt es hier nicht. Wir haben allein im Hochlager zweihundertvierundsechzigtausend Schubladen mit Archivalien.« Anne lachte ihr tiefes Lachen, das Liv immer schon beruhigend gefunden hatte. »Lass mich dich ansehen. Ja, größer bist du seit dem letzten Mal nicht geworden. Hast du abgenommen? Ich finde, du siehst mager aus.«

Liv ließ den Bizeps des rechten Arms spielen. »Ganz im Gegenteil, ich bin stärker denn je.«

»Hmm, wenn du das sagst.« Anne zeigte auf den Fahrstuhl. »Lass uns hoch ins Büro fahren. Währenddessen kannst du mir erklären, wonach wir suchen.«

Anne rief den Fahrstuhl und aktivierte ihn mit ihrer Personalkarte und einem Code. Sie zwinkerte Liv zu, als hätte das Manöver, den Fahrstuhl in Bewegung zu setzen, etwas von einem Kunststück. Liv nickte anerkennend zurück.

»Ich suche nach einer Frau um die sechzig, die nirgendwo aufgeführt ist. Ich habe ihren Namen und ihren Geburtsort, aber sonst nichts. Doch, sie hat 1984 in Christiania gewohnt.«

Der Fahrstuhl kam, und Anne blockierte die Tür, bis sie sicher drinnen waren. »Wenn sie sechzig ist, müssen wir in das analoge Archiv.« Sie zog ihre Personalkarte wieder heraus. »Das heißt, ins Hochlager, mein Schatz.«

Anne führte sie durch lange, weiß gestrichene Gänge, durch drei verschlossene Türen und eine Treppe hinunter, bis sie zu einer Lagerhalle kamen, die so groß war, dass es Liv den Atem verschlug. Sektionen von blauen Stahlregalen, gefüllt mit identisch aussehenden braunen Archivkästen erstreckten sich in einem naturwidrigen Balanceakt bis hoch zu den Leuchtstoffröhren an der Decke.

Anne erweckte einen Computer auf einem Tisch direkt neben der Tür zum Leben. »Ich muss die Dateien orten, dann fahren wir mit dem Stapler hoch. Sie muss Anfang der Sechziger geboren sein? In welcher Stadt?«

»Tondern.«

Anne nickte zum Bildschirm hin. »Wir sehen uns die Jahre 1960 bis 1965 an, okay?«

»Okay!«

Anne nahm einen Schlüssel von dem Schlüsselbord an der Wand hinter dem Computertisch und ging zu einem orangeroten Hubstapler. »Fahren wir!«

Sie wartete, bis Liv eingestiegen war, setzte den Stapler in Bewegung und fuhr an den Regalen entlang, hielt an und ließ ihn an den blauen Brettern hochfahren, bis er das zehnte erreicht hatte. Anne guckte einen Karton aus, reichte ihn Liv und fuhr wieder herunter.

»Wir öffnen ihn da drüben auf dem Tisch, er ist nicht zu schwer, oder?«

»Jetzt ist es aber gut.« Liv lachte und ging mit dem Karton davon.

Anne parkte den Hubstapler und kam zu dem Tisch, öffnete den Karton und begann zu blättern. Während sie suchte, summte sie vor sich hin. Es klang nach den Beatles.

»Hat Mette Møller noch einen zweiten Vor- oder Familiennamen?«

»Ich glaube nicht.«

Anne blätterte weiter und summte wieder. Liv erkannte *Norwegian Wood.* »Jep, das könnte sie sein. Mette Møller, geboren am 3. Februar 1963 auf der Entbindungsstation im Krankenhaus in Tondern. Wohnhaft in Kopenhagen von 1982 bis 1984 in Fredens Ark in Christiania. Wenn wir ihre Personennummer haben, ist es ein Leichtes, sie zu finden.«

Anne gab etwas in den Computer ein und kritzelte etwas auf einen Zettel, den sie Liv gab. »Das ist ihre Adresse. Sie ist geheim, deshalb konntest du sie nicht finden. Sie wohnt immer noch in Tondern, aber es sieht nicht so aus, als hätte sie ein Telefon.«

Liv nahm den Zettel. »Danke, Tante, das ist mir eine große Hilfe.«

»Ja, ja, ich sollte so etwas nicht machen, und du darfst

unter keinen Umständen irgendjemandem erzählen, dass ich das getan habe, aber dir konnte ich ja noch nie etwas abschlagen.«

Liv lächelte ihre Tante an. »Hast du mal von einem Fall gehört, in dem Großvater 1984 in Christiania ermittelt hat?«

Anne schüttelte den Kopf. »1984 war ich vierzehn und hatte nichts anderes als mein Fußballtraining im Kopf. Komm, ich bringe dich zur Rezeption.« Sie gingen Richtung Ausgang. »Aber er hatte Freunde in der Freistadt.«

»Freunde?«

»Ich habe sie nie getroffen. Mutter war nicht begeistert, dass er da draußen verkehrt hat. So erinnere ich mich jedenfalls daran.«

Liv hielt den Atem an. »Warum nicht?«

Anne lächelte. »Ach, Schatz, du hast deinen Großvater immer vergöttert. Mit so etwas muss man vorsichtig sein. Niemand von uns ist perfekt.«

Sie kamen zu den Glastüren.

»Lass nicht wieder ein halbes Jahr vergehen, bevor wir uns wiedersehen.« Tante Anne nahm sie noch einmal in eine Bärenumarmung und tätschelte ihr die Wangen, als wäre sie ein kleines Mädchen.

Draußen schien die Sonne auf Kopenhagen und Livs Gesicht. Sie versuchte, die Wärme durch die Haut und in ihre Gedanken sickern zu lassen.

*

Der Klang des Radios aus dem Wohnzimmer überraschte Hannah. Sie öffnete die Tür zur Diele und spitzte die Ohren. Ja, sie hatte richtig gehört. P1 lief auf voller Lautstärke, ihr Vater musste zu Hause sein. Sie setzte sich wieder an ihren Computer und schrieb den Satz fertig, bevor sie zu ihm ging. Als er sie kommen hörte, blickte er lächelnd auf.

»Hei, Schatz.«

»Hei, Vater.« Sie setzte sich auf den Puff vor seinem Sessel. »Was machst du zu Hause? Wollten du und Judith nicht heute nach Louisiana?«

»Ich dachte, dass es uns beiden guttun könnte, gemeinsam etwas Schönes zu unternehmen. Es gibt da diese Ausstellung in den Zisternen in Søndermarken.« Er sah sie forschend an. »Es sei denn, du bist zu beschäftigt?«

Sie zögerte. Das war sie. Aber wenn er schon die Initiative ergriff, etwas zusammen zu unternehmen … »Das klingt großartig.«

Er lächelte sie erleichtert an und drückte ihre Hand, als hätte sie seine Gedanken gelesen. »Aber zieh dich gut an, es stürmt, und sie haben Regen angesagt.«

»Okay, Vater.«

Sie ging in die Diele, um sich anzuziehen. Eine Schirmmütze, den gefütterten Parka und braune Wanderschuhe. Hannah wurde warm ums Herz, dass ihr lieber alter Vater sich um sie Gedanken machte und sich solche Mühe gab. Mit der Elternrolle und mit dem Leben.

Sie gingen die Vesterbrogade entlang, die nachmittags immer ruhiger und angenehmer war, erfrischend frei von E-Bikern, denen die Mordlust aus den Augen leuchtete, und Lieferwagen, die die Fahrbahn versperrten und für Chaos sorgten. Jan ging ohne Stock und mit federnden Schritten, sie konnte sich nicht erinnern, wann sie ihn das letzte Mal so gesehen hatte. Selbst den Valby Bakke lief er mit schnellem Schritt hoch, und sie war diejenige, die außer Atem war, als sie oben ankamen.

Gegenüber von Schloss Fredriksbergs gelb gestrichener

Fassade standen die beiden Glaspyramiden, die als Eingang zu dem alten Wasserreservoir Kopenhagens dienten. Eine Treppe führte in die nur sparsam beleuchtete feuchte Kälte der Zisternen hinunter, und Hannah spürte, wie ihr Puls zur Ruhe kam. Über ihnen hingen Tropfsteine von den gewölbten Decken.

»Es ist fast, als würde man in ein Grab treten.« Jan flüsterte andächtig, obwohl sie mit Sicherheit allein hier unten waren. »Wo ist die Ausstellung?«

Ein Klagegesang durchschnitt die Luft, der Klang eines brechenden Herzens. Ein Weinen ertönte und wurde von einer weiteren klagenden Stimme begleitet und einer weiteren.

Hannah hielt den Zeigefinger in die Luft. »Ich glaube, das ist die Ausstellung. Eine Toninstallation über Trauer. Das sind wohl Aufzeichnungen albanischer, griechischer, asiatischer und jüdischer Trauerrituale. Ich habe davon gelesen, erinnere mich aber nicht an die Einzelheiten.«

Jan stand ganz still und lauschte dem Weinen, das in den Säulengängen der Zisternen widerhallte. Hannah schloss die Augen und lauschte ebenfalls. Es klang fast wie Musik, gespielt in Moll auf einem verzauberten Instrument. Nach einer halben Minute öffnete sie die Augen wieder und wollte vorschlagen weiterzugehen, als sie die Träne auf der Wange ihres Vaters sah.

»Was ist, Vater?«

Er schüttelte den Kopf und lächelte sie an. »Nichts. Ich habe heute nur ein wenig nah am Wasser gebaut.«

Er griff nach ihrer Hand, und sie standen da und lauschten gemeinsam. Hannah schloss wieder die Augen und spürte, wie leicht sich seine Hand in ihrer anfühlte. Als hielte sie einen Vogel fest.

»Bist du sicher, dass alles in Ordnung ist?«

Er antwortete nicht, lächelte nur mit geschlossenen Augen und drückte leicht ihre Hand. In dem Moment wusste sie, dass etwas nicht stimmte.

*

Das Tor zur Kaalundsgade 6 ging schwer, und die Scharniere quietschten. Liv stemmte sich dagegen und schob das Fahrrad in den Hinterhof. Nima stand mit verschränkten Armen vor der kleinen Autowerkstatt. Als er sie hörte, sah er auf und lächelte blass. »Hei, Privatdetektivin!«

»Hei, Automechaniker. Das ist ja ein altes Teil, das du da reinbekommen hast. Was fehlt ihm?«

»Das ganze Fahrgestell ist verrostet, der Besitzer möchte wissen, ob der Wagen noch zu retten ist.«

Liv stellte sich neben ihn. »Und, ist er das?«

»Ich glaube nicht.« Er holte eine Packung Zigaretten heraus und zündete sich eine an. »Aber ich bin heute auch nicht der Positivste.«

»Was ist los?«

Er guckte sie finster an, was so viel bedeutete wie *ich will nicht darüber reden*. Sie nickte ihm zu und wollte weitergehen, doch irgendetwas ließ sie stehen bleiben.

»Du bist manchmal in Christiania, nicht?«

Sein Blick wurde noch finsterer. »Ja. Warum?«

»Kennst du etwas, das sich Lalikas Hütte nennt? Vielleicht ist sie auch längst …«

Nima zog an der Zigarette und blies den Rauch auf seine Schuhe. »Die gibt es noch. Ich habe gestern noch davorgestanden.« Er kniff misstrauisch die Augen zusammen. »Weißt du etwas, Liv?«

»Wenn du deine Probleme meinst, dann nein.« Sie lehnte das Fahrrad gegen ihre Hüfte, sodass sie die Hände aneinanderreiben konnte. Es war bereits Handschuhwetter. »Du weißt, dass es keine Schande ist, um Hilfe zu bitten, wenn die Hütte brennt.«

Er schnaubte. »Wenn Hilfe wirklich helfen würde, wären wir alle geneigter, darum zu bitten.«

»Hmm, ziemlich zynisch. Aber ich bin geneigt, dir recht zu geben. In der Regel ist es leichter, die Dinge selbst zu regeln.« Liv lächelte ihn an. Nima war eine melancholische Seele, das war einer der Gründe, warum sie ihn mochte. Doch heute wirkte seine Seele beschwerter denn je.

»Okay, ich muss nach Tondern und eine Frau finden, die nicht gefunden werden will. Wir sehen uns, Mechaniker!«

»Wir sehen uns!« Nima winkte mit der Zigarette zwischen den Fingern.

Sie ging um das Hinterhaus herum zu ihrem eigenen Eingang und schloss die Tür der Kellerwohnung auf. Warf ein Ladegerät und die blaue Schirmmütze in den Rucksack, mehr würde sie nicht brauchen. Es war eine Fahrt von über drei Stunden pro Strecke, doch wenn sie sich Hoffnungen machen wollte, nach all den Jahren etwas Brauchbares von Albans Freundin zu erfahren, musste sie ihr von Angesicht zu Angesicht gegenübertreten. Falls sie sie fand.

Sie schloss ab und eilte zum Auto, suchte einen Musiksender im Autoradio und ließ sich von dem Neunzigerjahre-Rock auf die Vesterbrogade und heraus aus der Stadt begleiten, weiter gen Westen durch Seeland, über die Große-Belt-Brücke und durch Fünen, bis sie nach Süden Richtung Kolding und deutsche Grenze abbog.

Bei Hadersleben tankte sie und gab die Adresse in das GPS ein. Die Karte zeigte ihr einen Punkt nicht direkt in Tondern, sondern in der Kleinstadt Lydersholm, zehn

Kilometer von Tondern entfernt. Sie fuhr hinter Tingleff von der Hauptstraße ab, durch eine Stadt mit dem Namen Rens und weiter den Grenzweg entlang, bis das GPS ihr sagte, dass sie ihr Ziel erreicht hatte.

Sie stellte den Motor aus und blickte auf Mette Møllers Zuhause. Das Haus war aus schäbigen roten Backsteinen gebaut und sah verlassen aus. Mehrere Fenster waren zerbrochen und durch Sperrholzplatten ersetzt worden, die sich vor Feuchtigkeit bogen, und die kommunalen Mülltonnen standen alle vor der Fassade. Ein junger Baum war durch das Dach gewachsen und streckte sich unbeugsam in den Himmel.

Das Knallen der Autotür ließ eine Taube von einem der Bäume im Vorgarten auffliegen. Liv betrat das Grundstück, ging zur Haustür und klopfte. Als niemand antwortete, trat sie einen Schritt zurück, sodass sie an der Fassade hochblicken konnte. Die Fenster waren dunkel und leer.

»Wen suchen Sie?«

Die Frage kam von einer älteren Frau in einer bis zum Hals zugeknöpften Windjacke und mit einem Fellknäuel von einem Hund an der Leine.

»Mette Møller … Ich habe diese Adresse hier bekommen, aber sie ist vielleicht veraltet?«

»Sind Sie von der Gemeinde, oder was?«

Liv schüttelte den Kopf. »Ich bin der Familie wegen hier. Das ist privat.«

Die Gassigeherin musterte sie von oben bis unten. »Okay, sie braucht nämlich niemanden, der sie zusätzlich stresst, das will ich nur klarstellen.«

Liv drehte sich wieder zu dem Haus um. »Dann ist sie da drin?«

»Nehmen Sie die Hintertür, das machen wir alle so. Ich bin die Nachbarin und helfe hin und wieder mit Einkaufen und so. Aber sagen Sie ihren Namen mehrmals laut, damit sie keine Angst bekommt.« Die Frau zog den Hund zu sich und zeigte zum Nachbargrundstück. »Ich behalte Sie im Auge.«

»Danke«, antwortete Liv, obwohl die Abschiedsworte mehr wie eine Drohung als wie ein Hilfsangebot klangen. Sie ging um das Haus herum, an den Haufen mit Abfall und einem Plastikgartenstuhl in Kindergröße vorbei, der fast in dem hohen Gras verschwand.

Das mattierte Glas der Hintertür war zerbrochen und von innen durch einen schwarzen Sack ersetzt worden. Sie griff vorsichtig nach der Klinke, und die Tür glitt zu einer altmodischen Waschküche mit gefliesten Wänden und einem Stahlwaschbecken an der Wand auf. Das Waschbecken war voll mit zerknüllten Plastiktüten, was System zu haben schien.

»Mette?«, rief sie ins Haus. »Ich heiße Liv und komme aus Kopenhagen, um mit Ihnen zu reden.«

Sie trat ein und ging durch das untere Stockwerk, während sie auf ein Lebenszeichen lauschte. Drinnen machte das Haus einen bewohnteren Eindruck, obwohl es durch die verhangenen Fenster dunkel war. Es war normal möbliert mit Sofa und Esstisch, und obwohl die Möbel abgenutzt waren, machten sie einen benutzten und gepflegten Eindruck. Eine Wolldecke hing ordentlich gefaltet über dem Rücken des Ledersofas, und Liv erkannte die Farben von Christiania, rot und gelb. Eine Teetasse auf dem Sofatisch zeugte davon, dass es sich hier vor Kurzem jemand gemütlich gemacht hatte.

»Mette? Entschuldigen Sie, dass ich einfach so hereinplatze, aber ich hatte Ihre Nummer nicht. Ich will Ihnen nur schnell ein paar Fragen zu Alban Vitting-Hansen stellen.«

Im Haus blieb es still. Sie ging durchs Wohnzimmer, dann griff sie nach dem Geländer der schmalen Treppe, die in die erste Etage führte.

»Ich komme hoch. Bitte erschrecken Sie nicht!«

Liv blieb stehen und lauschte nach jedem knarrenden Schritt. Langsam kam sie sich albern vor. Es deutete nicht viel darauf hin, dass Mette zu Hause war.

Oben an der Treppe waren Umzugskartons an der Wand gestapelt, sodass man gerade noch vorbeikam. Sie sah zwei Türen, die eine stand offen zu einem hellgrünen Badezimmer, die andere musste ins Schlafzimmer führen.

Sie klopfte und öffnete vorsichtig die Tür. Der Raum, in den sie blickte, war dunkel, und die Gardinen waren zugezogen. Das Licht vom Gang fiel auf einen Haufen Wäsche auf dem Boden. Dahinter konnte sie ein Bett ausmachen. Auf dem Bett lag eine Frau, vollständig bekleidet und mit geschlossenen Augen.

CHRISTIANIA, JULI 1984

Je näher Carl Omeletten kommt, wo Jørn wohnen soll, desto bunter wird das Straßenbild. Er sieht einen Mann auf einem Pferd und einen Aufmarsch von Frauen mit Stoffbahnen an den Armen wie rote Flügel. Jemand bietet ihm auf einem Tablett eine Süßigkeit an, die er lachend ausschlägt. In den Bonbons ist garantiert nicht nur Zucker! Die nächste Gruppe, an der er vorbeikommt, trinkt Bier und singt und hält einander fest. Einer von ihnen reicht ihm eine Flasche.

»Danke, nein. Wird hier irgendwo gefeiert?«

»Im Kollektiv in der 7, geh einfach dem Krach nach.«

»Ist das in der Nähe von Omeletten?«

»Ooooomeletten, Ooooomeletten.« Der Mann mit der Flasche tanzt um ihn herum.

Carl macht einen Schritt von den Tanzenden weg, kann sich ein Lachen aber nicht verkneifen. Die Stimmung ist ausgelassen, aber sie ist auch freundlich. Fast liebevoll.

Irgendwo weiter entfernt ertönt laute Musik. Carl kommt zu einem gemauerten Torbogen, der sich zu einer Ansammlung von Häusern um eine Grasfläche öffnet. Unter einer Zeltleinwand spielt eine Kapelle Reggaemusik, davor hopsen auf einem Tanzboden Kinder und Erwachsene herum. Ein Feuer brennt, obwohl der Abend lau ist, und die Leute stehen im Kreis um die Flammen.

Eine Frau in einem rosa Satinkleid mit Puffärmeln

kommt und tanzt vor ihm. Er lächelt sie an, zurückhaltend, und tritt einen Schritt zur Seite, sodass er den Platz überschauen kann. Auf dem Tanzboden vor der Kapelle entdeckt er einen kräftigen Mann mit roten Haaren und Vollbart. Carl weist die Frau mit den Puffärmeln auf ihn hin. »Kennst du den Wikinger da drüben?«

Die Frau nickt und wedelt mit den Armen. »Das ist Jørn«, ruft sie über die Musik hinweg.

Carl bedankt sich und bewegt sich durch die Menschenmenge zu dem Zelt hin, wo er direkt vor der Band zu stehen kommt, die sich gerade an eine schnellere Version von No Woman, No Cry *macht. Jørns Oberkörper ist nackt, und er tanzt eng mit einer dünnen schwarzhaarigen Frau. Seine Hände fahren ihren Rücken rauf und runter, und er schiebt den Unterleib vor, während er laut mitsingt. Carl wartet, bis die Nummer vorbei ist, dann geht er zu dem Paar und erhascht Jørns Aufmerksamkeit.*

»Hast du fünf Minuten? Ich bin von der Polizei Kopenhagen. Es geht um Alban.«

Jørn wischt sich mit einer Hand den Schweiß vom Oberkörper, während die andere auf dem Hintern seiner Tanzpartnerin ruht. »Muss das jetzt sein?«

»Tut mir leid, das kann nicht warten.«

Jørn beugt sich vor und flüstert der Schwarzhaarigen etwas ins Ohr. Sie lächelt und verschwindet mit wippenden Hüften. Jørn starrt ihr hinterher und zwinkert Carl zu.

»Wir gehen in die Bar rüber«, ruft er. »Da ist es ruhiger.«

Carl folgt dem halb nackten Mann zu einem Tisch mitten auf dem Rasen. Auf dem Tisch stehen Flaschen und Gläser, und auf einem Bierkasten hinter der provisorischen Bar steht ein Kind von acht, neun Jahren mit einem Cowboyhut auf dem Kopf.

»Was wollt ihr haben?«, ruft das Kind, bevor sie ganz da sind.

»Gib uns zwei Hof, Bjørnstjerne. Mach einfach zwei Striche auf die Liste.«

Das Kind öffnet zwei Bier und hält sie ihnen mit ernster Miene hin.

»Danke, du bist richtig tüchtig«, sagt Carl und trinkt einen Schluck. Das Bier ist lauwarm. Er dreht sich zu Jørn um und muss immer noch ziemlich laut rufen, um die Musik zu übertönen. »Kannten Sie den Toten Alban Vitting-Hansen?«

»Ein bisschen. Wir waren in denselben Kreisen unterwegs.«

»Denken Sie da an Mette?«

Jørn schielt zu ihm hin und trinkt. Die Flasche ist halb leer, als er sie vom Mund nimmt. »Unter anderem, ja.«

Carl trinkt noch einen lauwarmen Schluck und überlegt, wie es sein kann, dass manche Menschen nicht eifersüchtig werden. Wie liebt man, ohne Besitzansprüche zu entwickeln?

»Haben Sie Kontakt zu ihr?«

»Leider nicht. Ich meine, dass sie nach Hause zu ihrer Familie in Südjütland gefahren ist. Aber ich habe keine Ahnung, wo die wohnt.«

»Soweit ich das verstanden habe, hat Mette auf ein Baby aufgepasst …« Eigentlich enthält die Aussage keine Frage, doch Jørn unterbricht ihn, als täte sie das.

»Das hat nichts mit mir zu tun.«

»Wie stehen Sie dann zu Mette?«

»Wir sind nur Freunde.« Jørn sieht zu der Band rüber, und sein Körper findet den Rhythmus, als langweile ihn das Gespräch.

Carl lehnt sich vor. »Mir ist zu Ohren gekommen, dass

sowohl Sie als auch Alban etwas mit Mette hatten. Und jetzt ist Alban tot und Mette verschwunden. Sehen Sie da eine Verbindung?«

»Keine Ahnung, worauf Sie hinauswollen.« Jørn wischt sich den Mund mit dem Handrücken ab und schaut über den Platz. »Hat er sich nicht zu Tode gefixt wie all die anderen armen Junkies? Warum kommen Sie her und ruinieren mit dem Scheiß unser Fest?«

Carl fängt seinen Blick ein. »Haben Sie wirklich keinerlei Kontaktdaten von Mette? Ihre Heimatstadt, den Namen ihrer Eltern, Geschwister? Einen Nachnamen vielleicht? Wir müssen mit ihr sprechen.«

Jørn sieht sich erneut auf dem Platz um und bewegt sich leicht zur Musik, bevor er antwortet. »Nix. Wollen Sie noch ein Bier?«

Jørn holt ein Bier an der Bar. Carl spürt, wie er langsam wütend wird. Ein junger Typ ist unter verdächtigen Umständen zu Tode gekommen, trotzdem verhält der Mann sich, als wäre ihm das scheißegal. Er beißt die Zähne zusammen, stellt Augenkontakt her und versucht, sich zusammenzureißen. Doch Jørn wendet sich ab und setzt die Flasche an den Mund, und da reißt Carl der Geduldsfaden. Nicht auf eine gewalttätige Art, er legt dem Mann nur eine Hand in den Rücken und gibt ihm einen kleinen Schubs. Die Flasche fliegt Jørn aus der Hand ins Gras.

»Verdammt! Sie hätten mir beinahe die Zähne ausgeschlagen!«

»Entspannen Sie sich!«

Jørn ballt die Fäuste, und sein Blick wird wild. »DRECKIGES BULLENSCHWEIN!«, ruft er und schlägt zu.

Carl duckt sich und weicht auch dem nächsten Schlag aus. Der Mann ist betrunken und nicht in Form. Doch der

Auftritt zieht Aufmerksamkeit auf sich. Jemand ruft etwas von einer Schlägerei, und die Band hört auf zu spielen.

»Sie kommen jetzt besser mit mir mit.«

Ida steht neben ihm und streckt ihm die Hand hin. Sie hat ein weißes Kleid an und trägt das blonde Haar offen. Sie gleicht einem Engel.

KAPITEL 9

Liv blieb in der Tür zu Mettes Schlafzimmer stehen und wartete mit angehaltenem Atem auf ein Lebenszeichen. Sie war sich nicht sicher, ob sie hineingehen oder etwas sagen oder vielleicht einfach auf dem Absatz kehrtmachen und verschwinden sollte. Die Frau auf dem Bett hatte etwas Friedliches; eine Ruhe, die um keinen Preis gestört werden sollte, schien es ihr.

»Hei?« Livs Stimme bebte. »Schlafen Sie?«

Mettes Lider zitterten. Dann hob sie die Hände und hielt sich die Ohren zu.

Liv hatte einen Erwachsenen sich noch nie so verhalten sehen, und der Anblick war unerwartet erschreckend. Absolut unlogisch streckte sie die Hände aus, wie um zu zeigen, dass sie unbewaffnet war.

»Entschuldigung, das war nicht meine Absicht ... Ich will nur mit Ihnen reden.«

Mette nahm langsam die Hände von den Ohren und legte sie stattdessen auf den Bauch. Sie atmete tief ein und hörbar wieder aus, drehte endlich den Kopf zu Liv um und blinzelte. »Was wollen Sie von mir?«

»Nur reden«, sagte Liv wieder. »Ich heiße Liv Jensen und bin von Kopenhagen hierhergefahren, um Sie zu treffen. Ich möchte mit Ihnen über Alban reden.«

Mette schloss wieder die Augen. »Sind Sie so nett und warten unten?«

»Natürlich.« Liv schloss die Tür, ging ins Wohnzimmer hinunter, setzte sich auf das Sofa und sah sich um. Sah die feuchte Tapete und die abgenutzten Möbel und registrierte, dass es in diesem Zuhause keine persönlichen Dinge gab. Keine Fotos, keine Plakate, keine Ziergegenstände. Es vergingen fast zehn Minuten, bevor sie Schritte auf der Treppe hörte. Mette trat barfuß ins Wohnzimmer, als wäre ihr der Raum fremd und als sollte sie vor einem Auditorium ein Lied singen, dessen Text sie nicht kannte. Ihr grau gesprenkeltes Haar hing ihr vor dem Gesicht, das vor Schweiß glänzte. Ihre Atmung war flach.

»Ich habe eine Sozialphobie«, sagte sie, noch bevor sie am Sofa war.

»Was kann ich tun?« Liv wollte aufstehen, doch Mette gab ihr mit einer ungeduldigen Bewegung zu verstehen, dass sie sich wieder setzen solle.

»Nichts. Bleiben Sie sitzen und verhalten Sie sich ruhig.«

Mette blieb stehen und holte tief Luft, während sie vor sich hin murmelte. Liv saß mucksmäuschenstill und beobachtete sie. Die Frau hatte feine Züge und hellblaue Augen, und man konnte sehen, dass sie einmal schön gewesen war, bevor das Leben sie niedergestreckt hatte. In gewisser Weise war sie das immer noch.

»Ich habe wohl selbst eine kleine Sozialphobie«, versuchte es Liv. »Ich kann jedenfalls nicht so gut mit zu vielen Menschen auf einmal zusammen sein. Oder mich von ihnen anfassen lassen.«

Mette ging langsam zum anderen Ende des Sofas und ließ sich schwerfällig nieder. Strich die graue Jogginghose glatt und nickte vor sich hin.

»Sie können mir gern meinen Teebecher reichen. Danke.«

Liv gehorchte.

Mette saß mit dem kalten Tee da, ohne zu trinken. Sie hielt den Becher fest umklammert. »Wie heißen Sie noch mal?«

»Liv Jensen.«

»Liv.« Sie lächelte. »Das ist ein schöner Name. Ich nehme ein Medikament, von dem ich hin und wieder etwas nuschele. Daher kommt das. Falls Sie sich wundern.«

»Das tue ich nicht«, antwortete Liv wahrheitsgemäß.

Mette nickte. »Entschuldigung, aber ich weiß nicht, ob Sie real sind. Ich sehe so selten Menschen.«

Liv streckte ihr vorsichtig die Hand hin. »Ich bin real. Aus Fleisch und Blut.«

Mette beugte sich vor und berührte ihren Arm mit der Fingerspitze. Nickte und griff wieder nach ihrem Teebecher.

»Warum wollen Sie über Alban reden?«

Liv musterte sie diskret und versuchte herauszufinden, wie vorsichtig sie vorgehen musste. »Haben Sie von Bo Riebenau gehört?«

Mette sah sie mit leerem Blick an.

»Dem Anwalt, der damals zur selben Zeit wie Sie in Christiania gewohnt hat?«

Sie schüttelte den Kopf. »Der Name sagt mir nichts.«

»Er ist vor drei Tagen ermordet worden.«

Mette blickte auf den stark mitgenommenen Teebecher in ihren Händen hinunter. »Davon weiß ich nichts.«

»Wissen Sie, ob Bo und Alban sich gekannt haben?«

»Vielleicht. Also, wir kannten uns damals ja alle ein bisschen in Christiania.« Ihr Blick flackerte. »Ich kann mich an vieles nicht mehr erinnern. Ich habe einiges an Elektroschocks bekommen, und die zerstören die Erinnerung.«

Mette hob den Becher mit einer Geste, als wolle sie ihr einen Tee anbieten.

Liv lehnte mit einer kleinen Handbewegung lächelnd ab.

»Habe ich das richtig verstanden, dass Sie und Alban damals ein Paar waren?«

»Ja, wir waren ein Paar.« Mette legte den Kopf schief und wiederholte: »Wir waren zweieinhalb Jahre lang ein Paar.«

»Warum haben Sie Christiania dann verlassen?«

»Ich bin krank geworden. Oder richtiger, ich war schon krank, aber in dem Sommer ging es mir zu schlecht, um alleine zurechtzukommen. Mir blieb nichts anderes übrig, als nach Hause zu meinen Eltern zu fahren. Sie haben mir geholfen, die richtige Behandlung zu bekommen. Einen Ort, an dem ich wohnen konnte. Es hat lange gedauert, wieder auf die Beine zu kommen. Vor allem nach Albans Tod.«

Liv fand nicht, dass Mette wie jemand aussah, der wieder auf die Beine gekommen war.

»Das tut mir leid.« Sie ließ die Beileidsbekundung einen Moment im Raum stehen, bevor sie fortfuhr: »Ist es in Ordnung zu fragen, ob Sie sich getrennt haben, bevor Sie nach Hause gefahren sind?«

Ein Zucken an Mettes linkem Auge ließ das Lid zittern. Sie legte zwei Finger darauf. »Ich weiß nicht so recht, was ich darauf antworten soll. Wir haben uns immer noch geliebt, aber es war schwer. Es gab … Herausforderungen.«

Liv konnte ihr ansehen, dass sie nicht fragen sollte, von welchen Herausforderungen sie sprach.

»Sind Sie deshalb gefahren?«

Sie nickte. »Ich habe geglaubt, dass ich eines Tages zurückkomme, aber dann ist Alban gestorben und …«

»Die Polizei hat gesagt, dass er Selbstmord begangen hat. Dass er an den Folgen einer Pilzpsychose gelitten und sich selbst das Leben genommen hat.«

Mette spitzte den Mund, als müsse sie die Gefühle im Zaum halten. »Nein. Das habe ich nie geglaubt.«

»Was glauben Sie, ist mit ihm passiert?«

Sie blickte erschrocken auf. »Ich war nicht da, als es passiert ist, aber es gibt bestimmt andere Erklärungen. So ist das.«

Liv nickte und versuchte zu durchschauen, was sie damit meinte. »Haben Sie zu einigen von damals noch Kontakt?«

»Nein.«

»Was ist mit Albans Familie?«

Sie schüttelte den Kopf. »Alban wollte mich ihnen vorstellen, als er aus Afrika nach Hause gekommen ist. Aber wir haben es nicht mehr geschafft.« Mette stellte den Teebecher ab, sodass er auf den Tisch knallte, und sah sie sofort entschuldigend an. »Ich glaube, sie haben mehrmals versucht, meine Eltern zu kontaktieren, aber da war ich nicht gesund genug, um mit ihnen zu sprechen. Ich wohnte … Ich war fast ein halbes Jahr in der Psychiatrie in Middelfart.«

»Wohnen Ihre Eltern in der Nähe?«

»Nein, meine Mutter ist tot, und mein Vater ist nach Kopenhagen gezogen.« Das Lid zitterte wieder. »Ich mag nicht weiter darüber reden, ich kenne diesen Bo überhaupt nicht.«

»Okay.« Liv musste sich auf die Zunge beißen, um keine weiteren Fragen nach dem Verhältnis von ihr und Alban zu stellen. Der Schmerz stand Mette ins Gesicht geschrieben und zerstörte ihr Leben so offensichtlich, dass sie sich hütete. Diesen Respekt verdient jeder Mensch.

Das Recht, Fremden nicht von dem Bankrott des eigenen Lebens zu erzählen.

»Wie lange wollen Sie noch bleiben?«

Mettes direkte Art zu fragen verwirrte Liv. »Ich? Ich fahre gleich wieder.«

Sie nickte beruhigt. »Heute ist kein guter Tag.«

Liv stand auf. »Okay. Vielen Dank für Ihre Zeit. Ich hoffe, es war nicht zu belastend.«

Mette schaute zu Boden, sie hatte rote Flecken am Hals. »Entschuldigung, so bin ich einfach. Kommen Sie gut nach Hause!«

Liv ging mit dem traurigen Gefühl zum Auto, das die meisten beschleicht, wenn sie einen gebrochenen Menschen treffen. Mette Møller hatte sich nie von der Trauer erholt. Man hatte fast Lust, sie zu schütteln und aufzufordern, dass sie sich zusammennahm. Um Hilfe bat. Etwas tat.

Als Liv wieder im Auto saß, wurde ihr klar, dass sie bestimmt genau das getan hatte: um Hilfe gebeten und sie nicht bekommen hatte. Nicht genug. Nicht einmal von den eigenen Eltern, wie es aussah, aber vielleicht hatten sie es auch vergebens versucht. Der Gedanke machte sie noch trauriger.

Sie stellte das Autoradio an und fuhr nordwärts durch Südjütlands weitläufige Felder, die sich hinter Leitplanken und Straßenarbeiten versteckten. Ein Lied löste das andere ab, im gleichen Rhythmus, wie die Stadtschilder die Namen wechselten. Im Sommer 1984 war etwas passiert, das Mette veranlasst hatte, aus der Freistadt zu fliehen, und über das sie noch immer nicht sprechen konnte. Etwas, das sie an den Rand des Zusammenbruchs geführt hatte und das etwas mit Albans Tod zu tun haben musste. Und mit Bos.

Bei Christiansfeld klingelte das Handy mitten in einem langen Gitarrensolo. Liv stellte leiser und meldete sich.

»LJ, Sie sprechen mit Liv.«

»Hier spricht Viola Riebenau.«

»Hei, Viola.« Liv stellte lauter. »Geht es voran?«

»Nicht wirklich, und es hilft auch nicht, dass alle mich behandeln, als wäre ich eine Aussätzige.«

Liv war die Dynamik um einen Mord nur allzu vertraut. Die Angehörigen werden isoliert, weil die Leute schockiert sind und keine Ahnung haben, was sie in ihrer Gegenwart tun und sagen sollen.

»Aber deshalb rufe ich nicht an.« Sie seufzte. »Du hast mich gebeten, hier zu Hause zu suchen …«

Livs Griff um das Lenkrad wurde fester. »Ja.«

Viola seufzte erneut. »Ich weiß nicht, ob das wichtig ist, aber ich habe eine Mappe gefunden.«

»Was für eine Mappe?«

»Eine alte. 1984 steht darauf. Sie lag oben in dem Karton mit den Wintermänteln. Er muss sie selbst dorthin gelegt haben. Du kannst sie abholen, wenn es dir passt.«

»Ich bin auf dem Weg.«

*

Hannah lehnte sich aus dem Fenster und sah Nima im Hof arbeiten. Er trug einen Monteuranzug, und mit den breiten Schultern und den grünen Augen hätte er einem Film entsprungen sein können. Aber er sah nicht zu ihr hoch. Wenn sie zusammen waren, war er aufmerksam und voll da, doch sobald sie aus der Tür ging, schien sie aufzuhören, für ihn zu existieren. Sein Schweigen versetzte sie in einen Zustand konstanter Bestätigungsbedürftigkeit, für den sie sich ungefähr dreißig Jahre zu alt fühlte. Das war wirklich nicht besonders cool. Die Frage war, mit wie wenig sie sich auf Dauer zufriedengeben konnte.

Sie riss sich los und ging zurück zum Schreibtisch. Sie hatte den Tag für den Artikel in der *Psykologi* reserviert, doch die Zeit war mit dem Ausflug zu den Zisternen vergangen, sodass sie jetzt den Abend dafür nutzen musste. Sie freute sich doch darauf, ihn zu schreiben, erinnerte sie sich selbst. Zu ihrer fachlichen Kompetenz zurückzufinden und den Grundstein für eine selbstständige Praxis zu legen. Allein die Tatsache, es mit erwachsenen Patienten zu tun zu haben, würde eine riesige Herausforderung sein. Sie legte ihr Quellenmaterial bereit und öffnete ein neues Dokument.

Seit G.E. Schwartz' Forschungsgruppe von der Universität Arizona zu Beginn der Neunzigerjahre mittels EEG psychophysiologische Prozesse von Schutzmechanismen und Verdrängung untersucht hat …

Hannah geriet mit den Fingern über der Tastatur ins Stocken. Sie musste aufpassen, dass der Artikel nicht zu wissenschaftlich wurde, ihn besser wie einen Fall aufbauen, der aus der Perspektive eines Menschen erzählt wurde. Es sollte ja eben kein wissenschaftlicher Artikel werden.

Die Türklingel ließ sie leicht zusammenzucken, gefolgt von der Erwartung. Dann kam er also doch noch vorbei, um sie zu kussen. Auf dem Weg in die Diele überprüfte sie ihr Aussehen im Spiegel und schob eine lose Haarlocke zurück in den Knoten.

Aber es war nicht Nima, der vor der Tür stand.

»Surprise! Ich hoffe, Sie hassen keinen unangemeldeten Besuch. Zimtschnecken?« Nikolaj, der Redakteur, lächelte und reichte ihr eine Bäckertüte. Er sah anders aus, als sie ihn in Erinnerung hatte. Attraktiver.

Hannah, die unangemeldeten Besuch hasste, nahm die Tüte. »Das *ist* eine Überraschung.«

»Ich weiß. Und wenn es für Sie nicht passt, bin ich sofort wieder weg. Aber ich kam gerade vorbei und dachte, dass Sie mir vielleicht eine Tasse Kaffee anbieten könnten.«

Sie musste einfach lachen. »Und warum sollte ich das tun?«

»Weil das Leben kurz und langweilig ist. Die Gelegenheit zu einem Abenteuer bietet sich so selten, und ich finde Sie wunderschön. Deshalb.«

Hannah spürte Wärme in den Wangen. So viele mutige Menschen gab es letztendlich nicht, vor allem nicht mutig genug, sich eine Blöße zu geben und eine Zurückweisung zu riskieren. Sein Mut machte Eindruck. Sie hob den Blick und sah ihn an. Grübchen, muskulöse Arme, dunkelblaue Augen.

»Ich sitze gerade an einem Artikel für euch …«

»Worüber wollen Sie schreiben?«

»Über Verdrängung.«

Er nickte. »Klingt spannend.«

»Ich bin noch nicht weit gekommen.«

»Vielleicht kann ich helfen.« Er lächelte. »Im Grunde genommen ist es die reinste Ironie, dass ich jetzt arbeite, wo ich arbeite. Meine Mutter ist Psychologin. Und Sie wissen, was man von Kindern von Psychologen sagt … niemand ist mehr fucked up als wir.«

Hannah lachte und sah auf die Bäckertüte in ihrer Hand. Ein Fettfleck breitete sich darauf aus.

»Eine schnelle Tasse Kaffee.«

Sie ließ Nikolaj herein und warf einen Blick in den Garten, um zu sehen, ob Nima sie beobachtete. Er stand mit dem Rücken zu ihnen und sah nichts.

*

Nachdem er den größten Teil des Tages damit verbracht hatte, den verrosteten Ford Falcon anzustarren, ohne im Mindesten weiterzukommen, fuhr Nima nach Hause auf das Boot. Je schneller er das Problem löste, desto besser.

Shirin saß über die Englischaufgaben gebeugt. Eine leere Schale neben sich. Ihr Anblick machte ihn traurig, aber auch wild entschlossen. Er würde das regeln!

»Hei, Onkel, wir haben keine Milch mehr.« Sie redete, ohne den Blick von dem Schulbuch über Apartheid und Nelson Mandela zu heben.

Er trug ihre Schale zum Spülbecken und spülte die Cornflakesreste ab. Die Maisflocken kreisten über dem Abfluss, bevor sie in die Tiefe gesaugt wurden.

»Ich habe mit Bilal gesprochen.«

Shirin blickte auf. Er konnte in ihrem Blick lesen, was sie dachte: Brachte es etwas zu lügen? Wie viel er wohl wusste? Konnte sie eine Geschichte erfinden?

»Entschuldigung«, murmelte sie.

Er hatte Lust, sie auszuschimpfen, aber was nutzte das?

»Shirin, ich weiß sehr gut, dass wir nicht viel Geld haben und dass das ätzend ist. Ich weiß auch, dass dein großer Bruder dir beigebracht hat, dass Drogen ein leichter Ausweg sind. Aber sieh mal, wo er heute ist! Du hast nicht die besten Vorbilder, aber glaub mir, dieser Scheiß ist eine Sackgasse.«

Sie nickte. Er sah, wie sich Tränen in den untersten Wimpern sammelten.

»Versprich mir, dass du keine Drogen mehr verkaufst, Shirin!«

»Okay«, schniefte sie. »Aber was ist mit Bilal?«

»Um ihn musst du dir keine Sorgen machen, um ihn kümmere ich mich. Blockier seine Nummer auf dem Handy. Wenn er Kontakt zu dir aufnimmt, sagst du mir das und antwortest nicht.«

»Aber ich habe versprochen …«, sie suchte nach Worten.

»Hast du noch was hier?« Er sah sie streng an. »Jetzt, Shirin!«

Sie stand auf und ging in ihr Zimmer.

»Und die Tasche!«, rief er ihr hinterher.

Sie kam mit der Designertasche und einer Plastiktüte zurück und hielt ihm beides hin.

»Was machst du mit der Tasche?«

»Ist es nicht besser, wenn du nicht zu viele Fragen stellst?«

Sie nickte und setzte sich auf die Bank, trocknete sich die Augen und zog das Buch wieder zu sich.

Nima blieb einen Augenblick stehen und beobachtete sie beim Lesen, dann holte er seinen Barbestand und steckte den und die Tasche in die Tüte zu den Drogen.

»Ich hole mal Milch.«

Er brachte die Tüte ins Auto und öffnete sie. Gummibärchen, Vapes und eine Handvoll Joints, wie viel war das wert? Selbst mit der Tasche unter zehntausend Kronen.

Während er seine Möglichkeiten durchging, öffnete er eine Tüte und steckte sich ein Gummibärchen in den Mund. Vielleicht half ihm das, klar zu denken.

Er konnte nicht zur Polizei gehen. Die Banden verstanden keinen Spaß. Außerdem stand seine Vormundschaft für Shirin auf wackligen Füßen. Er konnte es sich gerade jetzt nicht leisten, den kritischen Blick der Behörden auf sie zu lenken, etwas sagte ihm, dass sie den Verkauf von Drogen in der Familie nicht mit großer Nachsicht betrachten würden.

Wenn er Bilal das Geld und die Drogen und die teure Tasche anbot, bestand vielleicht die Chance, dass er sie in Ruhe ließ.

Er ließ die Milch Milch sein und fuhr nach Christiania raus, bog nach links in die Prinsessegade ein und passierte den Haupteingang von Christiania. Nach vierundvierzig Jahren Tauziehen hatte die Freistadt endlich die Pusher Street geschlossen, und die Pflastersteine waren rausgerissen worden. Das hieß, dass der Haschhandel hauptsächlich in die sozial schwachen Gebiete und auf die Spielplätze gezogen war, doch wenn man wusste, wohin man gehen musste, konnte man hier draußen noch immer etwas kaufen. Nima hatte eine starke Vermutung, wo Bilal sich aufhalten könnte.

Am Røde Sols Plads bog er nach rechts ab und blieb hinter *Den Grå Hal* stehen. Ausnahmsweise einmal ärgerte es ihn, wie viel Aufmerksamkeit sein Auto auf sich zog. Er holte das Handy heraus und tat so, als würde er darauf gucken, während er die Gesichter entlang der Mauer scannte.

Es klopfte ans Fenster. Nima hätte beinahe das Handy fallen gelassen, verbarg sein Erschrecken jedoch, so gut er konnte, und öffnete dem Pusher die Tür.

»Du bist früh dran.« Bilal setzte sich ins Auto und schloss die Tür hinter sich. Nima konnte sehen, dass die Männer an der Mauer ein Auge auf sie hatten. »Ich gehe davon aus, dass du etwas für mich hast?«

»Ja, hab ich.«

Nima hielt den Blick auf die Frontscheibe gerichtet, sodass er den Augenkontakt umging. Er konnte Bilals schweres süßes Parfüm riechen, da musste er ihn nicht auch noch ansehen.

»Aber es sind keine hunderttausend Kronen.«

Bilal lehnte sich zu ihm hin und zischte: »Was machst du dann hier?«

Nima griff auf den Rücksitz und hob die Plastiktüte hoch.

»In der Tüte hier sind sowohl deine Gummibärchen als auch die Joints und Vapes und die Designertasche, von der ich ausgehe, dass du sie gesponsert hast. Plus zwanzigtausend Kronen. Das ist das, was ich so kurzfristig aufbringen konnte. Und es ist sehr viel mehr, als du vorgestreckt hast. Nimm die Tüte, und wir sind quitt.«

Bilal machte keine Anstalten, nach der Tüte zu greifen. Nima spürte die Hitze über den Hemdkragen kriechen. Die Situation bekam zunehmend Ähnlichkeit mit einem kafkaesken Albtraum, wo jeder Ausweg zu einer neuen Verzweigung in dem Labyrinth führte, in dem man gelandet war.

»Sieh mich an! Ich besitze nichts. Ich wohne auf einem rostigen Boot, du kannst nicht mehr Geld aus mir herausholen.«

Bilal lachte. »Natürlich, mein Freund. Jetzt hörst du mir mal zu, was wir machen. Am Dienstag muss eine Tasche von meiner Wohnung nach Christiania gebracht werden. Das machst du für mich, und dann vergessen wir die Schulden.«

»Wie bitte?« Nima schüttelte sich, ihm war plötzlich durch und durch kalt. »Schulden wir dir dann gar nichts mehr?«

»Wenn du die Fahrt mit der Tasche übernimmst, sind

wir quitt. Du kannst ja das Mädchen mitnehmen, bei Kindern machen sie in der Regel keine Leibesvisitation.«

Nima sah, wie seine Finger auf dem Lenkrad zitterten. Es bestand kein Anlass zu fragen, was in der Tasche war und ob es gefährlich war, damit herumzufahren. Drogenbanden brauchten Kuriere, um die Drogen zu transportieren, das wusste er. Der Transport war kritisch, zehn Jahre hinter Gittern, wenn man mit einer größeren Menge von der Polizei erwischt wurde, sodass man diese Aufgabe gerne delegierte. An Idioten wie ihn, Idioten, die allzu viel zu verlieren hatten.

»Okay«, antwortete er und nickte Bilal zu. »Ich mach's.«

*

Die Uhr zeigte sieben, als Liv zurück in Kopenhagen war und in der Valdemarsgade vor Viola Riebenaus Haus parkte.

Es war Freitagabend in Vesterbro, und das merkte man an den Gruppen schultergepolsterter junger Menschen, die vor den unaufgeregt hippen Restaurants des Viertels standen und rauchten. Liv stieg zu den Tönen zweier unterschiedlicher Playlists aus, die wesentlich älter waren als die Klientel zu beiden Seiten der Straße. Mit Boney M im einen Ohr und Elton John im anderen ging sie zu Haus Nummer 14, fand Violas Namen im vierten Stock und schellte.

Diesmal öffnete Viola die Tür in Kleidung, die ihr passte, und sah insgesamt etwas gefasster aus als beim letzten Mal. Sie machte eine ausladende Armbewegung, und nach einem kurzen Zögern trat Liv ein. Sie roch den Duft von Flieder und spürte die Wärme von Violas Körper, als sie an ihr vorbeiging.

»Hei, Liv.«

»Hei, du siehst besser aus.«

Viola neigte den Kopf von einer Seite zur anderen. »Das geht hin und her. Ich habe mich von Job und Studium krankgemeldet, damit Vincent und ich in Vaters Haus aufräumen können. Es scheint unüberschaubar, aber es ist auch kathartisch, wenn das für dich Sinn ergibt?«

»Das kommt darauf an, was kathartisch bedeutet.«

Viola lachte und verschwand um die Ecke in die kleine Küche. »Unter diesem steinernen Gesicht verbirgt sich wohl ein kleiner Witzbold, was?«

Liv wusste nicht so recht, was sie darauf antworten sollte, und schwieg. Die Wohnung war warm und duftete nach Kräutern, sie spürte, wie die lange Fahrt und das Treffen mit Mette Møller ihren Körper schwer werden ließen. Sie hörte Viola mit Töpfen und Pfannen hantieren und den Kühlschrank öffnen. Plötzlich konnte sie es nicht erwarten, nach Hause zu kommen.

Viola drehte das Wasser an. »Kommst du nicht?«

Liv konnte an der Tür sehen, dass das ein Haus war, in dem man die Schuhe auszog. Sie bückte sich und machte die Turnschuhe auf. »Ich wollte eigentlich nur schnell einen Blick in die Mappe werfen …«

»Magst du Vietnamesisch?« Viola hackte Kräuter, während das Fleisch in der Pfanne hinter ihr briet. An dem kleinen Klapptisch an der Küchentür war für zwei gedeckt.

Liv überlegte, wie sie am besten ablehnen könnte, doch bevor sie die Worte fand, hatte sie sich gesetzt. Sie hatte ohnehin nichts zu Hause im Kühlschrank.

»Außer meinem Bruder sehe ich zurzeit keine Menschen, mir tut ihre Neugier nicht gut. Aber es ist auch schwer, allein zu sein. Ich habe gedacht, dass du vielleicht Lust hast, mit mir zu essen?« Viola lächelte verlegen und stellte ein Glas mit einer klaren, hellroten Flüssigkeit vor sie hin. »Granatapfelsaft, der ist scheißgesund. Leben deine Eltern noch?«

»Ja. In Rødovre.«

»Da hast du Glück.« Viola schaltete die Flamme aus und verteilte das Gericht auf zwei Schalen, über die sie die Kräuter streute, die verdächtig nach Minze und Koriander rochen. Sie stellte die Schalen auf den Tisch.

»*Mangiare*, wie sie in Hanoi sagen.«

»Gleichfalls«, antwortete Liv und nahm einen vorsichtigen Bissen.

Viola lächelte mit vollem Mund. »Nicht so ganz deins?«

»Doch, doch«, versicherte ihr Liv und wickelte mit vorgetäuschtem Eifer Nudeln um die Gabel.

Viola legte das Besteck weg und sah sie an. »Ich würde dich gerne nach dem Abend fragen, an dem mein Vater gestorben ist, aber ich weiß nicht, ob es mir guttut, das zu wissen.«

Liv trank einen Schluck Saft. »Das weiß ich auch nicht. Normalerweise würde ich dir raten, so wenig wie möglich zu wissen, aber ... langsam glaube ich, dass das, was man nicht weiß, einen genauso belastet wie das, was man weiß.«

Sie nickte. »Ich spüre gerade nach.«

»Du sagst einfach Bescheid.«

Viola nickte wieder. »Hast du den Vollmond gestern gesehen?«

»Nein.«

Sie lächelte verlegen. »Der war riesig. Ich hatte das Gefühl, als wäre mein Vater darin.«

Livs Hals schnürte sich zusammen. Vielleicht war es ganz normal, die Menschen, die man vermisste, in den Vollmond zu platzieren, aber sie hatte das noch nie bei jemandem erlebt. Am liebsten hätte sie über den Tisch nach Violas Hand gegriffen. Stattdessen trank sie ihr Glas aus und schnitt eine Grimasse.

Viola stand auf und ging ins Wohnzimmer. Eine halbe Minute später kam sie mit einer dicken Aktenmappe in der Hand zurück. »Warum ist die so wichtig?«

»Ich weiß nicht, ob sie das ist.« Liv musste sich beherrschen, nicht nach der Mappe zu greifen, um sie sofort zu öffnen und darin zu lesen. »Hat dein Vater einmal die Familie Vitting-Hansen erwähnt?«

»Sind das die mit dem Sohn, der gestorben ist?«

»Ja.«

»Jetzt, wo du es sagst, er hat am Dienstag von ihnen gesprochen, als er zum Kaffee hier war. Er hat erzählt, dass der alte Generalstaatsanwalt krank ist und nicht mehr lange hat. Und lustigerweise hat der jüngste Sohn mich gestern angerufen.«

»Sixten Vitting-Hansen?«

»Ja, genau der. Er hat mir sein Beileid ausgesprochen und gefragt, ob die Familie zum Begräbnis kommen darf. Solche Anfragen hat es viele gegeben, und das ist auch schön, obwohl wir keine Ahnung haben, wo wir den Leichenschmaus abhalten sollen, sodass für alle Platz ist … Und ja, dann hat er hiernach gefragt.« Sie hielt die Mappe mit beiden Händen hoch.

»Was hat er?«

»Okay, nicht spezifisch hiernach, aber ob mein Vater irgendwelche Dokumente aus seiner Zeit in Christiania hinterlassen hat und ob die Familie gegebenenfalls darauf Zugriff bekommen kann.«

Livs Magen bewegte sich still und leise hinauf zum Hals.

»Was hast du geantwortet?«

»Ich habe Nein gesagt. Dass ich das nicht weiß. War das falsch?« Viola hielt die Mappe hoch, sodass Liv sie nehmen konnte.

»Nein. Das war klug. Irgendetwas sagt mir, dass es am besten ist, diese Mappe niemandem gegenüber zu erwähnen.«

SAMSTAG, 19. OKTOBER

KAPITEL 10

Die Haut fühlte sich warm und weich an unter Livs Händen. Im Übergang zwischen Schlaf und Wachen erlaubte sie es sich, in die nächtlichen Träume zurückzusinken. Da waren Körper, fremde und bekannte, Hände und Zungen, Dunkelheit und Feuchtigkeit. Viola war da gewesen. Liv bohrte das Gesicht ins Kissen und ließ eine Hand zwischen ihre Schenkel gleiten. Schloss die Augen und bewegte die Finger, so wie es sich einmal gut angefühlt hatte. Sanft zuerst, ruhig, nicht zu schnell in See stechen, dachte sie und spürte den Körper erstarren. Ihre eigene Hand fühlte sich fremd und unwillkommen an. Sie holte tief Luft und versuchte, in dem nächtlichen Gefühl zu verharren, aber es war zu spät. Die Gedanken wirbelten durcheinander, der Traum war bereits verblasst.

Sie stand auf und öffnete die Tür zum Bad, und ein heftiger Geruch nach Kloake drang herein, der die letzten Reminiszenzen von Lust vertrieb. Der Abfluss musste wieder verstopft sein, das passierte regelmäßig, und ihre netten Vermieter waren keine große Hilfe, was das anging. Sie zog sich ihr Schlaf-T-Shirt über die Nase und ging ins Bad, um den Schaden in Augenschein zu nehmen. Als sie auf den Knien auf dem Boden lag und in den Abfluss leuchtete, rief Petter an.

»Guten Morgen, gibt es was Neues?«

»Vielleicht. Der Polizeibericht, den du mir geschickt

hast … Mein Großvater hat in dem Fall ermittelt. Das war wohl der Grund, warum Bo mich angerufen hat. Ich bin inzwischen auch im Besitz der aus Bos Keller verschwundenen Mappe …«

»Was für eine Mappe?«

Liv erstarrte. Die Mappe, die zu suchen sie zurück an den Tatort gefahren war, die Mappe, von der sie Petter mehrere Male erzählt hatte. Die Mappe! Sie erklärte es ihm langsam und pädagogisch einfühlsam, kam aber nicht weit, bevor er sie unterbrach.

»Hör mal, hältst du dir etwas vor den Mund?«

Sie zog das T-Shirt herunter. »Vielleicht sollten wir uns später treffen. Dann bringe ich dich auf den neuesten Stand.«

Sie machten ein Treffen nach Feierabend in seiner Spelunke von Lieblingspizzeria aus und legten auf. Liv beugte sich erneut über den Abfluss. Sie hatte gelernt, wie man an das Rohr kam, das die Kloake mit ihrem Bad verband, und eine Reinigungsspirale hineinzuschieben. Aber das war eine zeitraubende – und nasskalte – Angelegenheit, die sie jetzt nicht bewältigen konnte. Stattdessen schloss sie die Tür zum Badezimmer, zog sich an und suchte in dem kleinen Lokal nebenan Zuflucht, das immer geöffnet hatte. Sie verfolgten zwar eine liberale Raucherpolitik, doch sie konnte in Frieden dort sitzen und irgendein Erfrischungsgetränk bestellen anstelle von Kaffee, sodass sie hin und wieder lieber dorthin ging als ins Café. Und der Geruch nach Rauch war immer noch besser als der Gestank nach Kloake.

Die Kneipe war leer. Nur an der Bar saßen ein paar Kunden und quatschten mit dem Barkeeper. Ein Fernseher an der Wand beschallte den Raum etwas zu laut, um angenehm zu sein. Sport und Reklame. Liv bestellte eine Zitronenlimonade und setzte sich auf eine der gepolsterten Bänke, zog Bo Riebenaus dicke Mappe aus dem Rucksack und legte sie auf den Tisch. Sie trank einen Schluck Limo und schlug die erste Seite auf.

Ein linierter DIN-A4-Bogen war mit einer blauen Handschrift bedeckt. Er war mit zweihundert Seiten zusammengeheftet. Sie griff nach einer Ecke und ließ die Seiten durch die Finger gleiten. Alle sahen ziemlich gleich aus: liniertes Papier, dieselbe Handschrift mit blauem oder schwarzem Kugelschreiber von der ersten bis zur letzten Zeile. Sie ging zur ersten Seite zurück und las.

Christiania, den 18. Juli 1982, Fallnummer 26, Entscheidung des Rats bezüglich der Errichtung eines Schuppens neben Den Blå Karamel *ohne Erlaubnis.*

Sie überflog den Text. Es war eine ausführliche Beschreibung – halb in Alltagssprache, halb in juristischem Jargon –, wie eine Person mit Namen Storke-Allan einen Wohnwagen an einen Ort gestellt hatte, wo dies nicht gestattet war, und ihn dann zum ständigen Zuhause erklärt hatte. Es gab Argumente und Gegenargumente, Beschreibungen der Unannehmlichkeiten, die der Wagen verursachte, und schließlich eine Entscheidung und ein Urteil. Storke-Allan musste den Wohnwagen entfernen und eventuelle Schäden auf eigene Rechnung ausbessern. Das Ganze erstreckte sich über drei Seiten, dann tauchte ein neuer Fall auf, datiert auf den 8. Februar, in dem es um den Diebstahl des Lastenrads von Vivian aus dem Bjælkehus ging. Der Rat beurteilte den Fall und entschied zu Vivians Gunsten. Jemand, der John hieß, wurde verurteilt, das Rad zurückzugeben und als Entschuldigung bei der Reparatur von Vivians Dach zu helfen.

Die Tür zur Bar ging auf, und ein Mann in einer roten Jacke kam herein und schüttelte den Regen ab. Liv traf ein Tropfen, und sie sah auf, doch der Mann eilte an ihr vorbei zur Theke. Sie wendete sich wieder der Mappe zu. Fall nach Fall über frei laufende Hühner, die auf die Holzskulpturen im Garten des Nachbarn schissen, und andere Bagatellen wurden vor dem selbst ernannten Gericht der Freistadt verhandelt. Eigentlich war nichts anderes zu erwarten gewesen, als dass eine Gesellschaft, die das Rechtswesen der sie umgebenden Welt nicht anerkannte, sich ihr eigenes schuf.

Doch als sie im Monat Juli 1984 angelangt war, zeigten ihr ein paar gezackte Papierfetzen, dass eine Seite aus der Mappe herausgerissen worden war. Ganz unten auf der vorherigen Seite stand eine Notiz, in der es um die fehlende Abrechnung von Gemeinschaftsausgaben des Kollektivs ging, doch darunter war ein horizontaler Strich, und es folgte eine neue Notiz, die nur aus einem Datum und einer einzigen Textzeile bestand. Sie schien ursprünglich auf der fehlenden Seite weitergegangen zu sein.

5. Juli, später Nachmittag

Der Rat wurde von einer total aufgelösten Mette zu Lalikas Hütte gerufen …

Sie blätterte weiter, doch da stand nichts mehr. Auf der nächsten Seite ging es um ein Boot, das auf den Kanal hinausgetrieben war, und in wessen Verantwortlichkeit es fiel, es zu bergen. Sechs Tage bevor Alban tot in Lalikas Hütte gefunden wurde, war der sogenannte Rat von seiner Freundin einberufen worden, die *total aufgelöst* gewesen war. Es war etwas geschehen, vielleicht sogar ein Verbrechen, das Beistand und Handlung erforderte, aber worum genau war es da gegangen? Bo schien das in der Mappe festgehalten zu haben, doch die Seite war herausgerissen worden, und später hatte er die Mappe versteckt. Es war also wichtig.

Unter jeder Fallbeschreibung standen die Namen der Teilnehmer des Treffens.

Bo, Kim, Kirsten und Jørn

Bo musste Bo Riebenau sein, doch wer waren die anderen? Sie blätterte in ihrem Notizbuch, bis sie die Namen der Zeugen gefunden hatte, die ihr Großvater in Verbindung mit Albans Tod befragt hatte. Nummer zwei auf der Liste war Kim Naver.

Sie suchte nach seiner Telefonnummer.

Er meldete sich sofort.

»Rot Front, hier ist Kim.«

Liv lächelte. »Hei, mein Name ist Liv Jensen, ich bin Privatdetektivin und rufe an, um Sie etwas zu fragen. Sie haben bestimmt in den Nachrichten gehört, dass Bo Riebenau am Mittwochabend ermordet wurde. Kann es sein, dass Sie ihn aus Christiania kannten?«

»Ja. Das habe ich wohl gehört …« Seine Stimme wurde düster. »Was für ein Scheiß!«

»Waren Sie befreundet?«

»Nein, das würde ich nicht sagen. Es ist Jahre her, dass wir Kontakt hatten, aber es ist doch trotzdem schlimm.«

»Absolut.« Sie spitzte die Ohren. Klang er defensiv? »Ich würde Ihnen gerne ein paar Fragen zu Ihrer und Bos gemeinsamer Zeit in Christiania stellen. Haben Sie Zeit, sich kurz mit mir zu treffen? Ich komme gerne zu Ihnen.«

Er zögerte. »Was möchten Sie denn wissen?«

»Das lässt sich leichter von Angesicht zu Angesicht erklären. Geht es in einer halben Stunde?«

»Hmm, ja …«

»Perfekt! Ich habe die Adresse, bis dann!« Liv legte auf, bevor er protestieren konnte.

*

Die Tür zu Shirins Kajüte war geschlossen, als Nima auf das Schleppboot zurückkam. Gerade als er sich fragte, ob sie noch nicht aufgestanden war, sah er die Cornflakesschale in der Spüle stehen. Die Tage, an denen er selbst unbekümmert bis in den Nachmittag hinein schlafen konnte, waren lange vorbei, und es war eine Quelle ewiger Verwunderung für ihn, dass Shirin oft im Bett blieb, bis er sie rauswarf. Quasi jedes Wochenende scheiterten die guten Absichten zu erbaulichen Familienaktivitäten. Aber nicht heute, schwor er sich und klopfte an.

»Ja?«, kam es schlaftrunken.

Er öffnete und sah sie im Schlafanzug daliegen und auf ihr Handy starren. Ärger flammte in ihm auf, wurde aber von der Fürsorge in Schach gehalten. Vielleicht war dieses Handy ihre Art, mit einer schwierigen Situation umzugehen. Er seufzte, was sie jedoch nicht aufblicken ließ, sodass er die Tür wieder schloss und an Deck ging. Sich eine Zigarette anzündete und versuchte, für eine Weile einfach nur ein Mann auf der Welt zu sein, der gleich weit entfernt von Geburt und Tod, gleich weit entfernt von Himmel und Hölle war. Ein Mensch, der rauchte, ohne daran zu denken, was passierte, wenn die Zigarette zu Ende war.

»Bist du sauer, Onkel? Ich bin jetzt aufgestanden.« Shirin legte ihm vorsichtig die Hand auf die Schulter, und das reichte, um ihn zu versöhnen. Er spürte den Ärger weichen wie einen Kopfschmerz, der den Griff lockert.

»Ich habe mir gedacht, dass wir vielleicht mit der Jolle

rausfahren und sehen könnten, ob wir eine Meerforelle fangen oder auch zwei. Unten bei der Schleuse sollen welche sein.«

»Gute Idee, ich muss auch mal raus und frische Luft schnappen.«

Er lächelte ihr zu. »Du solltest dir aber besser etwas Wärmeres anziehen als deinen Schlafanzug. Ich mache uns in der Zwischenzeit ein paar Brote.«

»Okay.« Sie ging hinein und die Treppe zu ihrer Kajüte hinunter.

Nima wusste, dass sie Angeln nicht mochte und nur so tat, weil sie ein schlechtes Gewissen hatte und es wiedergutmachen wollte. Zu spät erinnerte er sich daran, dass sie auch mit ihrem Vater und ihrem großen Bruder angeln gegangen war, damals, als sie noch eine Familie gewesen waren, und dass es möglicherweise schlechte Erinnerungen heraufbeschwor. Aber im Moment brauchte er das Gefühl, dass die Elternschaft auch leicht und kurzweilig und vielleicht etwas sein konnte, das er hinbekam. Selbst wenn das von Shirin ein wenig Verstellung erforderte.

Im Kühlschrank waren ausnahmsweise sowohl Brot als auch Aufschnitt, und er schmierte Brote und spürte, wie vorsichtig Optimismus aufkeimte. Es wurde schon gehen. Das tat es ja immer.

»Soll ich Regensachen mitnehmen?«

Sie hatte sich beeilt und stand mit hochgesteckten Haaren und in den praktischen Stiefeln da, die er ihr gegeben und die sie als *das Hässlichste, was der Menschheit je präsentiert worden ist*, bezeichnet hatte. Nichts erweicht eine Seele so wie ein Geschenk, das der Beschenkte zu schätzen weiß. Nima spürte, wie sein Herz butterweich wurde.

»Es wird nicht regnen. Nimm das Essen mit in die Jolle, dann hole ich die Angelruten.«

Er sammelte die Ausrüstung zusammen und brachte sie in die Jolle, wo Shirin brav wartete. Kein Handy in Sicht. Der Außenbordmotor sprang beim ersten Versuch an, und sie glitten durchs Wasser, das fast spiegelglatt war. Um sie herum lag die Stadt, die an manchen Tagen fern und einschüchternd wirken konnte, heute jedoch einem Dorf im Sonnenschein glich. Und auf der anderen Seite der Schleuse war das offene Meer. Das Abenteuer. Es war in Augenblicken wie diesem, dass Nima dieses Gefühl überkam, das manche Menschen als Glück beschreiben. Eine Wärme in der Brust, eine Freiheit im Körper.

Er spürte das Handy in der Tasche brummen, ließ es jedoch klingeln.

»Onkel? War Bilal sauer auf mich?«

»Alles in Ordnung«, log er und lächelte sie an. »Du musst dir deswegen keine Sorgen mehr machen.«

*

Liv radelte über die Bryggebroen und schaute über den Hafen. Auf der einen Seite lag das Schauspielhaus mit seiner dramatischen schwarzen Fassade und blinzelte keck dem Opernhaus zu, auf der anderen erstreckte sich die weiße Häuserfront von *Det Hvide Snit* zur Knippelsbro hin. Und zum ersten Mal, seit sie vor über einem Jahr aus Aalborg hierhergezogen war, spürte sie den Ansatz eines Zugehörigkeitsgefühls zu Kopenhagen. Meine Stadt, dachte sie und rollte mit dem Strom zweirädriger Verkehrsteilnehmer weiter Richtung Ufer.

Kim Naver wohnte in einer Seitenstraße der Amagerbrogade, ein gutes Stück südlich der gemütlichen Cafés und des geschäftigen Lebens auf der Holmbladsgade. Die Wohnung lag im zweiten Stock eines Hauses aus den Siebzigern und wirkte deprimierend gewöhnlich. Niedrige Decken, weiße Wände, ein Flur und eine kleine Küche zum Garten raus. Korkfliesen auf dem Boden und IKEA-Lampen. Kim selbst allerdings war alles andere als gewöhnlich. Mit seinem langen grauen Haar, dem roten Kaftan und den blauen Pantoffeln, deren Spitze nach oben zeigte, glich er einem exotischen Tier in einem früheren ostdeutschen Zoo.

»*Sie* sind Privatdetektivin?« Er musterte sie enttäuscht von oben bis unten. »Sie sehen ganz anders aus, als ich Sie mir vorgestellt habe.«

Liv verkniff sich die Bemerkung, dass er dafür genauso aussah, wie sie es von einem alten Christianiten erwartete.

»Großartig, dass Sie so kurzfristig Zeit für mich haben.«

»Mich macht das Ganze, ehrlich gesagt, etwas nervös. Wer zum Teufel hat Bo umgebracht?« Er machte eine ausladende Bewegung zum Wohnzimmer und einem plüschigen Sofa hin, das einmal weiß gewesen war. »Sollen wir in den abstoßenden Räumlichkeiten Platz nehmen?«

Sie trat ein und beaugte die Sitzfläche noch einmal kritisch, bevor sie mit ihrer hellen Jeans mit dem Bezug in Kontakt kam. »Was arbeiten Sie, wenn ich fragen darf?«

»Ich bin Hausmeister und Mapper.« Er sprach das Wort englisch aus.

»Äh, okay … Was ist ein *Mapper*?«

Er zog eine Braue hoch, als wäre das eine dumme Frage. »Ein *Mapper* kartografiert das, was er oder sie sieht. Dokumentiert die Welt für die Gegenwart und die Zukunft.«

»Ein Fotograf?«

Kims Gesicht verzog sich verächtlich. »Ein *Mapper* ist mehr als ein Fotograf! Die Beobachtungen müssen in einen Kontext gebracht werden, um einen Sinn zu ergeben. Ich habe zum Beispiel über längere Zeit Blätter aus den Gärten hier in Amager zusammengetragen, sie gepresst und mit genauer Datumsangabe beim Einsammeln sowie Längen- und Breitengrad in einem Buch gesammelt, Buchenblätter, Rhododendron, Sauerampfer. Zusammen ergeben sie einen Querschnitt über die Beziehung des Menschen zur Natur heute. Verstehen Sie?«

»Nein.« Liv hatte das Gefühl, meilenweit von einem Verstehen entfernt zu sein.

»Du meine Güte!« Er schüttelte den Kopf. Strich sich die Haare hinter die Ohren und trank von dem Tee, der auf dem Tisch stand, ohne ihr davon anzubieten.

Liv beschloss, dass es am besten war, vorsichtig zu beginnen. »Ich würde, wie gesagt, gerne Näheres zu Ihrem Verhältnis zu Bo Riebenau hören. Wo und wann haben Sie sich kennengelernt?«

Die Antwort kam sofort, als hätte er schon darüber nachgedacht. »Wir haben uns 1983 in Christiania kennengelernt. Wir haben beide drei, vier Jahre dort gewohnt, zwei davon gleichzeitig. Bo studierte Jura, und ich habe mich schon immer für das Rechtswesen interessiert, sodass wir interessante Gespräche hatten, er und ich.« Er schüttelte den Kopf, und die Haare fielen ihm wieder in die Augen. »Warum interessieren Sie sich für den Mord an Bo?«

»Bo Riebenau war mein Klient. Er hat mich beauftragt, weil er schikaniert wurde und sich nicht sicher fühlte.«

»Aha!« Kim kniff die Augen zusammen. »Das hat ihm nicht viel genützt, dem Armen.«

Sie unterließ es, das zu kommentieren. »Haben Sie in der letzten Zeit mit ihm telefoniert?«

»Wie gesagt, nein. Wir haben zwar hin und wieder ein

Bier zusammen getrunken oder uns Geburtstagsgrüße geschickt, aber das letzte Mal ist Jahre her.«

Liv holte ihr Notizbuch aus dem Rucksack und blätterte zu der Seite mit den Namen aus Bos Mappe vor.

»Er hat von Beginn seiner Studienzeit an Protokoll geführt. Notizen zu Vorlesungen, Entwürfe zu Hausaufgaben und eine Mappe mit Aufzeichnungen aus Christiania von 1984. In der habe ich Ihren Namen entdeckt.«

»Soso.« Er zuckte die Schultern, schien aber nicht zu wissen, wovon sie redete.

»Können Sie sich an einen Fall im Sommer 1984 erinnern, wo ein junger Mann in einem Schuppen Selbstmord begangen hat? Sie haben eine Zeugenaussage gemacht.«

Er griff nach dem Tee. »Hmm, vage. Soweit ich mich erinnere, konnte ich der Polizei nichts Brauchbares sagen. Warum fragen Sie danach?«

»Haben Sie ihn gekannt?«

Kim trank und stellte die Tasse ab, sodass das Porzellan klirrte. Er richtete sich auf und legte die Hände auf die Oberschenkel, bevor er antwortete. »Nicht persönlich. Aber er war der Sohn des damaligen Generalstaatsanwalts, sodass das den ganzen Sommer Gesprächsthema war. Die Leute lieben es, sich über so etwas den Mund zu zerreißen.«

»Hatte Bo etwas mit dem Ganzen zu tun?«

Er schüttelte den Kopf.

»Hat er niemandem juristischen Beistand geleistet?«

»Nein, verdammt, er studierte doch noch. Außerdem war das ein Fall für die Polizei.«

Das stimmte, das wusste sie. Trotzdem musste es eine wichtige Verbindung zu dem toten jungen Mann in Christiania geben, da Bo sie beauftragt und die Mappe von 1984 versteckt hatte.

»Können Sie sich vorstellen, warum Bo ein eventuelles Interesse daran gehabt haben könnte, den Fall von damals wieder aufzurollen? Gab es lose Enden, die ihn beschäftigt haben?«

»Also, Bo war schon ein Idealist und hat sich für vieles engagiert, daran erinnere ich mich. Er hat unter anderem davor gewarnt, dass die Pusher Street das Ende der Freistadt sein würde.« Kim verdrehte die Augen und sah sie wissend an.

Liv blätterte verwirrt in dem Notizbuch. Eine Seite vor und zwei zurück.

»Was hat das mit Alban Vitting-Hansens Tod zu tun?«

»Nichts. Sie haben gefragt, was Bo beschäftigt hat. Die Antwort ist: alles Mögliche. Aber ich kann nicht sehen, warum er sich für einen vierzig Jahre zurückliegenden Selbstmord interessieren sollte.«

Aber das hatte er. Und Liv hatte das eindeutige Gefühl, dass der Mann vor ihr genau wusste, warum. Er wollte nur nicht mit der Sprache herausrücken.

»In einer Mappe aus dem Jahr 1984 beschreibt Bo Streitigkeiten, die Sie gemeinsam gelöst haben. Den Rat hat er das genannt. Was hatte es damit auf sich?«

Kim streckte die Hand zum Boden hin aus, und eine grau gestreifte Katze tauchte wie aus dem Nichts auf und ließ sich kraulen. Es hatte etwas von einer eingespielten Routine, die mehr dem Besitzer der Katze als der Katze diente. »Das ist Mao. Der Kater Miau, get it?«

»Lustig.«

»Er hat den Namen selbst gewählt«, erklärte Kim.

»Der Rat …«

Er zuckte die Schultern. »In Christiania haben wir versucht, eine Gesellschaft zu schaffen, die von der übrigen unabhängig war. Eigene Ökonomie, Selbstbestimmung und so weiter. Wir hatten mehrere Gruppen, die versucht haben, die Dinge selbst zu regeln. Gemeinschaftlich.«

»Bo hat Jura studiert, aber was war mit den anderen? Welche Voraussetzungen haben Sie mitgebracht?«

»Ich hatte immer schon ein sehr ausgeprägtes politisches Bewusstsein, schon als Teenager. Und das ist heute noch so. Sie können meinen Blog lesen, wenn Sie mehr wissen wollen – naverknows.org –, da steht all das, wovon die anderen nicht zu schreiben wagen, das sage ich Ihnen. Man braucht keinen Titel, um beurteilen zu können, was recht und billig ist.«

Sie riss die Augen auf.

Kim lächelte schief. »Sie sind Privatdetektivin, ich gehe mal davon aus, dass Sie mir zustimmen.«

»Das heißt nur, dass ich mir selbst mein Urlaubsgeld zahle, nicht, dass ich die Regeln selbst mache.«

Sie warf einen Blick auf seine blauen Pantoffeln und dachte, dass sie noch sehr viel weniger gemeinsam hatten, als er ahnte.

»Aus der Mappe ist eine Seite herausgerissen. Bo hat über den 5. Juli 1984 geschrieben – etwas mit Mette und Lalikas Hütte –, es sich dann aber offenbar anders überlegt. Sagt Ihnen das was?«

Er schüttelte den Kopf, seine Miene war neutral.

»In der Mappe stehen noch zwei andere Namen. Kirsten und Jørn, erinnern Sie sich an ihre Nachnamen?«

»Wozu brauchen Sie die?«

»Für meine Ermittlung.« Liv hielt seinen Blick fest, bis es fast peinlich war. Er gab zuerst auf, schlug die Augen nieder und räusperte sich. »Kirsten Abrahamsen und Jørn Kolding.«

Sie notierte sich die Namen und stand auf. »Danke für

Ihre Zeit. Ich lasse Ihnen meine Karte da, falls Ihnen noch etwas zu Bo Riebenau einfällt.«

Liv ging die Treppe hinunter auf die Straße, suchte nach der Nummer von Kirsten Abrahamsen und rief an. Ein junger Mann meldete sich mit dem Namen eines Architekturbüros und verband sie weiter.

»Kirsten.«

»Ja, hallo, mein Name ist Liv Jensen. Ich rufe von LJ Privatdetektive an …«

»Sie klingen viel zu jung, um Detektivin zu sein!« Kirstens Stimme war tief und ein wenig zornig.

»Ich bin ausgebildete Kriminalkommissarin und habe zwei Jahre als Ermittlerin bei der Polizei von Nordjütland gearbeitet.«

»Bla, bla, bla!« Sie seufzte. »Reden Sie doch wie ein Mensch.«

Liv lächelte vor sich hin. Noch eine exzentrische Christianitin.

»Worum geht es?«

»Ich ermittle im Mordfall des kürzlich verstorbenen Bo Riebenau und habe in dem Zusammenhang ein paar Fragen.«

»Und?«

»Sie haben ihn gekannt, nicht wahr?«

Kirsten seufzte wieder tief. »Du lieber Gott, kommen Sie doch endlich zur Sache. Was wollen Sie wissen, Fräulein Privatdetektivin?«

Liv musste spontan lachen. »Das ließe sich leichter direkt erklären. Können Sie zehn Minuten Ihrer wertvollen Zeit aufbringen?«

Aus dem einen oder anderen Grund besänftigte das Kirsten. Als sie antwortete, konnte Liv hören, dass sie lächelte.

»Sie können ja im Laufe des Tages in meinem Büro vorbeikommen. Wenn ich in einer Besprechung bin, müssen Sie eben warten.«

Liv lächelte zurück. »Heißt es nicht, dass alles Gute zu dem kommt, der wartet. Wir sehen uns bald.«

*

Im Laufe der letzten Zeit war Hannahs Nachtschlaf still und leise schlechter geworden. Dafür gab es mehrere Gründe. Zwei Todesfälle in der nächsten Familie, eine Scheidung und eine Entlassung. Das reichte, um gestresst zu sein, wenn sie in den sensiblen Stunden zwischen drei und fünf wach lag. Doch darüber hinaus nagte der Gedanke an die beginnenden Wechseljahre an ihr. Sie hatte von mehreren Frauen gehört, dass gerade schlechter Schlaf ein Symptom war, und für diese Perspektive war sie noch nicht bereit. Als zweiundvierzigjährige Frau hatte sie sich natürlich des Öfteren Gedanken über Kinder gemacht, war aber zu keinem abschließenden Ergebnis gekommen. Was, wenn die Natur das für sie entschied?

Sie quälte sich aus dem Bett ins Bad. Setzte den Morgenkaffee auf und schmierte sich ein Käsebrot. Doch als sie sich durch ein halbes Frühstück gegähnt hatte, legte sie sich wieder hin. Nur noch eine halbe Stunde liegen bleiben, dann würde sie den Rest des Tages funktionieren.

Die Klingel weckte sie. Sie stürzte aus dem Bett und eilte in die Diele, um zu öffnen.

Vor der Tür stand Nikolaj und lächelte. Die Fahrradtour hatte sein blondes Haar zerzaust, und er hatte rote Wangen.

»Diesmal komme ich nicht unangemeldet. Wir haben doch eine Verabredung zum Frühstück, oder?«

Hannah zog ihren Pullover zurecht und versuchte sich zu erinnern, wer sie war und was sie hier in der Welt sollte.

»Shit! Wie spät ist es? Entschuldigung, ich bin noch mal eingeschlafen. Komm herein.«

Nikolaj trat in die Diele und füllte sie mit Energie und dem Duft eines Achtzigerjahre-Aftershaves. Sie war sich peinlich der Schlafabdrücke in ihrem Gesicht und des scheußlichen Geschmacks in ihrem Mund bewusst, den er fast riechen musste.

»Gib mir fünf Minuten, maximal zehn. Dann bin ich so weit.« Hannah führte ihn ins Wohnzimmer, und er ging sofort zum Bücherregal und legte den Kopf schief, um die Buchrücken zu lesen. Ein Punkt für ihn, dachte sie und eilte ins Bad, um sich den Schlaf abzuwaschen. Ein doppelter Punkt, dass er nicht sauer gewesen war, dass sie verschlafen hatte. Es bedurfte eines gesunden Selbstbewusstseins, um von so etwas nicht brüskiert zu sein.

Sie putzte sich die Zähne und legte Mascara auf, zog eine Seidenbluse an und vorsichtshalber auch schöne Unterwäsche, selbst wenn sie sich dabei albern vorkam. Als sie zurück ins Wohnzimmer kam, saß Nikolaj im Sessel mit der Nase in Højholts *Turbo* und kicherte.

»Fertig! Entschuldige, aber ich habe heute Nacht richtig schlecht geschlafen und …«

Er legte das Buch in den Schoß und sah sie an. »Entschuldigung wofür? Das sieht man dir nicht an, du siehst sehr schön aus.«

»Danke.« Ein Pluspunkt für das Kompliment, dachte sie. Ein Minuspunkt für die Frage, bevor sie ausgeredet hatte.

»Sag mal, hast du nicht gesagt, dass dein Vater hier wohnt? War das auch eine Lüge, wie die, dass du *kletterst*?«

Hannah lachte. »Er hat sich eine Freundin zugelegt, sodass er zurzeit nicht so viel zu Hause ist. Sie heißt Judith und wohnt in Hellerup.«

»Und du magst sie nicht?«

Sie sah ihn mit großen Augen an.

»Es leuchtet nur so aus dir heraus. Was ist falsch an der armen Judith?«

»Nichts!« Sie verspürte einen Anflug von Ärger. »Und wer sagt denn, dass sie arm ist? Du kennst sie nicht, sie könnte ein Arschloch sein.«

»Ist sie das?« Er sah sie ruhig an, und die Luft aus dem Ballon entwich.

»Nein. Sie ist nett. Sie ist nur nicht meine Mutter.«

Nikolaj nickte. »Das ist wirklich unerhört von ihr.«

Hannah blickte zu Boden. »Es ist erst anderthalb Jahre her, seit ich meine Mutter verloren habe.«

Er stand auf und kam zu ihr. Legte vorsichtig den Arm um sie. »Man wird nie zu alt, um seine Mutter zu vermissen.«

Und plötzlich schlichen sich die Tränen an. Hannah kämpfte dagegen an, musste aber schließlich doch den Kopf gegen die Schulter dieses Mannes lehnen, den sie gerade erst kennengelernt hatte, und weinen. Die Trauer lag noch immer nur wenige Millimeter unter der Oberfläche.

Er sah verstohlen auf die Uhr. »Hör mal, wie hungrig bist du?«

»Keine Spur.«

»Ich auch nicht. Soll ich nicht anrufen und den Tisch abbestellen, und wir bleiben stattdessen hier und reden und trinken einen Wein?«

Hannah lächelte ihn an. Reden und Wein mitten am Tag. Noch ein Punkt für ihren neuen Bekannten. »Dann hole ich uns eine Flasche.«

Sie ging in die Küche und guckte erst im Weinregal und dann im Kühlschrank nach, wo sie einen weißen Bourgogne entdeckte. Soweit sie sich erinnerte, eine richtig gute Flasche. Das verdiente der Tag. Sie öffnete sie, nahm zwei Gläser und sah in den Spiegel, bevor sie zurück ins Wohnzimmer ging. Trotz der roten Augen sah sie froh aus.

CHRISTIANIA, JULI 1984

Die Tür ist angelehnt und lässt die Morgenlaute hinausschlüpfen. Gerede, Lachen, das Klirren von Tellern, jemand, der auf der Gitarre übt. Trotzdem klopft Kim Naver an, etwas fester als nötig. Er ist müde, erschöpft, könnte man sagen, nachdem er die ganze Nacht auf war und gearbeitet hat, weil er nicht schlafen konnte. Das Adrenalin pumpt durch seine Adern, die Angst, was passiert, wenn sie auffliegen. Statt zu schlafen, hat er an einem Artikel geschrieben, den Land og Folk *hoffentlich annehmen wird. Einem Artikel, der für die Legalisierung von Hasch plädiert und die heuchlerische Elite attackiert, die sich über einen Joint aufregt und gleichzeitig mit der organisierten Kriminalität ins Bett geht und die Früchte ihres gemeinsamen Drogenverkaufs erntet – der von harten Drogen, die die Christianiten nicht anrühren, weil sie zu gefährlich sind. Er hat seine Erkenntnisse längst mit der Polizei geteilt, doch die verhält sich, als wäre das belanglos. Als wäre er ein Narr. Aber die sind natürlich genauso gekauft wie alle anderen. Jetzt muss die freie Presse die Arbeit machen.*

»Ja, komm doch rein. Die Tür ist offen.«

Jørn Kolding klingt froh und morgendlich frisch, und Kim hat Lust, die Tür aufzuschlagen und den Tisch mit der selbstgefertigten Keramik leer zu fegen, doch er beherrscht sich und tritt ruhig in die Familienküche. Louise steht am Küchentisch und schmiert Brote, und die vier Kinder des Paars essen Haferbrei.

Jørn übt auf der Gitarre. Als er Kim sieht, halten die Finger inne. »Guten Morgen, mein Freund.«

Louise dreht sich um und lächelt ihn mit einem Stück Gurke im Mund an. Kim winkt in der Tür. Louise ist in Ordnung.

»Hei, Kim, was willst du denn so früh hier?«

Jørn mischt sich ein. »Wir müssen über ... die Arbeit reden.« Er lehnt die Gitarre an den Tisch. »Kinder, seht zu, dass ihr ins Spielzimmer kommt, und übt ein Lied, während wir reden.« Er scheucht die Kinder von ihren Tellern auf, und sie laufen johlend aus der Küche. »Hast du Hunger, Kim?«

»Nein danke.« Kim setzt sich neben eine der zurückgelassenen Schalen mit Haferbrei.

Louise stellt Jørn einen Teller mit Roggenbroten hin, und er stürzt sich auf ein Eibrot. Der Dotter ist grau gekocht, und Kim muss den Blick abwenden.

»Wie kannst du bei allem, was vor sich geht, essen?«

Jørn wirft ihm einen warnenden Blick zu. »Louise, meine Blume, hast du nicht noch ein Bild, das du fertigmalen willst?«

Louise, die sich gerade mit ihrem eigenen Teller hinsetzen wollte, lächelt und geht stattdessen Richtung Wohnzimmer, wo sie vorsichtig die Tür hinter sich schließt, als solle ihr Appetit nicht das wichtige Gespräch der Männer stören.

»So weit her ist es bei euch mit der Emanzipation aber auch nicht, was?«

Jørn zwinkert ihm zu und greift nach dem nächsten Brot, Makrele in Tomatensoße, das rot glänzt. »Also, Kim, was willst du?«

»Hat die Polizei dich auch verhört?«

»Du brauchst nicht so zu flüstern. Natürlich war die Polizei hier, die sprechen mit allen, das ist deren Job.«

Kim seufzt demonstrativ. »Die stellen die ganze Freistadt auf den Kopf. Das ist schlecht für den Handel.«

»Entspann. Dich. Du bist paranoid, vielleicht solltest du ein bisschen weniger rauchen, mein Freund.«

»Paranoid?« Kim schlägt mit der Faust auf den Tisch. »Albans Vater hat mit allem Möglichen gedroht, und die Presse schreibt über nichts anderes.«

Jørn legt eine Hand auf Kims Faust, wie ein Erwachsener, der versucht, ein hysterisches Kind zu beruhigen. Kim schlägt sie weg. »Und was ist mit Mette? Was wird sie wohl der Polizei sagen, wenn sie sie finden?«

»Mette ist nach Hause zu ihren Eltern gefahren. Von ihr ist nichts zu befürchten.« Jørn kaut zu Ende und wischt sich die Tomatensoße mit dem Handrücken ab.

Kim lehnt sich zurück und verschränkt die Arme vor der Brust. »Der Generalstaatsanwalt ist der oberste Ankläger im Land. Was glaubst du, blüht uns, wenn er sich erst dafür zu interessieren beginnt, was wir treiben?«

Endlich wird Jørn der Ernst der Lage klar. Kim kann sehen, wie er zwei und zwei zusammenzählt und zum selben Schluss kommt wie er: Wenn die Ordnungsmacht ernsthaft ihre Aufmerksamkeit auf sie richtet und die Straße schließt, nehmen ihre Geschäftspartner nichts mehr ein, und sie bekommen keine Kommission mehr.

»Das geht nicht!«

Die Tür geht auf, und eins von Jørns Kindern kommt in die Küche. Der Rotz läuft ihm aus der Nase, und die Windel hängt schwer herunter. Ist dieses Kind nicht zu alt für eine Windel?

»Papa, komm und hör dir unser Lied an!«

»Ich komme gleich, Schatz. Geh wieder zu den anderen, und übt noch etwas, dann komme ich gleich und höre zu.« Jørn scheucht das Kind hinaus und schließt die Tür. Dreht sich um und stützt die Arme auf den Stuhlrücken. Sein Bart hängt schwer und fettig auf der Brust. »Was machen wir?«

Kim sieht seinen Kumpel an. Der jähzornige, egozentrische Jørn, dem das Leben so leichtfällt und der so einen Schlag bei den Frauen hat, obwohl er dumm ist wie Brot. Kim hasst ihn noch immer dafür, dass er ihm Louise vor der Nase weggeschnappt hat. Aber er ist ein nützlicher Infanterist.

»Wir müssen die ganze Sache mit Mette und Alban begraben. Es darf nichts herauskommen.«

»Und wie?« Jørn reißt die Augen auf.

»Alban hat Selbstmord begangen. Ungeachtet dessen, was sie uns fragen, halten wir uns daran: Alban ist auf seiner Reise nach Afrika übergeschnappt und hat sich das Leben genommen.«

KAPITEL 11

Leicht verschwitzt kam Liv bei dem Komplex älterer Fabrikgebäude in der Vermundsgade schräg gegenüber der Hamad-Bin-Khalifa-Moschee an, in denen heute Kreative ihre Büros hatten. Sie stellte das Fahrrad ab und suchte nach dem richtigen Eingang. Die Namensschilder zeugten von Fotografen, Werbeagenturen und anderen Medienfirmen mit einschüchternd schicken Logos in jeder Etage. So viel Coolness ließ in Liv unmittelbar den Wunsch aufkommen, sich unmodern und provinziell zu verhalten. Ein Blick auf die vom Fahrrad verschmutzte Hose und ihre feuchte Bluse sagte ihr, dass sie sich wohl keine besondere Mühe geben musste, um sich abzuheben.

Kirsten Abrahamsen hatte ihr Büro in der dritten Etage in Nummer 40D. Liv stapfte die breite Betontreppe hoch und kam zu einer Glaswand mit schwarzen Sprossen und einer Eisentür, die sie an die amerikanischen Tanzfilme erinnerte, mit denen aufgewachsen zu sein sie eigentlich zu jung war, die sie aber trotzdem gesehen hatte.

Die Tür führte zu einer Rezeption aus unbehandeltem Holz vor einer Wand aus echten Pflanzen. Ein junger Mann bemühte sich, unglaublich beschäftigt auszusehen, vielleicht war er auch einfach nur völlig davon in Anspruch genommen, Splitter von dem groben Plankentisch aus seinen Fingern zu ziehen. Jedenfalls sah er nicht auf, selbst als Liv sich direkt vor ihm aufbaute.

Sie räusperte sich, und er hob einen Zeigefinger, um ihr zu signalisieren, dass sie einen Moment warten müsse.

»O Gott.«

Der Rezeptionist war in sein Tun vertieft. Nach einer Minute gab Liv auf.

»Ich wünsche Ihnen auch einen guten Tag!« Sie schlug mit der flachen Hand auf die Theke, sodass der junge Mann zusammenzuckte, und machte sich in die Richtung auf, die ihr am vielversprechendsten schien. Sie kam an einem Büro vorbei, in dem vier junge Menschen an weißen Schreibtischen standen und cool aussahen. Das nächste Büro hatte bleigefasste Fenster von der Decke bis zum Boden und nur einen Schreibtisch, an dem eine ältere, schwarz gekleidete Frau mit schulterlangem weißem Haar saß und in die Luft guckte.

»Kirsten?«

Sie drehte den Kopf und nahm die Brille ab. Dann stand sie auf, stapfte an Liv vorbei und rief in Richtung der Rezeption: »Wofür zum Teufel bezahle ich dich, Cecil?« Ohne eine Antwort abzuwarten, kam sie zurück, setzte die Brille wieder auf und sah Liv ungeduldig an. »Ja, so setzen Sie sich doch, es ist etwas spät, um die Verlegene zu spielen, nicht?«

Liv scannte den Raum, sah aber nur einen anderen Stuhl bis auf Kirstens, und auf dem saß ein Mädchen von ungefähr zehn Jahren und zeichnete. Dafür waren die Fensterbänke tief genug für Livs bescheidenes Hinterteil.

»Sagen Sie, sind Sie lesbisch?« Kirsten sah sie neugierig an.

»Sind Sie's?« Liv setzte sich und machte ihre Jacke auf.

»Ach, seien Sie doch nicht so überempfindlich. Ich frage nur, weil Sie so aussehen.«

»Sie finden, ich sehe lesbisch aus?«

Sie nickte.

»Danke«, lächelte Liv. »Aber da werden Sie wohl mit der Ungewissheit leben müssen.«

»Fair enough.« Kirsten nickte in Richtung des Mädchens, das immer noch über die Zeichnung gebeugt dasaß. »Das ist Polly, meine Enkelin. Sie hat Herbstferien, aber ihre Eltern sind beschäftigt, deshalb kommt sie mit Momo zur Arbeit. Polly, sag der Privatdetektivin Guten Tag.«

Das Mädchen blickte auf und sah Liv mit großen Augen forschend an. »Macht es Spaß, Detektivin zu sein?«

Liv zuckte die Schultern. »Meistens ja. Jedenfalls, wenn man neugierig ist.«

Polly nickte und beugte sich wieder über die Zeichnung. »Dann würde ich bestimmt eine gute Detektivin, aber ich werde Architektin.«

»Wie deine Oma.«

Polly nickte und zeichnete weiter.

»Ich wohne mit meiner Tochter und ihrer Familie in einem Haus«, erklärte Kirsten, »deshalb verbringen Polly und ich viel Zeit miteinander. Nun gut, was kann ich für Sie tun?«

Liv rutschte mit dem Po auf der Fensterbank nach hinten und versuchte, sich bequemer hinzusetzen. Man musste wohl Geduld haben, wenn man etwas aus der Architektin herausbekommen wollte. »Wie gesagt, möchte ich Ihnen gerne ein paar Fragen zu Bo Riebenau stellen.«

Kirsten zog eine Braue hoch.

Das wertete Liv als Einverständnis. »Sie kannten Bo also?«

»Nicht mehr. Es hat mir leidgetan, von seinem Tod zu lesen, aber ich habe seit Jahrzehnten nicht mehr mit ihm gesprochen. Um ganz ehrlich zu sein, war er immer ein kleiner Stockfisch.«

»Wo haben Sie sich kennengelernt?«

»Wir haben zur selben Zeit in Christiania gewohnt und saßen zusammen in mehreren Arbeitsgruppen.«

»Unter anderem im Rat?«

»Unter anderem, ja. Aber auch in der Baugruppe und dem Konzertkomitee.«

»Wie wurde man für diese Posten gewählt?«

Kirsten legte den Kopf in den Nacken und lachte. »Wir haben uns einfach freiwillig gemeldet. Die Gruppen bestanden aus Leuten, die Lust dazu hatten. So einfach war das.«

Liv suchte Augenkontakt zu Polly, die den Blick von der Zeichnung gehoben hatte und dem Gespräch neugierig folgte.

»Sie haben gesagt, dass Bo ein Stockfisch war. Was meinen Sie damit?«

»Ach, Sie wissen schon, der Typ, der nie etwas Lustiges sagt. Seine Unterwäsche bügelt und sich an die Paragrafen hält. Nicht gerade naheliegend für so jemanden, in Christiania zu wohnen. Aber er ist ja auch nicht lange geblieben.«

»Er hat nicht dorthin gepasst?«

»Hmm, vielleicht nicht.« Kirsten strich sich das Haar aus der Stirn und sah sie neugierig an. Ihre Haut war ungewöhnlich blass, die Züge waren verwaschen, und das Gesicht wurde vor allem von der schwarzen Brille zusammengehalten.

»Im Sommer 1984 wurde die Leiche des Sohns des Generalstaatsanwalts in Christiania gefunden. Erinnern Sie sich daran?«

»Natürlich. Soweit ich mich erinnere, hatte der junge Mann eine Überdosis genommen. Tragischerweise haben viele, die nach Christiania gekommen sind, die Kontrolle über die Drogen verloren. Das hat uns einen schlechten Ruf eingebracht.«

»Genau genommen ist er verdurstet und nicht an einer Überdosis gestorben. Die Polizei hat den Fall als Selbstmord geschlossen. Aber es ist ziemlich ungewöhnlich, sich selbst verdursten zu lassen.«

Kirsten sah demonstrativ auf ihre Uhr. »Den Gerüchten zufolge ist er voller Pilze aus Afrika zurückgekommen und hat sich höchst seltsam verhalten. Psychotisch. Da ist es vielleicht nicht so abwegig, auf so eine dumme Idee zu kommen.«

Liv hob die Brauen. »Haben Sie versucht, den Fall zu vertuschen, um den Ruf der Freistadt zu schützen?«

Das führte zu einem weiteren tiefen Lachen, doch diesmal ging es mit einer ernsten Miene einher. »Dann hätten wir ja nichts anderes zu tun gehabt, als herumzulaufen und Feuer zu löschen! Die Leute scheinen nicht zu verstehen, dass wir dabei waren, eine Gesellschaft mit einer ganz neuen Struktur aufzubauen. Freier, weniger bürokratisch, gerechter. Ich war vorher zwei Jahre in Kalifornien in einem Freistadtprojekt gewesen und wusste, was es braucht, damit das gelingt. Harte Arbeit! Wir mussten eine ganz neue Infrastruktur schaffen und für Wasser, Elektrizität und Kanalisation sorgen, ein gemeinsames Wirtschaftssystem etablieren und Kindergärten und Säuglingskrippen einrichten. Es hat mir leidgetan um die Junkies, doch wir anderen hatten viel zu viel damit zu tun, etwas Großartiges aufzubauen, um sie alle zu retten.«

Bei ihr klang das einleuchtend und völlig natürlich.

»Am 5. Juli wurde der Rat in Lalikas Hütte gerufen, an denselben Ort, wo Alban eine Woche später tot aufgefunden wurde. Können Sie sich erinnern, dass Mette Møller sie alle geholt hat?«

Kirsten kniff leicht die Augen zusammen. »Fragen Sie mich, ob ich mich an eine von tausend Episoden erinnern kann, die vor vierzig Jahren passiert sind?«

Liv nickte. »Bo hat davon in seinen Journalen geschrieben, aber die Seite wurde herausgerissen.«

Sie seufzte demonstrativ. »Du meine Güte, ich habe keine Ahnung, weder von Bos Notizen noch von der Episode, von der Sie reden. Aber wenn es um Mette geht, warum fragen Sie sie nicht selbst?«

»Sie ist ... nicht erreichbar.«

Etwas leuchtete in Kirstens Augen auf, als amüsiere sie sich. »Ah, die nette Art zu sagen, *dass jemand nicht alle Tassen im Schrank hat*, ich verstehe. Dann sollten Sie vielleicht versuchen, mit ihrem anderen Freund zu reden, ob er sich daran erinnert. Er heißt Jørn Kolding.«

*

Der kleine Bootsfernseher schuf zusammen mit zwei brennenden Kerzen ein gemütliches Licht in der Kajüte. Nima schrubbte die Pfanne und ließ den letzten Rest Bratgeruch von ihrer selbstgefangenen Meerforelle hinaus, Shirin saß auf der Pritsche mit einer Schale Popcorn auf dem Schoß und schien in den Film vertieft. Irgendein Sci-fi-Blockbuster, der in einer Wüstenlandschaft auf einem fernen Planeten spielte und mit schönen und sehr jungen Schauspielern in den Hauptrollen besetzt war. Nima setzte sich. Er konnte sich nicht auf den Film konzentrieren, versuchte aber, so zu tun, als ob, sodass sie sein mangelndes Interesse nicht bemerkte. Er lachte an den richtigen Stellen und unterließ es, mit den Händen herumzuspielen, wofür er sie sonst oft tadelte, wenn sie zusammen einen Film ansahen.

In seinem Körper pumpte das Blut in den Adern, und

die Gedanken wirbelten durch seinen Kopf, dass ihm schwindelig wurde. Er hätte wer weiß was darum gegeben, jetzt einen Joint zu rauchen und zu spüren, wie die Sorgen leichter und der Körper schwer wurde. Es wäre nur ein wenig unpassend, alles in Betracht gezogen, sodass er sich damit begnügte, nach einer Handvoll Popcorn zu greifen und sich eins nach dem anderen in den Mund zu schieben, um die Zeit totzuschlagen.

Als der Abspann nach einem für ihn völlig unverständlichen Schluss, der eine Fortsetzung in Aussicht stellte, über den Bildschirm flimmerte, streckte Shirin sich und gähnte. »Ich gehe ins Bett.«

»Was ist mit den Hausaufgaben?«, fragte er, weil das eine so herrlich konkrete und elternhafte Frage war, dass er völlig vergaß, dass sie suspendiert war. Ihr genervter Blick erinnerte ihn daran. »Du sollst schon dem Unterrichtsstoff folgen, damit du nicht hinterherhinkst. Ab Montag bist du hoffentlich wieder in der Schule.«

Sie verdrehte die Augen, sagte aber: »Okay, ich sehe im Intranet nach, was wir aufhaben.«

Sie stapfte mit der Nase im Handy in ihre Kajüte hinunter. Nima räumte auf und spülte, und als absolut nichts mehr in der Küche zu tun war, seufzte er und ging mit seinem Handy und einer Packung Zigaretten an Deck.

Die Abendluft biss ihm in die Wangen. Er zündete sich eine Zigarette an und genoss es, sich die Sinne vom Rauch und der Kälte kratzen zu lassen. Unvorstellbar, nicht hier auf dem Wasser zu wohnen! Die wenigen Male, die er überlegt hatte, in eine Wohnung in der Stadt mit niedrigen Decken und Blick auf das Nachbarhaus zu ziehen, hatte er kalte Füße bekommen. Als Mensch, der mitten im Leben stand, hatte er vielleicht nicht viel erreicht, aber das wenige, das er hatte, liebte er.

Die Freiheit, den Mustang. Und, völlig unerwartet, den neugewonnenen Status als Elternteil.

Er zog das Handy heraus und warf einen Blick darauf. Die Polizei könnte ihnen helfen, natürlich könnte sie das.

Die Banden hatten zwar Macht in Dänemark, aber nicht so viel, dass die Polizei es nicht wagte, sich mit ihnen anzulegen. Doch Shirin … Würde man sie in einem Heim unterbringen? Auf eine neue Schule schicken und von vorn anfangen lassen? Dann wäre er wieder allein.

Das Display leuchtete in der Dunkelheit, ein Anruf von einer unterdrückten Nummer. Er meldete sich widerwillig. »Ja?«

»Hier ist Mike. Bist du allein?«

Nima bestätigte dies verwundert. Obwohl er seit vielen Jahren Hasch bei Mike kaufte, hatte er noch nie mit ihm telefoniert.

»Hat Bilal dich dazu überredet, für ihn zu fahren?«

Nima antwortete nicht, und das war offenbar Antwort genug.

»Hör zu, mein Freund, du hast bestimmt deine Gründe und musst tun, was getan werden muss. Aber Bilal ist durch und durch verdorben. Er könnte durchaus auf die Idee kommen, dich als Hasen zu benutzen. Jetzt bist du gewarnt.«

»Was ist ein Hase?« Nima drückte das Handy ans Ohr. Aber Mike hatte bereits aufgelegt.

*

Sowie Liv wieder auf der Straße stand, googelte sie Jørn Kolding. Seine Adresse in Brønshøj tauchte zusammen mit einer Nummer auf, die verdächtig nach einer Festnetznummer aussah. Es klang auch so, als er sich nach dem zweiten Klingeln meldete – das Knattern in der Leitung und das Kabel, das gegen die Tischkante schlug.

»Jørn«, meldete er sich höflich.

»Guten Tag, mein Name ist Liv Jensen, ich bin Privatdetektivin …«

»Ja, großartig, Kim hat angerufen und mich gewarnt. Ich weiß sehr gut, wer Sie sind.« Trotz der Wortwahl klang er noch immer vorwiegend höflich. »Es geht wohl um Bo Riebenau?«

»Wenn Sie Zeit für ein paar schnelle Fragen hätten …«

»Ein alter Mann wie ich hat nichts anderes als Zeit. Und keine Zeit zu vergeuden.«

Liv war des Wortspiels bereits müde. »Sollen wir dann nicht einfach sagen, dass ich in zwanzig Minuten bei Ihnen bin?«

Jørns graues Einfamilienhaus lag eingeklemmt zwischen zwei großen Häusern auf einem kleinen Grundstück in einem weitläufigen Viertel mit Einfamilienhäusern direkt hinter dem Brønshøj Torv. Das Haus stand zurückgesetzt, versteckt vor den Blicken der Passanten. Der Putz hatte über die Jahre die Farbe verloren, und der Garten glich der Art Wildnis, die langsam verlassene Sandgruben zudeckt.

Sie lehnte das Fahrrad an die Hecke, öffnete die Pforte und ging den langen Gartenweg hoch, sorgfältig darauf bedacht, wohin sie die Füße setzte, um nicht in einen der dunklen Kleckse zu treten, die vielleicht von verfaulten Blättern, vielleicht von Tierkot herrührten. Auf der Hälfte des Wegs hingen die Zweige der Nadelbäume so tief, dass sie sich ducken musste. Die Luft war feucht und roch nach Pilzen.

Die Haustür selbst überraschte dadurch, dass sie neu und knallrot war und das Haus einer alten Hand mit lackierten Nägeln gleichen ließ. Sie schellte und wartete, bis drinnen Schritte zu hören waren.

Jørn hatte weiße Haare und hohle Wangen. Ein spärlicher Bart bedeckte das Kinn, und das Haar war lang und dünn und von der weichenden Haargrenze aus nach hinten gekämmt. Er stützte sich auf einen Stock und wirkte den achtzig näher als den siebzig, ging aber noch aufrecht. Und die sehnige Hand, die er ihr reichte, hatte Kraft.

»Ich habe Ihren Großvater gekannt.«

»Okay …« Liv zögerte in der Tür, unsicher, ob dem Willkommensgruß noch ein Vorstellen folgte, doch Jørn trat nur einen Schritt in die dunkle Diele und bedeutete ihr durch ein Nicken hereinzukommen. »Im Wohnzimmer gibt's Kaffee.«

»Das klingt gut, danke.«

Im Haus roch es muffig, ein wenig nach Staub und einem alten Rosenpotpourri, aber nicht schlecht. Auf dem Weg ins Wohnzimmer zeigte Jørn auf eine gerahmte Fotografie an der Wand von einer Frau mit vollen Wangen und blonden Locken.

»Das ist meine Louise.«

»Sie sieht nett aus.«

Er brummte zufrieden und ging zu einem Seniorenstuhl mit elektrischer Sitzeinstellung und einer Fernbedienung an einem Riemen an der Armlehne. Das Wohnzimmer war stickig und nicht sonderlich sauber. Liv setzte sich auf ein abgenutztes geblümtes Sofa und ließ Jørn ihnen beiden Kaffee einschenken.

»Hatten Sie damals in Christiania nicht auch eine Freundin, die Mette hieß?«

»Ja, die schöne Mette. Ein wunderbares Mädchen.«

»Sie war auch die Freundin von Alban Vitting-Hansen?«

»Das ist Ihrer Generation schwer zu erklären, aber

damals hatten wir andere Vorstellungen von Liebe und Familie, ja, von der Gesellschaft insgesamt.« Er schlürfte einen Schluck Kaffee, während er weiterredete. »All das mit deins und meins und Besitzansprüchen dem anderen oder der Erde gegenüber, auf der wir wohnen, damit haben wir versucht, Schluss zu machen. Ihr jungen Menschen kennt nichts Vergleichbares, sodass ihr das nicht versteht. Aber für uns war das Revolutionäre alles entscheidend. Wir wollten die Welt zu einem besseren Ort machen.«

»Ist es gelungen?«

»Was glauben Sie?«

Sie lächelte ihn schief an. »Nun, wie Sie wohl schon von Kim wissen, bin ich hier, weil ich im Mord an Bo Riebenau ermittle. Ich gehe davon aus, dass Sie sich aus Christiania kannten?«

»Ja.«

»Hatten Sie noch Kontakt?«

»Hin und wieder.«

»Wann haben Sie ihn das letzte Mal gesehen?«

Er lachte freudlos. »In meinem Alter sieht man sich nicht mehr. Aber ich habe hin und wieder mit ihm telefoniert. Ich erinnere mich allerdings nicht, wann wir zuletzt miteinander geredet haben, vielleicht im Frühjahr.«

»Hat Bo den Sohn des Generalstaatsanwalts erwähnt, der 1984 in Christiania gestorben ist?«

Er sah sie leer an, und Liv kam der Gedanke, dass ein altes Gesicht schwerer zu lesen ist als ein junges. Die Falten verdecken die Gefühle, oder vielleicht ist es auch einfach die Erfahrung, die sich wie ein Filter über die Züge legt.

»Vielleicht hatte Bo eine Theorie, warum Alban alleine in einer Hütte verdurstet ist?«

Jørn schüttelte den Kopf. »Er hatte was genommen und hat Selbstmord begangen, mehr ist da nicht.«

»Die Obduktion sagt, dass Alban bei seinem Tod nicht unter Drogen stand. Kann Bo entdeckt haben, dass er gar keinen Selbstmord begangen hat? Dass vielleicht ein Verbrechen vorlag?«

Er blinzelte. »Die Polizei hat den Fall untersucht und ist zu dem Schluss gekommen, dass es Selbstmord war. Stimmt etwas nicht mit dem Kaffee?«

Liv schüttelte den Kopf und hob die Tasse hoch, ohne zu trinken. »Es ist schwer vorstellbar, dass jemand Selbstmord begeht, indem er kein Wasser trinkt.«

»Noch schwerer vorstellbar ist, dass jemand jemanden auf die Weise umbringt, dass er ihn zwingt, nichts zu trinken.«

Sie schwieg. Damit konnte er recht haben.

»Man soll ja nicht schlecht von den Toten reden …« Jørn schlabberte noch einen Schluck Kaffee, bevor er fortfuhr: »Aber Alban war ein Junkie und dummdreist, um nicht zu sagen: dumm. Er hat zu viel von dem Falschen genommen, und das macht mit der Zeit den Kopf kaputt. Wenn er nicht in diesem Schuppen zu Tode gekommen wäre, wäre er irgendwo auf der Welt auf die gleiche Weise gestorben.«

»Verdurstet?«

Er legte den Kopf schief. »Man bekommt seltsame Ideen von Pilzen. Vielleicht hatte er die Vorstellung, dass Flüssigkeit Gift ist, was weiß ich.«

Liv blickte auf die schwarze Flüssigkeit in der Tasse und rümpfte die Nase. »Wissen Sie, warum Mette abgereist ist? Das müsste sie Ihnen doch erzählt haben …«

Sein Blick wanderte zu dem Porträt von Louise. »Mette war letztendlich wohl doch eifersüchtig. Es hat ihr nicht gefallen, dass ich Louise liebte, vielleicht ist sie deshalb … Oder sie hat auch ein paar von Albans Pilzen genommen.« Er lächelte das Bild seiner Frau an. »Wir waren erst achtzehn, als wir uns kennenlernten – und zusammen nach Christiania gezogen sind, damals, als es noch nur ein schöner Traum war, den die Hausbesetzer träumten. Wir haben es mit aufgebaut. Sie ist vor fünf Jahren gestorben.« Sie sah, wie er an ihren Fingern nach einem Ehering suchte und zu dem Schluss kam, dass sie wohl nicht die Richtige war, um mit ihr den Verlust eines Ehepartners zu erörtern.

»Haben Sie meinen Großvater in Verbindung mit dem Fall kennengelernt?«

»Ja, genau. Ich erinnere mich nicht an viel, was ihn betrifft, nur dass …«

Er zögerte, und Liv biss sich auf die Lippen. Etwas sagte ihr, dass ihr das, was Jørn zu erzählen hatte, nicht gefallen würde. Er sah nicht freundlich aus bei dem Gedanken an Carl Gunnar.

Als hätte er ihre Gedanken gelesen, streckte er die Hand aus und rieb mit dem Daumen über die Fingerspitzen von Zeige- und Mittelfinger.

KAPITEL 12

Die Glastür zu der kleinen Pizzeria am Tagensvej fiel hinter Liv zu und setzte eine mechanische Glocke in Gang, sodass niemand mehr daran zweifeln konnte, dass Kunden im Laden waren. Es roch nach Mozzarella und Tomaten, aber auch nach Gewürzen aus dem Nahen Osten, die mehr in Richtung Damaskus als Neapel wiesen. Petter saß im Mantel an einem zu niedrigen Tisch in der Ecke und sah aus dem Fenster. Er bemerkte sie erst, als sie ihm eine Hand auf die Schulter legte. »Willst du nicht deinen Mantel ausziehen? Hier ist es bullig warm.«

Sie ignorierte den leeren Blick, mit dem er sie ansah und der Sekunden später von Wiedersehensfreude abgelöst wurde. Diese Verzögerung, das kam immer häufiger vor, und sie konnte nicht umhin, sich zu fragen, ob sie anderen auch auffiel.

»Hei, Kleine, hast du Hunger? Ich habe eine … eine von den geschlossenen Pizzen bestellt, die können wir teilen.«

»Danke, ich möchte nichts essen.« Liv zog die Jacke aus und setzte sich. »Aber du hast mir eine Cola gekauft, du bist ein echter Freund.« Sie drehte den Verschluss auf und trank einen Schluck, sodass die Kohlensäure ihr in die Nase stieg. »Schwitzt du nicht?«

»Ja, doch.« Er schälte sich aus dem Mantel und hängte ihn über die Stuhllehne. Ein Mitarbeiter kam und stellte einen Pappkarton mit Besteck auf den Tisch und legte dünne Servietten obendrauf. Petter öffnete den Deckel und begann seinen Kampf mit der Calzone.

»Sonny sitzt immer noch in Untersuchungshaft. Er bestreitet weiter die Schuld am Tod von Bo Riebenau. Aber er hat eine Vorgeschichte mit Gewaltdelikten. Unter anderem hat er vor zwei Jahren versucht, eine Ex-Freundin mit dem Auto zu überfahren.«

»Netter Typ. Wie sieht es mit einem Motiv aus?«

»Das ist es ja. Ihm zufolge hatte Bo sich nicht an ihre Abmachung gehalten, was Sonny dann trotz eines Geständnisses eine Gefängnisstrafe einbrachte. Darüber war er sauer, und deshalb hat er Bo schikaniert. Aber jemanden anzurufen und aufzulegen ist etwas ganz anderes, als zu jemandem hinzufahren und ihn mit einem stumpfen Gegenstand zu erschlagen.«

Liv hörte ein Echo von Bos Hilferufen und blickte auf den Tisch hinunter.

»Habt ihr etwas gefunden, das ihn mit dem Tatort in Verbindung bringt?«

»Das Ergebnis der DNA liegt noch nicht vor, aber es gibt keine Fingerabdrücke. Er kann natürlich Handschuhe getragen haben.«

»Petter … sind wir uns einig, dass Sonny nicht der Täter ist?«

»Hm, ja, das sind wir wohl.« Er wischte sich mit einer der dünnen Servietten den Mund ab und musste sich danach mit einer neuen die Finger abwischen. »Und du? Warum hast du mich um die alte Fallakte gebeten, von dem Selbstmord des Sohns des Generalstaatsanwalts?«

»Mein Großvater hat in dem Fall ermittelt.« Liv quittierte Petters überraschten Blick mit einem Nicken. »Vielleicht ist Bo deshalb auf mich gekommen. Er muss gedacht haben, dass ich etwas weiß oder einen besonderen Zugang zur Vergangenheit meines Großvaters habe ... Die Mappe, die Bo versteckt hatte, bestätigt, dass es in Christiania zu Beginn der Achtziger eine Art juristisches Gremium gab, den Rat, dem auch Bo angehört hat. Wie es aussieht, war dieser Rat in den Alban-Vitting-Hansen-Fall involviert.«

Liv sah Petter forschend an, um einzuschätzen, ob er noch zuhörte. Er schaute sie mit wachen Augen an, und sie fuhr fort:

»Ich habe den Tag damit verbracht, mit den drei verbliebenen Mitgliedern des Rats zu sprechen. Und ihnen zufolge hat sich der Rat nur um Nachbarschaftsstreitigkeiten und Diebstähle und solche Kleinigkeiten gekümmert. Aber ein rechtsloser Staat wie Christiania braucht eine ausübende Gewalt, auch für große Kriminalfälle. Wenn man die Polizei nicht rufen will, muss man selbst aktiv werden.«

Petter zog die Augenbrauen hoch. »Aber sie haben doch die Polizei gerufen, als Alban tot aufgefunden wurde, sonst gäbe es keine Fallakte.«

»Der Fall wurde als Selbstmord zu den Akten gelegt, als Todesursache wurde ein Herzstillstand angegeben, verursacht durch Dehydrierung. Aber die Ermittlung hat Löcher, Petter.«

»Ja, das würde ich meinen. Wer, verdammt noch mal, verdurstet freiwillig?«

Liv zog die Schultern hoch und senkte sie wieder. Sie konnte die Worte noch nicht formulieren, den Verdacht, dass ihr Großvater geschludert hatte. Oder schlimmer noch.

Petter schüttelte den Kopf. »Spul mal zurück, wieso sollte all das vierzig Jahre später zur Ermordung von Bo führen?« Er schloss den Pizzakarton und legte das Besteck obendrauf.

»Ungefähr in der Mitte ist aus der Mappe eine Seite herausgerissen, aber man kann die letzte Zeile unten auf der vorherigen Seite lesen. Dort steht, dass Albans Freundin, Mette, am 5. Juli den Rat zusammengerufen hat, also knapp eine Woche vor Albans Tod. Keiner der damals Involvierten erinnert sich daran, warum, aber es muss wichtig gewesen sein, denn unmittelbar danach hat Mette Christiania verlassen. Soweit ich weiß, war sie glücklich und hatte zwei Freunde, trotzdem ist sie Hals über Kopf abgereist, wurde in die Psychiatrie eingewiesen und ist heute ein gebrochener Mensch.«

Er warf ihr einen Blick zu, doch sie fuhr unbeeindruckt fort: »Bo wurde aufgrund dessen, was auf dieser Seite steht, ermordet. Vielleicht hat er sein Wissen benutzt, die anderen im Rat zu erpressen? Jedenfalls hatte er wohl beschlossen, das alte Geheimnis wieder auszugraben.«

Petter nickte langsam. »Vielleicht kannst du mir später eine Zusammenfassung schicken?«

Sie begegnete seinem verwirrten Blick und nickte. »Natürlich, Petter.«

Sie brachen auf. Petter winkte ihr nach, als sie mit dem Rad davonfuhr. Seine Augen wirkten von den vielen Informationen ganz leer, und er sah aus, als müsste er bald ins Bett.

Liv stellte das Fahrrad im Hinterhof der Kaalundsgade ab und ging durch den Hintereingang zu ihrer Wohnung. Der Gestank aus der Kanalisation schlug ihr wie eine Wolke entgegen, und sie hielt die Luft an und machte Licht. Auf dem Boden lagen noch immer die Bilder vom Tatort. Eins erregte ihre Aufmerksamkeit: Die Hütte am Ufer, die erkannte sie wieder.

Sie stellte sich auf die Zehenspitzen und nahm das Fotoalbum ihres Großvaters aus dem Regal, schlug es auf und blätterte zu den Bildern von ihren gemeinsamen Ferien in Christiania. Sie fand es auf Anhieb: das Bild, auf dem sie und ihr Großvater zusammen auf dem Weg am Wallgraben stehen, er den Arm um sie gelegt, und beide mit Blick auf den Fotografen.

Sie hatten eindeutig Aufstellung bezogen, um den Hintergrund mit auf das Bild zu bekommen. Hinter ihnen war Lalikas Hütte zu sehen.

*

Nachdem Nikolaj gegangen war, setzte sich Hannah an den Computer und schrieb den restlichen Nachmittag und Abend an dem Artikel. Er war nichts für sie, natürlich war er das nicht, zu egozentrisch, zu sehr Journalist, der Falsche. Aber er hatte sie zum Lachen gebracht und mit einem Singen im Körper zurückgelassen, das ihr Energie gab. Die Worte flossen aus ihren Fingern, und die Ideen standen Schlange, sie musste sie im Notizenprogramm festhalten, um nicht zu riskieren, sie zu vergessen. Sie holte sich noch ein Glas Wein und ließ das Abendessen ausfallen, ihr Vater war bei Judith, und sie war zu erregt, um hungrig zu sein.

Nikolaj schickte ihr eine SMS, eine Stunde nachdem er gegangen war, und fragte, wann sie sich wiedersehen würden.

»Bald«, antwortete sie und meinte es auch.

»Hei, Hannah.«

»Scheiße, hast du mich erschreckt!« Hannah lachte und drehte sich zu Liv um, die im Mantel und mit einem Fotoalbum unter dem Arm in der Tür stand.

»Sorry, ich bin gerade nach Hause gekommen und habe gesehen, dass Licht brennt. Hast du einen Moment?«

»Klar. Stimmt etwas nicht?« Hannah ging auf, dass sie nicht nachgefragt hatte, wie es Liv ging, und das schlechte Gewissen meldete sich. »Brauchst du ein Gespräch über den Mord?«

»Danke. Vielleicht später.« Liv schlug mit den Knöcheln auf das Fotoalbum. »Im Moment ist es mir wichtiger, mich an die Ferien zu erinnern, die ich in meiner Kindheit zusammen mit meinem Großvater gemacht habe. Was gesagt wurde, was passiert ist. Ich habe Bilder von uns, erinnere mich aber an rein gar nichts …«

Hannah stand auf und nahm den Wein mit zur Sofagruppe. Sie winkte Liv herein und gab ihr zu verstehen, dass sie sich auf den Stuhl gegenüber setzen solle.

»Und ich habe das Gefühl, dass das wichtig sein könnte. Was kann ich tun, um mich zu erinnern?«

»Lass mich das erst mal verstehen … Warum ist das wichtig?«

Liv biss sich auf die Lippen. »Du darfst jetzt nicht denken, dass ich total verrückt bin, aber es könnte möglicherweise relevant für die Aufklärung des Mords vom Mittwoch sein. Das Bindeglied sind mein Großvater und ein bestimmter Ort in Christiania … Aber ich will mich einfach nur erinnern, was passiert ist, und nicht in Gefühlen herumstochern.«

Hannah lächelte. »Wenn es um eine verdrängte Erinnerung geht, kann es schwer sein, sie von den Gefühlen zu trennen. Aber wir können versuchen, deine Erinnerung zu stimulieren.«

»Super!« Liv schlug das Fotoalbum auf und sah sie erwartungsvoll an.

Hannah schlug die Beine übereinander und faltete die

Hände. Dieser Tag verlief wahrlich ganz anders als erwartet.

»Gut … obwohl ich dich warnen muss, dass ich Wein getrunken habe und nicht in Topform bin. Alles, was wir erleben, wird in einer Art Netzwerk im Gehirn gespeichert. Wenn man etwas Traumatisches erlebt hat, erinnern sich Teile des Netzwerks an Gerüche und Laute, selbst wenn der Rest des Erlebnisses verdrängt wird.«

Liv legte den Kopf schief. »Mir ist tatsächlich etwas eingefallen, als ich neulich einen Lakritzlikör getrunken habe … aber es ist schwer in Worte zu fassen.«

»Woran hast du dich denn erinnert?«

»An den Geschmack von Kung-Fu-Eis und an eine Frau, die nach Nivea roch.«

»Weißt du, wer sie ist?«

»Großvaters Freundin. Wir haben sie in Christiania besucht, wo sie gewohnt hat. Sie hat mein Haar geflochten, glaube ich. Wir haben Casino gespielt.«

»Dann erinnerst du dich doch an etwas.« Sie zeigte auf das Fotoalbum in Livs Schoß. »Lass mich mal die Bilder sehen.«

Liv reichte ihr das Album und zeigte auf eins davon.

»Es ist dieses Bild, an das ich mich vor allem erinnern möchte.«

Hannah sah ein kleines Mädchen mit einem runden Gesicht und ernsten Augen neben einem schlanken älteren Mann stehen.

»Sind das dein Großvater und du?«

Sie nickte.

»Er sieht nett aus.« Das tat er. Freundlich, stark und warmherzig. Er lächelte und stand dicht neben seiner Enkelin, sie sah die Hand, mit der er Livs schmale Schulter drückte. »Wo steht ihr da?«

»Genau das ist es. Mein Großvater hat damals in den Achtzigern eine Ermittlung zu einem Selbstmord in der Hütte geleitet, die hinter uns zu sehen ist. Sieht es nicht so aus, als würden wir genau davor posieren? Als wäre das Bild deshalb aufgenommen worden?«

Hannah betrachtete eingehend das Foto. Für sie sah es so aus, als hätte es überall aufgenommen werden können.

»Warum glaubst du das?« Sie gab Liv das Album zurück, die es nahm und seufzte.

»Weil ich jedes Mal, wenn ich es mir angucke, Magenschmerzen bekomme. Ich sehe doch auch etwas bedrückt aus auf dem Bild, nicht?«

»Aber du erinnerst dich nicht, warum?«

Liv schüttelte den Kopf. »Sieht er nicht aus, als hätte er geweint?«

Hannah nickte. »Ja, vielleicht.«

»Mein Großvater hat nie geweint.«

Hannah wusste, dass das nicht stimmte. Alle Menschen weinten. Aber für ein Kind, das es nicht gewohnt war, seine erwachsenen Hauptbezugspersonen Tränen vergießen zu sehen, kann das beängstigend sein. »Weißt du, ob es die Hütte noch gibt?«

Liv sah sie mit dem gleichen Blick wie auf dem Bild an. »Glaubst du, dass ich mich an die Situation erinnere, wenn ich sie finde?«

»Möglich.«

Liv sah zum Fenster und zog an ihrem Ohrläppchen. »Ich weiß nicht, ob ich die Zeit dazu habe.«

Hannah ließ sie eine Weile ruhig dasitzen. Es war wohl kaum die Zeit, die das größte Problem war. Livs Widerstand war nicht ungewöhnlich. Es ist beängstigend, in den Verstecken der Vergangenheit herumzustöbern. Und spannend. Die Neugier machte Hannah ein wenig leichtsinnig – oder vielleicht war es auch der Wein. »Wenn es wichtig ist, kann ich dir gerne helfen.«

Liv ließ das Ohr los und sah sie an. »Wie?«

Hannah zuckte die Schultern. Die Energie sprudelte in ihrem Körper. »Ich könnte mit dir dort rausfahren. Die richtigen Fragen zu stellen, während du dort bist, kann möglicherweise funktionieren.«

»Was hast du davon?«

»Ich schreibe für eine Psychologie-Zeitschrift an einem Artikel über Verdrängung und könnte dich als Case nehmen. Anonym, natürlich. Wie wäre das für dich?«

Liv runzelte die Stirn wie ein Kind, das überlegt, ob sich hinter dem Angebot eines Zirkusbesuchs in Wirklichkeit Hausaufgaben verbergen.

»Okay.« Liv stand auf und reichte ihr die Hand. »Dann haben wir eine Verabredung. Morgen um zehn?«

Hannah musste lachen, unterdrückte aber schnell das Grinsen, stand auf und erwiderte den Händedruck.

»Wir haben eine Verabredung. Es wird schon klappen.«

Liv ging mit dem Fotoalbum in ihre Wohnung hinunter, zog die Jacke aus und setzte einen Kessel mit Wasser für eine Portion Tassennudeln auf. Als das Wasser kochte, klingelte ihr Handy in der Jackentasche. An dem speziellen Klingelton konnte sie hören, dass es ihre Mutter war.

Sie goss Wasser über die trockenen Nudeln und fischte das Handy heraus. Sie konnten es ebenso gut gleich hinter sich bringen, während die Suppe zog.

»Hei, Mutter.«

»Hei, Schatz. Wie schön, deine Stimme zu hören.«

Liv brummte und überlegte, wie sie das Gespräch beenden könnte.

»Es sind Blumen gekommen!« Meretes Stimme war ganz hell vor Begeisterung.

»Was für Blumen?«

»Nun ja, ich dachte, du wüsstest das. Vielleicht von einem zufriedenen Kunden?«

Liv sah aus dem Kellerfenster, um sich zu versichern, dass niemand im Hinterhof war. Die Dunkelheit verstärkte ihr Gefühl von Unwirklichkeit. Sie ging zur Tür und schloss ab.

»Ist eine Karte dabei?«

»Ja, einen Moment.« Merete suchte kurz und räusperte sich. »Hier steht *Herzlichen Glückwunsch zu Ihrer tüchtigen Tochter, passen Sie gut auf sie auf!* Was feiern wir? Wir haben bei Fleurop angerufen, aber die dürfen nicht sagen, von wem sie sind. Könnten sie von Petter sein?«

Aber Liv wusste, dass sie nicht von Petter waren. Der, der sie geschickt hatte, hatte dabei nichts Gutes im Sinn gehabt. Ganz im Gegenteil, sie waren eine Warnung. Eine Erinnerung von dem Täter, der sie am Mittwoch durch das Kellerfenster gesehen hatte und jetzt daran erinnern wollte, dass auch sie riskierte, mit einem Hammer erschlagen zu werden, wenn sie nicht aufpasste. Oder ihre Eltern.

CHRISTIANIA, JULI 1984

Die Schmiede ist idyllisch gelegen im Haus »Solvognen« im Abschnitt »Mælkevejen«. Carl kommt an einer amerikanisch klingenden Filmcrew vorbei, die lächeln und Hei sagen, geht unter Holzbalkonen entlang und lässt sich von den Fangarmen des Blauregens die Stirn streicheln. Die Wärme und der Duft der auf einer Leine hängenden Wäsche rühren an einer Sehnsucht, an die er sich von den unendlich scheinenden Sommerferien seiner Kindheit erinnert. Der Sehnsucht nach all dem, das einen erwartet, und dem gleichzeitigen Wunsch, dass das Jetzt nie endet. Das Gefühl wohnt in derselben Herzkammer wie die Spannung bei der Aufklärung eines Falls, und als er in die Dunkelheit der Schmiede tritt, prickelt es noch immer angenehm unter der Haut.

Die Werkstatt macht einen provisorischen Eindruck, wirkt aber trotzdem recht professionell. Die Arbeitsplätze sehen selbst gebaut aus mit den unterschiedlichen Tischbeinen und den fantasievollen Werkzeugen und Gerätschaften, doch die schön gearbeiteten Holzöfen und die Fahrradanhänger in ganz oder halb fertigem Zustand deuten darauf hin, dass die Schmiede wissen, was sie tun. Im Moment arbeitet hier nur ein Mann, er steht mit dem Rücken zu Carl und bearbeitet eine Öltonne, dass die Funken sprühen. Er ist groß und hat ein Visier und Kopfhörer auf, und ein chemischer Geruch umgibt ihn.

Carl wartet, bis der Schmied sich aufrichtet und eine Pause macht, bevor er zu ihm geht und ihn anspricht. Der Schmied schiebt das Visier hoch und lockert den Hörschutz.

»Ich hoffe, ich habe Sie nicht erschreckt? Ich suche Sylle.«

»Das bin ich.«

Carl stellt sich vor. »Können wir die Säge ausstellen und uns einen Augenblick setzen? Es geht um Alban Vitting-Hansen.«

Sylle sieht ihn misstrauisch an, aber er schaltet das Gerät aus und nimmt das Visier ab. Sein dunkles Haar ist verschwitzt.

»Ich habe ihn nicht gekannt.«

»Aber ich gehe davon aus, dass Sie von dem Todesfall gehört haben.«

»Natürlich ... Ich habe in der Zeitung gelesen, dass er tot ist. Wie ist das passiert?«

Carl nickt. »Das wissen wir noch nicht. Aber hier draußen gehen Gerüchte um, dass sein Tod kein Selbstmord war ...«

Sylle nimmt den Hörschutz ab und schaut verärgert darauf, als hätte er ihn in diese unschöne Situation gebracht. Dann legt er ihn auf den Arbeitstisch.

»Kaffee?« Ohne eine Antwort abzuwarten, geht er zu einer Kanne auf einer Kochplatte und schenkt zwei Becher ein. Seine Bewegungen sind langsam und vorsichtig. »Wenn Sie nichts dagegen haben, würde ich es vorziehen, wenn niemand etwas von unserem Gespräch erfährt. Mit der Polizei zu reden macht einen nicht gerade beliebt hier draußen.«

»Kapiert. Das kommt natürlich darauf an, was Sie mir erzählen, aber ich werde versuchen, diskret zu sein.«

Sylle zieht einen Schemel für Carl vor und setzt sich auf den Rand einer alten Badewanne, die aus unerklärlichen Gründen in der Schmiede steht. Er zieht ein Paket Tabak aus der Hintertasche und dreht sich in weniger als einer Minute eine Zigarette, zündet sie an und entfernt das erste Stück Tabak von der Zungenspitze.

»Ich wohne mit meiner Familie unten in der Bauwagenstadt. Meistens ist das ein wunderschöner Ort, aber hin und wieder haben wir Probleme mit den Rockern. Sie wissen bestimmt, dass Bullshit selbst jetzt, nachdem der Präsident liquidiert wurde, Prærien und den Großteil der Pusher Street regiert, und ein paar von denen haben einen Narren an einem der Bauwagen gefressen und versuchen, seinen Bewohner hinauszudrängen. Einen älteren Typen.« Sylle raucht und nickt zu seinen eigenen Worten. »Vor einem halben Jahr ist er mit den Rockern aneinandergeraten und in der Notaufnahme gelandet. Seine Stirn musste mit zehn Stichen genäht werden. Ich habe die Reifen von der Harley des Rockers zerschnitten. Als Denkzettel. Niemand hat mich gesehen, sodass mir nichts passiert ist, obwohl er stinksauer war. Nicht, bevor ich das eines Abends bei einem freundschaftlichen Gelage und einer Pfeife Hasch erzählt habe. Es sollte nur eine lustige Geschichte sein, aber einer der anderen aus der Runde sitzt im Rat.«

»Im Rat?«

Sylle lächelt schief. »Christianias Amateurgericht.«

Carl schüttelt den Kopf.

»Das ist eine ziemlich mächtige kleine Gruppe. Sie haben mich zu ›Denkzeit‹ verurteilt, weil ich die Rocker provoziert hätte. Haben gesagt, dass wir es hier in der Freistadt nicht riskieren können, uns mit Bullshit anzulegen. Dass ich ein Narr wäre, Selbstjustiz zu üben. Aber ist

das nicht genau das, worum es in der Freistadt geht? Dass wir Starken auf die Schwachen aufpassen? Dass wir uns nicht alles gefallen lassen?«

»Genau darum geht es in der dänischen Gesellschaft. Darum haben wir ein Rechtssystem und Leute wie mich, die das Gesetz vertreten.«

»Ha!« Sylle lächelt höhnisch und entfernt noch mehr Tabak von seiner Zunge. »Bei uns gibt es ein Plenum, wo sich alle einig werden müssen. Das ist Demokratie. Leider ist das natürlich auch saubeschwerlich, sodass ich gut verstehe, dass wir eine kleinere Einheit brauchen, die schnell und autonom handeln kann.«

»Was ist ›Denkzeit‹?«

»Vierundzwanzig Stunden in Isolation, in denen man darüber nachdenken kann, was man getan hat.«

Carl schaudert. »Wie läuft das ab?«

»In meinem Fall wurde ich ohne was zu trinken und zu essen vierundzwanzig Stunden eingeschlossen. Der, der mich eingeschlossen hat, hat mehrere Male in den vierundzwanzig Stunden nach mir gesehen, und ich schwöre, er hat das genossen, der Sadist!« Sylle sieht Carl an. »Als ich gehört habe, dass dieser Alban tagelang gehungert und gedurstet haben soll, habe ich sofort an den Rat gedacht.«

»Warum sind Sie nicht zur Polizei gegangen? Meine Männer waren seit Mittwoch hier und haben die Bewohner befragt, Sie hatten also reichlich Gelegenheit.«

Sylle zuckt die Schultern, doch sein Blick sagt das, was sein Mund verschweigt. Hier draußen regeln wir die Dinge selbst, das Vertrauen zur Polizei ist nicht existent. Er sieht aus, als würde er es bereits bedauern, so viel verraten zu haben.

»Okay, der Ofen macht sich nicht von selbst …«

»Wie heißt er? Der aus dem Rat?«

Sylle steht auf und tritt die Zigarette mit dem Fuß aus. »Ich würde es, wie gesagt, zu schätzen wissen, wenn Sie nichts von diesem Gespräch hier erzählen. Niemandem.«

»Ein Name, dann lasse ich Sie in Frieden.«

Sylle nickt vor sich hin. »Jørn. Der widerliche Satan heißt Jørn.«

SONNTAG, 20. OKTOBER

KAPITEL 13

Sollte Liv die geringste Hoffnung gehegt haben, dass der verstopfte Abfluss sich auf magische Weise selbst repariert, so wurde sie am Sonntagmorgen endgültig zerstört. Sie erwachte und nahm den intensiven Geruch nach Kanalisation wahr, der aus dem Badezimmer kam und noch einmal unterstrich, dass es nichts brachte, das Unumgängliche hinauszuschieben. Sie holte die Reinigungsspirale aus dem Schrank und zog Gummihandschuhe an. Der Abfluss war voller Haare und stinkendem Schmutz. Sie hielt die Luft an. Unbegreiflich, was sich in der Tiefe sammelte!

Anschließend ging sie unter die Dusche, trocknete sich ab und begegnete ihrem Blick im Spiegel. Den klaren wasserblauen Augen, die die Welt ohne Filter sahen. Dem Blick ihres Großvaters, das hatte sie so oft zu hören bekommen. Doch beim Gedanken an die Lücken im Polizeibericht und an Jørn Koldings Andeutungen konnte sie nicht umhin, sich zu fragen, was er ihr sonst noch vererbt hatte.

Sie ging ins Schlafzimmer und fand ihr Handy auf dem Nachttisch. Nach den gestrigen Gesprächen mit den restlichen Mitgliedern des Rats hatte sie das Gefühl, dass sie auf die eine oder andere Weise mit an Albans Tod schuld waren. Vielleicht war er glatt zum Tode verurteilt worden, aber für welches Verbrechen? Und warum auf diese Art und Weise?

Sie suchte nach einer Nummer in ihren Kontakten, die sie seit der Polizeischule nicht mehr angerufen hatte. Er antwortete nach dem ersten Klingeln.

»Nyboe.«

Liv stellte sich dem älteren Rechtspathologen vor, und er brummte semifreundlich, klang aber nicht so, als würde er sich positiv an sie erinnern.

»Ich bin über einen alten Fall gestolpert, wo ein junger Mann nach drei Tagen ohne Essen und Trinken in einem Schuppen verdurstet sein soll. Ist das plausibel?«

»Hmm, das ist an der Grenze. War er gut in Form, der junge Mann?«

»Nach dem, was ich gehört habe, war er drogenabhängig.«

»Ah.« Nyboe klang zufrieden. »Das hilft. Wie war die Temperatur in dem Schuppen? Falls es warm war, dürfte das den Prozess beschleunigt haben.«

»Das kann gut so gewesen sein, da es im Juli passiert ist.«

»Dann ist die Antwort die, dass es möglich ist. Aber drei Tage sind immer noch an der Grenze, ich persönlich würde noch vierundzwanzig Stunden drauflegen, wenn ich auf Nummer sicher gehen wollte.«

»Okay, danke, Nyboe.«

»Ja, ja«, sagte er und legte auf.

Sie nahm das Bild von sich und ihrem Großvater aus dem Fotoalbum, ging nach oben und klopfte an die Terrassentür, die in die Küche der Familie Leon führte.

Hannah öffnete mit einer Kaffeetasse in der Hand. »Guten Morgen, du bist pünktlich!«

»Ich will es einfach gerne hinter mich bringen. Bist du immer noch zu einer Tour nach Christiania bereit?«

Hannah lächelte. »Ich hole mir nur schnell eine Jacke.«

»Ich warte im Hof.«

Liv ging um das Haus herum und versuchte, die Unruhe im Magen mit tiefen Atemzügen zu befrieden. Es war trotz allem begrenzt, was am helllichten Tag an einem belebten Ort passieren konnte.

Hannah trat in einem grauen Blazer aus der Haustür, der eher schick als warm aussah. »Fahren wir mit dem Auto?«

»Jep. Es steht direkt um die Ecke.«

Liv sperrte das Hoftor auf und marschierte los, musste jedoch das Tempo drosseln, um der fünfzehn Zentimeter größeren Hannah nicht davonzulaufen. Diese versuchte sich an Small Talk, merkte aber glücklicherweise schnell, dass Liv lieber schwieg.

Sie stiegen in den mitgenommenen Fiat. Sie sah Hannah einen Blick auf die leeren Mineralwasserflaschen auf dem Boden werfen, aber sie sagte nichts, schnallte nur den Sicherheitsgurt fest und schaute aus dem Fenster. Liv fuhr los und schwieg ebenfalls, bis sie geparkt hatten und durch den Haupteingang von Christiania gingen.

»Die Hütte liegt auf einer kleinen Landspitze unter einem großen Baum. Wenn nicht inzwischen etwas gebaut worden ist, gibt es keine anderen Häuser in der Nähe.«

»Wenn wir einfach am Wasser entlanggehen, müssten wir hinkommen.«

Zielgerichtet gingen sie durch den vorderen, geschäftigen Teil der Freistadt und blieben erst stehen, als sie unten am Wasser waren. Liv zog das Bild aus der Tasche, und sie liefen am Ufer entlang.

Am Hang zur Linken, verborgen hinter dichtem Laub, standen kleine Holzhäuser mit Sofas im Garten und Schildern am Gartentor, die die Vorbeikommenden willkommen hießen. *Schau herein, willkommen!*, las sie und lächelte vor sich hin. Mauerwerk und Giebel waren mit Graffiti verziert und bunt angemalt, und egal, wo sie hinsah, jemand hatte etwas Kunstvolles geschaffen. Holzskulpturen, Schrottkunst und Mobiles, die von den Ästen hingen, geschnitzte Masken und gegossene Figuren.

»Da!«

Die Hütte hatte sich nicht verändert. Sie sah noch genauso aus wie auf den vierzig Jahre alten Bildern im Polizeibericht, dem zwanzig Jahre alten Bild in ihrer Hand und in ihrer Erinnerung. Jemand hatte den unteren Teil der Fassade in einem dunkleren Grau gestrichen, den oberen aber gelassen, wie er war. Ein Windfang war angebaut, dann aber vernachlässigt worden, sodass er jetzt ein Loch im Dach hatte. Der Knoten im Solarplexus war augenblicklich da.

»Erinnerst du dich?« Hannah lächelte sie neugierig an. »Jetzt, wo du hier stehst …«

Liv schüttelte den Kopf. »Nein, aber ich spüre es in der Brust.«

»Weil der Körper sich an das erinnert, was der Geist sich entschließt zu vergessen.« Hannah ließ einen Jogger vorbei, bevor sie weitersprach. »Zeig mir noch mal das Bild von euch beiden. Versuch mir zu erzählen, an was du dich von damals erinnerst, als das Foto aufgenommen wurde.«

»Wir waren ein paar Tage hier draußen, glaube ich. Ich war zehn Jahre alt, und meine Eltern waren verreist … nach Menorca, glaube ich, mit einem befreundeten Paar …«

»Ohne dich?« Hannah drehte den Kopf und sah sie an.

»Ja, ich war in der Woche bei meinem Großvater. Wir haben bei seiner Freundin in einem kleinen Haus auf der anderen Seite des Walls gewohnt.«

»Bei der, die dir die Haare geflochten hat?«

»Ja. Sie muss das Bild gemacht haben. Wir haben einen Spaziergang am Wall gemacht, aber ich glaube nicht, dass wir hier zufällig gelandet sind.« Liv atmete noch einmal tief durch, um die Unruhe im Zwerchfell zu befrieden. »Mein Großvater wollte mir genau diesen Ort hier zeigen.«

»Aber warum?«

Liv kniff die Augen zusammen und versuchte sich verzweifelt zu erinnern. Aber da war nichts. »Ich glaube, Großvaters Freundin hat ihn gefragt, ob es denn nötig sei, hierher zu gehen ... Wir haben mehrere Minuten hier gestanden und die Hütte angestarrt, während mein Großvater schwer geatmet hat. Und dann hat er sie gebeten, das Bild von uns zu machen.«

Sie öffnete die Augen und sah Hannah wieder an. Die Unruhe verursachte ihr Übelkeit. Ihr freundlicher, ruhiger Großvater, ihre sichere Klippe, die nie wackelte, nicht einmal, als er wenige Jahre später seine Krebsdiagnose bekam.

»Mein Großvater hat den Arm um mich gelegt und in die Kamera gelächelt. Aber ich konnte sehen, dass er weinte.«

»Glaubst du, du erkennst das Haus wieder, in dem die Freundin gewohnt hat, wenn du es siehst?«

Hannah versuchte, die Stimmung zu heben, indem sie praktisch und konkret war. Liv kam ihr nicht wie der Typ vor, der die klassische Art von Fürsorge zu schätzen wusste, aber irgendetwas brauchte auch sie. Die junge Frau wirkte total fertig bei dem Gedanken an die Tränen ihres Großvaters, deren Ursache sie nicht kannte.

»Vielleicht hast du Glück, und die Freundin deines Großvaters wohnt immer noch da und kann sich an die Situation erinnern.«

Liv nickte geistesabwesend. »Ich glaube schon, dass ich es finde. Das war so ein kleines weißes Haus am Hang. Davon gibt es nicht so viele. Man konnte vom Weg in den Garten sehen, meine ich. Da standen Apfelbäume …«

»Sollen wir versuchen, es zu finden?«

»Okay.«

Sie gingen den Wall hoch und folgten dem Wegesystem, das um Christiania führte. Liv schwieg, und Hannah ließ sie in Ruhe mit ihren eigenen Gedanken.

Die meisten Kopenhagener empfinden eine gewisse Zugehörigkeit zu Christiania. Ob sie nun den Weihnachtsmarkt besuchen oder in einem der Cafés essen, die meisten kommen dann und wann hierher oder zeigen den Ort Freunden, die aus dem Ausland zu Besuch sind. Hannah gehörte nicht zu ihnen. Wenn die Freistadt für alle war, dann war ihr das entgangen. Ganz im Gegenteil, sie war sich immer viel zu rechtschaffen und zu spießig vorgekommen, um hierhin zu passen. Nur ein einziges Mal, als sie noch jung war, hatte sie sich in einem Sommer hierher verirrt. Sie hatte damals mit einer Gruppe von Freunden herumgehangen, die sie über eine Klassenkameradin kennengelernt hatte. Alle waren in den Sommerferien verreist bis auf Hannah und diese kleine Gruppe, und an einem Julimorgen waren sie auf einem Technofest auf Dyssen gelandet. Sie erinnerte sich, dass es dort schön gewesen war. Erinnerte sich, wie grün der Wall war und wie es sich angefühlt hatte, im flachen Wasser zu tanzen, während die Sonne aufging.

Nach zwanzig Minuten kamen sie zu einem weißen Backsteinhaus, das an einem kleinen Weg lag. Eine dichte Hecke aus Flieder und Dornen versperrte die Sicht ins Innere. Liv spähte durch ein Loch im Blattwerk und zeigte darauf. »Das könnte es sein.«

»Erkennst du es?«

»Ja. Das Gartentor war damals nicht da, aber ich glaube, das ist es.«

Sie gingen um das Haus herum und öffneten das Gartentor, gingen weiter zur Haustür und klopften. Auf dem kunstvollen Keramikschild an der Tür stand »Ida Bergman«.

»Sagt der Name dir etwas?«

Liv nickte bleich. »Sie war Zeugin in einem Fall, in dem mein Großvater früher einmal hier draußen ermittelt hat. Ich habe ihren Namen gerade in dem Polizeibericht gelesen. Sie müssen sich danach angefreundet haben.«

Sie warteten, aber niemand kam und öffnete. Aus dem Briefkasten an der Haustür guckten zwei Lokalzeitungen und ein Umschlag mit Adressfenster.

Hannah drehte sich zu Liv um. »Vielleicht ist sie hinten im Garten?«

Sie gingen um das weiße Haus herum zu dem kleinen Garten. Er war leer. Ein paar bis zum Boden reichende Glastüren verrieten, dass es im Haus dunkel war. Es raschelte, und eine graue Katze tauchte aus dem Gebüsch auf und schlich elegant durch das hohe Gras zu einer Katzenklappe in einer der Türen. Mit einem Schwups verschwand sie nach drinnen.

Hannah folgte Liv zögernd.

»Es sieht nicht so aus, als sei sie zu Hause.« Sie spähte in das Dunkel und entdeckte die Katze, die aus einer Schale auf dem Boden fraß. »Guck mal! Da ist ein Futterautomat für die Katze!«

Liv schielte zu ihr hin. »Was kann der?«

»Der dosiert das Futter. Den braucht man, wenn man verreist ist.«

Liv klopfte an das Glas, um sich zu versichern, dass

Ida Bergman nicht nur mit Kopfhörern laut Musik hörte, und ließ Hannah anschließend auf einer Treppenstufe warten.

»Ich gehe nur schnell zu den Nachbarn, um zu hören, wo sie ist. Ist es okay für dich, hier so lange zu warten?«

»Natürlich. Machst du dir Sorgen?«

»Noch nicht.«

Liv ging zu dem Nachbarn unten am Wall, der meinte, dass Ida gesagt habe, sie mache diese Woche Urlaub, sich aber nicht erinnern konnte, wo. Dafür hatte er Idas Ersatzschlüssel und gab ihn Liv ohne weitere Fragen, nachdem sie behauptet hatte, sie hätte versprochen, sich um Idas Katze zu kümmern. Sie ging zurück zu Hannah.

»Ich schaue mal schnell rein, du kannst hier warten.«

Hannah sah sie besorgt an. »Darf man das?«

Liv schlenkerte als Antwort mit dem Schlüssel, steckte ihn ins Schloss und öffnete die Tür zu Ida Bergmans Haus. Natürlich durfte man das nicht. Aber jetzt waren sie so weit gekommen, und außerdem hatte Liv das Gefühl, dass etwas im Gange war. Idas Doppelrolle als Großvaters Freundin und als die Zeugin, die Alban gefunden hatte, musste etwas zu bedeuten haben.

Liv rief nach Ida, bekam aber keine Antwort und ging weiter auf leisen Sohlen durch die niedrigen Räume. Die Einrichtung war gemütlich und fremdartig mit Kunst und Farben, verschiedenen Holzsorten und marokkanischen Fliesen als Untersetzer. Es roch ganz schwach nach Knoblauch oder Kreuzkümmel wie in Häusern, in denen viel gekocht wird.

Im Wohnzimmer blieb sie dort stehen, wo sie auf einem von Großvaters Bildern vor zwanzig Jahren gesessen und Patiencen gelegt hatte. Heute stand dort kein niedriger Tisch mehr, und das Sofa war an die Wand gerückt worden, aber es war derselbe Raum wie auf dem Foto. Sie ging in die Hocke, sodass sie auf der gleichen Höhe war, als würde sie auf einem Bodenkissen sitzen, und sah sich um. Über einem Fenster hatte sich die Tapete gelöst, und von der Deckenlampe verlief ein Kabel zu einer Steckdose. Sie folgte ihm mit den Augen, bis die Erinnerung dämmerte. Sie erinnerte sich, wie sie hier als Zehnjährige gesessen und sich nach Ritzen und kleinen Details umgesehen hatte.

Plötzlich schmeckte sie Magensäure. Sie stand auf und ging raus in den Garten. Stapfte eine Runde durch das Gras und trat nach Falläpfeln, während sie ihre Gedanken sortierte. Welche Beziehung hatte ihr Großvater zu Ida gehabt? Und warum weinte er auf dem Foto vor Lalikas Hütte?

Sie rief Petter an und fragte, ob er Zeit habe, Idas Telefon zu überprüfen. Kein Notfall, vielleicht war da nichts, aber vielleicht eben doch.

Ein paar Minuten später rief er bereits zurück.

»Ich habe die Telefongesellschaft erreicht. Die letzte Aktivität war gestern. Jetzt ist das Telefon aus, und zwar seit vierundzwanzig Stunden … Hast du gesagt, dass sie in Urlaub ist?«

»Das meint der Nachbar. Aber ist es nicht seltsam, das Telefon ganz auszuschalten?«

»Ja, schon. Sag mal, hast du vor, mir zu erzählen, warum das hier so wichtig ist?«

Liv blickte auf die Äpfel zu ihren Füßen hinunter. Sie begannen zu verfaulen. »Das werde ich, falls es sich als bedeutsam erweist. Hast du die Möglichkeit herauszufinden, wer ihre Angehörigen sind?«

Petter seufzte. »Als hätte ich nicht genug zu tun.«

»Okay, es tut mir leid, wenn ich deine Zeit in Anspruch

nehme.« Liv trat nach einem der Äpfel, aber halbherzig, und der Tritt fiel dementsprechend aus.

»Das passt schon.« Petter räusperte sich gutmütig. »Sonny Harbeck ist übrigens wieder auf freiem Fuß, und ich schätze, dass er nicht noch einmal vorgeladen wird. Wir haben nicht den Ansatz eines Beweises, nur eine Reihe von Telefonanrufen zu unpassenden Zeitpunkten. Dafür behauptet seine Freundin hartnäckig, dass sie den ganzen Mittwochabend zusammen waren. Sie sagt, dass sie einen Superheldenfilm gesehen haben. Wir checken gerade über die Mobilfunkmasten, ob sie wirklich bei ihm war, wie sie behauptet.«

Liv brummte. Das war nicht anders als erwartet. »Euch dürften inzwischen die Resultate von Bos Obduktion vorliegen. Woran ist er gestorben?«

»Zwei Schläge auf den Hinterkopf mit einer viereckigen Schlagfläche von drei mal drei Zentimetern. Das klingt nach einem Hammer und deutet auf einen rechtshändigen Täter von einer gewissen Größe hin. Es braucht nicht viel Kraft, mit einem Hammer fest zuzuschlagen, aber Bo wurde auch nicht von einem schwachen Alten übermannt.«

Liv ließ noch einen Apfel über den Rasen fliegen. »Weißt du übrigens, was mit der Stelle im Präsidium ist? Ich habe noch nichts gehört ...«

Petter antwortete, ohne sie ausreden zu lassen: »Ähm, ich glaube, dass in der nächsten Woche Gespräche stattfinden, aber das Sekretariat ist im Wochenende. Ich überprüfe das am Montag und gebe dir Bescheid.«

Er legte auf. Liv hörte das Telefon piepen und sah mit dem untrüglichen Gefühl, dass etwas nicht stimmte, auf die Äpfel hinunter.

CHRISTIANIA, JULI 1984

Jenni packt schnell die Papiere zusammen und nimmt das Fahrrad zu Kirsten Abrahamsen. Sie hat heute Nacht Besuch von ihrem Freund gehabt, und sie haben verschlafen. Jetzt ist sie spät dran und weiß, dass das einen schlechten ersten Eindruck machen wird.

Kirsten wohnt im ersten Stock eines Reihenhauses aus grün gestrichenem Holz an dem Weg, der Mælkebøtten heißt, und Jenni sieht sofort, dass das etwas anderes ist als die verwohnte Wohnung in Fredens Ark, in der sie zu Hause ist. Es hat kleine Sprossenfenster, und gepflegter Efeu wächst an der Fassade hoch und auf den breiten Balkon mit den vielen Topfpflanzen. Hier wohnt jemand, der sich um sein Zuhause kümmert, hier wohnt ein Ästhet.

Kirsten kommt auf den Balkon, während Jenni die knarrenden Stufen nach oben steigt, und erwartet sie mit verschränkten Armen und einem skeptischen Blick, der vielleicht nur von dem grellen Licht herrührt. Sie ist auch eine junge Frau, kaum älter als Jenni, Ende zwanzig wohl, und hat kastanienbraunes Haar und einen scharfen, dunklen Blick. Ihr marineblaues Hemd mit dem Chinakragen verleiht ihr ein formelles Aussehen. Jenni zieht an ihrer abgeschnittenen Jeans und bereut, sie so kurz abgeschnitten zu haben.

»Ich bin auf dem Weg in die Schule«, sagt Kirsten, bevor Jenni oben an der Treppe ist.

»Entschuldigung, das Gesundheitshaus war abgeschlossen, sodass ich nicht hineinkam und die Mappe holen konnte«, lügt Jenni und hofft, dass das Kirsten besänftigt.

»Wir müssen sehen, wie weit wir kommen.«

»Das ist okay, ich brauche nur ein paar Minuten deiner Zeit.« Jenni sieht sich anerkennend auf dem Balkon um, auf dem alles fruchtbar und gut gepflegt ist. »Hier ist es richtig schön. Wohnst du alleine hier?«

»Mit meiner kleinen Tochter, und?«

»Das sieht nach viel Arbeit aus.«

Darauf reagiert sie nicht.

»Auf was für eine Schule gehst du?«

»Auf die Architektenschule.«

»Ich helfe Mette und Louise im Gesundheitshaus. Aber das weißt du ja.«

»Arbeitest du nicht auch im Lebensmittelladen?«

Jenni nickt. »Nur ein paarmal in der Woche. Wo können wir uns hinsetzen?«

Kirsten tritt zur Seite und zeigt mit der Hand zur Tür, dramatisch wie eine Zauberkünstlerin. Wohl eher sarkastisch, berichtigt sich Jenni und weiß nicht genau, was sie falsch gemacht hat, außer dass sie zu spät gekommen ist. Drinnen herrschen derselbe gute Geschmack und Ordnungssinn wie auf dem Balkon. Weiße Wände mit einzelnen Strichzeichnungen direkt auf der Tapete, ein weißer Futon und an Schnüren aufgehängte Hexensteine am Fenster. Selbst die Wiege, die mitten im Wohnzimmer steht, ist aus dunklem Holz mit einem groben, weißen Gewebe davor. Monochrom und schön, Jenni fühlt sich sofort zu Hause, abgesehen von der ungastlichen Energie, die von Kirsten ausgeht.

Sie nickt zu der Wiege hin und versucht sich an einem Lächeln. »Wie alt ist deine Tochter?«

»Knapp ein halbes Jahr. Sie wird betreut, wenn ich Vorlesungen habe.« Kirsten wirft einen Blick auf ihre elegante Stahluhr, um zu unterstreichen, dass ihre Zeit knapp ist.

»Wie ich von Louise gehört habe, hast du eine Idee für die Anwohner? Sie hat mich gebeten, Näheres mit dir zu besprechen.«

Kirsten nickt. »Wir können uns hierhin setzen. Ich muss nur in fünf Minuten los.«

Jenni setzt sich auf die harte Pritsche und legt die Papiere auf den Tisch. »Geht es nicht um eine Trauergruppe?«

»Ja. Ich dachte an ein wöchentliches Gruppentreffen für Anwohner, die jemanden verloren haben. Nicht nur hier aus der Freistadt, sondern aus der gesamten Umgebung. Glaubst du, das wäre etwas?«

»Ganz bestimmt, aber ...« Jenni räuspert sich, um nicht so nervös zu klingen. Das kann nicht richtig sein, dass sie sich von Kirsten einschüchtern lässt. »Wir haben kein Budget für so was.«

»Ich mache das freiwillig.«

»Das klingt sehr sympathisch. Darf ich fragen, was du für einen Hintergrund hast?«

Kirsten zieht eine Braue hoch. Nur ganz wenig, doch ausreichend, um eine gute Portion Arroganz zu kommunizieren. »Ich war Coach einer spirituellen Gemeinschaft in Kalifornien, wo ich zwei Jahre gewohnt habe, bis ich diesen Winter wieder nach Hause gekommen bin.«

Jenni zögert mit Blick auf die Mappe. Kirsten liest ihre Gedanken.

»Ja, ich bin keine ausgebildete Psychologin, dafür ist das Angebot gratis. Und ich weiß, was ich tue.«

»Natürlich.« Jenni beeilt sich weiterzukommen. Das hat ohnehin nicht sie zu entscheiden. Sie schlägt die Mappe *auf. »Louise hat ein paar Familien vorgeschlagen, zu denen du Kontakt aufnehmen könntest, um mit einer Gruppe zu starten.«*

Kirsten greift nach den Papieren. Jenni lächelt ihr verschwörerisch zu.

»Bei einer der Familien handelt es sich um die Angehörigen des Junkies unten aus Lalikas Hütte. Die Schwester meines Freundes sagt, dass er nichts essen und trinken durfte …«

Jenni lässt den Satz in der Luft hängen, aber Kirsten sieht nicht von den Papieren auf, sodass sie es noch einmal versucht.

»Es gibt Gerüchte, dass der Rat involviert war.«

Kirsten schließt die Mappe und sieht sie ruhig an. »Was hast du gesagt, wie du heißt?«

»Ich heiße Jenni.«

»Jenni, gut, jetzt hör mir mal zu: Der Rat ist eine demokratisch gewählte Gruppe Freiwilliger, die arbeiten, um unsere kleine Gemeinschaft frei von Bürokratie und Korruption zu halten. Ich habe ihn selbst mit ins Leben gerufen. Unsere Arbeit ist absolut transparent und alltäglich.« Sie blickt auf ihre Finger hinunter und schiebt einen Silberring mit einem großen Türkis zurecht. »Und weißt du, was der gefährlichste Feind der Demokratie ist? Dass das Vertrauen schwindet. Wenn du so einen Tratsch verbreitest, hilfst du mit, unsere Arbeit zu destabilisieren.«

»Es war nicht meine Absicht …«

»Ich schätze mal, dass du gerade erst hier herausgezogen bist?«

Jenni würde lieber vom Balkon springen, als ihr die Genugtuung zu geben, richtig gewettet zu haben, deshalb unterlässt sie es zu antworten, obwohl sie sich ausrechnen kann, dass Kirsten selbst nicht länger als ein halbes Jahr hier wohnt. Kirsten steht auf und geht zu einem Garderobenhaken, an dem ein Trenchcoat und eine große flache Aktenmappe mit Schulterriemen hängen. Sie greift nach beidem und sieht Jenni mit einem Blick an, der sie höflich auffordert zu verschwinden.

Jenni steht auf und lässt sich nach draußen und die Treppe hinunterscheuchen.

Bevor sich Kirsten auf ihr schwarzes Herrenrad setzt, lächelt sie sie stramm an. »Danke, dass du mit den Papieren vorbeigekommen bist. Und denk dran, dass einige von uns einfach nicht an Macht interessiert sind. Wir übernehmen Verantwortung. Aber stets zum Wohle der Gemeinschaft.«

KAPITEL 14

Liv verließ Idas Haus in Christiania mit einer neuen Gewissheit im Körper. Die Spuren liefen nicht parallel, wie sie bis jetzt geglaubt hatte, sie liefen aufeinander zu und kreuzten sich. Großvaters Ermittlung und seine Freundschaft mit Ida Bergman, die seinerzeit Alban gefunden hatte. Bos versteckte Mappe. Jetzt war er tot und Ida verschwunden.

Hannah brauchte frische Luft und wollte zu Fuß nach Hause gehen. Liv passte es gut, ein wenig mit ihren Gedanken allein zu sein. Sie verabschiedete sich und eilte zum Auto, um zurück nach Hause und zu dem Polizeibericht zu kommen. Schon während sie sich aus der Jacke schälte, blätterte sie zu den Zeugenaussagen vor und las Ida Bergmans ganz genau.

Die Vernehmung war am Mittwoch, den 11. Juli, um 18:50 Uhr von ihrem Großvater in Christiania durchgeführt worden. Ida hatte erklärt, dass sie gegen 17 Uhr einen langen Spaziergang am Wasser gemacht habe und mit nackten Füßen in eine Glasscherbe getreten sei. Deshalb hatte sie an die Tür zu Lalikas Hütte geklopft, um sich ein Pflaster geben zu lassen. Niemand hatte geantwortet, doch die Tür war nicht verschlossen gewesen, und sie war eingetreten – so etwas machte man in Christiania –, um selbst nach einem Pflaster zu suchen. In der Hütte schlug ihr ein hässlicher Gestank entgegen, und sie fand einen leblosen Alban auf der Pritsche. Sie sah sofort, dass er tot war, lief zum Telefon in der Gemeinschaftsküche und rief die Polizei an.

Großvater hatte gefragt, ob sie Alban gekannt habe, und Ida hatte ihm von ihrer Freundin Mette erzählt, die manchmal mit ihm zusammen sei, obwohl er einen schlechten Einfluss auf sie habe. Aber es gab andere, offensichtliche Fragen, die er nicht gestellt hatte.

Wie konnten Sie sehen, dass Alban tot war? Haben Sie ihn angefasst? Hat Ihnen jemand geholfen? Haben Sie mit jemandem gesprochen, und waren andere in der Nähe der Hütte?

Nirgendwo in dem Bericht stand, ob Blut von Idas Wunde in der Hütte gefunden worden war. Wenn sie sich geschnitten hatte und mit nackten Füßen hineingehumpelt war, hatte Blut auf dem Boden sein müssen, aber dazu gab es keine Notizen.

Liv legte die Zeugenaussage auf den Stapel und sah, dass zwischen den anderen Zeugenaussagen ein Bogen mit einer hellroten Schrift steckte. In der Farbe, die Kohlepapier früher hatte.

Sie griff danach und las.

Fallnummer 1984-042-00817
Dokumentnummer 2706832

Protokoll der dienstlichen Vernehmung von Kriminalkommissar Carl Gunnar Jensen (CGJ), durchgeführt im Polizeipräsidium in Kopenhagen am 16. September von Kriminalkommissar Pedersen und Kriminaldirektor Stilling

CGJ erklärt, dass der Fall eines tot in Christiania aufgefundenen jungen Mannes vorschriftsmäßig geschlossen wurde. Im Zuge der Ermittlungen wurden technische Beweise gesammelt und eine Obduktion vorgenommen. Alle relevanten Zeugen wurden vernommen. Als Todesursache wurde Selbstmord als Folge einer kritischen Dehydrierung bestätigt, möglicherweise verstärkt durch den insgesamt geschwächten Gesundheitszustand des Opfers aufgrund der Einnahme von Drogen in Kombination mit einer Hitzewelle.

CGJ weist den Vorwurf einer mangelnden Unbefangenheit als lose Gerüchte und Geschwätz zurück, ausgelöst durch die große Medienaufmerksamkeit.

CGJ bestreitet, Zeugenaussagen aus dem Bericht ausgelassen zu haben. Er hält daran fest, dass versucht wurde, die Freundin des Toten, Mette Møller, zu befragen, dies aber nicht möglich gewesen sei. Er habe dem nichts weiter hinzuzufügen.

Liv ging zum Spülbecken in der Küche, stellte das kalte Wasser an, beugte sich vor und trank. Ihre Zunge fühlte sich zu groß an, um Platz hinter den Zähnen zu haben. Eine dienstliche Vernehmung – und dann auch noch wegen Gerüchten über eine unkorrekte Handhabung eines Falls! Ein ernsthafter Makel für den Ruf eines Polizisten.

Großvaters ehemaliger Partner, Findsen, wurde in den Berichten ebenfalls genannt und war demnach Teil der Ermittlung gewesen, offenbar aber nicht zu einem dienstlichen Gespräch einberufen worden.

Sie holte ihren Computer und suchte nach Findsen. Er war zwar tot, doch seine Witwe lebte noch und wohnte in einem Pflegeheim in Valby. Liv fand ihre Nummer und rief an.

»Hallo, hier ist Henny.« Die Stimme zitterte vom Alter.

Liv stellte sich als Carl Jensens Enkelin vor und wartete ab, aber es kam keine Reaktion.

»Ich bin neugierig, was die Freundschaft Ihres Mannes mit meinem Großvater angeht. Erinnern Sie sich an ihn?«

»Ja«, antwortete sie schleppend. »Mein Mann hat zu Hause nur selten von seiner Arbeit erzählt, aber Carl vergisst man nicht so einfach. Ich habe meinen Mann immer damit aufgezogen, dass ich ihn gegen Ihren Großvater eintauschen würde, wenn ich die Gelegenheit dazu hätte.«

Liv lächelte. »Darf ich Sie besuchen? Falls es passt?«

»Kommen Sie ruhig. Ich gehe nirgendwo mehr hin.«

»Ich kann in einer halben Stunde da sein?«

»Dann machen wir das. Sie müssen in die vierte Etage, aber es gibt einen Fahrstuhl.«

*

Die Gemütslage im Südhafen war gedrückt. Nima versuchte, Sonntagsstimmung auf dem Boot zu verbreiten, doch nach Shirins Gesichtsausdruck zu urteilen ohne Erfolg. Sie war nervös wegen des morgigen Gesprächs in der Schule, er war nervös wegen allem. Und als sie ihn fragte, ob sie mit zwei Freundinnen ins Einkaufszentrum Fisketorvet gehen dürfe, sagte er Ja, ohne den halbherzig ausgesprochenen Stubenarrest zu erwähnen und obwohl es ihn nervös machte, dass sie das Boot verließ. Er gab ihr zudem noch ein Taschengeld mit und fuhr sie mit der Ermahnung hin, mit niemand anderem als ihren Freundinnen zu sprechen.

Als sie durch die Glastüren verschwunden war, setzte er sich wieder in den Mustang und nahm eine Sonnenbrille aus dem Handschuhfach. Es war bewölkt, sodass er streng genommen besser ohne sah, doch er hatte das Gefühl, sie zu brauchen. Es war in der jetzigen Situation schwer genug, seine Nervosität zu verbergen. Er startete den Motor und fuhr Richtung Nordwesten. Der Gedanke, was ihn erwartete, erzeugte Übelkeit in ihm, doch eine Krise dieses Kalibers erforderte harte Methoden. Man entfernte keinen Tumor, indem man ihn in Rosenwasser badete.

In einer kleinen Seitenstraße zur Nørrebro Station fand er die Adresse, die er suchte, und parkte. Vor zwei Jahren hatte ein prominentes Mitglied der Rockerbande, die diese Gegend regierte, Nima gebeten, seinen Pontiac Firebird Trans Am zu retten, der bei einem Unfall zu Schaden gekommen war. Nima hatte zwei Monate an dem Auto gearbeitet und eigentlich nicht zu bekommende Ersatzteile aus den USA beschafft. Schließlich war der Trans Am wieder fast wie neu gewesen, und sein Besitzer versprach mit blanken Augen, dass Nima nur etwas sagen müsse, sollte er irgendwann einmal Hilfe brauchen.

Nima hätte niemals damit gerechnet, dieses Versprechen einmal einfordern zu müssen, doch jetzt war er hier und konnte nur hoffen, dass es noch galt. Er ging über die Straße zu dem Stahltor, das den Hof der Rockerburg abschloss. Zuerst sah er nur eine Schließanlage in dem ramponierten Mauerwerk, doch mit etwas Suchen fand er eine Klingel und drückte darauf. Nach einer Minute war ein diskretes Klicken zu hören, und das Tor ging auf.

Er trat in den Hof, in dem eine Reihe Harleys neben dem Trans Am von damals parkten. In dem Moment, in dem sich das Tor hinter ihm schloss, kam ihm der Gedanke, er hätte vielleicht jemandem sagen sollen, dass er hier herausfahren wollte. Er blieb stehen und wartete, ratlos, doch es dauerte nicht lange, bis sein alter Kunde mit offenen Armen auf ihn zukam. Ricco hatte noch immer lange Haare und einen Bauch, sich in den vergangenen Jahren jedoch einen Vollbart zugelegt, der ihn schroffer aussehen ließ, was vermutlich beabsichtigt war.

»Nima, verdammt! Du tauchst hier einfach so aus dem Blauen auf?« Ricco umarmte ihn und stieß ihn so fest in den Rücken, dass es knackte. »Weißt du nicht, dass man nicht einfach in eine Rockerburg hineinspaziert?«

Nima warf einen schnellen Blick über die Schulter, um zu sehen, ob jemand hinter ihm stand. »Ich wollte dich um einen Gefallen bitten.«

»Raus mit der Sprache. Du weißt, dass ich dir etwas schulde.«

Nima schilderte ihm die Situation, so kurz er konnte. Er unterließ es, Shirins Namen zu nennen, und sprach nur von einer Verwandten, doch ansonsten erfuhr Ricco das meiste.

»Die Ware soll Dienstagnachmittag von A nach B gebracht werden, mehr weiß ich noch nicht. Man wird mich anrufen und mir Instruktionen erteilen. Aber einer meiner alten Freunde aus der Freistadt hat mich gewarnt, dass Bilal mich als Hasen benutzen will. Was bedeutet das?«

Ricco schüttelte den Kopf. »Du steckst bis zum Hals in der Scheiße, Nima. Ein Hase ist ein Kurier, den man umbringt, um dann zu behaupten, er wäre mit den Drogen abgehauen, weil man sie selbst behalten will. Ich kenne Bilal gut, er ist … nicht angenehm. Es wundert mich nicht, dass er versuchen will, die Bande zu hintergehen.«

Nima wurde schwindlig. »Was soll ich tun?«

Ricco verschränkte die Arme vor der Brust, sodass die

Oberarmmuskeln anschwollen. »Warum rufst du nicht die Polizei an?«

»Das ist keine Option.«

»Du willst also, dass ich das für dich löse?«

Nima wusste, dass er riskierte, eine miese Situation gegen eine andere einzutauschen, aber was sollte er sonst tun? Er nickte.

»Du weißt, dass wir in ewigem Streit mit denen liegen, ja? Jede Provokation wird viele hundertmal vergolten. Es gibt Regeln, das ist verdammt noch mal ernst.« Ricco schüttelte den Kopf. »Glaubst du, ich räume deinen Scheiß auf, nur weil du mein Auto repariert hast?«

Nima spürte einen Angstschauer sein Rückgrat hinunterlaufen. Aber Rückzug war keine Option. »Ich bitte dich lediglich um Hilfe. Nur um eine Idee, wie ich das durchstehen kann, ohne dabei draufzugehen.«

Ricco brach in Gelächter aus. Der Bart hüpfte auf seiner Brust. »Du kommst zu mir, um zu lernen, wie man den Ruf eines Gangsters ruiniert?«

Nima machte eine ausladende Handbewegung.

Ricco lachte weiter und haute ihm auf den Rücken. »Es ist gut, dass du gekommen bist. Ich kenne Bilals Chef, Omar. Ich werde dir helfen. Aber wir machen das auf meine Weise.«

*

Liv radelte über Valby Bakke zu Henny Findsens Pflegeheim, das sich hinter dem Park Søndermarken versteckte. Die Fassade sah mit den Stiefmütterchen in den Balkonkästen anheimelnd aus, doch drinnen erinnerte der Geruch daran, dass das hier eine Endstation war. Fließbandmahlzeiten und kräftige Reinigungsmittel, die nie des Schmutzes Herr wurden. Liv musste den ganzen Weg bis in die vierte Etage hoch durch den Mund atmen.

Eine nette Dame half ihr, Findsens Witwe in Zimmer Nummer drei links auf dem Gang zu finden. Die Tür stand offen, und Liv sah eine alte Dame in ihrem Sessel sitzen. Kein Telefon in der Hand, kein Buch und kein Kreuzworträtsel, sie wartete nur. Auf Liv vielleicht – oder auf etwas Größeres?

»Hei, Henny, ich bin's, Liv, Carls Enkelin.«

Henny blickte auf und lächelte. Sie hatte Falten wie eine vertrocknete Aprikose, aber die Augen waren lebendig. »Da sind Sie ja schon. Setzen Sie sich in den guten Sessel am Fenster.«

Liv nahm in einem weichen Veloursessel Platz, einem Pendant zu Hennys Sessel. Auf einem kleinen Mahagonitischchen neben dem Sessel lag ein dickes, in Leder gebundenes Sammelalbum mit blanken Ecken.

»Mein Mann hat, wie gesagt, mit mir und den Kindern nicht viel über die Arbeit gesprochen. Das war sein Prinzip. Deshalb weiß ich nicht, wie viel ich Ihnen erzählen kann. Aber ich habe unser Sammelalbum herausgeholt. Darin sind Zeitungsausschnitte von früher.«

Liv griff nach dem Buch und schlug es auf. Vergilbte Zeitungsartikel waren auf die Kartonseiten geklebt und so zusammengefaltet, dass sie hineinpassten. Der erste war von 1979 und trug die Überschrift *Sommerhausmörder hinter Schloss und Riegel.*

»Ich habe alles aufbewahrt, was über ihre Fälle geschrieben worden ist. Auf diese Weise konnte ich trotzdem ein bisschen teilhaben.«

Liv blätterte weiter und überflog *Wildes Entführungsdrama in Gladsaxe* und *Promipriester für Gewaltverbrechen verurteilt.*

»Wissen Sie, ab wann die beiden nicht mehr zusammengearbeitet haben?«

»Ich erinnere mich nicht ganz genau, aber das war, als die Kinder noch klein waren.« Henny zuckte die schmalen Schultern.

Liv blätterte weiter, bis sie zu einer Titelseite vom 12. Juli 1984 kam. *Skandalsohn von Generalstaatsanwalt tot in Christiania gefunden.* Sie faltete den Artikel auseinander, um ihn zu lesen. Er beschrieb in groben Zügen, was sie über Albans Tod bereits wusste, doch den meisten Platz nahm seine Verunglimpfung ein. Der Journalist pfiff auf die Konvention, über einen kürzlich Verstorbenen nichts Respektloses zu schreiben, und tat sich keinen Zwang an mit Bezeichnungen wie *Junkie-Playboy* und *schwarzes Schaf der Familie*. Alban war auch vor seinem Tod eine Belastung für den Ruf seines respektablen Vaters gewesen.

Liv machte ein Foto des Artikels und blätterte zu mehreren Artikeln mit der gleichen Botschaft weiter. Man hätte fast glauben können, dass Albans Tod eine Erleichterung für die Familie gewesen sein musste.

»Ihr Mann hat auch nicht über diesen Fall gesprochen? Er hat ja eindeutig einiges an Medienaufmerksamkeit auf sich gezogen …«

Henny machte einen langen Hals, sodass sie den Artikel sehen konnte. »Ach ja, der Sohn des Generalstaatsanwalts. Das war wohl damals, als es auch zwischen ihm und Carl zu kriseln begann. Vielleicht ist das Ganze zu viel geworden …« Sie hob einen Finger und betrachtete ihn, als hätte sie ihn noch nie gesehen. »Ich glaube, das mit dem Baby hat meinem Mann sehr zugesetzt. Unser Kleinster war erst einige Jahre alt, da geht einem so etwas nahe.«

Liv spitzte die Ohren. »Was für ein Baby?«

Henny blinzelte und blickte erschrocken ob des Tonfalls. »Ich kenne die Einzelheiten nicht, aber da war etwas mit einem Säugling, der verschwunden ist.«

»Hatte das Kind etwas mit dem Fall zu tun?«

»Das weiß ich nicht ... aber mein Mann war davon besessen, das Kind zu finden.«

Liv blätterte den Rest des Albums durch. Es gab keine Artikel über ein verschwundenes Kind. Sie zwang sich, noch zehn Minuten zu bleiben und nach den Enkelkindern und den selbstgemalten Aquarellen an den Wänden zu fragen, dann dankte sie Henny und ging zum Fahrstuhl.

Als sie im Erdgeschoss war, rief sie Tante Anne an. Diese antwortete sofort: »Nee, ich glaub es nicht! Wem oder was schulde ich die Ehre?«

»Hei, Tante, hast du Zeit, schnell etwas für mich nachzusehen?«

»Du kannst mich bald auf die Gehaltsliste deines Detektivbüros setzen.« Sie lachte laut, was wie ein fröhliches Bellen klang. »Schieß los!«

»Kannst du die Geburten in Christiania im Winter und Frühjahr 1984 einsehen? Wie viele Kinder wurden geboren, und wer waren die Eltern?«

»Ich rufe in zehn Minuten zurück!« Es klang, als hätte Anne das Telefon bereits auf Lautsprecher gestellt, um tippen zu können.

Liv legte auf und sah, dass Petter ihr eine Nachricht geschickt hatte.

Ida Bergman hat eine Magda Abrahamsen als nächste Angehörige im CPR-Register angegeben. Ich habe mit ihr gesprochen, aber sie wusste nicht, dass Ida Urlaub macht. Das Telefon ist immer noch aus.

Liv spürte einen frischen Lufthauch im Gesicht. Nach Herbst und vergehender Zeit. Mit jeder Stunde wurde es seltsamer, dass Ida sich nicht meldete. Sie ging an ihrem Fahrrad vorbei zu einer grün gestrichenen Bank, die unter einem Baum stand. Da war ein Misston. Menschen verschwanden nicht einfach so.

KAPITEL 15

Während sie wartete, dass Tante Anne sich zurückmeldete, setzte sich Liv auf die Bank und suchte auf dem Handy in den von ihr bevorzugten sozialen Medien nach Ida Bergman. Zuallererst auf Facebook. Die Menge an privaten Informationen, die die Leute willig waren, mit Fremden zu teilen, überraschte sie immer wieder. Krak, LinkedIn und diverse fachbezogene Artikel trugen generös zu dem Porträt der Freundin ihres Großvaters bei. Die nächsten sechs Minuten verwandte Liv darauf, durch Notizen und Links zu scrollen, um so viel wie möglich über sie zusammenzutragen.

Ida Bergman war bildende Künstlerin, wohnte seit Anfang der Achtziger in Christiania und war in mehreren Ausschüssen und Vereinen der Freistadt aktiv. Sie hatte einen Bachelor in Dänisch und unterrichtete Kunsthandwerk an der Volkshochschule. Es gab nur die Adresse in Christiania.

Sie hatte eine Magda Abrahamsen als nächste Angehörige angegeben. Liv gab ihren Namen ein und erfuhr, dass sie Goldschmiedin mit einem eigenen Laden in der Kronprinsessegade war. Abrahamsen. Konnte das Zufall sein?

Liv rief in Kirstens Architekturbüro an und wurde durchgestellt.

»Kirsten!«, lautete der schroffe Willkommensgruß.

»Hier ist Liv von LJ Privatdetektive. Ich hoffe, ich störe nicht?«

»Mein Gott, da ist der Roboter ja wieder. Den hatte ich ganz vergessen.«

Liv lächelte. »Das nehme ich mal als ein Nein.«

»Sie müssen sich auf eine andere Weise vorstellen. Versprechen Sie mir das?«

»Ich werde darüber nachdenken. Vielleicht kann ich ja ein fröhliches *Hallöchen* einbauen?«

Jetzt war es an Kirsten zu lachen, aber nur kurz. »Spaß beiseite, ich habe zu tun.«

»Dann komme ich gleich zur Sache. Sind Sie mit Magda Abrahamsen verwandt?«

»Ich bin ihre Mutter, warum?«

»Weil Ida Bergman verschwunden ist und Magda als nächste Angehörige angegeben hat.«

Kirsten zögerte. »Was meinen Sie mit ›verschwunden‹?«

Liv erklärte es ihr. »Der Nachbar sagt, dass sie in Urlaub ist. Wissen Sie, wo?«

»Nein.« Sie konnte Kirsten etwas trinken und das Glas auf einen harten Tisch stellen hören. Klack.

»Magda hat der Polizei gesagt, dass sie nicht weiß, wo Ida ist. Aber glauben Sie, dass Magda trotzdem etwas wissen könnte? Sie müssen einander nahestehen, die beiden?«

»Dann hätte sie mir das gesagt. Und ja, Ida ist Magdas Patin und hat oft auf sie aufgepasst, als sie klein war, sodass sie eine Art Tante für meine Tochter ist, wenn Sie so wollen.«

»Es wäre schön, wenn Sie sie fragen, ob sie in den letzten Tagen von Ida gehört hat. Nur, um ganz sicher zu sein.«

Kirsten gab einen Brummlaut von sich, der weder das eine noch das andere versprach.

»Etwas anderes, was ich Sie gerne fragen würde, wenn Sie noch eine Minute haben ... Ein verschwundener Säugling in Christiania, in etwa zur gleichen Zeit wie Albans Tod. Sagt Ihnen das was?«

Kirsten trank wieder. Schlucklaut und klack. Ein schweres Ausatmen im Hörer.

»Nein, leider nicht ... Ich habe jetzt ein Online-Meeting, deshalb muss ich Schluss machen.« Sie legte auf.

Liv blieb mit dem Telefon in der Hand sitzen. Wie konnte ein Säugling nicht von jemandem vermisst werden? So ein Gerücht entstand doch nicht ohne Anlass?

Das Handy begann zu piepen, Tante Anne rief zurück.

»Das ging schnell.«

»Ich bin eben gut. Bist du bereit?«

Liv lächelte, da ihre Tante offenbar davon ausging, dass sie Papier und Stift vor sich liegen hatte. »Klar!«

»Gut. Ich bin bis zum 1. September 1983 zurückgegangen und habe die Zeit bis zum 1. Mai 1984 überprüft. In dieser Zeitspanne wurden in Christiania drei Geburten registriert. Also mit Eltern, die in Christiania gewohnt haben, die Geburten selbst fanden in Krankenhäusern statt. Louis Reich, geboren am 18. Oktober 1983, die Namen der Eltern sind Johan und Annika, Magda Abrahamsen, geboren am 12. Februar, die Mutter heißt Kirsten – der Vater ist als unbekannt angegeben – und dann am 3. März Lilja Bastian mit den Eltern Tom und Marianne. Ist es das, was du brauchst?«

»Ja, das ist perfekt. Kannst du sehen, ob die drei Kinder noch leben?«

Sie brummte. »Warum sollten sie das nicht? Sie sind ja erst um die vierzig ... Moment.« Anne gab schnell etwas ein und brummte erneut. »Sie leben alle drei und scheinen auch immer noch in Kopenhagen zu wohnen. Brauchst du die Adressen?«

»Hmmm.« Drei Kinder waren geboren worden, aber keins davon war verschwunden. Das ging nicht auf. Liv dachte so intensiv nach, dass es knarrte. Wie kam sie von hier aus weiter? Indem sie den Misstönen folgte. Etwas war seltsam an der Art, wie Mette Møller kurz vor Albans Tod Christiania Hals über Kopf verlassen hatte. »Mette Møller hat einen Vater, der in Kopenhagen wohnt. Kannst du mir helfen, den zu finden?«

»Hast du nichts Anspruchsvolleres? Das ist Telefonbuchwissen.«

Liv lächelte. Den Hochmut hatte sie auch nicht von Fremden.

»Bingo! Wie viele Sekunden habe ich gebraucht? Mette Møllers Vater heißt Ejnar Møller und wohnt im Gammel Kongevej 86C. Gern geschehen.«

»Du bist einmalig, Tante Anne.« Liv lachte und verabschiedete sich von ihrer Tante. Dann suchte sie Ejnar Møllers Nummer heraus und rief ihn an.

*

Das eine ist, mit Patienten über traumatische Erlebnisse zu sprechen und sich auf diese Weise mit Krisen auseinanderzusetzen, etwas ganz anderes ist es, selbst mitten im Sturm zu stehen. Hannah kam mit bester Laune vom Vormittag in Christiania zurück, die sich aus gleichen Teilen Unruhe und Spannung zusammensetzte. Das Gefühl wurde durch den Verdacht verstärkt, dass sie unfreiwillig Teil eines Kriminalfalls geworden war, von dem sie die Konturen nur erahnen konnte. Ein Fall, in dem es um Liv ging.

Sie setzte sich an den Computer und arbeitete an ihrem Artikel.

Erst als die Blase so gegen den Hosenbund drückte, dass sie aufstehen und auf die Toilette gehen musste, wurde ihr klar, dass sie noch nicht einmal ihre Jacke ausgezogen hatte. Sie hängte Jacke und Halstuch in die Diele und eilte zurück an den Computer.

Die Patientin erlebte bei der Konfrontation mit dem konkreten Ort, an dem das Verdrängte stattgefunden hatte, ein Auftauchen von Erinnerungsfetzen – nicht als Durchbruch, sondern als langsam dämmernde Gewissheit. Das Erinnern wurde von einem starken physischen Unbehagen begleitet. Bei der effektiven Bewältigungsstrategie der Patientin scheint es sich um eine Praxis zu handeln, die diese schon früh in der Kindheit erlernt und auch weiterhin angewandt hat.

Es schellte an der Tür, und Hannah fluchte über die unwillkommene Unterbrechung, die sie aus dem Konzept brachte. Es würde sie zehn Minuten kosten, den verlorenen Faden wiederzufinden.

Sie öffnete die Tür und stand einem fremden Mann in einer roten Jacke gegenüber. Die Haare waren blond und gelockt, an seinem muskulösen Hals schlängelte sich ein Tattoo mit einem keltischen Zeichen hinauf.

Er lächelte. »Hannah Ledjon?«

»Leon, ja.«

Er nickte. »Was ... Ist das jüdisch, oder was?«

Hannah wurde unwohl. Sie schielte zur Werkstatt hinüber, doch die sah dunkel aus. Ihr Vater war vielleicht zu Hause, doch er wäre keine große Hilfe, falls der Mann sich als gewaltbereiter Antisemit erweisen sollte.

»Kann ich Ihnen irgendwie helfen?«

Er lächelte erneut. Bis auf das Tattoo sah er nicht gefährlich aus.

»Ich muss mit Liv Jensen reden. Wohnt sie hier? Ihr Name steht draußen am Tor.«

Hannah atmete erleichtert auf. Die Störung war überschaubar.

»Sie wohnt in der Kellerwohnung. Sie müssen ums Haus herumgehen und die Treppe hinunter.«

Er antwortete nicht, sah jedoch neugierig in die Diele hinter ihr. »Ich habe eine Nachricht für sie. Kann ich Ihnen die geben?«

Hannah hatte das Gefühl, dass er hereinkommen und ihr eine Nachricht aufschreiben wollte, und suchte noch nach einer schlechten Entschuldigung, warum das nicht ging, als sich ein strahlendes Lächeln auf seinem Gesicht ausbreitete.

»Ach, wissen Sie was, vergessen Sie es einfach! Ich sage es ihr persönlich.«

Er zwinkerte ihr zu und ging die Steintreppe hinunter.

Hannah rief ihm hinterher: »Von wem soll ich denn grüßen?«

Doch er drehte sich nicht um und antwortete auch nicht, ging aus dem Hof und ließ das Tor hinter sich zufallen.

*

Ejnar Møller öffnete die Tür zu seiner Wohnung im Gammel Kongevej und winkte Liv herein. Dunkle Holzpaneele und eine alte Tapete ließen die Wohnung in der dritten Etage wie die Kulisse einer netten Nachmittagskrimiserie erscheinen, was durch den grauen Mops noch verstärkt wurde, der es sich auf einer karierten Decke auf dem Sofa gemütlich machte. Ejnar selbst war ein eher kleiner, untersetzter Mann in den Achtzigern, der eine bordeauxfarbene Jacke trug und das Haar von links nach rechts quer über den Schädel gekämmt hatte.

Er blieb in der Tür stehen und sah sie nervös an. Liv hielt mitten in der Bewegung inne, die ausgestreckte Hand in der Luft zwischen ihnen.

»Liv Jensen. Wir haben vor einer halben Stunde telefoniert …«

»Ja, ja.« Er schüttelte den Kopf, um zu zeigen, dass ihre Erklärung überflüssig war. »Entschuldigung, dass ich so direkt bin, aber warum interessieren Sie sich für meine Tochter, nach der seit vierzig Jahren niemand mehr gefragt hat?«

»Ich ermittle in einem Fall, der möglicherweise eine Verbindung zum Selbstmord von Alban Vitting-Hansen hat. Genau genommen habe ich Mette am Freitag in Tondern besucht, aber …«

»Es war schwer, Antworten aus ihr herauszubekommen?«

Sie nickte. »Haben Sie Zeit für ein paar Fragen?«

Er sah eine halbe Minute zu Boden und wies dann mit der Hand ins Wohnzimmer auf einen Lederstuhl. »Setzen Sie sich.«

Liv setzte sich auf den knarrenden Stuhl und sah ihn eine Nachricht in sein altes Handy eingeben und es mit der Rückseite nach oben auf den Sofatisch legen.

»Entschuldigen Sie … Ich bekomme Besuch von einem Freund, Georg, und er wartet im Auto unten auf der Straße. Wir spielen sonntags im Park Schach. Aber das eilt nicht, er kann kurz warten.«

»Danke, ich weiß das zu schätzen.«

Er lächelte matt. »Ich versuche, mich fit zu halten.«

»Wieso ist Mette in dem Sommer aus Christiania weggezogen?«

Ejnar setzte sich auf das Sofa und legte dem Hund eine Hand auf den Bauch. Der grunzte zufrieden.

»Sie hatte eine Psychose. Meine Tochter hatte schon immer ein zartes Gemüt und als Teenager mit Essstörungen und Angst zu tun, aber sie hat das in den Griff bekommen und ist nach Kopenhagen gezogen. Wir glaubten ... ja, das war wohl naiv von uns, aber wir glaubten, sie wäre gesund. Das war sie nicht.«

»Ist sie nach Hause gekommen, weil es ihr schlecht ging?«

Er nickte. Einer seiner Mundwinkel zuckte. »Mette konnte kaum reden, als wir sie am Zug abgeholt haben, so krank war sie.«

»Das klingt heftig.«

»Wir mussten sie in die Psychiatrie zwangseinweisen. Dort war sie fast ein halbes Jahr. Danach ist sie für eine Zeit lang zu uns nach Hause gezogen, aber es ist nie wieder ganz gut geworden. Mette ist in Kopenhagen innerlich zerbrochen.«

»Hat sie von Albans Selbstmord geredet?«

»Nie. Als sie entlassen wurde, hat sie gesagt, dass die Elektroschocks ihre Erinnerung gelöscht haben. Was sollten wir tun?«

»Hat denn niemand von ihren Freunden aus Christiania zu ihr Kontakt aufgenommen? Oder zu Ihnen?«

Er lächelte schief. »Anfangs ja, aber das ist schnell im Sande verlaufen. Am häufigsten haben wir von dem kürzlich verstorbenen Bo Riebenau gehört. Das war nett von ihm, aber er war keine große Hilfe. Er hat uns gesagt, dass er nicht auf Mettes Kosten indiskret sein wolle.«

»Und sonst niemand, mit dem sie befreundet war?«

»Ida sollte ich vielleicht erwähnen. Ida Bergman. Sie waren damals wohl recht gute Freundinnen. Mette hat sie hin und wieder erwähnt – und immer mit Wärme. Sonst war da niemand.« Ejnar drehte die Handflächen in einer resignierten Geste nach oben. In seinen Bewegungen war immer noch Leben, aber nicht in seinem Blick.

»Als meine Frau vor zehn Jahren gestorben ist, bin ich zurück nach Kopenhagen gezogen, wo ich geboren und aufgewachsen bin. Ich habe mir gedacht, dass ich mich die letzten Jahre meines Lebens um mich kümmern sollte.«

Liv kam sich aufdringlich vor angesichts der noch immer spürbaren Trauer des Mannes. Aber sie musste das fragen. »Es heißt, dass in dem Sommer in Christiania ein Säugling verschwunden ist. Hat Mette jemals davon gesprochen?«

Ejnar trommelte leicht auf den Tisch. Sein Mundwinkel zuckte wieder. »Woher haben Sie das?«

»Von der Witwe eines der Ermittler. Aber den drei Kindern, die in dieser Zeit als Neugeborene im Register auftauchen, geht es gut.«

Er sah diskret auf seine Armbanduhr. Eine alte Stahluhr mit einem geflochtenen Armband, das zu eng geworden war und ihm ins Handgelenk schnitt. Es schien, als wolle er Zeit gewinnen. Als er zu sprechen begann, musste er innehalten und sich räuspern.

»Ich versuche mich zu erinnern, aber da taucht nichts von einem Kind auf. Das ist jetzt so lange her, und wir haben danach nicht oft über diese Zeit gesprochen. Mettes wegen, um sie zu schützen. Ich weiß immer noch nicht, ob wir das Richtige getan haben … Sie ist seitdem krank. Eine psychiatrische Notaufnahme und eine betreute Wohnmöglichkeit nach der anderen.«

Er tätschelte wieder den Hund. Schluckte und nickte vor sich hin. Liv beobachtete seinen inneren Kampf, ohne ihn zu unterbrechen.

»Wir hatten in den Jahren, die sie in Christiania gewohnt hat, keinen Kontakt zu Mette ... Es gab Konflikte. Vor allem meine Frau war der Meinung, dass sie ihr Leben wegwarf, statt eine Ausbildung zu machen und sich einen guten Mann zu suchen, mit dem sie eine Familie gründen konnte. Mette ist unser einziges Kind, da wird man etwas ...«

Ejnar lächelte Liv zaghaft an, und sie nickte als Antwort. Sie wusste sehr gut, was es bedeutet, ein Einzelkind zu sein. Zu viel Aufmerksamkeit und nicht immer von der guten Art.

»Mette hat nie erzählt, was in Christiania passiert ist, doch mit der Zeit sind immer wieder Bruchstücke herausgekommen. Ich hatte den Eindruck, dass ihr Freund ihr Schlimmes angetan hat. Sie zerstört hat. Er schien ein Psychopath zu sein, wenn Sie mich fragen!«

Eine Speichelblase hatte sich in Ejnars Mundwinkel gebildet.

»Meinen Sie Alban? Was hat er getan?«

»Nein, ich glaube, der andere. Irgendwas mit G oder J. Und ich weiß nicht, was er getan hat. Sie geschlagen, vielleicht. Es ist schwer zu erklären, warum ich so etwas Wichtiges von meiner Tochter nicht weiß, aber Sie haben sie ja erlebt.«

Das Telefon klingelte, und er lächelte sie entschuldigend an. Sie standen auf.

»Danke für Ihre Zeit. Es ist sicher nicht einfach, darüber zu reden.«

Er ging mit ihr hinaus und folgte ihr auf die Straße, wo sein Besuch in einem blauen Kombi wartete.

Liv winkte ihnen nach, den Kopf schwer von Gedanken. Wenn Mette sowohl mit Alban als auch mit Jørn zusammen gewesen war, konnte man sich eine gewisse Rivalität zwischen den beiden Männern gut vorstellen. Vielleicht sogar Eifersucht oder Hass? Hatte einer von ihnen sie geschlagen oder war etwas ganz anderes passiert?

Mette selbst war weit weg, sowohl geografisch als auch mental. Liv wusste, dass es nur einen Menschen gab, der ihr Antworten geben konnte, und der würde sich nicht freuen, sie zu sehen.

CHRISTIANIA, JULI 1984

Bjørnstjerne hört die Tür gehen und setzt sich im Bett auf. Er hat gekämpft, um wach zu bleiben, und wäre mehrmals beinahe eingeschlafen. Jetzt schlägt er die Steppdecke zur Seite und schleicht sich aus dem Zimmer, vorsichtig um die knarrenden Bodenbretter herum, um seine Geschwister nicht zu wecken. In zwei Wochen wird er acht Jahre alt, und er weiß, dass er keine Chance auf das ferngesteuerte Auto hat, das er sich wünscht, wenn er Vater nicht auf seine Seite bringt. Mutter hat bereits den Kopf geschüttelt, aber Vater ist derjenige, der so etwas entscheidet. Das spürt er deutlich, auch wenn sie so tun, als würden sie gemeinsam bestimmen.

Er schließt die Tür hinter sich und schleicht in den Gang hinaus, wo er seinen Vater hört, der sich die Stiefel auszieht. Das Leder knarrt, und es lärmt, wenn er sie auf den Boden stellt. Vater zieht sie eigentlich nicht an, wenn es warm ist, dann geht er in Sandalen oder barfuß. »Jørn ist ein Naturmensch«, sagt Mutter oft und erinnert ihn daran, dass er sie mit ihren Namen anreden soll. »Ich bin ja nicht nur deine Mutter. Ich bin ein Mensch, der Louise heißt.« Aber er zieht »Mutter« und »Vater« vor, das fühlt sich richtiger an.

Bjørnstjerne bleibt in der Dunkelheit der Türöffnung stehen und sieht seinen Vater an, wie er auf dem Schemel sitzt und die Stiefel aufschnürt. Sein langes Haar fällt ihm über die Schultern und trifft irgendwo vorne auf der Brust mit seinem Bart zusammen. Er stöhnt, als wäre der Tag lang gewesen. Die Arme sind schmutzig, die Nägel schwarz von Erde, und von den Stiefeln fallen Schlammklumpen. Er hat eine Schaufel an die Wand gelehnt.

»Wo warst du, Vater?«

Jørn richtet sich mit einem Ruck auf. Er sieht wütend aus, und Bjørnstjerne spürt, dass es falsch war, aufzustehen. Doch jetzt ist er hier, und es fühlt sich dumm an, einfach wieder ins Bett zu gehen, ohne es zu versuchen.

»Vater, erinnerst du dich an Anton aus meiner Klasse?«

»Weißt du, wie spät es ist?« Jørn steht auf und bürstet sich den Staub von der Hose, als würde sie davon sauber. Seine Mundwinkel zittern im Halbdunkel der Diele, genau so, wie Bjørnstjerne es beobachtet hat, wenn er und Mutter streiten. »Ab, zurück ins Bett mit dir!«

»Es ist nur, dass Anton ein ...«

Jørn tritt einen Schritt auf ihn zu und sieht gar nicht mehr wie sein Vater aus. Er ist ein wütender Baum, der droht, auf ihn zu fallen. »Geht es hier darum, dass du etwas haben willst? Willst du schon wieder etwas für dich?«

Bjørnstjerne blickt zu Boden. Die Worte fühlen sich wie eine Ohrfeige an, unerwartet und ungerecht. Er hat so gut wie kein Spielzeug, und das, was er hat, muss er mit seinen Geschwistern teilen. Vater kann zwar sauer werden und schimpfen, aber das dauert in der Regel nicht lange. Vielleicht sollte er es einfach noch einmal versuchen?

Bjørnstjerne legt den Kopf schief und lächelt. »Ich habe dich vermisst, als ich ins Bett musste. Mutter kann nicht so gut vorlesen.«

Aber Jørn lässt sich nicht besänftigen. »Ins Bett mit dir! Jetzt!« Er greift nach der Schaufel, hebt sie hoch und ins-

piziert das Blatt. Bjørnstjerne läuft ins Zimmer und schließt die Tür hinter sich. So wichtig ist es nun auch wieder nicht mit dem Auto.

Er kriecht ins Bett und zieht die Decke bis zum Kinn hoch. Draußen vor der Tür hört er die schweren Schritte seines Vaters sich durch das Haus bewegen. Er öffnet einen Schrank und klappert mit etwas, dann wird es still. Bjørnstjerne schließt die Augen und versucht zu schlafen, doch eine Unruhe hat sich in seiner Brust festgesetzt. Etwas in Vaters Blick war anders, erschreckend auf eine fremde Weise. Vielleicht hat er entdeckt, dass aus dem Glas mit den Münzen welche verschwunden sind, obwohl er vorsichtig war und immer nur ganz wenige genommen hat.

Die Schritte sind wieder zu hören, sie kommen näher. Er hört die Absätze seines Vaters auf den Holzboden schlagen und seinen Atem direkt vor der Tür.

Bjørnstjerne zieht sich die Decke über den Kopf und liegt ganz still. Der Atem seines Vaters ist laut, als würde er direkt neben ihm stehen. Die Klinke knarrt ganz leicht, und er weiß, dass der Vater die Hand daraufgelegt hat, sie aber noch nicht herunterdrückt. Er überlegt noch, ob es bei dem Anschiss bleiben soll oder ob ihm noch ein paar Ohrfeigen folgen sollen. Bjørnstjerne hält den Atem an. Als er hört, wie die Klinke heruntergedrückt wird, macht er ins Bett.

Diesmal beschloss Liv, unangemeldet nach Brønshøj zu kommen. Jørn Kolding würde mit Sicherheit nicht kooperationsbereit sein, würde sie ihm am Telefon die Frage stellen, die sie ihm stellen wollte, sodass es besser war, einfach aufzutauchen und zu sehen, was passierte. Sie parkte vor dem grauen Haus und spähte zu der Fassade hin. Soweit sie das durch die Nadelbäume sehen konnte, waren die Gardinen vorgezogen, und das Haus sah noch unzugänglicher aus als gestern. Doch als sie aus dem Fiat stieg, hörte sie das metallische Fräsen einer elektrischen Säge aus dem Garten.

Sie ging an der knallroten Haustür vorbei um das Haus herum. Jørn stand in der Dämmerung unter einem Schutzdach an einem Arbeitstisch aus zwei Böcken, auf denen eine alte Tür lag, und sägte Rundhölzer zurecht. Das Kabel der Säge lag routiniert auf seinen Schultern, und er trug eine Schutzbrille. Sein Stock war nirgendwo zu sehen. Entweder hatte Jørn einen ungewöhnlich guten Tag, oder er war doch nicht so gebrechlich.

Sie blieb ein paar Minuten stehen und beobachtete ihn bei der Arbeit. Er sah sie nicht. Auf dem Tisch lagen Zollstock, Bleistifte, eine Kneifzange und ein Hammer. Jørn bewegte sich trotz seines Alters geschmeidig. Er sah geradezu stark aus.

Mitten in der Arbeit an einem Rundholz hob er den Blick und entdeckte sie. Die Säge verstummte auf der Stelle, er nahm die Schutzbrille ab und schaute über die Schulter, als wolle er sich vergewissern, dass sie alleine waren. Bei der Bewegung lief es ihr kalt den Rücken hinunter.

»Waren wir verabredet?« Jørn stützte sich auf den Arbeitstisch und klopfte die Hände gegeneinander, sodass Holzstaub um ihn herumwirbelte.

»Hat die Polizei nicht angerufen?«

»Doch. Sie haben mich gebeten, morgen zu einer Befragung vorbeizukommen. Was machen Sie also hier?«

»Das ist eine Art Vorgespräch.«

»Ich hab keine Lust, mit Ihnen zu reden. Wo ist Ihr Dienstausweis, Fräulein? Welche Befugnisse haben Sie überhaupt?« Er griff nach der Schutzbrille, wie um ihr zu zeigen, dass das Gespräch beendet war.

Liv blieb stehen. Sie ließ den Blick über den Arbeitstisch wandern und verweilte beim Hammer. Er sah ganz sauber aus.

»Haben Sie gehört, dass Mette in der Geschlossenen war? Ihre ehemalige Freundin.«

Damit hatte sie seine Aufmerksamkeit.

»Sie haben mit Mette gesprochen?«

»Ich habe sie am Freitag besucht.« Etwas in seinem Blick sagte Liv, dass sie nicht ins Detail gehen sollte, wo Mette wohnte.

»Warum?«

»Sie hatte damals eine Psychose. Angeblich, weil ihr Freund sie misshandelt hat.«

»Davon weiß ich nichts.«

»Waren das Sie oder Alban?«

Jørn strich mit der Hand über die Säge und sah auf den Staub, der an seinen Fingern haften blieb, wischte sich die Hand an der Hose ab und verschränkte die Arme vor der Brust. »Ich war nie etwas anderes als ein Gentleman gegenüber den Damen, die ich gekannt habe. Basta.«

»Gentleman genug, um sie zu verteidigen, wenn Alban gewalttätig wurde?« Liv sah ihn an, während sie sich etwas zusammendichtete, aber er biss nicht an. Es sah fast so aus, als langweile er sich.

»Haben Sie selbst nie wieder Kontakt zu ihr aufgenommen? Wäre es nicht eine Geste der Nächstenliebe gewesen anzurufen und zu hören, wie es ihr geht?«

Jørn sah sie müde an, fuhr über die Klinge der Säge, die auf dem Tisch lag, und ging zu einem zehn Meter entfernten Schuppen. Sobald er außer Sichtweite war, nahm Liv ihr HemDirect-Set aus dem Rucksack und rieb den kleinen Plastikpin über den Kopf des Hammers, steckte den Pin in das Glas mit der Flüssigkeit und drehte es zu. Sie konnte es gerade noch in die Tasche stecken, bevor Jørn aus dem Schuppen mit einer neuen Klinge zurückkam, die er an die Stichsäge montierte. Ohne ein Wort griff er nach der Schutzbrille auf dem Tisch, setzte sie auf und schaltete die Säge ein, zog ein Rundholz heran und drehte es, bis ein Bleistiftstrich zu sehen war, dann begann er zu sägen.

Liv wartete, doch Jørn hatte eindeutig nicht vor, noch mehr zu sagen. Sie nahm ihren Rucksack und ging so ruhig wie möglich zum Auto.

Sobald sie draußen auf der Straße war, holte sie das Glas heraus und schüttelte es kräftig, griff nach der kleinen Platte des Testsets und goss die Flüssigkeit darüber. Es verging nur ein Moment, bis ein roter Strich aufleuchtete.

Der Hammer war positiv auf Hämoglobin getestet. Es fanden sich Spuren von Menschenblut daran.

MONTAG, 21. OKTOBER

KAPITEL 16

Das Telefon weckte Liv aus einem tiefen Traum von einem verschwundenen Koffer und einer Fähre, die bald ablegte.

»Ja«, antwortete sie schlaftrunken, als sie endlich das Handy gefunden hatte.

»Du hattest recht, Liv. Verdammt!« Petter klang genauso frisch, wie sie müde war. »Das ist Bos Blut auf dem Hammer. Bist du wach?«

»Jetzt ja.«

»Wir fahren raus und holen Jørn zum Verhör. Nehmen Fingerabdrücke und eine Blutprobe von ihm für ein DNA-Profil.«

Liv setzte sich im Bett auf und rieb sich die Augen.

»Das klingt gut. Ich bin gespannt zu hören, ob ihr ihm etwas nachweisen könnt.«

»Ja …« Petter zog die Silbe in die Länge. »Ich könnte dich bei diesem Verhör gut gebrauchen. Du bist diejenige, die die Vorgeschichte am besten kennt.«

»Das geht nun mal nicht.« Die Idee, einen Zivilisten ohne fachliche Relevanz bei einem Verhör hinzuzuziehen, war absurd.

Er räusperte sich. »Um ganz ehrlich zu sein, fühle ich mich heute nicht ganz klar im Kopf.«

Liv stand auf und ging ins Badezimmer. Sie fühlte sich warm, ihr war unwohl, und als sie ihre Temperatur maß, zeigte das Thermometer 38,5. Natürlich sollte sie langsamer treten und sich nicht sofort in die Lösung von Petters Problemen stürzen. Sie sollte ihn besser an die Bewerbung erinnern, die hoffentlich heute zu einer Einladung zu einem Gespräch führte, und ihm mit klarer Stimme erklären, dass sie nicht mehr zur Verfügung stehe, bis man sie einstellte. Er war ein erwachsener Mann, und die beginnende Demenz hatte seine Fähigkeiten bei Weitem nicht vollständig aufgefressen, sodass kein Grund bestand, sich ein Bein auszureißen, sobald er auch nur ein bisschen neben sich stand.

»Ich könnte vielleicht per Videolink dabei sein«, hörte sie sich vorschlagen und schnupperte in Richtung des Abflusses im Waschbecken. Offenbar wurde sie nicht klüger. Nicht, wenn es um Petter ging.

»Ja?« Er klang erleichtert. »Und du schreibst mir, wenn du etwas anzumerken hast?«

»Okay, schick mir den Link.«

Liv sah auf die Uhr und beschloss, eine Runde zu laufen. Bevor sie ihren Entschluss bereuen konnte, schlüpfte sie in die Sachen. Das beste Mittel gegen Gedankensalat ist harte physische Arbeit, erinnerte sie sich. Einen Fuß vor den anderen.

Sie lief los, das Mantra im Hinterkopf stetig wiederholend, und als sie am Frederiksberg Have war, begann es zu wirken. Sie war außer Atem und ihr Körper schwer, doch der Kopf war frei. Auf dem Weg um die Seen überlegte sie, wie der Mord an Bo stattgefunden haben könnte.

Vor fünf Tagen, am Mittwochabend gegen sechs, als sie unten in Bos Keller stand, hatte sich Jørn zur Haustür hineingeschlichen. Bo hatte angekündigt, dass er dem sterbenden Generalstaatsanwalt die Wahrheit über seine eigene Rolle bei Albans Tod und über Jørns Mitschuld sagen wollte. Jørn hatte protestiert und gedroht, aber erfolglos. Jetzt kam er mit einem Ultimatum, bereit, Gewalt anzuwenden, wenn Bo nicht spurte.

Jørn hatte die Privatdetektivin im Keller entdeckt und die Tür abgeschlossen, sodass sie ihm nicht in die Quere kommen konnte, bevor er den Hammer aus Bos Werkzeugkasten in der Diele nahm und zu Bo hineinging, der im Wohnzimmer fernsah. Sie hatten einen kurzen, aber heftigen Wortwechsel. Bo drehte sich nach seinem Handy um, und Jørn schlug ihm den Hammer auf den Kopf, bis der Schädel nachgab. Dann steckte er den Hammer in die Tasche und ging.

Es war immer noch unklar, was genau Jørn 1984 getan hatte – ob er einer von vier Mitschuldigen war, die eine Strafe erlassen hatten, oder ob er die Hütte mit einem Schloss versperrt und damit aus der Strafe ein Todesurteil gemacht hatte. Aber das würde bei dem heutigen Verhör hoffentlich klarer werden. Sie kam zurück in die Kaalundsgade und schloss ihre Tür auf, spülte sich den Schweiß unter der Dusche ab, zog sich an und nahm das Haar zu einem Pferdeschwanz zusammen, während sie überprüfte, ob der Link, den Petter geschickt hatte, funktionierte.

Um drei nach zehn wurde die Kamera an- und sie diskret zu dem Verhör dazugeschaltet. Neben Petter saß eine Kollegin, die sich als Annette vorstellte, und ihnen gegenüber Jørn Kolding in einem zerknitterten Hemd mit krummem Rücken. Er sah gebrechlich aus. Offenbar hatte er sich entschieden, zum Anlass des Tages den alten Mann zu geben.

Auf die Frage nach seiner CPR-Nummer nuschelte er, als hätte er Probleme, sich zu erinnern. Es war schwer, dem älteren Herrn im Verhörraum zuzutrauen, Schreinerarbeiten auszuführen oder Leute mit einem Hammer zu erschlagen. Er habe auch kein Interesse daran, einen Anwalt hinzuzuziehen. Er wolle einfach nur das Gespräch hinter sich bringen, sodass er wieder nach Hause könne, meinte er. Als man ihm sagte, dass die Polizei beabsichtige, sein Haus zu durchsuchen, sah er aus, als würde er gleich in Tränen ausbrechen.

Liv hörte zu, wie Petter und Annette Jørn nach seinem Mittwochabend fragten und wie er behauptete, alleine zu Hause gewesen zu sein – was hatte er im Fernsehen gesehen, hatte er den Müll herausgebracht, hatte das Telefon geklingelt –, um dann zu seiner Beziehung zu Bo Riebenau damals und heute weiterzugehen und wie es sein könne, dass Spuren vom Blut des Opfers an seinem Hammer waren. Die letzte Frage verwirrte ihn deutlich.

»Mein Hammer hängt zu Hause an seinem Platz an der Wand über dem Werkzeugtisch. Da war nie Blut dran.«

Die Ermittler sahen einander an, und Annette stand auf und verließ den Raum. Einen Moment später kam sie mit dem in Plastik eingepackten Hammer, den Liv gestern auf Blutspuren getestet hatte, zurück in den Verhörraum und legte ihn vor Jørn auf den Tisch.

»Das ist nicht mein Hammer.«

»Nein, der hat Bo Riebenau gehört. Er ist am Mittwochnachmittag zweimal damit auf den Kopf geschlagen worden.«

Jørn beugte sich vor und schüttelte den Kopf. »Ich habe ihn noch nie in meinem Leben gesehen.«

*

Im Gang vor dem Büro der Direktorin roch es nach alten Schulbroten und Schweißfüßen. Shirin hatte ein schweres Parfüm aufgelegt, und die Mischung verursachte Nima

Übelkeit. Sie saßen stumm nebeneinander und warteten auf das für heute anberaumte Gespräch.

Punkt elf ging die Tür auf, und die Direktorin lächelte sie reserviert an. Nima lächelte reserviert zurück, in erster Linie, weil er das Gefühl hatte, dass man das so machte.

Sie standen auf. Shirin nahm seine Hand und drückte sie. Die kleine Geste ließ sein Herz schmelzen. Er drückte zurück und nickte ihr zu. Es würde schon werden.

Im Büro saßen die Direktorin, der Psychologe und der Sozialpädagoge mit einer Kanne mit lauwarmem Wasser vor sich. Sie grüßten und setzten sich. Das Geräusch der Stühle, die über den Boden schrammten, erfüllte den Raum.

Der Sozialpädagoge, ein junger Mann mit runden Wangen und Brille, eröffnete das Gespräch. »Ich heiße dich, Shirin, und deinen Onkel herzlich willkommen. Geht es euch gut?«

Sie nickten synchron.

»Wie ihr wisst, wollen wir über deine Zukunft hier an der Schule reden. Doch bevor wir das tun, möchte ich euch gerne eine kleine Geschichte erzählen.« Er holte tief Luft. »Vor zwei Jahren hatten wir eine Schülerin in der neunten Klasse, die in schlechte Gesellschaft geriet und mit Drogen anfing. Es hat ganz unschuldig mit Joints und Partypillen begonnen, doch einen Monat vor dem Abschlussexamen hat die Mutter dieser Schülerin ihre Tochter bewusstlos auf dem Boden ihres Zimmers gefunden. Sie wäre fast an einer Überdosis gestorben.«

Nimas Handy klingelte, und er fischte in der Tasche danach, während er eine Entschuldigung murmelte. Bilal. Er drückte das Gespräch weg und stellte das Handy auf lautlos.

»Entschuldigung.«

Der Pädagoge nickte gnädig. »Ich will nicht näher ausführen, wie es so schiefgehen konnte, doch die Episode hat zu einer verschärften Drogenpolitik hier an der Schule geführt ...«

Das Telefon brummte erneut, diesmal lautlos, doch die Vibrationen waren stark genug, den Pädagogen zu unterbrechen.

Nima nahm das Handy aus der Tasche. Es war wieder Bilal. Natürlich.

»Entschuldigung, es tut mir wirklich leid, aber da muss ich rangehen.« Er stand auf und versuchte, die Blicke der Schulleitung auf dem Weg nach draußen zu ignorieren. Was konnte schon wichtiger sein?

Er lächelte sie falsch an. »Es dauert wirklich nur einen Moment.«

Nima schloss die Tür hinter sich und nahm den Anruf mit verschwitzten Fingern an.

»Was zum Teufel tust du da? Drückst mich weg, als wäre ich irgendein Flittchen, mit dem du nicht reden willst.«

Er sah den Gang hinauf und hinunter und senkte sicherheitshalber die Stimme. »Wir sind zu einer Besprechung in der Schule.« Es rauschte in der Leitung, und Nima dachte, Bilal hätte aufgelegt. »Bist du noch da?«

»Bist *du* da?«

Nima sah zur Tür des Direktorenbüros. »Entschuldige. Ich bin da, ich bin bereit.«

»Gut. Hier bei mir, morgen Nachmittag um vier. Halt einfach auf der Straße vor dem Eingang und bleib hinter dem Steuer sitzen, dann komme ich mit der Tasche runter. Okay?«

»Okay.«

»Und es sollte unnötig sein, das zu sagen, aber kein Wort, weder zu deiner Nichte noch zu deiner Freundin oder deinem Hund.«

»Ich habe keinen Hund«, antwortete Nima, doch Bilal hatte bereits aufgelegt.

*

»Unsere Kriminaltechniker haben diesen Hammer heute Morgen von Ihrem Arbeitstisch mitgenommen«, sagte Petter. »Wie erklären Sie das, Jørn?«

Liv folgte aufmerksam dem Verhör und versuchte, sich nicht zu sehr von der Frage stressen zu lassen, ob Petter daran gedacht hatte, sie auf stumm zu schalten. Sicherheitshalber saß sie ganz still.

Petter lehnte sich auf dem Stuhl zurück, eindeutig wohlauf.

»Die Mordwaffe befand sich in Ihrem Haus.«

»Die Schnüfflerin hat sie dort deponiert.« Jørn schlug auf den Tisch.

»Was hat Bo Ihnen getan?«

»Nichts, das habe ich doch gesagt! Ich habe seit Ewigkeiten nicht mehr mit dem Mann gesprochen.«

Überprüf sein Telefon, dachte Liv, aber Petter dachte selbst daran.

»Dürfen wir einen Blick in Ihre Anrufliste werfen?«

Jørn schnaubte, holte das Handy jedoch heraus und legte es auf den Tisch. »Das Passwort ist 1-2-3-4, viel Vergnügen beim Schnüffeln.«

Es war Annette, die danach griff und zu scrollen begann. Es verging eine ganze Weile, bevor sie von dem Display aufsah.

»Am Mittwoch, den 9. Oktober, kurz nach zehn hat Bo

Riebenau Sie angerufen, und Sie haben zwölf Minuten miteinander geredet ...« Sie zeigte Jørn das Display. »Eine Woche bevor er mit dem Hammer erschlagen wurde, den wir bei Ihnen gefunden haben. Es stimmt also nicht, dass Sie keinen Kontakt hatten.«

Jørn schlug ein Loch in die Luft. »Ach, leckt mich doch!«

»Worüber haben Sie gesprochen?«

Jørn verdrehte die Augen. »Diese neugierige Privatdetektivin hat mich schon die ganze Woche mit Fragen gelöchert.«

Glücklicherweise behielt Petter einen kühlen Kopf.

»Worüber haben Sie gesprochen?«

Jørn biss sich auf die Lippen und seufzte. »Ich schätze, meine alten Freunde aus Christiania haben ein bisschen geplaudert ... Die Privatdetektivin scheint überzeugt, dass Bo umgebracht wurde, weil er etwas mit Albans Tod vor vierzig Jahren zu tun hatte.«

Liv griff nach ihrem Handy und schrieb Petter.

Welche Rolle hat der Rat bei Albans Tod gespielt?

Petter warf diskret einen Blick auf sein Handy und stellte die Frage. Jørn verschränkte die Arme vor der Brust und schwieg.

Liv schrieb.

Setz ihn unter Druck!

Petter zeigte auf den Hammer und wiederholte die Frage. »Jørn, ich weiß nicht, ob Ihnen ganz klar ist, wie beschissen das für Sie aussieht, dass die Mordwaffe in Ihrem Haus gefunden wurde. Die nächsten Schritte sind eine Beschuldigung, eine Vorführung vor dem Haftrichter und Untersuchungshaft. Wäre es nicht an der Zeit, dass Sie eine gewisse Bereitschaft zur Zusammenarbeit erkennen lassen?«

Jørns Blick flackerte. Er ließ die Arme sinken und seufzte.

»Der junge Vitting-Hansen sollte eins auf die Finger bekommen. Ich kann mich nicht mehr erinnern, wofür, und mag es auch nicht versuchen. Das bringt nichts nach so vielen Jahren. In Christiania haben wir es vorgezogen, die Dinge selbst zu regeln.«

»Sie können sich nicht erinnern, was er getan hatte?«

»Nein.« Er räusperte sich. »Aber er hat ein paar Tage im Besinnungshaus verbracht, und damit ist er auch einverstanden gewesen. Die Strafen des Rats waren freiwillig – wegweisend, wenn Sie so wollen. Ein paar Tage isoliert zu sein, ist eine effektive Methode, seinen Handlungen in die Augen zu sehen und sie zu bereuen.«

»Ohne Essen und Trinken?«, fragte Petter.

Jørn zuckte die Schultern. »Das sollte ja kein Aufenthalt in einer Ferienkolonie sein. Ein dreitägiges Fasten hat noch niemandem geschadet.«

»Abgesehen davon, dass er gestorben ist.«

»Das war nie die Absicht.«

Petter lehnte sich über den Tisch. »Aber damit sind Sie nicht länger unschuldig.«

Jørn knurrte. »Ach, hören Sie doch auf, er hatte ja Nein sagen können.«

»Ein junger, beeinflussbarer Junkie, der nicht aus der Gemeinschaft ausgestoßen werden will? Natürlich nimmt er die Strafe auf sich. War das ein Todesurteil?«

»Nein, verdammt!«

»Was ist schiefgelaufen?«

»Ich war mir nicht sicher, wen wir ausgeguckt hatten, ihn Dienstagabend rauszuholen, deshalb bin ich zu der Hütte gegangen. Aber jemand hatte sie mit einem Schloss abgesperrt. Ich habe geklopft, doch es kam keine Antwort ... Deshalb habe ich geglaubt, dass einer der anderen ihn rausgelassen und die Hütte für Lalika abgesperrt hat.«

»Was haben Sie dann gemacht?«

»Ich habe nach den anderen gesucht, aber alle waren weg. Und ich hatte an dem Abend eine Verabredung mit einem Kameraden ...« Jørn zuckte die Schultern, als wäre nichts. »Am Tag darauf habe ich lange geschlafen, der vorherige Abend war ein bisschen aus dem Ruder gelaufen. Ein Konzert in Loppen, Sie wissen schon. Nachmittags habe ich Kirsten getroffen, aber sie wusste nichts. Sie hatte Dienstagabend und auch in der Nacht gearbeitet. Wir sind zusammen zur Hütte gelaufen. Aber da war das Schloss weg ...«

»Und Alban lag tot drinnen?«

Er nickte. »Es sah ja nicht so gut aus ...«

»Wer hatte die Hütte mit dem Schloss abgesperrt?«

»Das haben wir nie herausgefunden. Aber ich muss unterstreichen, dass Alban freiwillig in der Hütte war. Es war nicht vorgesehen, dass die Hütte abgeschlossen wurde, und das war sie an den ersten beiden Tagen auch nicht. Ich bin Montag vorbeigegangen und habe nach ihm gesehen, und da war kein Schloss, und er war okay. Sein kleiner Bruder, Sixten, war gerade da gewesen, hatte er zugegeben, aber Alban hatte ihn rausgeworfen.«

»Warum haben Sie Ida Bergman die Polizei anrufen lassen?«

Jørn wand sich auf seinem Stuhl. »Wir waren alle total von der Rolle, nachdem wir Alban gefunden hatten, das muss ich ganz ehrlich sagen. Bis auf Bo, der hat einen kühlen Kopf behalten und Ida gebeten, als die aufzutreten, die ihn gefunden hat, sodass wir nicht auf zu viele Fragen antworten mussten. Wir wussten ja durchaus, was die Behörden von dem Rat halten würden. Und das war's dann auch.«

Im Verhörraum wurde es still. Jørn zuckte noch einmal die Schultern.

Liv schickte eine neue SMS.

Noch einmal: Worüber haben er und Bo sich vorigen Mittwoch zwölf Minuten lang unterhalten?

Petter sah auf das Display, nickte und stellte die Frage. Jørn schüttelte ärgerlich den Kopf.

»Bo hat angerufen, um mir zu sagen, dass er Albans Familie erzählen wollte, was damals passiert ist. Bevor der alte Generalstaatsanwalt den Löffel abgab, hätte er ein Recht, die Wahrheit zu erfahren. Irgend so ein Geschwätz.«

»Sie waren nicht begeistert?«

»Ich hielt es für dumm, in einer vierzig Jahre alten Scheiße herumzustochern, und das habe ich ihm auch klar gesagt. Aber mal ehrlich, ich bin sechsundsiebzig Jahre alt, ich bin zu alt, um mich über so etwas aufzuregen.« Jørn unterstrich seine Unschuld mit einer ausladenden Handbewegung, die aus einer Boulevardkomödie hätte sein können. »Ich habe Bo nicht umgebracht. Den Hammer hat diese Schnüfflerin bei mir deponiert. Und bevor Sie auch nach Ida fragen, die offenbar verschwunden ist: Ich hatte seit damals nichts mehr mit ihr zu tun. Ich hatte sie, ehrlich gesagt, vergessen.«

Petter nickte Annette zu und blätterte in seinen Notizen, doch Liv sah, dass sein Blick leer war. Er sah verloren aus.

Liv schrieb: *Frag, ob er eifersüchtig auf Alban war! Sie waren beide mit Mette zusammen.* Petter las die SMS mit gerunzelter Stirn und stellte unsicher und zögernd die Frage.

Jørn seufzte laut.

»Nicht im Mindesten. Ich hatte außerdem noch andere, wenn denn die Wahrheit auf den Tisch soll, aber keine von ihnen hat mir sonderlich was bedeutet. Nur Louise, meine Ehefrau. Also nein, ich habe nicht vor vierzig Jahren das Schloss an der Hütte angebracht, und nein, ich habe Bo nicht mit dem Hammer den Schädel eingeschlagen, weil er die Geschichte ausplaudern wollte. So ist das!«

KAPITEL 17

Liv wurde aus dem Verhör rausgekickt, bevor es vorbei war. Ob der Link nicht mehr funktionierte oder Petter die Verbindung abgebrochen hatte, war unklar. Aber sie hörte Jørn noch sagen, dass er nichts mehr hinzuzufügen habe. Natürlich nicht.

Nachdem der Fokus der Polizei jetzt auf Jørn gerichtet war, mussten Klinken geputzt und Zeugenaussagen eingeholt werden, die Tatwaffe und Bos Haus mussten auf Fingerabdrücke und DNA-Spuren gecheckt und Jørns Behauptungen überprüft werden. Hoffentlich konnten die technischen Untersuchungen es beweisen, falls er Bo umgebracht hatte.

Die Sonne war herausgekommen und schien in die Fenster. Im dänischen Herbst wusste man nie, wann man in den Genuss kam, Sonnenschein ins Gesicht zu bekommen, deshalb nahm sie ihr Handy und eine Cola mit nach draußen. Der Garten lag im Schatten der umstehenden Bäume, und sie ging um das Haus herum in der Hoffnung auf einen sonnigen Fleck.

Nima stand mit einer Zigarette in der Hand im Hof bei dem alten Ford Falcon.

»Hei, Mechaniker.«

Er sah sie und zwinkerte ihr zu. Die Finger um die Zigarette zitterten leicht. »Wie läuft es mit der Bewerbung, hast du was gehört?«

»Noch nicht, sie rufen bestimmt bald an. Kann ich mir einen Stuhl aus der Werkstatt holen? Dann setze ich mich einen Moment hier draußen hin und mache eine Pause.«

Er nickte und beugte sich über die Kühlerhaube. Liv ging in die kleine Werkstatt und schaltete das Licht an. Die Regale mit den Plastikkisten mit Werkzeug und Bolzen wirkten beruhigend auf sie, genau wie der Geruch nach Öl und Rauch. Sie nahm einen Klappstuhl mit nach draußen, fand eine geschützte Ecke im Hof und setzte sich. Schloss die Augen Richtung Sonne und spürte, wie die Haut auf den Wangen warm wurde.

Bo hatte der Einbruch in seinem Zuhause nervös gemacht. War es vorstellbar, dass Jørn die Mappe von 1984 in seinem Keller gefunden, sie in Bos Haus deponiert und die belastende Seite herausgerissen hatte, um ihn zu warnen, dass er besser den Mund hielt? Und dass Bo die Mappe dann bei seiner Tochter versteckt hatte?

Die Frage war, was auf der Seite stand und ob es sie noch gab.

»Und?« Nima stand da und sah sie an. »Ich mache gleich auch eine Pause.«

»Ja, ein bisschen frische Luft tut gut.«

Liv lächelte ihn kurz an und schloss wieder die Augen. Nach ein paar Sekunden merkte sie, dass er noch immer dastand und sie ansah. »Alles okay?«

Er trank einen Schluck Kaffee und schien nach den richtigen Worten zu suchen. »Wenn ich einen Freund hätte … gegen den ein Bandenmitglied etwas in der Hand hat, und wenn dieses Bandenmitglied ihn jetzt zwingt, einen Kurierdienst für ihn zu übernehmen, um aus der Situation wieder herauszukommen. Nur ein einziges Mal.«

Sie richtete sich auf und sah ihn ernst an. »Dann würde ich deinem Freund sagen, dass er ziemlich dumm ist, wenn er ihm glaubt. Ein Mal ist nie genug. Wenn man erst involviert ist, kommt man da nicht mehr raus. Außerdem gibt das zehn bis fünfzehn Jahre, wenn man mit größeren Drogenmengen erwischt wird.«

Nima sah in die Kaffeetasse. »Und wenn er nun eine Idee hätte, das Ganze zu stoppen, doch diese Idee … bestimmte Maßnahmen erforderte?«

»Von was für Maßnahmen reden wir?«

Er biss sich auf die Lippen, nahm sichtlich Anlauf. »Eine, mit der er Misstrauen gegenüber dem Bandenmitglied bei dessen Chef sät.«

Liv sah ihn an und versuchte zu verstehen, was er meinte. »Das klingt total idiotisch, Nima. Und gefährlich.«

Er nickte. »Das ist es auch.«

*

Hannah sah Liv durch den Hof kommen und öffnete das Fenster, sodass sie ihr etwas zurufen konnte. »Hei, habt ihr Ida gefunden?«

»Sie ist noch immer nicht aufgetaucht.« Liv blinzelte in dem scharfen Licht. »Du scheinst okay zu sein. Man besucht schließlich nicht jeden Tag einen alten Tatort.«

Hannah zuckte die Schultern. »Ich bin Traumapsychologin. Wir sind so einiges gewöhnt … Kannst du dich jetzt an mehr erinnern, nachdem wir gestern bei der Hütte waren?«

»Hmm, an Bruchstücke aus Idas Haus. Es ist, als würde dieser Sommer sich langsam der Oberfläche nähern, wenn das Sinn macht?«

»Genauso kommen vergessene Erinnerungen zurück.«

»Ist das so?« Liv legte den Kopf schief. »Ich bekomme Kleinigkeiten zu greifen, die ich nur schwer in Worte fassen kann. Wie wenn man versucht, einen Traum zu beschreiben, an den man sich nur bruchstückhaft erinnert.«

»Gib dem Ganzen einfach etwas Zeit, das kommt schon.«

Liv nickte, sichtlich nicht überzeugt.

»Da ist übrigens ein Mann mit einer Nachricht für dich vorbeigekommen, der es sich dann anders überlegt hat.«

»Wann?«

»Gestern am späten Nachmittag. Er hat seinen Namen nicht genannt, sah aber wie ein Bodybuilder aus. Weißt du, wer das war?«

Liv nickte, sah aber nicht überzeugt aus. Hannah sah sie um das Haus herum verschwinden und ging in die Küche, um frischen Kaffee zu tanken. Sie goss sich mit dem Blick auf das Handydisplay und die SMS von Nikolaj eine Tasse ein: *Freue mich auf heute Abend!*

Auf dem Tisch stand das Frühstück, das sie ihrem Vater hingestellt hatte, noch unberührt. Brotkorb, Marmelade und ein sauberer Teller. Ihr wurde bewusst, dass sie den ganzen Morgen nichts von ihm gehört oder gesehen hatte. In der Regel wurde sie davon gestört, dass er Hilfe mit seiner Medizin brauchte oder es nicht schaffte, den Toaster anzumachen. Aber nicht heute.

Mit einem kleinen Knoten im Magen ging sie nach oben und klopfte an seine Schlafzimmertür. Bei ihrem Ausflug gestern hatte er einen melancholischen Eindruck gemacht, traurig, wie aus heiterem Himmel. Das machte sie unruhig. Es kam keine Antwort, und sie klopfte noch einmal und öffnete die Tür.

Er lag mit dem Rücken zur Tür im Bett, die Decke weit hochgezogen. Sie legte ihm die Hand auf die Schulter, aber er reagierte nicht, atmete lediglich ruhig weiter. Trotzdem war sie ziemlich sicher, dass er nicht schlief. Vorsichtig schlich sie aus dem Schlafzimmer und schloss die Tür hinter sich.

Hatte Judith kalte Füße bekommen? Oder war es ihre Schuld? Vielleicht spürte er ihre Missbilligung.

Hannah ging nach unten und setzte sich an den Computer, um weiterzuarbeiten, konnte sich aber nicht konzentrieren. Die Worte stießen in widerspenstigen Klumpen auf dem Display zusammen, und die Gedanken wanderten die ganze Zeit nach oben zu ihrem Vater, der so tat, als ob er schlief. Er verdiente es, glücklich zu sein, er verdiente so viel Besseres als eine eifersüchtige erwachsene Tochter. Die Scham ließ ihre Wangen warm werden.

Sie schlug Judiths Nummer nach, saß kurz mit dem Handy in der Hand da und rief an, während ihre Nerven Disco tanzten. Es klingelte lange genug, dass sie sich entspannen konnte. Dann meldete Judith sich.

»Hallo?«

»Hei, Judith, hier ist Hannah, Jans Tochter. Störe ich Sie?«

»Äh, nein.« Sie klang überrascht, aber nicht unfreundlich. »Es freut mich, von Ihnen zu hören.«

»Ja, es ist wohl etwas seltsam, dass ich einfach so anrufe. Aber mein Vater wirkt so traurig in den letzten Tagen. Und da musste ich an mein Verhalten neulich denken ...«

»Hannah?«, versuchte Judith, sie zu unterbrechen, doch sie ließ sich nicht bremsen.

»Mein Verhalten war nicht okay. Ich darf es nicht Ihnen zur Last legen, dass es meine Mutter nicht mehr gibt. Sie machen ihn so glücklich. Wenn es also auf irgendeine Weise ...«

»Hannah!« Dieses Mal war Judiths Stimme scharf.

»Entschuldigung, dass ich Sie unterbreche, aber … haben Sie mit Ihrem Vater hierüber gesprochen?«

»Nein. Er weiß nicht, dass ich Sie anrufe. Ich wollte mich nur direkt bei Ihnen entschuldigen …«

»Es gibt nichts zu entschuldigen. Aber Hannah?«

»Ja.«

»Sie sollten mit Ihrem Vater sprechen. Es ist wichtig.«

*

Liv rechnete nach und wägte das Für und Wider ab. Wenn die Polizei einen Verdächtigen in einem Mordfall verhört, verschafft sie sich in der Regel Zugang zu dessen Zuhause, um es auf relevantes Beweismaterial hin zu durchsuchen. Wird unter der Adresse des Verdächtigen eine Mordwaffe gefunden, passiert das automatisch. So etwas dauert in der Regel drei bis fünf Stunden, sodass sie davon ausging, dass sie inzwischen bei Jørn Kolding fertig sein mussten, da es 3 Uhr nachmittags war. Sie fuhr nach Brønshøj raus und rollte vorsichtig die Straße entlang, während sie die Fahrzeuge in Augenschein nahm. Die Bahn war frei.

Sie parkte, stieg aus und schaute ein zusätzliches Mal die Straße entlang, bevor sie den Gartenweg zu der viel zu roten Tür hochging. Theoretisch hätte Petter ihr vielleicht Zugang verschaffen können, doch das hätte Zeit gekostet und unangenehme Fragen aufgeworfen. Sie konnte in einer halben Stunde rein und wieder raus sein, das musste niemand mitbekommen.

Das Absperrband der Polizei blockierte die Haustür und erinnerte daran, dass ein Eindringen eine Anzeige zur Folge haben konnte. Liv ging daran vorbei und um das Haus herum zur Hintertür, einer Stahltür älteren Datums, soweit sie sich erinnerte. Wo das Werkzeug war, wusste sie ja. Sie nahm einen Schraubendreher und einen Hammer von Jørns Werkzeugwand und suchte eine Stelle im Türrahmen, die von der Klinke verdeckt wurde. Vorsichtig schlug sie zu, bis der Schraubendreher durch das Holz drang und den Riegel traf. Sie bewegte ihn hin und her, bis das Schloss mit einem Klick nachgab und die Tür zu Jørn Koldings Waschküche aufging. Das Manöver hinterließ ein kleines Loch im Holz, doch man musste schon sehr genau hinschauen, um es zu entdecken, und es konnte durchaus normaler Holzfäule zugeordnet werden.

Der staubige Geruch des Hauses schlug ihr entgegen. Sie schloss vorsichtig die Tür hinter sich und blinzelte, bis sich ihre Augen an das Halbdunkel gewöhnt hatten. Kein Grund, Licht zu machen und Aufmerksamkeit auf sich zu ziehen.

Sie drehte eine Runde durch das Erdgeschoss, um zu sehen, was es an Stauraum gab. Regale mit Paperbacks, Küchenschränke und ein Raum unter der Treppe, wo der Weihnachtsschmuck lag, aber kein ausgewiesener Ort für Papiere. Eine Tür in den Keller gab es nicht. Sie ging in die erste Etage hoch und sah sich weiter um. Ein Badezimmer mit braunen Fliesen, ein Schlafzimmer mit einem Balkon zum Garten und – bingo – eine kleinere Abstellkammer mit Pappkartons und Tüten. In dem kleinen Zimmer war kein Fenster, sodass sie die Tür schloss und es wagte, Licht zu machen.

Sie sah Tüten und Kisten mit Notizbüchern, losen Blättern und Belegen, alles durcheinander. Da waren Versicherungspolicen, Schreiben von der Gemeinde und alte Zahnarztrechnungen, Ferienpostkarten von den erwachsenen Kindern und Hefte mit säuberlich mit Tinte geschriebenen Rechenaufgaben, Broschüren über Mülltrennung und per Hand auf Briefumschläge geschriebene Backrezepte, ausgeschnittene Artikel über Demonstrationen gegen den Irakkrieg und die Verunreinigung durch ein italienisches Stahlwerk, das Baumaterial für die Große-Belt-Brücke geliefert hatte. Jørn hatte offenbar irgendwann einmal beschlossen, dass es einfacher war, alles anzuhäufen, als es zu sortieren.

Neben der Tür standen ein paar schwarze Säcke an der Wand. Sie öffnete einen und nahm ein beliebiges Notizbuch heraus. Es war ein einfaches Rechnungsbuch mit kariertem Papier und zwei Spalten, das über Einnahmen und Ausgaben des Kollektivs Solsikken im Jahr 1983 Auskunft gab. Sie blickte in das Papierchaos in der Tüte, fischte einen DIN-A4-Bogen heraus und hatte eine Umsatzsteuervoranmeldung von Jørn Kolding von 1982 in der Hand. Seine persönlichen Unterlagen waren also auch hier, du meine Güte!

Sie nahm den Raum noch einmal in Augenschein. An der hinteren Wand stand ein kleiner Schreibtisch, halb verdeckt unter Stapeln von etwas, das wie Noten aussah. Sie blätterte sie schnell durch und stieß auf ein zusammengefaltetes Stück Papier, das vergilbter war und älter aussah als der Rest. Sie faltete es auseinander. Las die oberste Zeile und lächelte, als ihr klar wurde, dass sie die fehlende Seite aus dem Journal des Rats in den Händen hielt.

Die Haustür ging. Liv schlug das Herz bis zum Hals. Dann war die Polizei doch noch nicht fertig für heute. Sie konnte es nicht riskieren, hier entdeckt zu werden, löschte das Licht und zog leise die Tür ein wenig auf, sodass sie die Schritte unten hören konnte. Es war nur eine Person. Die Polizei kam nie allein. Und Licht war im Haus nicht gemacht worden. Der, der dort unten herumlief, wollte auch nicht gesehen werden.

Sie steckte die Journalseite in die Tasche, schlich sich auf den Treppenabsatz und hielt die Luft an, während sie lauschte. Die Schritte hielten inne. Sie legte eine Hand an die Raufasertapete und wartete, während der Puls laut in ihren Ohren schlug. Sie war alleine hier, und niemand wusste das. Sie war unbewaffnet. Sie war eine Idiotin.

Die Haustür ging wieder. Liv blieb noch eine Sekunde im Dunkeln stehen, dann lief sie schnell die Treppe hinunter und durchquerte das Wohnzimmer. Sie hielt die Augen offen und versuchte, leise zu sein, denn wer sagte ihr, dass die Tür von außen zugemacht worden war? Sie stieß gegen ein Möbelstück, biss den Schmerz in sich hinein, hörte ihren eigenen Atem und verfluchte ihre Impulsivität, als sie die Hand auf die Klinke legte und die rote Tür aufriss. Sie war genauso exponiert wie eine Lockente in einer Schießbude. Aber der Abend war still und der Garten leer. Wer auch immer in Jørns Haus gewesen war, war weg.

CHRISTIANIA, JULI 1984

Sie sind voll, bevor das Abendessen fertig zubereitet ist. Das war eigentlich nicht geplant, doch Mette hat während der Schwangerschaft so gut wie nichts getrunken, und sein Tagesrhythmus ist durch die lange Heimreise noch immer durcheinander, sodass nicht viel dazugehört. Sie haben für ein Festmahl eingekauft, das Dal steht auf dem Primuskocher und blubbert, aber keiner von ihnen hat es abgeschmeckt. Alban kann sich nicht erinnern, was er hineingetan hat. Die Zwiebeln liegen noch auf dem Schneidebrett, die hat er jedenfalls vergessen.

Mette setzt sich mit dem Stillkissen hin. Sie sieht müde aus, aber sie sagt auch klipp und klar, dass sie das ist. Die Vorwürfe schwirren durch die Luft. Sie brauchen eine Pause, um wieder Spaß zusammen zu haben. Sie sind viel zu jung dafür, dass alles so schwer ist.

Er sucht nach einer Platte und legt sie auf, dreht die Lautstärke etwas auf und lächelt Mette an. »Komm schon, das halten Säuglinge aus.«

Er wippt zum Takt der Musik mit den Schultern. Van Morrisons Moon Dance, *das mag sie. Obwohl sie die Augen verdreht, beginnt er, vor ihr zu tanzen. Er zieht das Hemd aus und wackelt mit dem Po wie ein Stripper. Das bringt Mette schließlich zum Lachen.*

Alban geht auf die Knie vor ihr und küsst ihre Brüste und ihre Lippen, die zurückküssen.

»Siehst du, Mette-Schatz, das ist es, was ich meine. Kinder müssen unsere Liebe und unsere Lebenslust spüren, das ist das Beste, was Eltern tun können: glücklicher sein als ihre eigenen Eltern.«

»Vielleicht.« Das Lächeln verblasst. »Ich bin nur die ganze Zeit so müde und habe niemanden, der mir hilft.«

»Aber jetzt bin ich ja zu Hause, jetzt sind wir zu zweit.« Er steht auf. »Und jetzt richte ich das Essen an und mache eine Flasche Lambrusco auf, während du sie schlafen legst. Okay?«

»Okay.«

Alban springt auf wie ein Straßengaukler und holt eine Schale aus Lalikas Küchenschrank. Er fühlt sich voller Energie, das Leben liegt vor ihm wie eine Reihe von Spielautomaten mit blinkenden Lichtern. Selbst hier im kleinen Dänemark, selbst als frischgebackener Vater, selbst mit dem Gewicht der Erwartungen seines eigenen Vaters auf den Schultern ist er leicht wie eine Feder und frei, frei, frei.

Er tanzt, während er das Essen anrichtet. Hinter sich hört er Mette mit Windeln und Puder hantieren. Sie nimmt ein großes Bodenkissen, damit das Bett für die Erwachsenen frei ist. Bald wird er seinen Eltern von Mette erzählen. Eigentlich ist er nicht konfliktscheu, aber wenn es um seinen Vater geht, verlässt ihn der Mut. Allein der Gedanke an seinen enttäuschten Blick macht ihm Angst.

»Die Bahn ist frei.«

Mette kommt und umarmt ihn von hinten. Er liebt das Gefühl ihres Körpers an seinem, so eng, so sicher und erregend zugleich.

»Hast du Hunger?«

»Hmm, etwas.«

Er dreht sich um und küsst sie. Hält ihr Gesicht in den

Händen und lässt die Zunge zwischen ihre Zähne gleiten. »Wir können mit dem Essen auch warten und ... erst ein bisschen feiern. Ich habe Henry dabei, reichlich für uns beide.«

Mette versteift sich. »Das machen wir nicht mehr. Alban, du hast es versprochen!«

Er zieht sie an sich und schwingt sie herum, bis sie wieder lächelt. Kitzelt sie zwischen den Rippen, sodass sie sich vor Lachen windet und nach ihm schlägt.

»Nur ein Mal. Komm, komm, komm. Wir fliegen zusammen, wenn wir auf H sind. Und du kannst die Angst loslassen und dich entspannen, das weißt du genau.« Alban küsst sie wieder, innig, er weiß, dass das wirkt. »Den Rest werfen wir nachher weg und heiraten im Dom und kaufen uns eine Villa in Vallensbæk.«

Die Art, wie sie die Stirn an seine Brust legt, sagt ihm, dass er gewonnen hat. Er befreit sich von ihr und gibt ihr einen Kuss auf die Stirn, bevor er die Tasche holt.

»Ich mache eine Spritze klar. Wir müssen die Zeit nutzen, solange Ruhe ist.«

Alban nimmt die Tüte mit dem braunen Pulver heraus und holt einen Teelöffel aus der Küche, biegt ihn zurecht und trägt die Kerze herein. Presst eine Zitrone, um das Heroin aufzulösen, und beginnt zu mixen. Er ist inzwischen routiniert und genießt den Vorgang, freut sich auf den Rausch.

»Ich weiß nicht ... Was ist mit ...?« Mette nickt zu dem Bodenkissen hin und streichelt seinen Nacken. Die Berührung lässt ihn vor Wohlbehagen schaudern.

»Wir gehen ja nirgendwohin. Niemand wird merken, dass wir high sind.«

»Aber was ist mit der Milch?«

Alban schnipst gegen die Spritze und drückt den Stem-

pel durch, bis Flüssigkeit aus der Nadel tritt. »Es kommt kein H in die Milch«, verspricht er. »Und es ist ja auch nur ein einziges Mal. Vergiss nicht, dass Babys, die gerade eine Geburt überlebt haben, noch nicht so empfindlich sind.«

Er signalisiert ihr, dass sie sich setzen und den Gummi um den Arm spannen soll. Sie nimmt ein Kissen, setzt sich im Schneidersitz und sucht nach einer Vene.

»Machst du das?«, fragt Mette. Sie mag sich nicht selbst spritzen.

»Natürlich. Jetzt hast du mich ja wieder zu Hause, um auf dich aufzupassen.« Er sticht die Nadel in die Vene, drückt den Stempel durch, das Heroin vermischt sich mit dem Blut, und das Rauschgift verteilt sich in ihrer Blutbahn. Sie schließt die Augen, stöhnt tief aus dem Zwerchfell heraus. Alban streichelt ihre Wange, legt sie auf die Seite, spannt den Gummi um seinen Arm und wiederholt die Prozedur.

Sein Gehirn schmilzt, alle Sorgen werden leichter und ihm scheißegal. Das Gefühl ist das Beste, das es gibt. Er legt sich zurück gegen Mette und lässt den Rausch sie davontragen.

Der Plattenspieler bleibt stehen, aber sie hören es nicht.

Die Sonne geht unter, aber sie merken nichts.

Die ganze Nacht erklingt Kindergeschrei, aber niemand kommt und tröstet.

Am nächsten Vormittag steht die Sonne hoch am Himmel, und in der Hütte ist es still geworden.

KAPITEL 18

Liv lief zum Auto und fuhr von Jørns Haus weg, ohne sich darum zu bemühen, ihre Spuren zu verwischen. Erst als sie in der Nähe des Forums war, fuhr sie an die Seite, stellte den Motor ab und holte die herausgerissene Seite hervor. Während sie Bo Riebenaus vierzig Jahre alte Notiz las, schnürte sich ihr der Hals mehr und mehr zu. Genau wie die anderen Beschreibungen der Ereignisse in Christiania und der Beschlüsse des Rats war sie kurz und sachlich. Aber grausam.

… Alban Vitting-Hansen und Mette Møller, als Konsequenz der Misshandlung ihrer achtzehn Wochen alten Tochter, Sif.

Am Mittwoch, den 4. Juli, feierten Alban und Mette nach eigenen Aussagen seine Heimkehr von einer längeren Reise in Lalikas Hütte. Ihre Erinnerung weist Löcher auf. Mette ist am Donnerstagvormittag als Erste zu sich gekommen, und da war Sif dehydriert und leblos, erstickt an ihrem eigenen Erbrochenen. Alban war nicht wach zu bekommen, sodass Mette zu ihrer Freundin gelaufen ist und Alarm geschlagen hat.

Danach wurde der Rat einberufen, repräsentiert durch Kim, Kirsten, Jørn und Bo.

Alban bestritt zuerst, Heroin gespritzt zu haben. Mette ging es zu schlecht, um eine Aussage zu machen, doch nach mehreren Zeugenaussagen räumte er ein, dass sie im Lauf des Tages mehrmals zusammen gefixt hatten. Die Drogen waren seine Idee gewesen.

Auf Albans Bitte hin wurde die Polizei nicht informiert. Jørn bot an, das Kind zu begraben. Bo widersetzte sich dem, wurde aber überstimmt.

Die Mitglieder des Rats haben nach langer Diskussion eine Strafe festgesetzt: drei Tage ohne Essen und Trinken im Besinnungshaus, sodass das Paar am eigenen Leib erfährt, wie sich das anfühlt. Mette geht es sehr schlecht, und sie widersetzt sich der Strafe. Deshalb verlässt sie Christiania und reist nach Hause zu ihren Eltern und sucht sich Hilfe. Alban akzeptiert die Strafe unter der Bedingung, dass sein Vater nichts davon erfährt und die Polizei nicht hinzugezogen wird. Die Strafe tritt mit dem heutigen Tag in Kraft.

Der Rat erklärt sich einverstanden, in der Sache Diskretion walten zu lassen, und betrachtet sie hiermit als geschlossen.

Protokollführer: Bo Riebenau, Christiania, 7. Juli 1984

Liv las das Ganze noch einmal von vorn, ihre Augen hatten Schwierigkeiten, die Worte auf der Seite zu begreifen. Das Gerücht von dem verschwundenen Säugling stimmte also. Es war Mettes und Albans Kind gewesen, und sie hatten es zu Tode vernachlässigt.

Mette war nach Hause zu ihrer Familie geflüchtet und langsam zugrunde gegangen, während Alban in Christiania bestraft wurde. Die Strafe war von der Gemeinschaft nicht als Todesurteil gedacht gewesen, aber von irgendjemandem schon. Von jemandem, der ein Schloss an der Tür befestigt und die Strafe über drei Tage hinaus verlängert hatte.

Ein Gedanke kam zurück. Jørn und Mette waren zusammen gewesen, konnte er der Vater des Kindes sein? Das gab ihm ein Motiv, sich an Alban zu rächen. Hatte er das Schloss angebracht und Alban willentlich verdursten lassen? Wusste Bo das, hatte es aber all die Jahre bis jetzt verheimlicht?

Liv fotografierte die Seite ab und schickte sie Petter mit der Notiz *Lies!*. Und während sie den Motor anließ und Richtung zu Hause fuhr, antwortete er: *Treffen um 18 Uhr am Planetarium?*

*

Kann man ein Bandenmitglied stoppen, ohne selbst dabei umgebracht zu werden? Nima stand den größten Teil des Tages über den ramponierten Ford Falcon gebeugt, während die Fragen in seinem Kopf dröhnten, ohne dass er mit ihnen oder mit dem Auto weiterkam. Naiv hatte er gehofft, es würde helfen, mit Liv zu reden, aber ihre Reaktion machte die Gefahr nur noch konkreter.

Ricco hatte ihm klare Anweisungen erteilt: Statte dem Bandenführer Omar einen Besuch ab und bitte ihn um ein Treffen zusammen mit mir am Dienstagvormittag. Sorg dafür, dass Bilal dich nicht sieht!

In der Werkstatt zog Nima Trainingssachen und eine Schirmmütze an. Vielleicht reichte das, um von Weitem nicht erkannt zu werden, wenn er Pech hatte und Bilal begegnete.

Er sah sich im Spiegel an und versuchte, einen Funken Optimismus aufzubringen. Die Schule hatte eingewilligt, Shirin noch eine Chance zu geben, wenn sie sich freiwillig wöchentlich auf Drogen testen ließ und zusätzlich drei Stunden bei dem Schulpsychologen absolvierte. Jetzt musste er nur noch Bilal außer Gefecht setzen, ohne Leib und Leben zu riskieren. Hannah hatte auf die SMS nicht geantwortet, die er ihr gestern geschickt hatte. Das konnte er ihr kaum verdenken, er war selbst nicht sonderlich aufmerksam gewesen. Aber es wurmte ihn. Er musste es später noch einmal versuchen.

Nima ließ den Motor an und fuhr auf die Vesterbrogade. Ricco zufolge hielt Omar sich in einem Kickboxclub direkt hinter dem Nørrebro Runddel auf. Der Club lag in einer ehemaligen Produktionshalle neben einem gigantischen Parkplatz zwischen einem Warenhaus und einem Baumarkt. Er parkte in der entferntesten Ecke und wagte sich hinein.

Die Halle hatte hohe Decken, war hell und die Einrichtung spartanisch, vermutlich sowohl aus ökonomischen wie aus ästhetischen Gründen. Für manche Menschen waren roher Beton und Leuchtstoffröhren der beste Rahmen für ein seriöses Training, als würde man durch das Trainieren unter primitiven Bedingungen automatisch mehr wie Rocky Balboa.

Ein Strom muskulöser Männer und Frauen mit Sporttaschen ging im Rezeptionsbereich ein und aus. Über einem Kühlschrank mit Getränken hing eine Kamera, am Eingang eine weitere. Eine junge Frau mit breiten Schultern und prallen Oberschenkeln in Trainingstights räumte Energydrinks in den Kühlschrank. Sie sah zu ihm hoch, ohne zu lächeln.

»CrossFit? Die Anfängergruppe beginnt um fünf. Du kannst es noch schaffen, wenn du dich beeilst.«

»Danke, ich gucke das erste Mal nur zu.« Er lächelte sie an. »Ich interessiere mich auch fürs Kickboxen. Wo ist das?«

Sie ging zurück zum Kühlschrank und antwortete ihm

wenig begeistert über die Schulter. »Der Ring ist ganz hinten in der Halle, aber die Gruppen sind für neue Anmeldungen nicht offen.«

Nima folgte dem Strom in die Halle, wo das Training stattfand. Es gab Sprossenwände und eine Kunstrasenbahn, schwere Maschinen und Hanteln aller Art. Am entferntesten Ende der Halle stand ein erhöhter, von Seilen umspannter Boxring, dahinter war eine Feuertür. Zwei Männer waren im Ring und schienen sich aufzuwärmen. Der eine trug Satinshorts und hatte diverse Tattoos, der andere war einen Kopf kleiner und sah wie eine Art Trainer aus, der für den Kickboxer Schlagkissen hochhielt. Er war klein und schlank, und oben auf dem Kopf wurde in dem schwarzen Haar der Ansatz einer Glatze sichtbar. Um den Ring standen einige Männer und sahen zu.

Nima stellte sicher, dass keiner davon Bilal war, bevor er sich näher heranwagte, während er so tat, als würde er sich die Örtlichkeiten ansehen. Der Trainer sprang aus dem Ring herunter und ging an der CrossFit-Mannschaft vorbei zur Theke. Einer der Angestellten lächelte ihn unterwürfig an, und der Trainer hob die Hand und spreizte die Finger. Der Angestellte fiel beinahe über die eigenen Beine, als er fünf Flaschen Wasser aus dem Kühlschrank holte.

»Bitte schön, Omar.«

Omar? Nima schielte zu ihm hin. Der kleine Scheißer? Sieh einer an! Der Bandenführer teilte Wasser an die Trainierenden in und um den Ring aus. Er lächelte und erinnerte an einen freundlichen Grundschullehrer, der sich um seine Schüler kümmert.

Nima sah den kleinen Mann an und fühlte sich schlecht bei dem Gedanken, wozu er hinter dem freundlichen

Äußeren fähig war. Er wusste, dass die Gefahr, Bilal unter die Augen zu kommen, größer wurde, je länger er blieb, aber er brauchte kaltes Wasser im Gesicht. Er eilte in die Umkleide. Eine Gruppe CrossFitter hatte gerade geduscht, der Dampf war dicht und machte das Atmen schwer. Nima ging auf die Toilette und drehte das kalte Wasser auf, trocknete sich das Gesicht mit einem Papierhandtuch ab und setzte sich auf die Bank. Er schloss die Augen und lauschte dem Lachen und den Neckereien der CrossFitter, während er wartete, dass die Übelkeit nachließ.

Die Tür öffnete sich, und ihm fiel auf, dass es in der Umkleide still geworden war. Die CrossFitter waren verschwunden. Er blickte auf.

Omar stand mit verschränkten Armen direkt vor ihm. »Was willst du hier?«

»Ich …« Die Worte stolperten in Nimas Kopf übereinander, und die Übelkeit drängte in die Speiseröhre. »Ricco bittet um ein Treffen. Morgen Vormittag.«

Omar sah ihn lange an. Dann nickte er. »Ich schicke ihm Ort und Zeit. Du hast zwei Minuten, um zu verschwinden.«

*

Liv entdeckte Petter auf dem Weg vor dem Planetarium. Er sah verschwitzt aus und begann in dem Moment zu sprechen, in dem er sie sah. »Ich stehe im absoluten Halteverbot, und Susanne wartet zu Hause mit Roastbeef auf mich, das bestimmt schon trocken ist, also lass es uns kurz machen.«

Sie steckte die Hände in die Taschen und sah ihn an.

»Sie haben nicht angerufen. Warum haben sie nicht angerufen und mich zu einem Gespräch eingeladen?«

»Das verstehe ich nicht. Bist du sicher?« Er nickte zur Treppe vor dem Gebäude hin. »Können wir uns setzen? Ich bin total außer Atem.«

»Petter, du hast mir versprochen, dass du dich dahinterklemmst!« Sie folgte ihm widerstrebend und setzte sich, den Blick auf die Seen gerichtet. Der Rahmen war idyllisch, aber die Stimmung ließ zu wünschen übrig.

»Tut mir leid, aber ich bin mitten in einem Mordfall. Ich habe zu tun.«

»Äh, du meinst wohl, dass *ich* zu tun habe, richtig? Mit deinem Mordfall. Um dir den Arsch zu retten.« Liv schluckte und versuchte, ihre zitternde Stimme zu zügeln.

»Ich bezahle dich für deine Arbeit. Und du wolltest doch ermitteln.« Er schwieg, und sie saßen in peinlichem Schweigen da. »War es das, was du für mich hast? Einen Anschiss?«

Liv sah auf ihre Füße, die gegen den Beton der Treppe baumelten. Es nützte schließlich nichts, sich zu streiten.

»Hast du gelesen, was ich dir geschickt habe? Über Sif und die Strafe des Rats? Jørn war damals auch hin und wieder mit Mette zusammen, vielleicht hat er sich an Alban gerächt, weil er sie dazu überredet hat, Heroin zu spritzen.«

Petter zog einen Blister mit Nikotinkaugummi aus der Tasche und steckte sich zwei in den Mund, während er ihr einen warnenden Blick zuwarf. Er steckte den Blister zurück in die Tasche und kaute unroutiniert das Nikotin aus der Kaumasse. »Wir haben nur ein Problem. Jørn hat ein Alibi für den Tatzeitpunkt.«

»Was? War er Mittwochabend doch nicht allein zu Hause?«

»Der Bote von seinem Lieferdienst hat eine Portion Lasagne mit Brokkolisalat um 18:15 Uhr bei ihm abgeliefert. Das ist eine feste Lieferzeit. Er hat geschellt, Jørn das Essen gereicht und ist sofort wieder gefahren … Jørn hat selbst nicht daran gedacht, das Alibi zu erwähnen, aber Annette hat mit dem häuslichen Pflegedienst gesprochen.«

»Dann kann er unmöglich gleichzeitig Bo in Østerbro mit einem Hammer erschlagen haben.«

»Genau. Wir müssen ihn gehen lassen.«

»Was ist mit dem Hammer? Ist der bei ihm deponiert worden?«

»Das muss er wohl. Es sind keine Fingerabdrücke darauf, und es handelt sich um ein ganz gewöhnliches Modell, das Bo in fast jedem Baumarkt gekauft haben kann.«

»Verdammt!« Liv stand von der Treppe auf, sodass sie einen Stein in den See treten konnte. »Dann ist also jemand nach Brønshøj gefahren und hat sowohl den Hammer als auch die fehlende Seite bei ihm deponiert.«

»Es sei denn, Jørn hat einen Komplizen.« Petter schnaubte resigniert. »Mir schwirrt der Kopf. Sag mal, lügen alle, oder verliere ich wirklich langsam den Verstand?«

Liv konnte sich ein Lachen nicht verkneifen. »Schon allein, dass du davon sprichst, den Verstand zu verlieren, sollte dir Antwort genug sein …«

Petter lachte mit, obwohl es nicht lustig war.

»Aber denk mal mit …«, insistierte sie. »Die Tatsache, dass der Rat bei Albans Tod mitgewirkt hat, gibt der Familie Vitting-Hansen wohl ein Motiv, sich an den Mitgliedern zu rächen, oder?«

Er spuckte in den Kies und musste sich anschließend den Mund mit dem Handrücken abwischen. »Dann ist der dreiundneunzigjährige Generalstaatsanwalt zu Bo hingestolpert und hat sich mit einer Verspätung von vierzig Jahren gerächt?«

»Oder er hat seinen Sohn das machen lassen?«

Petter stöhnte resigniert. »Es gab einmal eine Zeit, da haben die Leute sich mit einem Messer abgestochen, wenn sie wütend genug aufeinander waren. Wenn wir kamen, haben wir denen, die noch auf den Beinen waren, Handschellen angelegt, und das war's. Ich vermisse diese Zeit.«

»Hör auf, wie ein altes Klischee zu reden, Petter. Das stimmt überhaupt nicht, und selbst wenn dem so wäre, würdest du sie nicht vermissen. Du liebst es zu ermitteln.«

Er ließ den Kopf hängen. »Vielleicht früher einmal, Liv. Aber so ist das nicht mehr.«

Sie drehte sich weg, hatte keine Lust, ihm in die Augen zu sehen. Einen Moment sah er kleiner aus als sonst, als wäre er geschrumpft. Liv hatte Lust, ihn zu schütteln, damit er sich aufrichtete. Wieder der gute, alte Petter war. Stattdessen versuchte sie, ihm damit Mut zu machen, was immer geholfen hatte: der Arbeit.

»Ihr habt Bos Anrufe und E-Mails überprüft?«

Petter nickte. »Natürlich.«

»In der Woche vor seinem Tod hat er die anderen Mitglieder des Rats angerufen, aber was ist mit Sixten, hat er den auch angerufen?«

»Ich kann das überprüfen. Was denkst du?«

»Das weiß ich noch nicht, Petter. Aber wenn Jørns Alibi hieb- und stichfest ist, müssen wir in anderen Bahnen denken.«

Eine Gruppe lachender junger Menschen ging vorbei und verbreitete Energie um sich wie Vögel, die mit den Flügeln schlagen. Petter wartete, bis sie vorbei waren, und sah sie unsicher an. »Ich kann als Anfang ja schon mal prüfen, wo Sixten Vitting-Hansen am Mittwochabend war.«

Sie lächelte zurück. »Das klingt nach einer richtig guten Idee.«

KAPITEL 19

Die Vorstellung, wie Sixten Vitting-Hansen sich kaltblütig Einlass in Bos Keller verschaffte und den Hammer aus dem Werkzeugkasten nahm, arbeitete weiter in Liv, nachdem sie Petter zum Abschied nachgewinkt und ihn nach Valby hatte fahren sehen. Statt nach Hause zu gehen, bog sie in den Gammel Kongevej ein und ging Richtung Rathausplatz und weiter die Strøget hinunter zum Springbrunnen am Gammel Torv, wo die Fahrradboten herumhingen.

In dem Haus am Nytorv 21 war noch Licht. Es würde nichts bringen zu klopfen und zu versuchen, ihn auszufragen. Aber sie konnte ihm folgen, wenn er nach Hause ging, und sehen, ob sie aus dem jüngsten Mitglied der Familie Vitting-Hansen klüger wurde. Eine schnelle Online-Suche zu ihm zeigte eine Adresse in der Laksegade an und, soweit sie das sehen konnte, wohnte er allein. Ungewöhnlich für einen reifen Mann, aber manche Menschen schienen das vorzuziehen. Sie selbst zum Beispiel.

Sie suchte sich einen Tisch in einem Straßencafé mitten auf dem Platz mit freier Sicht auf das Haus und bestellte ein Eis. Der Abend war zu kalt, um draußen zu sitzen und Eis zu essen, und sie schien auch die Einzige zu sein, die diese Idee gehabt hatte. Die Tische um sie herum waren leer. Der Ober kam mit einer Glasschale mit drei Kugeln

Pistazieneis und Sahne, und sie stürzte sich mit einem Auge auf das Haus darauf.

Sie steckte gerade einen Löffel in den Mund, da ging die Tür am Nytorv 21 auf, und Sixten erschien in der Türöffnung. Er trug einen Anzug und unterhielt sich mit jemandem, den Liv noch nicht sehen konnte. Er lächelte und nickte der Person im Haus zu. Kurz darauf tauchte diese in der Tür auf. Es war eine Frau in einem blauen Mantel. Liv meinte, diesen Mantel schon einmal gesehen zu haben.

Sie machte sich auf dem Caféstuhl klein, sodass sie die beiden sehen konnte, ohne selbst gesehen zu werden. Sie waren dabei, sich zu verabschieden. Sixtens Körpersprache war lebhaft, die der Frau von hinten etwas schwerer zu deuten. Er legte ihr eine Hand auf die Schulter, als kannten sie einander gut. Sie nickte ihm zu und schloss auf dem Weg über den Nytorv die Knöpfe am Mantel.

Die Frau ging an dem Café vorbei, ohne Liv zu sehen. Aber Liv sah sie. Es war Viola, Bo Riebenaus Tochter.

Von ihrem Löffel tropfte Eis auf den Tisch. Liv legte ihn weg und blickte ihr nach. Was in aller Welt machte Viola bei Sixten Vitting-Hansen? Kannten sie sich?

Sie wischte sich die Finger an der Serviette ab und ging zur Kasse, um zu bezahlen. Mitten in der Kartentransaktion ging das Licht in Nummer 21 im Erdgeschoss aus und die Tür auf. Sixten stand in einem Wollmantel und mit einem um den Hals geschlungenen Schal in der Tür und schloss hinter sich ab.

Liv lehnte eine Quittung ab und hielt sich hinter dem Café versteckt, bis er vorbei war. Er ging die Strøget entlang, über den Rathausplatz und wartete am Fußgängerüberweg gegenüber vom Haus der Industrie. Als es grün wurde, kreuzte er den H.C. Andersens Boulevard und ging weiter die Vesterbrogade hinunter.

Ihr fiel auf, dass er sich beharrlich rechts hielt, was dazu führte, dass er oft stehen bleiben und die vielen Touristen passieren lassen musste, was er auch mit größter Höflichkeit tat. Sie musste an etwas denken, das ihr Großvater einmal von irgendeiner Person des kulturellen Lebens erzählt hatte, die bei dem Zusammentreffen auf der Straße mit zwei Entgegenkommenden, *die sich weigerten, für einen Narren aus dem Weg zu gehen*, geantwortet hatte, dass er dann gerne zwei Narren aus dem Weg gehe. Kim Larsen vielleicht?

Was sagte es über einen Menschen aus, der der Welt mit dieser Art höflicher Arroganz begegnete? Dass er glaubte, besser zu sein als die anderen. Und dass diese Art Menschen oft gefährlich war. Sixten war noch ein Junge gewesen, als Alban starb. Aber er war auch mitten im Auge des Orkans. Welche Auswirkungen hatte es auf ein Kind, erst im Schatten des Drogenmissbrauchs seines Bruders und dann im Schatten dessen Todes zu stehen?

Am Haupteingang zum Tivoli ging er zielgerichtet durch das mittlere Tor, das Abonnenten vorbehalten war, und Liv musste sich schnell in die Schlange stellen und ein Ticket kaufen, um ihm zu folgen.

»Einen Tourenpass?«, fragte der freundliche Verkäufer.

»Nur den Eintritt.«

Sie nahm ihr Ticket und ließ den Blick über den Weg zwischen dem Pantomimentheater und dem Restaurant *Nimb* schweifen. In der Dunkelheit beleuchteten Tausende von farbigen Glühbirnen den Garten, sodass er jetzt wirklich dem Märchen glich, als das er sich verkaufte, und nicht nur einem weiteren Vergnügungspark mit viel zu teuren Dauerlutschern und Erbrochenem in den Ecken.

Wo war er?

Sie eilte hinein und lief im Zickzack um die schlendernden Besucher herum zur Freilichtbühne Plænen und dem großen Springbrunnen. Bei einem Luftballonverkäufer entdeckte sie ihn. Er sah sich Einhorn- und Herzluftballons an, als überlege er, einen zu kaufen, lächelte den Verkäufer an und zeigte in den farbigen Heliumhimmel hoch.

Er ging weiter und stellte sich vor dem nächsten Ticketautomaten an. Sie sah ihn sich mit der Kreditkarte abmühen und eine Kauftransaktion tätigen. Eine kleine Schlange bildete sich hinter ihm, und er drehte sich zweimal um und entschuldigte sich, bevor er mit dem Billett in der Hand endlich zum Riesenrad ging. Sie hielt ausreichend Abstand, verlor ihn aber nicht aus den Augen, als er sich in die Schlange stellte, die sich langsam die Treppe hinaufbewegte. Als er oben war, setzte er sich allein in eine Gondel und ließ sich in den Himmel tragen.

Liv blieb auf der Erde stehen und beobachtete ihn. Als er fast ganz oben war, holte er sein Handy heraus und richtete die Kamera nach unten. Es verging ein Moment, bis ihr klar wurde, was er da tat. Er filmte sie.

*

Musik spielte in der kleinen Küche. Debussy, es klang wie Regenwetter in Paris, dachte Hannah und spülte die Teller unter dem warmen Wasser ab. Nikolaj kam zu ihr, umarmte sie, und sie schloss die Augen und lehnte sich an ihn. Sie hatten den ganzen Abend geredet, und einmal hatte sie so lachen müssen, dass sie kurz vergessen hatte, sich um ihren Vater zu sorgen. Aber jetzt waren sie still. Erschöpft, berauscht und etwas vorsichtig, und das fühlte sich auch gut an. Er griff über das Becken und stellte das Wasser aus. Küsste die Haut an ihrem Hals direkt unter dem Ohr.

»Ich glaube langsam ernsthaft, dass dein Vater gar nicht existiert. Eine mystische Figur, die du erfunden hast, damit ich nicht glaube, dass du ganz allein in diesem riesigen Haus wohnst.«

»Wir haben auch noch eine Mieterin im Keller.« Sie lachte und drehte sich um. »Mein Vater hat den ganzen Tag im Bett gelegen und behauptet, er fühle sich schlapp. Aber ich glaube, dass er traurig ist.«

»Warum?«

»Keine Ahnung. Er hat doch eine Freundin gefunden und war in letzter Zeit so glücklich.«

Nikolaj strich ihr eine Locke hinters Ohr. »Dann liegt es vielleicht nur daran.«

»Wie meinst du das?«

»Wie lange waren deine Eltern verheiratet?«

Sie nahm die Weinflasche vom Tisch und füllte die Gläser. »Zweiundvierzig Jahre – oder waren es dreiundvierzig?«

»Und deine Mutter ist vor anderthalb Jahren gestorben?«

»Aber jetzt hat er doch Judith getroffen ...«

Nikolaj lachte sie an. »Sag mal, wer von uns beiden ist hier der Psychologe? Muss ich wirklich der sein, der dir sagt, dass Liebe und Trauer am selben Ort wohnen? Wenn man dem einen aufmacht, schließt man dann das andere aus?«

»Ich hoffe, du hast recht.« Hannah reichte ihm ein Glas und griff nach ihrem. Und lächelte.

Die Türklingel riss den Moment entzwei.

»Wer kann das sein?« Hannah stellte ihr Glas ab.

»Sieh nach, dann trinke ich inzwischen Wein.«

Sie lächelte ihn an und ging zur Haustür mit einem angenehmen Rausch im Körper, der nicht nur dem Wein geschuldet war.

Vor der Tür stand Nima. Seine Augen waren klein und die Schultern angespannt. In der einen Hand hielt er eine brennende Zigarette, und ihr kam der Gedanke, wie widerwärtig sie diese Angewohnheit eigentlich fand.

»Hei, Nima, stimmt etwas nicht?«

»Muss etwas nicht stimmen, damit wir uns sehen?«

Hannah wurde das Herz schwer. Sie merkte, dass er auf dem Kriegspfad war, und wusste nicht, wie sie einen Konflikt abwenden sollte.

»Lässt du mich nicht rein?«

Sie trat auf die Treppe hinaus und schloss die Tür halb hinter sich. »Ich habe Besuch. Du hättest anrufen sollen, wenn …«

»Besuch? Von einem Mann?«

»Nima …«

Er hielt eine Hand hoch, um ihr Einhalt zu gebieten. »Und das hältst du nicht für relevant, mir zu sagen?«

»Ich habe ehrlich gesagt gedacht, dass es dich nicht interessiert.«

Er zog eine Grimasse, aus Schmerz. Oder Selbstmitleid. Sie konnte es nicht sagen.

»Gerade im Moment brauche ich eine Freundin mehr denn je.«

Hannah streckte eine Hand aus.

Er sah sie an, als hätte sie ihm einen Klumpen Rotz angeboten. Im selben Moment tauchte Nikolaj hinter ihr auf.

»Alles okay?«

»Jep, ich komme in zwei Minuten«, antwortete sie

schnell, verzweifelt bemüht, dass Nikolaj zurück in die Küche ging, weit weg von Nima.

Doch die beiden Männer hatten sich gesehen.

Hannah spürte, wie ihr die Wärme in die Wangen stieg. »Nima, das ist Nikolaj, er ist Redakteur bei einer Zeitschrift, für die ich schreibe. Nima hat die Autowerkstatt auf der anderen Seite im Hof, sodass wir fast Nachbarn sind.«

Beide Männer sahen sie an, deutlich pikiert über die Art der Vorstellung. Sie krümmte sich unter ihren Blicken, bis Nima Nikolaj zunickte.

»Dann wünsche ich euch einen netten Abend.« Er machte auf dem Absatz kehrt und verließ den Hof.

Hannah widerstand dem Drang, ihm hinterherzulaufen. Nima hatte traurig ausgesehen, fast verzweifelt, aber er fiel nicht in ihre Verantwortung. Oder?

»Der Nachbar schien unzufrieden«, stellte Nikolaj lakonisch fest. »Gibt es da etwas, das ich wissen sollte?«

Das Tor schloss sich hinter Nima, und einen Moment später ging das automatische Licht im Hof aus. Sie drehte sich zu Nikolaj um und lächelte.

»Nein, da gibt es nichts. Er ist nur ein Freund.«

*

Vor dem Haupteingang des Tivoli erwartete Liv ihr Rad mit einem Platten. Sie schloss es auf und zog verärgert damit davon. Genau das, was sie nach einem langen Tag brauchte. Auf dem Weg am Hauptbahnhof vorbei sah sie mehrere Male über die Schulter und musste sich immer wieder daran erinnern, dass Sixten oben im Riesenrad saß. Es bestand kein Risiko, dass er ihr folgte. Das bildete sie sich nur ein. Ein Stück weiter die Vesterbrogade hinunter senkten sich ihre Schultern wieder. Es war einfach ein langer Tag gewesen.

»Na, Schöne?«

Der Ruf kam von hinten, doch sie beschloss, nicht darauf zu reagieren. Sie war zu müde, die Leute mussten den Rest des Abends selbst klarkommen.

»Soll ich dir dein Fahrrad schieben, Prinzessin?«

Er meinte also sie. Wie ungewöhnlich! Die Aussprache des Mannes war unklar vom Alkohol, sodass sein Interesse bestimmt bald nachlassen würde, wenn sie einfach weiterging.

»Was für ein süßer Arsch! Soll ich dir den vielleicht tragen?« Der Mann lachte laut über seinen eigenen Witz, und sie konnte hören, dass er immer noch hinter ihr war.

Liv drehte den Kopf und sah einen großen Typen mit hellen Locken und muskulösen Schultern in einer roten Daunenjacke. Er zwinkerte ihr mit glasigem Blick zu und stolperte über eine Bürgersteigkante, sodass sie ein Lachen nicht unterdrücken konnte.

Er lachte mit und griff nach ihrem Fahrrad. »Komm schon, lass uns Freunde sein, Süße. Das wäre doch herrlich.«

»Hey, lass los!« Liv wurde ernst. Sie hatte keine Lust, sich mit irgendeinem Typen um das Fahrrad zu streiten, der zu viel getrunken hatte und nicht allein nach Hause gehen konnte.

Er lachte und zog an dem Fahrrad, sodass sie es loslassen musste. In dem Moment, als er es hatte, schlingerte er damit davon und bog in die Dannebrogsgade ab, noch immer lachend. Betrunkener Idiot!

Liv lief ihm um die Ecke hinterher. Er hatte das Fahrrad losgelassen und stand schwankend mitten auf dem Bürgersteig. Sie eilte an ihm vorbei zu dem Drahtesel. Doch er griff nach ihr und drückte sie gegen die Hauswand. Ihr ganzer Körper versteifte bei dem Zusammentreffen mit dem Fremden. Hinter der Stirn flimmerten Bilder vom letzten Mal auf, als ein Mann sie so angefasst hatte. Auf einer Toilette vor anderthalb Jahren. Er hatte sie gegen eine Wand gedrückt und mit seinem Schweiß besudelt.

»Stopp, du widerlicher Idiot! Lass mich verdammt noch mal los!« Liv holte aus und merkte zwei Dinge gleichzeitig: Er war sehr viel stärker als sie. Und er roch nicht nach Alkohol.

Er griff um ihren Hals, beugte sich zu ihrem Ohr hin und zischte: »Weißt du, was auch herrlich wäre? Wenn du deine widerliche Nase nicht in alles reinstecken würdest.« Er drückte zu, sodass sie keine Luft bekam. »Verstanden?«

Er ließ ihren Hals los und griff hart nach ihrem Kinn. »Sag es, damit ich weiß, dass du begriffen hast, was sonst passiert!«

»Ich stecke meine Nase nicht in alles rein!«, flüsterte sie.

»Kluges Mädchen!«

Der Mann ließ sie los, sodass sie sich vornüberbeugen musste, um nicht zu fallen. Als sie sich wieder aufgerichtet hatte, war er weg.

Sie lief zur Vesterbrogade und sah ihn ein Stück weiter den Bürgersteig hinunter, mit geradem Rücken und breitbeinigem Gang. Er wog doppelt so viel wie sie, sie sollte ihn zweifellos gehen lassen. Doch die Wut brannte hinter ihren Schläfen, in ihrer Brust und auf ihrer Zunge.

Ihre Füße begannen zu laufen, bevor sie sich entschieden hatte. Zehn Sekunden, dann war sie bei ihm. Wenn er stark war, dann war sie schnell. Er hörte sie nicht einmal, bevor sie ihm auch schon direkt in die Kniekehle trat und er zusammensackte und auf dem Bürgersteig kniete. Der nächste Tritt traf die Schläfe. Er griff sich an den Kopf und gab einen Schwall englischer Flüche von sich, und sie wusste, dass sie keine Chance haben würde, sollte er es schaffen, wieder auf die Beine zu kommen.

Aber auch das war okay. In dem Moment, in dem er den Stiernacken drehte, sodass er sie ansehen konnte, spuckte sie ihm direkt ins Gesicht. Dann rannte sie los.

CHRISTIANIA, JULI 1984

Sixten streckt den Rücken durch und läuft durch Christiania, ohne nach rechts oder links zu sehen oder sich von den Haschschwaden beeindrucken zu lassen, die ihn umgeben. Ohne der Angst nachzugeben, die immer größer wird. Er hasst diesen Ort und dieses Gefühl von Falschsein, das er ihm gibt und das ihn an das Gefühl erinnert, Albans kleiner Bruder zu sein. Alban, der Attraktive, Alban, der Revolutionär, Alban, dem immer vergeben wird. Ihre Eltern glauben, dass es nicht durchscheint, wen sie am meisten lieben, aber so etwas spüren Kinder.

Sixten hat sich immer schon falsch gefühlt. Solange er sich zurückerinnern kann, hat man ihm zu verstehen gegeben, dass er altklug und introvertiert und nicht liebenswert ist. Er gibt sich Mühe, hineinzupassen und die Erwartungen, die sie an ihn haben, zu erfüllen, aber es scheint, dass sie ihn umso weniger lieben, je besser ihm das gelingt. Er hat gute Noten in der Schule, die hat er immer gehabt. Er hat sogar angefangen, Saxophon zu spielen, doch das beeindruckt seinen Vater so gut wie gar nicht. Jedes Mal, wenn Sixten ihm eine neue Melodie vorspielt, hört er höflich zu, aber mit flackerndem Blick und ungeduldigem Atem.

Der Einzige, der ihn ernst nimmt, ist Alban. Er hat schon immer darauf bestanden, dass es zwischen ihnen ein ganz besonderes Band gibt, und sich Sixten anvertraut und ihn um Rat gefragt, obwohl er jünger war und zu unerfahren, um etwas beitragen zu können. Sixten weiß sehr wohl, dass sein Bruder versucht, ihm zu helfen, indem er so tut, als wären sie ebenbürtig, und er liebt und hasst ihn dafür.

Sixten kommt unten zum Wasser und geht am Ufer entlang, wobei er die Häuser im Auge behält. Alban hat es als graue Hütte beschrieben, als er am Samstag zu Hause angerufen hat. Ausnahmsweise einmal klang er unruhig, ängstlich fast schon, und Sixten stand mit dem Hörer in der Hand da und drückte ihn fest ans Ohr, um keins der wichtigen Worte zu verpassen. Er hat gefragt, ob er helfen kann, doch Alban hat geantwortet, dass das etwas sei, wo er alleine durchmüsse. Danach hat er ihm das Versprechen abgenommen, dass er ihren Eltern nichts sagt, und aufgelegt. Vielleicht hat Sixten sich geirrt, als er glaubte, dass der Anruf ein Hilferuf war, aber was hätte er sonst sein sollen? Deshalb ist er jetzt hier, nervös, aber auch ein bisschen stolz auf sich, dass er eigenmächtig handelt.

Die Hütte taucht vor ihm auf, und da ist kein Irrtum möglich. Sie ist genauso, wie Alban sie beschrieben hat. Baufällig und grau und ohne Licht in den Fenstern, obwohl Abend ist und die Dunkelheit langsam über den Wasserspiegel kriecht. Er klopft, bekommt aber keine Antwort, und nach einem kurzen Zögern verschafft er sich Einlass. In der Hütte ist es schwül, und es stinkt. Sixten macht erschrocken einen Schritt zurück, doch dann zieht er sich das Hemd über die Nase und tritt ein. Es ist an der Zeit, mutig zu sein.

Alban liegt auf einer Pritsche und schläft. Er sieht dünner aus als an seinem Geburtstag letzte Woche, ungesund und blass. Sixten zieht sich ein Bodenkissen zu der Pritsche und setzt sich. Wartet geduldig, bis Albans Lider zit-

tern, und legt ihm die Hand auf den Arm. Er wird langsam wach und blinzelt verwirrt.

»Was machst du hier? Welcher Tag ist heute?«

»Ich habe mir Sorgen gemacht«, antwortet Sixten wahrheitsgemäß. »Es ist Montagabend.«

Alban stöhnt resigniert.

»Mutter und Vater wissen nicht, dass ich hier bin«, beeilt Sixten sich, ihm zu versichern. »Niemand tut das. Bist du krank? Brauchst du was?«

Alban richtet sich auf dem Ellenbogen auf und schüttelt angeschlagen den Kopf. »Ich sitze eine Strafe ab, Bruder, vor morgen darf ich nichts bekommen.«

»Aber ... wofür wirst du bestraft?«

»Ich habe ...« Alban schließt vor Schmerz die Augen. »Ich bin schuld am Tod eines Kindes. Damit werde ich den Rest meines Lebens leben müssen.«

Sixten schweigt. Was soll er auch sagen? Er versteht nicht wirklich, was hier vor sich geht.

Alban öffnet wieder die Augen und lächelt tapfer. »Das ist lieb, dass du nach mir siehst, kleiner Bruder.«

»Kann ich überhaupt nichts für dich tun?«

Alban blinzelt in Zeitlupe. Er sieht wirklich entkräftet aus. »Hat dich jemand hier hineingehen sehen?«

Sixten schüttelt den Kopf. »Ich glaube nicht.«

»Dann hol mir oben im Lebensmittelladen ein Mineralwasser. In der Jackentasche da ist Kleingeld. Aber pass auf, dass dich niemand sieht, Bruder!«

»Aber ich dachte ...«

Alban beginnt zu husten.

Sixten steht erschrocken auf. Geht raus in den Flur und nimmt sich fünf Münzen aus der Jacke, um die er die Finger schließt. Als er zu dem Laden kommt, sind die Münzen ganz schwitzig. Er nimmt eine Jolly Cola aus dem

Kühlschrank und bezahlt sie bei einer blonden Frau, die ins Gespräch mit einer Freundin vertieft ist und ihn gar nicht wahrnimmt. Nimmt sie mit nach draußen, während er sich fragt, ob Alban sie auch geküsst hat. Er bekommt ja meistens das, was er will.

Draußen vor dem Laden schaut Sixten sich um. Das Abendlicht ruht träge auf den staubigen Wegen, ein wenig entfernt spielt eine Gruppe Kinder mit einem Welpen. Er tritt näher heran und sieht dem Spiel zu. Ein Junge gibt den Ton an. Er hat den Welpen die meiste Zeit und bestimmt, wer sonst noch mit ihm kuscheln darf.

In der Tasche hat Sixten sein Schweizermesser, mit dem macht er die Cola auf. Er lässt sie einen Moment sprudeln, dann setzt er die Flasche an den Mund und trinkt sie in großen Schlucken aus.

DIENSTAG, 22. OKTOBER

KAPITEL 20

Am Morgen um Viertel nach sieben drückte Liv auf die Klingel bei Petter und Susanne in Valby. Er war nicht ans Telefon gegangen, und sie wollte nicht riskieren, dass er zur Arbeit fuhr, ohne zuerst mit ihr geredet zu haben.

Susanne öffnete ihr mit nassen Haaren und einem Handtuch um die Schultern. Sie sah Liv erschrocken an. »Ist was passiert?«

»Entschuldige, dass ich so hereinplatze, aber Petter geht nicht an sein Telefon.«

Susanne ließ sie herein und umarmte sie schnell. »Er stellt es seit Neuestem nachts aus. Sonst bekommt er kein Auge zu.«

Sie sagte das so lässig, als wäre es ganz normal, doch sie wussten beide, dass es das nicht war. Ein Ermittlungsleiter stellte nicht mitten in einem Fall das Telefon aus. »Ich sage ihm, dass du da bist. Er zieht sich gerade an.«

Liv setzte sich an den Tisch im Esszimmer, wo sie so viele von Petters selbstgekochten Mahlzeiten gegessen hatte, und ließ den Blick über die Reisemitbringsel schweifen. Die »Dia de los Muertos«-Figuren aus Mexiko, den Eiffelturm in Glas und die gigantischen Zapfen von kalifornischen Mammutbäumen. Die Sachen waren ihr vertraut und gaben ihr ein Gefühl von Zuhause. Sie beruhigten sie ein wenig. Liv fühlte sich fiebrig warm und hatte verdammt schlecht geschlafen, ihr Nervensystem hatte sie nicht zur Ruhe kommen lassen. Das gestern Abend war eine weitere Warnung gewesen. Die Frage war, wie viele sie bekommen würde, bevor sie mit einem eingeschlagenen Schädel endete.

»Guten Morgen, Kleine. Du konntest mich also nicht länger entbehren. Ich habe Sixten Vitting-Hansen noch nicht erreicht, falls du deshalb hier bist.« Petter holte sich einen Becher und gab Milch aus dem Kühlschrank hinein. »Und ich habe auch noch nicht mit dem Einstellungsausschuss gesprochen. Es ist halb acht, und ich trinke gerade meinen Morgenkaffee, wenn das okay ist.«

»Petter, ich bin gestern Abend bedroht worden. Von einem fremden Mann auf der Straße, der wollte, dass ich mich raushalte.« Liv spielte es absichtlich herunter. Es bestand kein Grund, ihn unnötig zu beunruhigen.

Er blieb mit der Kaffeekanne in der Hand stehen.

»Ich bin okay«, beeilte sie sich, ihm zu versichern, auch wenn sie sich nicht sonderlich okay fühlte. Es war etwas ganz anderes, mit einer Konfrontation alleine und ohne Uniform klarzukommen, hautnah und unangenehm privat.

»Dich raushalten? Was hat er gesagt?«

»Dass ich meine Nase nicht in alles hineinstecken soll. Wir müssen der Lösung näher kommen, sonst würde der Täter sich nicht die Mühe machen, mich zu bedrohen.«

»Und du bist dir sicher, dass das nicht nur irgendein Idiot war?«

Liv nickte entschieden. »Ich war gerade aus dem Tivoli gekommen, wo ich Sixten überwacht hatte. Er hat mich gesehen. Das war eine Warnung von ihm, da bin ich mir sicher.«

»Kannst du den Angreifer beschreiben?«

»Wir haben ihn bald. Lass uns erst mal was essen … Hast du dir Bos Telefonnachrichten und Anrufe angesehen?«

»Ja.«

»Hatte er in den Tagen vor seinem Tod Kontakt zu Sixten oder dem Rest der Familie Vitting-Hansen?«

Petter trank seinen Kaffee und verlor sich in Gedanken, sah die Tasse an, als wäre sie ihm einen Moment fremd. Sie wiederholte die Frage und sah, wie er wieder zu sich kam.

»Ich meine, dass Bo Sixten am Mittwoch angerufen hat, aber lass mich das kurz noch mal überprüfen.«

Susanne kam herein, jetzt mit trockenen Haaren. »Hast du Hunger, Liv?«

»Nein danke. Doch, danke.«

Susanne stellte Marmelade, Brot und Käse auf den Tisch. Überrascht merkte Liv, dass sie wirklich hungrig war. Sie schmierte zwei Scheiben mit Marmelade und lehnte sich mit dem Teller in der einen Hand und einem Brot in der anderen auf dem Stuhl zurück.

»Wie du ohne Kaffee auskommen kannst!« Petter schenkte sich nach und trank mit einem zufriedenen Seufzen.

»Ist es das, was du zu sagen hast?«

Susanne sah von einem zum anderen und brachte ihren Teller in die Küche, wobei sie Petter einen Klaps auf die Schulter gab.

Er sah Liv über den Rand seiner Tasse an. »Was soll ich deiner Meinung nach tun?«

»Lass mich einen Blick in Polsas werfen und sehen, ob ich den Gewalttäter von gestern Abend finde, während du Sixten Vitting-Hansen überprüfst.«

»Jetzt? In unsere Datenbank?« Petter sah auf seine Uhr.

»Okay, ich schreibe den anderen, dass ich etwas später ins Präsidium komme. Wir setzen uns ins Büro.«

*

Nima setzte Shirin an der Schule ab und sah ihren schmalen Rücken zwischen den anderen Schülern auf dem Schulhof verschwinden. In der Regel fuhr sie mit dem Fahrrad, doch dieser Tage wagte er es nicht, sie zu viel alleine machen zu lassen.

Sie protestierte nicht.

Sie war insgesamt recht still, doch ob die Nervosität, zurück in die Klasse zu kommen, oder seine schlechte Laune der Grund dafür war, wusste er nicht.

Er hatte Lust auf einen Joint. In einem gefühllosen Nebel zu versinken und zu verschwinden. Doch das war der alte Nima, erinnerte er sich. Der alte Nima, der egozentrisch und frei war, und den gab es nicht mehr. Bevor er losfuhr, warf er einen Blick auf sein Handy, um zu sehen, ob Hannah sich gemeldet hatte. Das hatte sie nicht.

Dafür hatte Ricco geschrieben. *Hol mich in einer halben Stunde am Bahnhof Nørrebro ab.* Nima griff nach dem Steuer und fuhr Richtung Norden durch die Stadt. Die Herausforderungen der nächsten Tage erschienen ihm unüberwindbar.

Doch was auch immer passierte, sein Leben würde morgen ein anderes sein. Wenn er denn überlebte. Wenn er das tat, würde er mit Shirin an irgendeinen wunderschönen Ort in die Herbstferien fahren, gelobte er sich. Und Hannah zurückgewinnen. Er begegnete seinem gejagten Blick im Rückspiegel und seufzte. *Wenn* er überlebte.

Ricco stand am Bahnhof Nørrebro und wartete.

Nima blinkte und fuhr heran. Die Hoffnungslosigkeit des Plans verschlug ihm den Atem, und er musste sich über das Steuer lehnen, damit ihm nicht schwindlig wurde.

»Guten Morgen, bist du krank, oder was?« Ricco öffnete die Autotür und setzte sich hinein, scheinbar unbeeindruckt von dem, was sie erwartete. »Du bist ganz grau im Gesicht.«

»Ich bin nur müde. Wohin fahren wir?«

»Nach Amager. Ich sage dir dann, wie du fahren musst.«

Nima reihte sich in den Verkehr auf dem Nordre Fasanvej ein, der wie immer dicht und aggressiv war, und fuhr über den Bispeengbuen mit Blick auf Bilals Wohnung weiter.

Ricco trommelte auf das Armaturenbrett. »Sollen wir nicht etwas Musik anmachen? Wo ist deine gute Dienstagslaune?«

»Die ist mit den Morddrohungen verschwunden. Aber wunderbar, dass du das Ganze so leicht nimmst.«

Ricco lächelte nachsichtig. »Es wird nicht leichter, wenn du Stress machst, Kumpel.«

Nima biss die Zähne zusammen.

»Entspann dich, Mechaniker. Wir haben einen guten Plan, der wird schon funktionieren. Hier lang, Richtung Ørestad.«

Nima setzte den Blinker und fuhr Richtung Amager, bis Ricco ihm den Weg wies, der durch die platte Wildnis des Naturschutzgebiets Kalvebod Fælled führte.

»Fährt man nicht hier raus, um Leute zu begraben, wenn man sichergehen will, dass sie nicht gefunden werden?«

Ricco lachte, dass sein Bart hopste. »Das ist einfach ein Ort, an dem man sich treffen kann, ohne gesehen zu werden, Mechaniker. Die warten dahinten auf uns. Fahr links ran, aber lass den Motor an.«

Ein Stück den Weg hinunter stand ein Geländewagen im Leerlauf, die Vorderlichter auf sie gerichtet. Soweit Nima das erkennen konnte, saßen auf allen Plätzen Männer. Waren sie bewaffnet? Er fuhr neben das Auto und hielt an.

Ricco ließ das Fenster herunter, sodass er und Omar sich unterhalten konnten.

»Danke für deine Zeit, Omar.«

»Da nicht für. Ich rechne damit, dass du etwas für mich hast, das sie wert ist?«

Ricco nickte. »Wie gut kennst du deinen Mann, Bilal?«

Omar antwortete nicht, aber das war wohl auch nicht beabsichtigt, denn Ricco fuhr, ohne zu zögern, fort: »Ihr habt morgen einen Transport, für den Bilal zuständig ist. Er hat arrangiert, dass mein Freund hier, Nima, die Tasche von ihm nach Christiania bringen soll, aber Bilal plant, Nima als Hasen zu benutzen und selbst dein Dope einzusacken.«

Omar blinzelte. »Warum sollte ich dir glauben?«

»Warum sollte ich lügen?« Ricco machte eine ausladende Handbewegung. »Du entscheidest selbst, wie du deine Geschäfte führst. Aber wenn dir dein Dope morgen Abend fehlt, dann ist es nicht bei meinem Kumpel.«

Omar sah an Ricco vorbei zu Nima. Sah ihn an. »Gut. Fahr den Transport wie geplant! Dann sehen wir, was passiert.«

*

Petter räumte den Tisch in dem kleinen Heimbüro frei, das er sich in einem der früheren Zimmer seiner Töchter eingerichtet hatte, und klappte den Wäschetrockner zusammen, der permanent in dem Raum zu stehen schien.

»Ja, so oft brauche ich es ja nicht«, erklärte er unnötigerweise und schloss seinen Laptop an den Strom an – ein Manöver, zu dem er auf den Knien zum Stecker unter dem Schreibtisch kriechen musste.

»Kannst du dich von hier aus in Polsas einloggen?« Liv sah ihm zu, wie er mühsam wieder auf die Beine kam und sich prustend auf den alten Bürostuhl setzte.

»Das müsste funktionieren.« Er gab etwas ein, las den zugesandten Code auf seinem Telefon, meckerte und gab wieder etwas ein. »So, jetzt bin ich drin.«

Er sah sie fragend an.

»Sixtens Mittwochabend, was hat er gemacht?«

»Ach ja.« Petter griff nach seinem Telefon. »Ich rufe ihn jetzt an.«

»Dann lass mich in der Zeit an den Computer.«

Er schüttelte den Kopf, stand aber trotzdem auf. »Wenn meine Chefs das hier sähen …«

»Ja, ja, und so weiter.«

Sie ließ ihn sich vorbeizwängen und setzte sich auf den Bürostuhl. Er war warm von seinem Körper. Während sie hörte, wie er sich Sixten vorstellte, rief sie über die Suchfunktion das Nationale Fotoregister auf und gab ein: *Gewaltverbrecher, Mann, ungefähr 1,85 groß, fünfundzwanzig bis dreißig Jahre, Anbindung zum Bodybildermilieu.*

Der Computer begann zu arbeiten, hinter ihr sprach Petter laut und deutlich: »Wann genau waren Sie da, können Sie sich daran erinnern? Aha … dann sind Sie praktisch zu spät gekommen? Zehn Minuten? Das heißt, es war zwanzig vor sieben. Okay, eher Viertel vor?«

Der Computer gab ein *Pling* von sich, und sie scrollte durch die Fotos von Kriminellen, die bei der Festnahme aufgenommen und im Fall einer Anklage gespeichert worden waren. Sie studierte jedes einzelne Porträt, um sicher zu sein, dass sie ihn nicht übersah. Auf Seite fünf landete sie einen Treffer. Sie erkannte die blonden Locken und die breiten Schultern sofort.

Emil Rosengaard, er war siebenundzwanzig und für grobe Gewalt und Drogenkriminalität verurteilt worden. Sie klickte sich in seine letzte Akte ein und überflog die Gerichtsauszüge.

»Petter, das musst du dir ansehen!«

Er schwenkte die Hand, und sie sah, dass er noch telefonierte. Er schrieb eine Notiz auf ein loses Blatt, das auf dem Tisch lag, und redete weiter: »Sie haben nach der Arbeit in dem Haus am Nytorv ein Bad genommen, und dann? Auf dem Fahrrad? Hat es Mittwochabend nicht geregnet? Sie müssen nass gewesen sein, als Sie in dem Restaurant angekommen sind? Okay, danke.«

Petter beendete das Gespräch, legte auf und sah sie mit leuchtenden Augen an. »Sixten hatte bis 17:30 Uhr in seinem Büro eine Besprechung und hat um Viertel vor sieben einen Kollegen im *l'Alsace* zum Abendessen getroffen. Er hätte es gut schaffen können. Mit dem Fahrrad und einer guten Portion Kaltblütigkeit hätte er Bo umbringen können, bevor er in dem Restaurant aufgeschlagen ist.«

»Lass uns nach möglichen Fahrradrouten vom Nytorv zu den Kartoffelreihen und der Ny Østergade sehen!« Liv öffnete krak.dk und gab die Ziele ein. »Von der Nørregade zur Øster Voldgade, dann in die Sølvgade und die Øster Farimagsgade, das kommt mir am wahrscheinlichsten vor. Oder vielleicht die Vendersgade entlang, um Nørreport zu umgehen. Er ist um 18 Uhr plus/minus fünf Minuten in der Hallinsgade eingetroffen. Schreibst du mit?«

Petter griff nach Papier und Stift und schrieb. »Und danach?«

»Vermutlich über die Øster Farimagsgade und die Sølvgade zurück zur Borgergade. Hast du gesagt, dass er um Viertel vor sieben im Restaurant war?«

»Etwas in der Art, ja.«

»Dann müssen wir nur die Überwachungskameras auf diesen Routen überprüfen und sehen, ob wir ihn finden.«

Petter nickte. »Ich veranlasse das. Soll ich ihn zum Verhör einbestellen?«

»Das ist nicht die richtige Methode, das anzugehen, Petter. Er ist Anwalt und aalglatt. Falls er Bo tatsächlich umgebracht hat, hat er sich gut abgesichert. Wenn wir mit ihm reden, sollten wir das unter dem Vorwand tun, der Familie Neuigkeiten über Alban mitteilen zu können. Es ist nicht öffentlich bekannt, dass er ein Kind hatte, das gestorben ist. Vielleicht wissen sie das auch nicht.«

Sie winkte ihn zu sich, sodass er einen Blick auf den Bildschirm werfen konnte. Petter stellte sich mit verschränkten Armen hinter sie, die Hände auf dem Bauch wie ein Bingospieler in der Pause zwischen zwei Runden.

»Er war es, der mich gestern bedroht hat. Emil, der gern Steroide nimmt und Leute schlägt, die schwächer sind als er.« Sie zeigte auf den Bildschirm. »Guck mal, wer sein Verteidiger ist.«

Petter beugte sich vor und las laut: »Der Angeklagte wird von dem Anwalt Sixten Vitting-Hansen vertreten.«

CHRISTIANIA, JULI 1984

Der Tag geht zur Neige, und Carl steht vor der Wahl, nach Hause zu fahren und mit Lisbet und den Kindern zu Abend zu essen oder in Christiania zu bleiben und weiterzuarbeiten. Er hat in den Häusern um Lalikas Hütte Zeugen verhört, aber offenbar hat niemand von ihnen gewusst, dass Alban da drinnen war, und es weiß auch niemand von dem Rat. Das behaupten sie jedenfalls. Er bezweifelt stark, dass sie die Wahrheit sagen, aber es ist schwer, Menschen dazu zu bringen, mehr zu sagen, als sie wollen.

Der Duft nach Essen lockt ihn in dieselbe Gemeinschaftsküche, in der er vor einigen Tagen Ida verhört hat. Jetzt sitzen an den langen Tischen Kinder und Erwachsene, die essen und fröhlich durcheinanderreden. Carl geht an die Theke und bekommt eine rührend billige Schale mit Suppe und grobem Brot dazu, die er mit an einen freien Platz am Ende eines Tisches nimmt. Die Leute blicken auf und lächeln ihn an, und er fühlt sich unerwarteterweise willkommen. Solange man keine Fragen stellt, ist man offenbar okay, denkt er und setzt sich.

Die Suppe ist mit Kräutern gewürzt und schmeckt überraschend gut, wenn man sich um die grünen Linsen auf dem Boden herumarbeitet. Carl lässt den Blick durch den Raum schweifen, sieht aber unmittelbar niemanden, den er wiedererkennt. Eine kleine Enttäuschung im Bauch sagt ihm, dass er gehofft hat, Ida zu treffen. Er trägt die Schale zur Theke, bedankt sich für das Essen und tritt in die sommerlich laue Dämmerung. Früher am Tag ist er auf der Suche nach Jørn an Omeletten vorbeigegangen, aber vergeblich. Jetzt ist er erneut auf dem Weg zu dem Kollektiv, um zu sehen, ob er ihn findet.

Die Überbleibsel des Fests liegen noch immer zwischen den Häusern im Gras: der Baldachin, unter dem die Band gestanden hat, leere Bierflaschen und ein vergessenes Kondom auf dem Weg.

Carl lässt den Blick schweifen, bis er bei Jørns Haus angekommen ist, doch die Fenster sind dunkel. Niemand zu Hause. Er will sich gerade umdrehen und gehen, als er das Geräusch von Metall auf Stein hört und ein Schatten sich aus der Dunkelheit löst. Eine schlanke Gestalt hat Werkzeug auf die Fliesen hinter dem Haus gestellt. Jetzt bewegt sich die Person den Wall hinunter.

Carl folgt ihr, passt auf, sich im Schatten zu halten. Der Wall liegt verlassen da und duftet feucht nach Erde und Sommer. Er verlangsamt den Schritt und bewegt sich so leise wie möglich im Schutz der Bäume und Büsche. Das Mondlicht scheint durch die Baumkronen auf die Gestalt. Ein junger Mann, fast noch ein Junge.

Der Junge geht zielgerichtet zum Ausgang, hin und wieder sieht er über die Schulter. Carl folgt ihm, bis sie zum Ausgang und den Straßenlaternen kommen. Als er ins Licht tritt und die Straße überquert, erkennt Carl ihn sofort von den Zeitungsbildern der letzten Tage.

Sixten Vitting-Hansen.

Carl sieht ihn in ein Taxi steigen und wegfahren. Dann dreht er sich um und geht wieder zurück, am Wasser entlang vom Haupteingang und der Stadt weg, tiefer hinein in die Wildnis. Er folgt dem Weg, während er ab-

wechselnd über das Wasser und zu den Bäumen am Wall hochsieht. Die wenigen Häuser, die hier liegen, sind dunkel und leer, und er trifft nicht eine lebende Seele. Ein Gedanke spukt ihm seit Tagen im Hinterkopf herum. Jetzt will er es wissen. Er geht hoch über den Wall, bis er an Jørns Haus ist. Jetzt brennt Licht in den Fenstern, und jemand spielt Musik. Carl hofft, dass sie das ablenkt. Er schleicht sich an der Haustür vorbei, duckt sich unter einem Fenster und schleicht zur Rückseite des Hauses. Wie erwartet, lehnt ein Spaten an der Wand, vielleicht der, den Sixten gerade dorthin gestellt hat? Carl eilt zurück auf den Weg und wieder hinunter zum Wasser.

Es braucht Zeit, um es im Dunkeln zu finden. Er stolpert über Baumwurzeln und rutscht am Ufer im Matsch aus, sodass er auf den Knien landet. Jetzt wird er das Auto einsauen, da kann er auch ruhig weitermachen. Bei Vilhelms Bastion führt ihn das Mondlicht zu dem Schwanennest und dem Baum, er muss in die Hocke gehen und sich das letzte Stück des Wegs vortasten, weil die Krone das Licht wegnimmt. In der Dunkelheit finden seine Hände schließlich die kleine Erhebung. Unberührt. Die Erde ist immer noch fest.

Carl atmet erleichtert auf. Der Zweifel nagt immer noch an ihm, aber die Zeit wird für ihn arbeiten. Er holt ein kleines Stück Schnur aus der Tasche, die hat er für unvorhergesehene Situationen immer dabei, zusammen mit einem Taschenmesser und zwei Kopfschmerztabletten. Auf dem Boden findet er ein Stöckchen, das gerade und so trocken ist, dass er es in zwei Stücke brechen kann. Er legt sie über Kreuz und bindet sie zusammen. Das kleine Kreuz ist eine sentimentale Unvorsichtigkeit seinerseits, aber er kann es nicht lassen. Der nächste Regen-

guss wird es wegspülen, oder einer der Hunde der Freistadt schnappt es sich.

Er bohrt das Kreuz in die Erde und steht auf.

Entschuldigung, murmelt er und geht.

KAPITEL 21

»Lass uns raus auf die Terrasse gehen. Ich brauche eine Zigarette.«

Liv unterließ es, Petters misslungenen Versuch zu kommentieren, auf Nikotinkaugummis umzusteigen, und folgte ihm hinaus auf die überdachte Steinterrasse. Auf dem Weg warf sie einen Blick auf ihr Handy und sah, dass Viola Riebenau angerufen hatte, doch als sie zurückrief, meldete sich niemand. Liv hatte noch immer keinen plausiblen Grund für Violas Treffen mit Sixten gefunden, und der Gedanke beunruhigte sie.

Sie sah zu, wie Petter sich eine Prince anzündete.

»Was zeigt Bos Anrufliste?«

Petter inhalierte tief. »Er hat um halb zehn am Mittwochvormittag in Sixtens Büro angerufen.«

»Am selben Tag, an dem Bo ermordet wurde.«

»Warum ist das wichtig? Was glaubst du, worüber sie geredet haben?«

Liv ging zu einem Topf in der Ecke der Terrasse, in dem ein Kaktus ums Überleben kämpfte. »Ihr solltet ab und zu mal gießen.«

»Ja, ja. Aber worum ging's bei dem Anruf?«

»Okay, falls Bo nur angerufen und Sixten von der Strafe des Rats erzählt hat, gibt das Sixten wohl kaum ein Motiv, ihn umzubringen, es sei denn, er hat vor, die ganze Bande auszurotten ... Vielleicht hat Bo ihm gestanden, dass er

Alban eingesperrt hat? Das könnte Sixten veranlasst haben, sich an ihm zu rächen.«

Petter stieß Rauch durch die Nase aus, was ihn wie einen alten, grauen Drachen aussehen ließ. »Das reicht nicht, Fräulein Detektiv. Warum sollte ein Mann in seinem besten Alter …«

»Bo war siebenundsechzig.«

»Wie gesagt, warum sollte er nach vierzig Jahren einen Mord gestehen und riskieren, sein Alter im Gefängnis zu verbringen?«

»Du hast recht.« Liv legte den Kopf schief, um besser denken zu können. »Sixten war siebzehn, als Alban starb. Ein großer Junge. Angeblich hat er seinen Bruder geliebt, aber wir wissen nicht, ob das stimmt. Was, wenn er das Schloss an dem Schuppen angebracht hat und schuld an Albans Tod ist? Und wenn Bo gedroht hat, ihn auffliegen zu lassen?«

»Hmm, das ist eine wilde Theorie.«

»Stell dir mal die Konsequenzen vor, wenn die Polizei und Per Vitting-Hansen erführen, dass Sixten das Schloss angebracht hat. Oder vielleicht reicht auch schon weniger. Vielleicht hätte er den Tod seines großen Bruders verhindern können, hat es aber nicht getan.«

»Okay, das ist wohl innerhalb des Möglichen. Nehmen wir mal an, dass Sixten Bo mit dessen eigenem Hammer aus dem Werkzeugkasten in der Diele erschlagen hat. Hat er den Hammer dann einfach in die Tasche gesteckt und ist mit Blut an den Kleidern zum Restaurant *Alsace* gefahren, um mit seinem Kollegen zu Abend zu essen?« Petter hustete hohl und verdrehte die Augen angesichts seiner eigenen Worte.

»Mittwoch hat es geregnet, er kann ein Regencape getragen haben, das die Kleidung vor Blutspritzern geschützt hat. Und den Hammer hat er in der Aktentasche in das Regencape eingewickelt, sodass er ihn später bei Jørn Kolding deponieren konnte.«

»Hmmm ...« Petter sah auf die Glut, die langsam die Zigarette auffraß. »Bo hat übrigens am Mittwochvormittag noch eine Person angerufen.«

»Wen?«

»Außer Kirsten und Sixten hat er auch Ida Bergman angerufen. Sie haben sich neunzehn Minuten unterhalten.«

»Ida?« Liv spürte einen Tropfen von der Dachrinne und trat unter das Vordach. »Ich sag es dir, Petter, sie weiß etwas! Deshalb ist sie untergetaucht.«

»Was sollte sie wissen?«

»Hallo, Kumpel. Sie war es, die damals die Polizei angerufen und gelogen hat, wie sie Alban gefunden hat. Sie war eng mit Mette befreundet und hat die ganzen Jahre das tote Kind verschwiegen. Sie spielt eine zentrale Rolle in dem Ganzen, vielleicht weiß sie das Gleiche, weshalb Bo umgebracht wurde.«

»Hallo, Kumpel selbst.« Petter lachte und wischte sich einen Regentropfen von der Stirn.

»Ich wüsste zu gern, ob Albans Eltern davon wissen.«

Er schnitt eine Grimasse. »Denkst du an das Kind?«

»Ich denke, dass Herr und Frau Vitting-Hansen ganz offiziell darüber informiert werden sollten, dass sie ein Enkelkind hatten. Dann können wir bei dieser Gelegenheit Sixten ein paar Fragen stellen.«

*

Zeitgleich mit dem Übergang des Morgens in den Nachmittag begann Nimas Herz härter in der Brust zu schlagen. Er saß an dem Tisch in der kleinen Kombüse und starrte in die Luft. Irgendwann versuchte er sich an einem Stück Knäckebrot, doch es wurde in seinem Hals zu Brei, und er konnte es unmöglich hinunterschlucken, sodass er den Rest in den Mülleimer warf.

Im Eingangsbereich hing die abgenutzte Lederjacke, für die er bald zu alt war. Sie wirkte auf tragische Weise passend für den Anlass, ein Klischee, genau wie das Auto und die Werkstatt und das Schleppboot, all das, was er in den vierzig Jahren angesammelt hatte.

Shirin war der erste Mensch in seinem Leben, der ihn ernsthaft brauchte. Nicht wieder nach Hause zu kommen war keine Option.

Auf dem Weg die Gangway hinunter blieb die Zeit stehen. Er hatte das schon vorher erlebt, ein paarmal nach Pilzen, aber nie in nüchternem Zustand. Der Mund wurde trocken, und er hörte seine Schritte von außen, als ginge er auf dem Meeresgrund. So musste es sich anfühlen, die letzten Meter zum elektrischen Stuhl zu gehen, dachte er und setzte sich ins Auto. Sah seine Hände an, die nicht so viel in der Welt ausgerichtet hatten, und gelobte sich, den Kurs zu ändern, wenn er das hier überlebte. Ein ordentliches Heim für Shirin zu schaffen und sein Geld für Erlebnisse mit ihr auszugeben statt für Autos und Drogen. Der Mustang wäre das Erste, was er abschaffen würde.

Während er durch die Stadt fuhr, verdrängte er alle Gedanken und war nur noch auf Gangwechsel und Bremsen fokussiert, bis der Bispeengbuen vor ihm auftauchte. Er fuhr bis vor den Eingang von Bispeengen 15 und stellte den Motor ab. Es war vier vor vier, und er hatte die Anweisung, hier zu warten, bis Bilal mit dem Stoff kam, und ansonsten die Runde, wie besprochen, zu fahren.

Eine Tür knallte. Nima wagte nicht den Kopf zu drehen und zu gucken. Schritte und Stimmen waren zu hören, die Geräusche kamen näher, bis sie direkt vor dem Auto waren. Er versuchte, bis tief in den Bauch zu atmen, konnte es aber nicht. Saß einfach da und starrte geradeaus, während er den Stimmen lauschte. Er wagte einen Blick aus dem Fenster. Zwei junge Leute gingen den Weg hinunter, weg von dem Auto.

»Jetzt ist es so weit, Mechaniker!« Die Beifahrertür wurde aufgerissen, und Bilal stellte eine Sporttasche auf den Sitz neben Nima. »Du weißt, wo du hinmusst. Fahr!«

Er knallte die Tür zu, und Nima fuhr mit schwitzenden Handflächen Richtung Stadt. In der Ågade wurde es so schlimm, dass er sich die Hände an der Hose abwischen musste, um verantwortungsbewusst das Steuer halten zu können. Was von hier ab passierte, würde sich sehr bald zeigen. Entweder folgten Omar und seine Leute Bilal und stoppten ihn, wenn er aus dem Hinterhalt zu einem Angriff auf den Transport ansetzte. Oder Bilal stoppte ihn irgendwo auf der Route, und er war am Ende. Bilal würde ihn erschießen, den Stoff verstecken und versuchen, es wie einen Coup einer rivalisierenden Bande aussehen zu lassen. Omar würde es besser wissen, aber Nima wäre immer noch tot.

Bei dem Seepavillon verschlechterte sich die Sicht. Er blinzelte und rieb sich die Augen mit den Knöcheln, doch es fühlte sich an, als hätte er Fett auf der Linse. Konnte das die Angst sein, die ihn blind machte? Er reduzierte das Tempo und lehnte sich zur Windschutzscheibe vor, mit zusammengekniffenen Augen ging es. Nach der Glyptothek drehte er nach rechts ab und fuhr hinten herum, sodass er am Hafen nach links abbiegen und unter der Langebro durchfahren konnte.

Direkt hinter der Brücke passierte es. Mitten auf der Christians Brygge fuhr ein Auto vor ihn und stellte sich auf der Fahrbahn quer, so schnell, dass er es fast gerammt hätte. Nima trat auf die Bremse und hörte die Reifen des Mustangs auf dem Asphalt kreischen. Ein Auto hinter ihm hupte wütend. Wenn sie ihn jetzt hinrichteten, geschah es mit Zeugen.

*

Sixten Vitting-Hansen nahm Liv und Petter überenthusiastisch in Empfang. Er eskortierte sie in das leere Vorzimmer seiner Kanzlei und machte das Licht an.

»Mein Vater und meine Mutter sind oben. Vater ist bettlägerig, doch ich möchte Sie bitten, ihn nicht so zu behandeln, als wäre er krank. Das ist ihm lieber. Er hört auch gut.«

»Aber es geht ihm gut genug, uns zu empfangen?«

Sixten legte den Kopf schief. »Wir haben der Polizei kritische Fragen gestellt, seit mein Bruder gestorben ist, aber nie ordentliche Antworten bekommen. Wenn es eine neue Spur in dem Fall gibt, ist das ein kleiner Schock.« Er ging zum Fahrstuhl und rief ihn herunter. Auch heute trug er Hemd und Schlips und hatte die Nägel rosa lackiert. Sie sah Petter auf die Fingerspitzen gucken und sich seinen Teil denken.

»Bevor wir zu Ihren Eltern hochgehen, würde ich gerne von Ihnen hören, wann Sie das letzte Mal mit Ihrem Mandanten Emil Rosengaard gesprochen haben.«

Sixten drehte sich um und sah sie verständnislos an. »Entschuldigung, was hat Emil mit dem Fall zu tun?«

»Habe ich recht, dass er Ihr Mandant ist?«

Er nickte zögernd.

»Er hat mich gestern Abend bedroht, mir geraten, die Nase nicht in etwas hineinzustecken …«

Sixten holte tief Luft und hielt dann den Atem an. Dann lachte er trocken. »Falls es zu einer Anzeige kommt, werde ich Emil gegebenenfalls vertreten, es ist also nicht sinnvoll, wenn wir den Fall erörtern.«

Liv nickte. Clevere Taktik, das musste sie ihm lassen. Doch seine aalglatte Art, Fragen zu parieren, machte ihn nur noch erbärmlicher.

»Dann möchte ich Sie etwas anderes fragen. Worüber haben Sie am Mittwochvormittag um halb zehn mit Bo Riebenau gesprochen?«

Er zuckte die Schultern, als hätte sie ihn gebeten, das Wetter für Heiligabend vorherzusagen. »Daran erinnere ich mich nicht.«

»Als ich am Freitag hier war, haben Sie gesagt, dass Sie ihn nicht gekannt haben.«

»Da erinnern Sie sich falsch. Ich kannte Bo gut, aber ich erinnere mich nicht an das Gespräch. Tut mir leid.«

Petter mischte sich ein. »Haben Sie bei der gleichen Gelegenheit vielleicht auch mit einigen anderen Christianiten gesprochen? Jørn Kolding? Kim Naver? Kirsten Abrahamsen?«

»Ida Bergman?«, fügte Liv hinzu.

»Keiner der Namen sagt mir unmittelbar etwas, tut mir leid.«

Liv lächelte säuerlich. Falls Sixten glaubte, damit aus dem Schneider zu sein, hatte er sich geirrt. »Wenn wir fragen, geschieht das deshalb, weil Bo mich wenige Stunden nach Ihrem Gespräch beauftragt hat. Er fühlte sich nicht sicher. Und am selben Abend wurde er in seinem eigenen Wohnzimmer ermordet.«

Sixten blinzelte zweimal, sah sie aber weiter mit seinem intensiven Blick an. Wie ein Salamander, dachte Liv und räusperte sich.

»Dann sehen wir mal, ob ich Ihrer Erinnerung auf die Sprünge helfen kann. Vielleicht hat er ja angerufen, um über das Schloss mit Ihnen zu sprechen, das Sie an Albans Schuppen angebracht haben, sodass er schließlich verdurstet ist?«

»Das ist eine schwerwiegende Anschuldigung.« Er verzog keine Miene.

»Wie wird Ihr Vater wohl auf diese Neuigkeit reagieren?«

Der Aufzug kam mit einem metallischen Knacken und einem *Pling* zum Stehen. Die Kabel rasselten schwer. Sixten hatte einen Punkt auf dem Boden gefunden, auf den er starrte. Man konnte nicht sagen, ob ihn die Frage erschüttert hatte oder nicht.

»Hat Bo Ihnen auch von Albans und Mettes Kind erzählt, das an seinem eigenen Erbrochenen erstickt ist, weil die beiden Heroin gespritzt hatten? Oder wussten Sie das bereits?«

Er blickte auf. Seine Augen waren klein geworden. »Mein Bruder hatte ein Kind?«

»Das wussten Sie nicht?« Liv sah Sixten forschend an. Stimmte das wirklich?

Sixten sah Liv leer an, die Augen waren zwei dunkle Seen in dem bleichen Gesicht. Dann richtete er sich auf und zog an den Hemdsärmeln, bis sie unter dem Jackett hervorguckten.

»Mein Vater ist leider doch zu krank, um mit Ihnen zu reden. Wenn es sehr wichtig ist, müssen Sie über seinen Anwalt gehen. Der übrigens ich bin.«

Er ging zur Haustür und öffnete sie. »Danke, dass Sie gekommen sind.«

CHRISTIANIA, JULI 1984

Carl geht durch Christiania zur Fredens Ark und findet den richtigen Eingang. Das alte Kasernengebäude liegt groß und grau da und gleicht einem Gefängnis mit vier Stockwerken. Auch innen macht das Gebäude einen baufälligen Eindruck mit seinen langen, dunklen Gängen. Wenn er ganz nah herangeht, kann er sehen, dass die Türen in bunten Farben angestrichen sind, doch sie verschwinden in der Dunkelheit.

Das Gerücht über das Kind floriert in der Freistadt. Er und Findsen stolpern in Gesprächen mit den Bewohnern darüber, aber keiner weiß etwas Konkretes. Oder richtiger, die, die etwas wissen, sagen nichts. Doch man sieht es an dem Schimmer in ihren Augen, wenn sie die Unwissenden spielen. Das schlechte Gewissen legt sich wie eine Haut über den Blick. Man muss viel lügen hier draußen, vor allem gegenüber der Ordnungsmacht, aber es fordert seinen Preis, über ein totes Baby zu lügen.

Carl sieht Erik und Anne vor sich. Sie sind inzwischen groß, aber noch immer klein genug, um Trost und Liebe bei ihren Eltern zu suchen. Für ihn sind sie ewig Babys mit gerade durchbrechenden Milchzähnen und vertrauensvollen Augen. Eltern tragen jedes Alter ihrer Kinder auf ewig in sich. Der Gedanke, sie zu verlieren, ist unerträglich.

Er findet die richtige Tür und klopft. Es dauert nur

einen Moment, bis Ida öffnet. Sie sieht aus, als hätte sie auf ihn gewartet, das Gesicht angespannt, vor Erwartung und Nervosität zu gleichen Teilen.

»Hei, Carl. Kommen Sie rein. Ich passe auf Magda auf, bitte seien Sie leise.«

Er sieht zu dem schlafenden Mädchen hin, das friedlich im Bett liegt, eingepackt in Kissen und Decken.

Idas Zimmer ist hell und voll mit Zeichnungen, bunten Textilien und Keramik. Es duftet leicht nach Lavendel, und auf dem Plattenspieler liegt Miles Davis' Kind of Blue *und spielt ganz leise. Eine freundliche Oase mitten in all dem Grau.*

Sie zeigt auf einen geblümten Sessel und gießt Tee in einen Becher. Er setzt sich und faltet die Hände um den Becher.

»Gemütlich haben Sie es hier.«

»Ja. Danke.« Ida räumt Bücher von dem zweiten Stuhl und weicht seinem Blick aus. »Als ich eingezogen bin, haben hier Hausbesetzer gewohnt, und das Haus brummte vor Leben. Jetzt liegen die Leute nur rum und rauchen Hasch, und es passiert absolut nichts, sodass ich nach etwas anderem suche.«

Carl lässt sie reden. Sitzt einfach da und sieht sie an. »Drogen machen passiv und zerstören die Kreativität.«

»Das kann ich nicht. Wir Kreativen sind Idealisten, wir streben nicht nach materiellen Dingen, sie interessieren uns nicht. Wir versuchen, die Welt mit unseren Gedanken und unseren Händen zu einem friedlicheren und schöneren Ort zu machen …«

»Ida!«, unterbricht er sie.

Sie sieht ihn an, als würde sie erst jetzt merken, dass er da ist.

»Alban und Mette hatten ein kleines Baby …«

Idas Blick flackert zu der Wiege mit Kirstens schlafender Tochter hin. Es ist nicht mehr als die Unaufmerksamkeit einer Sekunde, doch Carl erzählt sie alles, was er wissen muss.

»Mette hat ihre Tochter nicht mit nach Hause nach Tondern genommen, richtig?«

Ida beginnt zu weinen. Ganz ohne Vorwarnung wird ihre Fassade rissig, und sie muss sich hinhocken, um nicht zu fallen. Er sieht ihren schmalen Rücken, der zittert, und steht auf und setzt sich zu ihr, einen Arm um ihre Schultern gelegt. Sie lehnt sich an ihn und weint an seinem Hals.

Als ihr Atem sich wieder beruhigt hat, putzt sie sich die Nase und beginnt zu erzählen.

KAPITEL 22

Draußen auf dem Nytorv trennten Liv und Petter sich. Er wollte ins Präsidium und ein Klinkenputzen in den Häusern um die Hallinsgade sowie eine Überprüfung der Überwachungskameras veranlassen, um zu sehen, ob sie Sixten am Mittwochabend darauf entdeckten. Sie kaufte sich einen Hotdog und aß ihn auf dem Weg die Strøget hinunter zum Kongens Nytorv.

Während sie an leuchtenden Schaufensterfassaden vorbeiging und Wolken von Essensdunst einatmete, fragte sie sich, wie viel ihr Großvater wusste, als er den Fall schloss. Er musste von der Strafe des Rats und von Albans und Mettes toter Tochter gehört und damit gewusst haben, dass es kein Selbstmord war. Hatte er die Strafe für wohlverdient gehalten und Albans Tod als unglücklichen Unfall akzeptiert? Das erklärte allerdings nicht, warum er die Informationen nicht mit in den Bericht aufgenommen hatte. So, wie sie das sah, konnte es nur zwei Gründe dafür geben, und keinen davon mochte sie sich vorstellen.

Entweder hatte jemand ihren Großvater für seine Diskretion bezahlt. Oder – und das zu glauben, hatte sie bis auf Weiteres beschlossen – er hatte Mette beschützt, weil Ida ihn darum gebeten hatte.

Offenbar hatte er Ida gemocht. Wo war sie jetzt?

Liv ging die Ny Østergade entlang und an den Cafés in der Gothersgade vorbei hinunter zur Kronprinsessegade.

An der Umzäunung um Kongens Have lagen ein paar schöne Pavillons mit exklusiven Boutiquen. Liv wusste, dass eine davon Magda Abrahamsen gehörte, Kirstens Tochter und Ida Bergmans nächste Angehörige.

Um das schmiedeeiserne Gitter sammelten sich die ersten verwelkten Blätter in gelborangefarbenen Haufen und bereiteten sich darauf vor, zu sterben und wiederaufzuerstehen. Sie fand die Schmuckboutique und sah ins Fenster. Drinnen war Licht, doch die Tür war verschlossen, und es hing ein »Geschlossen«-Schild daran. Sie wollte schon weitergehen, als sie einen Schlüssel im Schloss hörte. Die Tür wurde von einer sommersprossigen Frau mit rotblondem Haar und klugen blauen Augen geöffnet, die Liv wiederzuerkennen meinte.

»Ich schließe heute früh, aber Sie können gerne hereinkommen und sich umsehen, wenn Sie möchten.«

»Nur für ein paar Minuten.« Liv folgte ihr in den kleinen Laden, wo Gold- und Perlenschmuckstücke in Glasvitrinen glitzerten. Sie sahen abenteuerlich aus mit ihren organischen Formen und klaren Farben. Unwillkürlich griff sie nach der einfachen Silberkette um ihren Hals. Das einzige Schmuckstück, das sie je getragen hatte. »Sind Sie Magda Abrahamsen?«

»Ja.« Magda lächelte freundlich, doch hinter dem Lächeln sah sie müde aus, die Sorgenfalte zwischen den Brauen war tief.

»Ihre Patentante und mein Großvater waren einmal gute Freunde, vielleicht sind Sie ihm mal begegnet?«

Magda sah sie verwirrt an. »Wer sind Sie?«

»Ich heiße Liv, mein Großvater war Carl Gunnar Jensen.«

Magda ging zur Tür und legte eine Hand auf die Klinke. »Und Sie machen sich Sorgen, wo meine Patentante ist?«

»Wissen Sie es?«

»Nein.« Sie schüttelte den Kopf, sodass die rotblonden Locken um die Schultern tanzten. »Sie?«

»Nein.«

»Dann erklären Sie mir doch, was Sie hier machen.«

»Okay.« Liv lächelte. Das war nur angemessen. »Ich bin Privatdetektivin und vor einer Woche von Bo Riebenau beauftragt worden. Er und mein Großvater – und Ida – haben sich in Zusammenhang mit einem Kriminalfall in Christiania im Jahr 1984 kennengelernt. Jetzt ist er ermordet worden, und sie ist verschwunden …« Liv hielt Augenkontakt zu Magda, während sie sprach. »Wenn Sie also wissen, wo sie ist, würde ich das sehr gerne erfahren.«

»Ich gehe davon aus, dass die Polizei den Mord untersucht. Wieso sollten Sie helfen können?«

Weil ich klüger bin, dachte Liv und antwortete: »Weil ich klüger bin.«

Die Antwort entlockte Magda ein Lächeln.

»Sind Kirsten und Ida immer noch enge Freundinnen?«

Magda nickte und sah auf ihre Schuhe. Schicke Loafer mit einer Schnalle, aber so spannend waren sie nun auch wieder nicht. Liv widerstand dem Wunsch, sie zu drängen, und nach einer halben Minute blickte sie auf. Die Sorgenfalte war noch tiefer geworden. »Verdächtigt man Ida wegen irgendetwas?«

Liv blinzelte überrascht. Verdächtigt? Das war eine seltsame Frage.

»Nein, soweit ich weiß, nicht. Aber sie ist einfach verschwunden, und das Handy ist ausgestellt. Das ist beunruhigend.«

Magda nickte, als fände sie das auch. »Ja … das ist nicht gut.«

Liv hatte dieses Gefühl, wenn man weiß, dass da etwas ist, aber nicht den Finger darauflegen kann. Sie und Magda redeten aneinander vorbei, was in der Regel bedeutete, dass einer log. Und das war nicht Liv. Im Moment jedenfalls.

»Können Sie sich erinnern, ob Ida Bo neulich erwähnt hat? Sie haben am Mittwoch telefoniert. Hat sie das Ihnen gegenüber erwähnt?«

»Nein.«

»Was ist mit Sixten Vitting-Hansen? Sagt Ihnen der Name etwas?«

Magda schüttelte den Kopf.

»Okay, ich gebe Ihnen meine Nummer, falls Ihnen noch etwas Wichtiges einfällt. Was immer Ida gesagt hat, das einen Hinweis darauf gibt, wo sie ist …« Liv legte eine der billigen Visitenkarten auf die Theke. Jedes Mal, wenn sie sie verteilte, schämte sie sich ein wenig dafür. Dann ging sie zur Tür und griff nach der Klinke.

»Ich kann mich gut an Ihren Großvater erinnern.« Magda hielt weiter den Blick auf ihre Schuhe gerichtet.

Liv erstarrte in der Tür.

»Er hat Ida besucht, als ich noch ein Kind war. Und er hatte oft ein Geschenk für mich dabei. Süßigkeiten, die ich bei meiner Mutter nicht bekam, Donald-Duck-Hefte.« Magda schenkte Liv ein kleines Lächeln.

Sie ergriff die Chance. »Hören Sie, ich verstehe gut, wenn Ida wegen des Mordes an Bo Angst hat und sich gedacht hat, dass es am besten ist unterzutauchen. Aber wir müssen mit ihr reden. Sie weiß etwas, das möglicherweise bei den Ermittlungen weiterhelfen kann …«

Magdas Lächeln erstarrte.

»Wir sind uns einig, dass sie nicht auf Rhodos ist, richtig?« Liv zwinkerte ihr zu.

Es verging ein Moment, dann räusperte sich Magda. »Ich habe versprochen, nichts zu sagen, aber ich glaube nicht, dass sie das so gut durchdacht hat ... Sie ist zu Hause bei uns, also bei meiner Mutter. Soll ich sie anrufen und ihr sagen, dass Sie gerne mit ihr reden würden?«

*

Ein Mann stieg aus dem Auto, das vor Nimas gefahren war. Er war in Schwarz und Grau gekleidet, trug eine Brille und wirkte völlig unbeeindruckt von der Situation. Ruhig öffnete er die Beifahrertür, nickte und nahm die Tasche mit den Drogen heraus.

»Omar bedankt sich.«

Der Mann trug die Tasche zurück zum Auto und schloss die Tür. Das Auto fuhr an Nima vorbei und verschwand über die Kalvebod Brygge in südlicher Richtung, als wäre nichts gewesen.

Nima blieb sitzen und sah die Konturen des Autos im Rückspiegel immer kleiner werden. Der Fahrer hinter ihm hatte das Fenster heruntergelassen und begann, ihn anzuschreien. Er startete den Mustang und fuhr vorsichtig weiter. Seine Knie zitterten, sodass er kaum die Pedale treten konnte, doch die Sicht kam langsam zurück.

Er hielt an der Seite, schaltete den Warnblinker an und atmete aus. Sein Herz schlug hart gegen die Rippen. Kamen sie zurück? Er fixierte den Blick auf den Spiegel und zählte die Sekunden. Als er bei dreihundert war, ließ er das Fenster herunter und guckte die Straße zurück. Zündete sich eine Zigarette an. Wenn die geraucht ist, weiß ich Bescheid, dachte er und verspürte einen Schimmer von Hoffnung in der Dunkelheit.

Es war überstanden. Er lebte noch. Das musste bedeuten, dass Omar Bilal auf dem Weg abgefangen hatte. Nima hatte keine Lust, darüber nachzudenken, was die Bande mit ihm machen würde.

Er nahm einen letzten tiefen Zug von der Zigarette und schnipste die Kippe auf den Radweg, drehte den Schlüssel im Zündschloss und bog auf die Straße ein, warf einen letzten Blick in den Rückspiegel und fuhr nach Hause. Die Erleichterung machte ihn schwindlig, nahezu euphorisch, und er musste laut lachen und sich zusammennehmen, um keine Schlangenlinien oder über eine rote Ampel zu fahren.

Er war *off the hook*! Das Gefühl war berauschend und machte ihm Lust, sich zu betrinken und laut Musik zu hören, selbst wenn das ein Widerspruch war, der an Torheit grenzte. Aber er erlaubte es sich, töricht zu sein. Verdammt, wann war er das letzte Mal glücklich gewesen? Oder hatte das Gefühl gehabt, es zu verdienen?

Das Gefühl hielt den ganzen Weg bis nach Hause nach Sydhavnen an, inklusive eines kurzen Stopps an einer Tankstelle, um Süßigkeiten und Zigaretten zu kaufen. Vielleicht hatte Shirin Lust auf eine Folge ihrer Lieblingsserie, wenn sie von der Schule nach Hause kam? Er rannte fast vom Auto über den Kai. Als er am Boot war, ging die Tür auf.

Vor ihm stand Bilal.

*

Die Familie Abrahamsen wohnte im Virginiavej in Frederiksberg. Liv nahm die Metro und ging das letzte Stück zu Fuß. Als sie sich an der Kreuzung am Rathaus von Frederiksberg orientierte, fing ihr Blick auf dem Bürgersteig hinter ihr eine rote Jacke ein, doch als sie sich kurz darauf umdrehte, war sie verschwunden.

Kirstens weiß verputzte Villa lag in einer Seitenstraße der verkehrsreichen Smallegade, und schon an der Klingel wurde das ästhetische Bewusstsein der Bewohner deutlich. Eine schwarz lackierte Haustür mit einem massiven Namensschild in Silber und einem dieser Türklopfer, den niemand mehr benutzt, der Gäste jedoch in Verlegenheit bringt, was dem Hauseigentümer offenbar zu gefallen schien. Das Schild zeigte an, dass Kirsten unten wohnte und Magda im ersten Stock. Darunter gab es ein weiteres mit den Worten: *Engelkinder, Trauergruppe.*

Ein Kind öffnete die Tür. Liv erkannte Polly wieder, Kirstens Enkelin.

»Wir sind im Wohnzimmer.« Polly lief los und überließ Liv in der ordentlichen Diele sich selbst. Sie zog ihre Turnschuhe aus und folgte dem Kind durch Kirstens japanisch inspiriertes Heim mit sauberen Flächen und null Unordnung. Alles schien maßgefertigt, die Details wirkten durchdacht, Liv fühlte sich automatisch unwohl.

In einem Wohnzimmer mit Panoramafenstern zum Garten und einer auffallenden Abwesenheit von Möbeln saß eine Frau von ungefähr siebzig in Meerjungfrauenstellung auf dem Boden, umgeben von Bergen bunter Stofflappen und mit Polly an ihrer Seite. Die weißen Haare der Frau waren zu einem Knoten hochgesteckt, sodass das jugendliche Gesicht frei war, und sie trug ein zerknittertes Hemd. Obwohl zwanzig Jahre und eine solide Verdrängung dazwischenlagen, erinnerte sich Liv sofort an sie. Großvaters heimliche Freundin. Ida Bergman.

»Einen Augenblick, wir legen gerade noch ein paar Lappen zurecht, solange wir uns an unsere Idee erinnern.« Ida legte mit Pollys Hilfe ein paar Stoffstücke um.

Währenddessen schaute Liv sie verstohlen an. Sie war immer noch schön, immer noch voller Leben.

Nach einer Minute war das gewünschte Resultat offenbar erreicht, denn Ida sah auf und lächelte. »So! Wenn man an Patchwork arbeitet, muss man das sehen. Es reicht nicht, sich die Muster vorzustellen.« Sie erhob sich mit Leichtigkeit, half Polly auf die Beine und trat aus dem Stoffkreis. »Ich weiß sehr gut, dass das albern ist, aber es hilft mir, abzuschalten und an etwas anderes zu denken.«

Liv nickte, ihr war schwindelig. Ida hob das Kind aus dem Stoffkreis und kam näher, vorsichtig wie ein Damwild.

»Erinnerst du dich an mich, Liv? Du hast dich nicht verändert.«

Liv antwortete nicht, und während des Schweigens, das zwischen ihnen entstand, lief Polly aus dem Wohnzimmer nach oben.

Ida lächelte. »Dann kommt bestimmt Kinderstunde, oder wie das heute heißt. Kirsten ist nicht zu Hause, aber ich habe Tee gekocht. Sollen wir uns ins Esszimmer setzen?«

»Okay«, sagte Liv und fühlte sich wieder zehn Jahre alt, was kein besonders angenehmes Gefühl war.

Ida zog einen Stuhl vor und schenkte Tee in zwei dunkle, henkellose Becher. Der aufsteigende Dampf roch streng und blumig, und Liv drehte sich der Magen um.

»Ich denke, du hast Fragen an mich, aber vielleicht ist es am sinnvollsten, wenn ich einfach loslege.« Ida sah sie fragend an und fuhr fort: »Die Nummer hier tut mir leid. Der Mord an Bo hat mir einfach Angst gemacht.«

»Wen wolltest du damit täuschen?«

Sie zuckte die Schultern. »Da draußen läuft ein Mörder herum, und ich habe Angst, dass ich auf seiner Liste stehe.«

»Warum solltest du in Gefahr sein?« Liv ließ den Blick über die spartanische Einrichtung schweifen. »Und wer sagt, dass der Täter nicht bei Kirsten auftaucht?«

»Dann sind wir zumindest zu zweit. Und Kirsten hat ein ausgeklügeltes Alarmsystem. Ich kann in meinem Haus in Christiania nicht einmal die Eingangstür abschließen. Da draußen wäre ich ihm ausgeliefert.« Sie nickte vor sich hin, als hätte sie diese Diskussion schon öfter geführt. »Und Kirsten musste ich nichts erklären, sie hat sofort verstanden. Dass der Mord an Bo etwas mit Albans Tod zu tun haben muss und dass wir alle, die wir damit zu tun hatten, in Gefahr sind.« Sie runzelte die Stirn. »Du bist auch Ermittlerin, nicht wahr? Wie Carl?«

»Schon. Nur ... zurzeit arbeite ich als Privatdetektivin.«

Ida lächelte wieder. »Er wäre sehr stolz auf dich.«

Liv blickte zu Boden. Die Wärme stieg ihr in den Nacken und verschleierte ihren Blick. Hier zu sitzen und einen wildfremden Menschen erzählen zu hören, was ihr Großvater empfunden hätte, war so grenzüberschreitend, dass sie Lust hatte, irgendetwas zu zerschlagen. Sie räusperte sich und bekam ihre Gefühle in den Griff.

»Wir haben dich in einem Sommer besucht ...«

»Dass du dich daran erinnerst? Ihr habt drei, vier Tage bei mir gewohnt.«

Liv biss sich in die Innenseite ihrer Wange. Sie hatte auf dem Sofa geschlafen, wo hatte ihr Großvater geschlafen?

»Wir haben einen Spaziergang gemacht. Runter zu Lalikas Hütte. Mein Großvater war tief berührt. Erinnerst du dich, warum?«

Ida zögerte. »Das muss zwanzig Jahre her sein.«

»Die Vergangenheit kann lange Schatten werfen ...«

Liv sah aus dem Fenster zum Garten, doch ihr Spiegelbild war im Weg. »Was ist damals mit Mette und Alban passiert?«

Jetzt war es an Ida, wegzusehen.

»Mette ist von Alban schwanger geworden. Ich hatte sie gewarnt, aber sie wollte nicht hören. Das war so ... unvorsichtig von ihr, so dumm. Er hatte eindeutig kein Interesse daran, sesshaft zu werden. Um es klar und deutlich zu sagen: Er war ein riesengroßer Egoist. Aber Mette hat ihr Kind zur Welt gebracht, während er in Afrika unterwegs war. Sie hat in einer Badewanne im Gesundheitshaus mit der Hilfe einer Frau entbunden, die eine Ausbildung zur Krankenschwester machte. Sif ist mit Koliken und Ohrenschmerzen zur Welt gekommen, und Mette war ganz allein mit ihr, bis Alban im Frühjahr aus Afrika nach Hause kam. Sie haben Heroin gespritzt, und Sif ist gestorben.«

Ida trank einen Schluck Tee und wischte den Tassenrand anschließend mit einem Finger ab. Es musste ziemlich schwer sein, plötzlich so offen über die Dinge zu reden.

»Es war so ... schrecklich. Ich habe nur versucht, mich um Mette zu kümmern. Sie war gebrochen. Der Rat hatte eine Strafe festgesetzt, die Alban angenommen hat, er wollte um jeden Preis jegliche öffentliche Aufmerksamkeit vermeiden. Dann ist es total falsch gelaufen, aber es war nie die Absicht, dass Alban sterben sollte, das war ein Unfall.«

»Kanntest du Albans kleinen Bruder, Sixten?«

Ida sah sie verblüfft an. »Äh, nein. Warum?«

»Wir haben ihn im Verdacht, dass er es gewesen sein könnte, der die Hütte abgeschlossen hat, sodass Alban nicht herauskonnte. Weißt du etwas darüber?«

Ida blinzelte unangenehm berührt.

Liv fiel es schwer zu sagen, ob sie log oder wirklich nichts von dem Schloss wusste, das aus der Strafe einen vorsätzlichen Mord gemacht hatte.

»Was ist mit dem toten Kind passiert?«

»Jørn hat Sif an einem geheimen Ort in Christiania begraben, und Mette ist nach Hause gefahren. Ich habe über die Jahre versucht, Kontakt zu ihr zu halten, aber das ist schwer. Sie möchte am liebsten vergessen, und das möchte ich so gesehen auch.«

Ida blinzelte die Tränen weg.

Liv betrachtete forschend das Gesicht mit den feinen Zügen. Direkt unter der Haut lag eine Zähigkeit, die sie von sich kannte. Ein stählerner Wille, der vierzig Jahre ein Geheimnis beschützt hatte.

»Wir können den Fall nicht vergessen, Ida. Bo wurde wegen dem, was damals geschehen ist, ermordet. Und da du dich hier versteckst, denke ich, dass du mehr weißt, als du freiwillig zu erzählen bereit bist.«

KAPITEL 23

Den ganzen Tag über sprühte Hannah vor Energie. Sie schaffte es, sowohl etwas zu schreiben als auch die Fachbücher vom Speicher ins Regal einzuordnen und ihren Vater zu einem Mittagessen mit Judith zu schicken, inklusive der liebevollen Ermahnung, es sich zu erlauben, die Liebe zu genießen. Der Artikel nahm langsam Form an, und das Schreiben daran bereitete ihr eine solche Freude, dass sie ihre Mahlzeiten am Computer einnahm. Nikolaj schickte ihr laufend Nachrichten, und sein beherztes Interesse war wie ein Tropf, der ihre Blutbahnen versorgte und ihr Selbstvertrauen gab.

»Du siehst glücklich aus.« Liv stand in der Jacke in der Tür der alten Rahmenwerkstatt und sah sie neugierig an. »Ist dieser blonde Typ, der heute Morgen so früh verschwunden ist, der Grund dafür?«

»Man hat nicht viel Privatleben, wenn man sich das Haus mit einer Privatdetektivin teilt.« Sie konnte sich das Lachen nicht verkneifen.

»Weiß Nima, dass es ihn gibt? Nicht, dass mich das etwas angeht, natürlich.«

Hannah blickte zu Boden. Ein Teil von ihr hatte gehofft, dass Nima Nikolajs Existenz vorläufig nicht bemerken würde, ein anderer, dass er es würde. Jetzt war es zu spät, in diesen Bahnen zu denken.

»Wie läuft es mit der Ermittlung? Ist Ida aufgetaucht?«

»Ja, sie war bei einer Freundin, und ihr geht es gut. Ich habe gerade mit ihr gesprochen, aber ... ich glaube nicht, dass sie mir alles erzählt hat.« Liv warf einen fragenden Blick in Richtung Sofa.

Hannah lächelte. »Setz dich.«

Liv zog die Schuhe aus und nahm die Füße auf das kleine Sofa hoch. »Wie sich gezeigt hat, geht es um einen Säugling, der vor vierzig Jahren in Christiania gestorben ist. Mein Großvater hat in einem anderen Todesfall dort draußen ermittelt, und ich glaube, dass er mich an dem Tag bei Lalikas Hütte in ein Geheimnis eingeweiht hat. Und dass es etwas mit dem Fall zu tun hat. Aber ich erinnere mich nicht daran.«

»Deine Erinnerung könnte für die Aufklärung wichtig sein?«

»Ja! Und mein Großvater hat das Geheimnis mit ins Grab genommen. Man muss doch irgendetwas tun können, es wieder ans Licht zu bringen?«

Hannah sah sie an und lächelte wieder. Immer so ungeduldig. Fast wie die Kinder, die sie im Rigshospital behandelt hatte. Sobald ihnen klar geworden war, dass sie selbst etwas an ihrer Situation ändern konnten und dass es ihnen durch die Therapie tatsächlich besser ging, sollte alles sofort passieren. Aber Wunden brauchen Zeit, um zu heilen, ob sie nun auf der Haut oder darunter sind.

»Du denkst an die Filme, die du gesehen hast, in denen Leute mit Gedächtnisschwund hypnotisiert werden und sich plötzlich an alles erinnern?«

Liv zuckte die Schultern. »Ja. Funktioniert das?«

»Ich bin nicht in Hypnose ausgebildet. Aber ich kann schon versuchen, dir einige Fragen zu stellen, die dir womöglich einen leichteren Zugang zu deinen Erinnerungen verschaffen.«

»Hast du jetzt Zeit?«

Hannah griff nach ihrer Teetasse und wärmte sich die Finger daran. Die Idee, dass in Livs Unterbewusstsein eine verdrängte Erinnerung gespeichert war, die einen Kriminalfall lösen konnte, war spannend. Aber auch potenziell gefährlich.

»Liv, wir können schon versuchen, dem näherzukommen, aber ich erinnere dich noch einmal daran, dass du riskierst, dich an Dinge zu erinnern, die dir nicht gefallen. Vergiss nicht, dass Verdrängung ein Schutzmechanismus ist, der dann in Kraft tritt, wenn wir uns bedroht fühlen.«

»Das habe ich verstanden. Ich bin bereit.« Sie setzte sich im Schneidersitz auf das Sofa und schloss die Augen.

»Du willst auch dann weiter in die Verdrängung eintauchen, wenn sie unangenehm wird?« Hannah schlug ein Notizbuch auf.

»Ja!« Liv holte tief Luft, als stellte sie sich vor, dass man sich so für eine Reise in die Seele bereitmachte.

»Du musst die Augen nicht schließen, wir reden nur.«

»Sitze ich schief?« Liv bewegte sich. »Es fühlt sich an, als wäre mein Rückgrat krumm.«

»Du siehst ganz normal aus.«

»Okay?« Liv nickte skeptisch.

»Gut. Also, auf dem Bild befindest du dich zusammen mit deinem Großvater vor einer Hütte unten am Wasser. Er legt den Arm um dich. Hat er das oft gemacht?«

Liv nickte.

»Kannst du dich erinnern, wie sich die Berührung angefühlt hat? War sie angenehm, sicher? Unangenehm? Wie haben sich seine Hände angefühlt, war die Haut an den Handflächen rau?«

»Es hat sich immer sicher angefühlt, wenn Großvater mich umarmt hat. Aber …«

»Aber?«

Liv zuckte die Schultern. »Die Stimmung war gedrückt an dem Tag, ich hatte Bauchschmerzen.«

»Bei Kindern reagiert der Körper oft auf diese Weise, wenn etwas passiert, das sie nicht verstehen, aber bedrohlich finden.«

»Ja! Das ist das Gefühl.«

Hannah lächelte über ihren Eifer. »Kannst du dich noch an etwas anderes erinnern? Hast du irgendetwas gesehen oder gehört? Einen Duft? Einfach in der Reihenfolge, wie es dir einfällt.«

»Es war warm, vielleicht hatte es geregnet, denn die Luft war feucht. Großvater hat geschwitzt, und ich wollte nicht, dass meine Bluse auch schwitzig wird.«

Hannah wollte gerade eine Frage stellen, doch Liv holte tief Luft und fuhr selber fort: »Mein Großvater hat geweint. Ich hatte ihn vorher noch nie weinen sehen, selbst bei Großmutters Tod kaum, und ich habe mich gefragt, was ihn so traurig machte. Wir haben an dem Tag einen Spaziergang am Wasser entlang gemacht. Glaube ich jedenfalls. Er hat mir unterwegs einen Platz gezeigt, glaube ich ... Puh, ich habe Bauchschmerzen.«

»Jetzt? Oder damals?«

»Sowohl als auch.« Liv lachte kurz. »Großvater hat sich seltsam verhalten, nicht wie sonst.«

»Wie?«

»Er wirkte ...« Livs Stimme war belegt, und sie räusperte sich. »... schuldig.«

Hannah sah von ihrem Block auf. »Du hast gesagt, ihr habt einen Spaziergang gemacht. Kannst du dich erinnern, wo ihr hingegangen seid?«

»Ich erinnere mich nur, dass wir spazieren gegangen sind. Und dass ich keine Lust hatte ...«

»Hast du deinem Großvater gesagt, dass du gerne nach Hause wolltest?«

Liv schüttelte den Kopf.

»Hast du ihn gefragt, warum er traurig war?«

»Vielleicht …«

Hannah lächelte sie an. »Wie hätte die zehnjährige Liv ihren Großvater gefragt, ob er traurig ist?«

»Das weiß ich nicht. Mit Worten.«

»Mit welchen Worten? Sag sie, Liv!«

»Großvater, bist du okay?« Livs Stimme brach. »Ich kann mich gut daran erinnern. Er hat meine Hand genommen. Wir haben im Gebüsch gehockt, und er hat mit einem seiner dicken Finger auf etwas gezeigt. Und dann hat er geweint.«

Sie ließ den Kopf hängen.

Hannah konnte ihre Unterlippe zittern sehen. Es ist schmerzhaft, die Geheimnisse aufzudecken, die wir als Kind beschützen.

Liv rieb sich Augen und Gesicht mit beiden Händen. Als sie sie fortnahm, waren die Wangen rot.

»Es war ein Grab.«

*

»What the fuck hast du dir vorgestellt, Mechaniker? Dass ich mir das einfach so gefallen lasse?« Bilal saß auf der Klappbank in der Kombüse, eine Pistole lag vor ihm auf dem Tisch. Die Fingerknöchel der einen Hand waren blutig, und ein grauer Fleck auf der Stirn deutete darauf hin, dass er den Boden geküsst hatte.

Nima und Shirin standen an den Küchentisch gelehnt. Ihr Gesicht war wie aus Stein gemeißelt, doch er spürte ihr Zittern. Oder vielleicht war er das selbst.

»Lass sie gehen. Sie hat nichts damit zu tun.«

Bilal sah ihn mit leerem Blick an.

»Du kannst mit mir machen, was du willst. Das ist nur angemessen. Doch meine Nichte hat nichts anderes getan, als deine Vapes und deine Gummibärchen zu verkaufen. Es war meine Idee, mit Omar zu reden, sie hat nichts davon gewusst.«

Ein Hauch von Interesse tauchte kurz in Bilals Kokainblick auf. »Wie hast du Ricco dazu gebracht, dir zu helfen?«

»Er schuldete mir noch was.« Nima versuchte zu enträtseln, wohin sich das Gespräch bewegte.

»Und jetzt bin ich fucked. Wo zum Teufel soll ich hin, Mechaniker, kannst du mir das sagen?« Bilals leere Augen wanderten zu Shirins Körper. »Wo kann ich mich verstecken?«

Shirin erstarrte. Nima legte den Arm um sie. Er wusste, dass er Bilal nichts anzubieten hatte, nichts zum Handeln hatte.

»Meine Nichte geht jetzt raus auf Deck und schnappt etwas frische Luft. Ihr Handy liegt auf dem Tisch, du kannst es da drüben sehen, und wenn sie um Hilfe ruft, kannst du mich ja erschießen.« Er schickte Shirin mit einem kleinen Schubs weg.

»Onkel?« Shirin klang unsicher wie das kleine Mädchen, das sie nicht mehr war.

»Geh!« Nima legte seine ganze Autorität in den Befehl, und mit einem letzten Blick auf die Pistole gehorchte sie.

Bilal sah sie wütend an, aber er rührte sich nicht. Shirin machte zwei Schritte zur Seite und stürzte seitwärts aus der Kombüse auf Deck. Als sie weg war, griff Bilal nach der Pistole und richtete sie auf Nimas Kopf.

»Du bist ein mutiger Mann, Mechaniker, das muss ich dir lassen.«

Nima griff nach dem Küchentisch, damit Bilal nicht sah, dass seine Hände zitterten.

»Omar wartet auf dich. Egal, ob du mich erschießt oder nicht, du bist ein toter Mann.« Nima wusste nicht, ob das, was er sagte, stimmte, aber Bilals flackernder Blick sagte ihm, dass es wahrscheinlich so war.

»Du bist fertig. Omar vertraut dir nicht mehr.«

»Und wessen Schuld ist das? Soll ich dir die Kugel zwischen die Augen jagen oder aufs Herz zielen?«

»Omar ist bestimmt auf dem Weg hierher. Was passiert, wenn er dich nicht findet? Hält er sich dann an deine Mutter? An deine Schwester? Ihre Kinder?«

»Halt die Klappe!«

»So operiert ihr doch!«

Bilal stand auf und lächelte fast sanft. Ein Auto fuhr auf dem Kai vorbei, die Scheinwerfer glitten durch die Kombüse. Er ging zum Fenster und sah hinaus. Das Auto drehte und fuhr langsam den nächsten kleinen Weg hoch vom Wasser weg. Einen Augenblick später war der Hafen wieder dunkel.

Bilal legte die Pistole auf den Küchentisch und rieb sich das Gesicht mit beiden Händen. »Mein Vater ...« Er sah seine blutigen Fingerknöchel an und rieb mit etwas Spucke darüber. »Mein Vater züchtet Tauben. Brieftauben und Kropftauben. Er hat ein Grundstück unten am Faxe Löschplatz, ein altes Landhaus mit einem flachen Dach, nichts, was fancy ist. Oben auf dem Dach hat er fünf Taubenschläge, so runde Volieren. Er hat sie selbst gebaut. Er sagt, dass es entspannend ist, die Tauben fliegen zu sehen. Dass sie heilige Tiere sind.«

Bilal legte vorsichtig eine Hand auf die Pistole, als wäre

sie heilig. Nima hatte das Gefühl, noch einmal in ein Paralleluniversum geglitten zu sein. In einen Albtraum, in dem Bandenmitglieder Vorträge über Taubenhaltung hielten, kurz bevor sie einen erschossen.

Wieder glitten Scheinwerfer durch die Kombüse, diesmal langsamer. Man konnte das Auto auf dem Kai hören, es kam näher.

»Sie fliegen in Formationen über das Haus, über die Felder und wieder nach Hause. Das ist alles, was sie machen. Total unnütz, aber es ist unmöglich, sauer zu sein, wenn man so einen Zug ansieht. Als Junge habe ich ihm geholfen, sie zu füttern. Getreide mit etwas Kies drin, das wirkt bei ihnen, als hätten sie Zähne im Magen.«

Bilal rieb sich erneut das Gesicht mit der freien Hand. Erst jetzt sah Nima, dass er weinte. Draußen auf dem Kai knallten Autotüren, gefolgt von schweren Schritten auf der Gangway.

»Aber Tauben sind beschissen darin, Nester zu bauen, deshalb fallen die Taubenjungen heraus und sterben, wenn sie auf dem Beton aufschlagen. Oder der Fuchs frisst sie. Ist das nicht fucked up?«

Bilal putzte sich die Nase mit dem Handrücken, schniefte und hob die Pistole hoch. Es klopfte an der Tür. Er blickte in Richtung des Lauts und nickte. Dann drehte er die Pistole um, steckte sich den Lauf in den Mund und drückte ab.

*

Ein Grab. Großvater hatte gewusst, dass ein Kind in Christiania begraben worden war. Der Gedanke war eine Spinne, die Livs Nacken hinunterkroch, unter die Bluse, sodass sie eine Gänsehaut bekam. Sie ging die Treppe hinunter in die Dunkelheit des Gartens, um sich von der frischen Luft die Gespenster aus dem Kopf vertreiben zu lassen, raus in das hohe Gras und zu dem großen Laubbaum, dessen Blätter gelb und orange geworden waren, aber noch nicht herunterfielen. Es raschelte im Gebüsch, und sie spitzte die Ohren. Vielleicht war das der Igel, der zurückgekommen war? Sie hatte ihn lange nicht gesehen.

»Liv, sind Sie das?«

Eine Männerstimme erklang direkt neben ihr, und sie konnte einen Fluch nicht unterdrücken. »Verdammt!«

Sie schwang herum und sah die Konturen eines großen Mannes, der nur ein paar Meter entfernt stand. Seine Gesichtszüge waren in der Dunkelheit nicht zu erkennen, doch der Duft des Aftershaves kam ihr bekannt vor.

»Entschuldigung, es war nicht meine Absicht, Sie zu erschrecken.«

»Wer ist da?« Sie presste die geschlossenen Fäuste in der Dunkelheit auf die Taschen, um zu spüren, ob sie etwas hatte, womit sie zuschlagen konnte. Schlüssel, zum Beispiel.

»Sixten Vitting-Hansen. Ich habe angerufen, und Ihre Vermieterin hat gesagt, dass Sie da seien ... Störe ich?«

»Stören?!« Sein plötzliches Auftauchen in ihrem Garten um halb neun am Abend war sehr viel mehr als störend. Es war Angst einflößend. Livs Mund wurde trocken, die Lippen klebten an den Zähnen. »Was wollen Sie?«

»Ich möchte mit Ihnen reden.«

»Sie hätten anrufen können.«

Er schwieg einen Moment, doch sie konnte an seinem Umriss sehen, dass er noch da war, in Reichweite. »Ich ziehe es vor, über wichtige Themen von Angesicht zu Angesicht zu reden. Es tut mir leid, dass Sie letztens etwas schnell gehen mussten, aber Ihre Nachricht war ein Schock. Können wir fünf Minuten reingehen?«

Liv verlagerte das Gewicht von einem Fuß auf den anderen. Sixten hatte ihr bereits ein Muskelpaket auf den Hals gehetzt, jetzt könnte er hier sein, um sie umzubringen. Aber Hannah hatte mit ihm gesprochen, er war gesehen worden. Und auf seine eigene Initiative hin mit ihm zu reden, war auch eine Möglichkeit, klüger zu werden.

»Okay.«

Sie ging zum Haus und spürte einen Hauch von Erleichterung, als sie ins Licht kamen und seine Gesichtszüge sichtbar wurden. Er sah ganz normal aus, trug einen Anzug wie üblich und einen guten Mantel. Doch die Erleichterung währte nur kurz. Sie erinnerte sich an Bos eingeschlagenen Schädel und das Blut, das sich unter seinem Kopf ausgebreitet hatte.

»Hier herunter.« Liv ließ ihn vor sich die Treppe zur Kellerwohnung hinuntergehen, während sie die 1-1-2 auf ihrem Handy drückte und den Finger über den Anrufknopf hielt. Mit dem Telefon in der Hand folgte sie ihm in sicherem Abstand. Sie blieb in der Türöffnung stehen, um flüchten zu können, sollte es nötig werden.

Er war so groß, dass sein Kopf fast an die Decke stieß, trotzdem ließ sie ihn im Mantel stehen. »Was wollen Sie?«

Er seufzte und schlug sich mit den Händen auf die Oberschenkel, wie um zu zeigen, was er von ihrer mangelnden Gastfreundschaft hielt.

»Okay. Sie scheinen meiner Familie und mir zu misstrauen.«

»Ist das so merkwürdig? Es gibt nicht viel, womit Sie ehrlich waren.«

Eine Ader trat auf seiner Stirn hervor. Er strich mit der Hand darüber, vielleicht nur, um Schweiß abzuwischen.

»Alban hat uns nichts von dem Kind erzählt, ob Sie das glauben oder nicht. Meine Eltern wären am Boden zerstört gewesen, hätten sie gehört, dass er ein Kind mit jemandem von da draußen hatte. Ich glaube, sein Plan war, Mette zu heiraten und es ihnen dann zu erzählen. Aber dazu ist es nicht mehr gekommen.«

Liv sah ihn an, wie er da mit grauen Schläfen, in einem gut sitzenden Anzug und mit lackierten Nägeln stand und den trauernden Bruder gab. Sie glaubte ihm kein Wort.

»War es das, was Sie mir sagen wollten?«

»Nein. Sind Sie okay?«

Okay? Sie schluckte. Was zum Teufel meinte er?

»Liv, Sie können ruhig das Handy weglegen. Sie werden keine Hilfe rufen müssen, ich bin nicht hier, um Ihnen etwas anzutun.«

Sie begegnete seinem starrenden Blick und merkte, wie die Knie unter ihr nachgaben. Würde sie es schaffen, die Treppe hochzulaufen, wenn er ihr folgte?

»Warum sind Sie dann hier, Sixten?«

»Ich habe nur eine Frage, von der ich hoffe, dass Sie sie mir beantworten können. Oder zwei. War das Kind meines Bruders ein Junge oder ein Mädchen?«

»Ein Mädchen. Sie hieß Sif.«

Er nickte vor sich hin. »Sif. Wie ist sie gestorben?«

»Wissen Sie das wirklich nicht?«

Sixten hob ruckartig den Kopf und sah sie an. »Was meinen Sie?«

»Waren Sie nicht selber da? Sind nicht eher Sie es, der mir erzählen kann, wie sie gestorben ist?«

Er seufzte und sah zu Boden. »Es war eine schlechte

Idee zu kommen. Tut mir leid. Ich werde Ihre Zeit nicht länger in Anspruch nehmen.«

Er ging zu ihr und streckte ihr die Hand hin. Ein Kälteschauer breitete sich über ihren Nacken bis zu ihren Armen hinunter aus. Widerstrebend drückte sie seine Hand. Sie war stark und kalt.

CHRISTIANIA, JULI 1984

Es ist der zweite Freitag im Juli, Freitag der Dreizehnte, und die Sonne scheint auf Kopenhagen. Bo Riebenau sollte in der Hängematte in seinem kleinen Garten liegen und die Freiheit und die hellen Abende genießen. Doch davon ist er weit entfernt. Er sitzt drinnen in seinem Wohnzimmer mit der niedrigen Decke und schreibt in seine Mappe, während er grübelt. Die Tage jetzt sind schicksalsschwanger, das weiß er, und die Entscheidungen, die er und die anderen Ratsmitglieder treffen, werden die Leben mehrerer Menschen radikal beeinflussen. Er stopft Rød-Orlik-Tabak in seine Pfeife und zündet sie an. Es ist neu, dass er raucht, und er ist sich nicht sicher, ob er das beibehalten will, doch viele der älteren Studierenden rauchen, deshalb probiert er es jetzt auch.

Vorgestern war chaotisch. Ein Tag, den er nie vergessen wird. Jørn und Kirsten haben ihn geholt, und er hat die Hacksteaks halb fertig gebraten auf dem Herd stehen lassen und mit zu Lalikas Hütte laufen müssen, in der Albans Leiche lag. Sie redeten durcheinander, Kim musste sich ins Wasser übergeben. Bo hatte sich Gehör verschafft und Ida die Polizei rufen lassen. Absperrungen, Verhöre, schlaflose Nächte! Chaos!

Bo weiß, dass er der Verantwortlichste von ihnen ist. Der am wenigsten Verrückte, wie er hin und wieder mit einem kleinen Lächeln zu seinen Kommilitonen sagt. Es ist seine Aufgabe, dass sie damit weiterleben können. In einer Stunde trifft sich der Rat und spricht das Ganze durch. Seine Haltung ist immer noch die, dass sie der Polizei gegenüber gestehen sollten. Das hier ist zu groß und zu ernst, um es geheim zu halten. Doch er merkt, dass er mit dieser Ansicht alleine dasteht, sodass er in Alternativen denkt, während er raucht. Wie können sie ein Gefühl von Gerechtigkeit und Konsequenz aufrechterhalten? Und was ist das Beste für die Überlebenden?

Mette ist nach Hause gefahren, und Ida sagt, dass sie am Boden zerstört ist. Nicht einfach traurig, sondern gebrochen. Sie antwortet nicht, wenn ihre Eltern sie etwas fragen, liegt nur auf dem Boden und weint und murmelt vor sich hin. Sie tut ihm leid, andererseits hat sie das Kind mit umgebracht.

Es klopft an der Tür. Bo legt die Pfeife weg und macht auf. Vor der Tür steht ein junger Mann mit dunklen Haaren und diesem starren Blick, den Bo normalerweise mit der einen oder anderen Form von Introvertiertheit verbindet. Vielleicht ist er nur schüchtern.

»Hei.«

»Mein Bruder …« Der junge Mann trippelt von einem Fuß auf den anderen, hält dann die eine Hand mit der anderen fest und zwingt sich stillzustehen.

Bo tritt einen Schritt zur Seite. »Komm ruhig rein. Möchtest du ein Glas Wasser?«

»Ja, danke.«

Er tritt ein und setzt sich auf den Stuhl, auf dem Bo bis eben gesessen hat. Bo gießt ihm ein Glas Wasser ein. Wartet, bis er getrunken hat, und hockt sich dann vor ihn.

»Ich heiße Bo, wie heißt du?«

»Sixten. Vitting-Hansen, ich bin Albans Bruder.«

»Dann haben wir das geklärt. Das mit deinem Bruder tut mir leid.«

Sixten sieht sich in dem Bauwagen um, als wäre er auf dem Mond gelandet, dann nickt er. »Danke.«

»Was kann ich für dich tun, Sixten?«

»Ich habe meinen Bruder am Montag in der Hütte besucht. Er hat mir erzählt, dass er bestraft wird, weil er ein Kind umgebracht hat. Stimmt das?« Sixten schüttelt den Kopf, er scheint sich unwohl zu fühlen.

Bo steht auf und holt die Pfeife, die kurz vor dem Ausgehen ist. Er saugt daran und merkt, wie sich sein Mund mit süßem Rauch füllt. Inhaliert und seufzt. Er will nicht zu viel preisgeben, aber er muss sichergehen, dass der Junge nicht redet.

»Dein Bruder hat ein sehr ernstes Verbrechen begangen. Er hat uns gebeten, nicht die Polizei zu rufen, weil euer Vater dann sein Amt verlieren würde. Aber sein Tod war ein Unfall. Verstehst du das?«

Sixten sieht leer zu dem Gasolin-Plakat an der Wand hoch. Dann blinzelt er und sieht auf den Boden. »Ist er nicht verdurstet?«

»Doch.«

»Dann hätte er überlebt, wenn er eine Cola bekommen hätte?«

»Eine Cola?« Bo sieht den Jungen verwundert an. Worauf will er hinaus? »Es ist völlig verständlich, dass du über den Tod deines Bruders traurig bist, aber daran ist niemand schuld. Es nützt nichts, in diesen Bahnen zu denken.«

Der Junge sackt in sich zusammen, als wäre die Luft aus all seinen Träumen herausgelassen worden und als würde der Körper nun folgen. Bo kommt der Gedanke, dass er es gerne so aussehen lassen möchte, als wäre er traurig, es in Wirklichkeit aber nicht ist.

»Habt ihr der Polizei gesagt, dass ich hier war? Und meinem Vater?«

»Äh, nein, ich denke nicht, dass das nötig ist …«

»Was ist mit dem Kind?«

Bo legt die Pfeife wieder weg, sodass er die Hände frei hat. Er verschränkt die Finger und zeigt mit beiden Zeigefingern auf Sixten, eine Geste, die seiner Meinung nach Autorität signalisiert. »Aus Gründen, die ich nicht mit dir teilen kann, ist es das Beste für alle Parteien, den Behörden – oder jemand anderem – nicht zu erzählen, dass das Kind tot ist. Die Frage ist, ob ich auf dein Schweigen bauen kann.«

Sixten schaut unter dem braunen Haar hoch. In den Augen leuchtet etwas, das Bo nicht ergründen kann. »Okay, ich sage nichts. Wenn du versprichst, niemandem zu erzählen, dass ich hier war.«

MITTWOCH, 23. OKTOBER

KAPITEL 24

Das Telefon klingelte, während Liv Nutella auf ein Stück Knäckebrot strich. Es war wieder Viola Riebenau.

Liv nahm einen Bissen und antwortete: »Guten Morgen, wie geht's?«

Viola seufzte. »Hmm, ich muss gestehen, dass es mir schon besser ging. Dieses Aufräumen nach einem ganzen Leben und gleichzeitig ein Begräbnis zu organisieren, wenn man scheißtraurig ist …«

»Daran erinnere ich mich gut. Das ist verdammt hart.«

»Ja. Mein Bruder hilft glücklicherweise … Aber hör mal, ich habe versucht anzurufen … Vor zehn, fünfzehn Jahren hat mein Vater sowohl mir als auch meinem Bruder einen Umschlag gegeben für den Fall, dass ihm was passiert. Du weißt schon, Geheimzahlen und Informationen zu seinem Bankschließfach und so was. Den habe ich jetzt aufgemacht. Ich stelle dich gerade mal auf Lautsprecher, zwei Sekunden …« Ein Rascheln von Papier war zu hören und dann Viola, die sich räusperte. »Er schreibt auch etwas zu meiner Kindheit. Wie er und Mutter sich kennengelernt haben … zu dem Testament – das haben wir gelesen – und zu ein paar Barmitteln … Gut, das ist jetzt egal. Aber hier kommt jetzt etwas, das du dir anhören solltest.«

Sie las mit klarer Stimme laut vor:

Für den Fall, dass ich sterbe, während sie noch leben, bitte ich euch, Per und Ruth Vitting-Hansen, Kopenhagen, und Ejnar und Vivi Møller, Tondern, mitzuteilen, dass sie ein Enkelkind haben. Am 1. März 1984 hat Mette Møller Albans Tochter zur Welt gebracht. Sie hat sich entschlossen, das Kind zur Adoption freizugeben, da es ihr zu schlecht ging, um sich selbst darum zu kümmern. Um das Kind zu schützen, das selbst nicht weiß, dass es adoptiert ist, haben wir im Rat geschworen, die Adoption geheim zu halten. Doch ein Mensch hat ein Recht, seinen Ursprung und seine Verwandten zu kennen. Das Kind wurde von Kirsten Abrahamsen adoptiert und heißt heute Magda.

»Aber … das Kind von Mette und Alban ist doch gestorben?«, stammelte Liv verwirrt. »Entschuldigung, ich habe dich unterbrochen, Viola. Steht da noch mehr?«

»Dazu nicht, nein. Ich habe, wie gesagt, versucht, dich anzurufen. Und gestern der Polizei davon erzählt.«

»Wem?« Doch Liv kannte die Antwort bereits.

»Diesem Alten. Petter Bohm. Er wirkte gestresst.«

Liv krümmte sich innerlich. Das war genau das, was sie befürchtet hatte. Den Tag, an dem er wichtige Mitteilungen überhörte und entscheidende Spuren vergaß. Jetzt war er da.

»Hast du sonst noch mit jemandem darüber gesprochen?«

»Ja.« Viola klang, als hätte sie es satt, auf der Anklagebank zu sitzen. »Ich habe Mette Møllers Vater angerufen, aber er schien nicht sonderlich interessiert. Dafür war die Familie Vitting-Hansen ziemlich überrascht. Am Montag habe ich Albans kleinem Bruder die Nachricht überbracht, und er hat sich gefreut und war gerührt. Hat gesagt, dass das seinen Eltern unglaublich viel bedeuten würde.«

»Viola, du darfst nicht antworten, wenn er sich noch einmal meldet.«

»Äh, was läuft hier?«

»Ich erkläre es dir später. Okay?«

»Okay.«

Liv legte auf. Das Knäckebrot kam ihr wieder hoch.

Alban und Mettes Tochter war tot und begraben. Und lebte.

Ida hatte sie gestern angelogen, und auch Kirsten hatte gelogen. Und Sixten wusste bereits, dass Alban ein Kind hatte, als sie und Petter ihn besucht hatten. Er wusste mehr als sie, er wusste, dass das Kind lebte. Deshalb war er gestern Abend vorbeigekommen. Nicht um sie nach etwas zu fragen, sondern um sich zu versichern, dass sie die Wahrheit nicht kannte.

Die Wahrheit.

Ein Kind kann nicht gleichzeitig tot sein und leben. Und doch war hier die Rede von einem Kind, das an seinem eigenen Erbrochenem erstickt und gleichzeitig am Leben war. Magda. Sie hatte gestern erst mit ihr geredet. Warum wollte Sixten nicht, dass andere von ihrer Existenz erfuhren?

Liv griff nach ihrer Jacke, ging in den Hof und schloss ihr Fahrrad auf. Sie radelte durch die Stadt, mit Gegenwind auf dem ganzen Weg. Als sie sich der Kronprinsessegade naherte, sah sie zwei junge Frauen vor Magda Abrahamsens Schmuckboutique stehen und nervös die Straße hinunterschauen. Liv stellte das Fahrrad ab und ging zu ihnen. Ein Windstoß brachte das Schild über der Tür zum Schwingen, sodass die Aufhängung kreischte.

»Ist Magda im Laden?«

Die Frauen sahen einander und das Fahrrad hinter ihr an. Die eine trug eine fleckige Schürze und kniff abwägend die Augen zusammen. »Sie sind nicht von der Polizei, oder?«

»Nein, aber ich kenne Magda. Ist etwas passiert?«

Die Frau mit der Schürze zeigte über die Straße. »Ich arbeite in der Kantine da drüben bei den Anwälten. Vor zehn Minuten habe ich hinter dem Fenster am Küchentisch gestanden und das Mittagessen vorbereitet. Ein Auto ist vor der Boutique vorgefahren und hat Magda mitgenommen. Wir haben die Polizei gerufen.«

»Ich habe es auch gesehen«, mischte sich die zweite Frau ein. »Von meinem Büro im ersten Stock aus. Sie wollte nicht mit, das war offensichtlich. Die Tür zu der Boutique steht offen, und ihr Handy liegt da drin …«

Die Frauen nickten synchron.

Liv traf ein weiterer kräftiger Windstoß. »Haben Sie gesehen, was für ein Auto es war?«

»So ein dunkler Kombi, schwarz, glaube ich.« Die Frau mit der Schürze sah ihre Nachbarin fragend an. »Die Marke habe ich nicht gesehen, du?«

Die andere Frau schüttelte den Kopf.

»Was ist mit dem Mann? Wie hat er ausgesehen?«

»Groß, grauhaarig, im Anzug. Ein gepflegter Mann.«

*

Ein Sonnenstrahl fiel durch die Öffnung zwischen den Gardinen und traf Hannahs Gesicht. Sie kuschelte sich an Nikolajs Schulter, sodass sie die Wärme seiner Haut spüren konnte, es half ihr, die Unruhe in ihrem Körper zu dämpfen. Ihr Vater war noch immer nicht aufgestanden, murmelte nur etwas von einer Erkältung und wollte seine

Ruhe haben, wenn sie versuchte, Kontakt zu ihm aufzunehmen. Langsam machte sie sich ernsthafte Sorgen.

Der Wecker ertönte. Sie streckte die Hand aus, um ihn auszustellen, erinnerte sich jedoch, dass er gar nicht gestellt war, und sah auf das Display. Nima rief an. Sie lehnte den Anruf ab und schielte zu Nikolaj hinüber, um sich zu vergewissern, dass er nicht aufgewacht war, doch Nima rief sofort wieder an.

Hannah hob vorsichtig die Decke hoch, stieg aus dem Bett und schlich in die Diele, während sie sich ein T-Shirt über den Kopf zog. Sie schloss die Tür, flüsterte aber noch immer, als sie sich meldete.

»Hei, Nima. Alles okay?« Er rief sonst nie so früh an. Oder überhaupt, korrigierte sie sich.

»Nein.« Seine Stimme war rau, als wäre er auf einem Rockkonzert gewesen und hätte alle Songs mitgesungen.

»Was ist passiert?«

»Ein Bandenmitglied hat sich gestern auf meinem Boot erschossen.«

Hannah fuhr sich mit der Hand über den Mund. »O nein!«

»Es ist eine lange Geschichte, aber … Das Boot ist abgesperrt, deshalb sind wir auf dem Weg in die Werkstatt. Habt ihr Bettzeug, das wir leihen können? Ich schaffe es nicht, etwas zu packen.«

Sie hätte vernünftigerweise einfach nur Ja sagen oder vorschlagen können, dass sie zu seiner Schwester fuhren, doch das war keine Option.

»Kommt zu mir. Ihr könnt hierbleiben.«

»Sicher?« Er klang überrascht.

»Natürlich.«

Hannah legte auf und schlich zurück ins Schlafzimmer, wo Luft und Zeit stillstanden. Nikolaj brummte, dass sie wieder zu ihm kommen solle. Sie setzte sich auf die Bettkante und legte ihm eine Hand auf die Schulter.

»Nikolaj, du musst aufwachen …«

Er hob schlaftrunken den Kopf, doch sein Blick war unruhig.

»Es hat eine Schießerei auf Nimas Boot gegeben. Ich kenne die Einzelheiten noch nicht. Ihm und Shirin ist nichts passiert, aber sie können nicht bei sich zu Hause bleiben.«

Nikolaj setzte sich auf. »Und was ist mit mir, wo ich mich gerade auf einen Vormittag im Bett gefreut habe? Und mit Frühstück?«

Sie sah weg. »Vielleicht ist es besser, wenn ich sie allein in Empfang nehme …«

Er sah sie lange an, stand auf und begann sich anzuziehen.

»Du kannst ruhig noch duschen. Du musst nicht so aus der Tür stürzen.« Einerseits irritierte sie seine Anwesenheit, andererseits, dass er so schnell loswollte.

»Ruf an, wenn du kannst.« Er küsste sie schnell auf die Wange.

Das war höhere Gewalt, dafür musste er doch Verständnis haben. Sie stellte ein Fenster auf Kipp und duschte schnell. Als sie sich anzog, überrollte sie eine Welle der Übelkeit, die so massiv war, dass sie sich hinknien und in die Toilette übergeben musste.

Manche Menschen übergeben sich leicht. Wenn ihnen schlecht wird, entleert sich ihr Magen, und es geht ihnen schnell besser. Sie war nicht so ein Mensch. Die Male, die sie sich in ihrem Leben übergeben hatte, konnte sie an wenigen Fingern abzählen. Sie wusste, dass etwas nicht stimmte, und etwas in ihr wusste genau, was das war. Sie öffnete den Badezimmerschrank und nahm einen der Tests heraus, die sie vor langer Zeit für sich und Rune gekauft und nie gebraucht hatte. Sie packte ihn aus, während sie mit zitternden Fingern die Gebrauchsanweisung las, und folgte den Anweisungen. Stäbchen in den Strahl halten, Deckel drauf, zwei Minuten warten. Die Striche waren dunkel und deutlich wie die Tattoos von einem Bandenmitglied. Da war kein Irrtum möglich. Sie hatte vorher noch nie einen positiven Test gehabt, wusste aber instinktiv, dass das Resultat stimmte. Es erklärte die Übelkeit und die Schlaflosigkeit. Das waren nicht die beginnenden Wechseljahre, ganz im Gegenteil. Der Gedanke erfüllte sie mit Glück und gleich darauf mit Verzweiflung. Sie ging in die Küche, setzte Kaffee auf und steckte Brot in den Toaster, während sie die Striche anstarrte. Es schellte an der Tür. Sie steckte den Test in die Tasche und lief hinaus, um zu öffnen.

Shirin fiel ihr um den Hals, bevor sie überhaupt etwas sagen konnte, und Hannah legte die Arme um das junge Mädchen und drückte sie an sich. Über Shirins Kopf begegnete sie Nimas Blick und sah die Müdigkeit in seinem Gesicht. Zu seinen Füßen standen eine Sporttasche und ein Rucksack. Er glich einem Menschen am Rande des Zusammenbruchs. Konnte er sehen, was in ihr vorging?

Sie hob den Arm, und er ließ sich umarmen, sodass sie alle drei auf der Treppe standen.

»Hier riecht es verbrannt«, murmelte Nima an ihrer Schulter. »Das Brot!« Hannah befreite sich vorsichtig und lief in die Küche, wo zwei Stücke Kohle im Toaster steckten und qualmten. Sie warf sie in den Müll und begann von vorne, während ihr Gehirn unablässig wiederholte *schwanger, schwanger, schwanger.*

Nima und Shirin kamen zu ihr und stellten die Taschen ab.

»Habt ihr gefrühstückt? Ich denke, wir essen erst mal was, und dann schlagen wir in der ehemaligen Werkstatt meines Vaters euer Lager auf. Ihr könnt bleiben, solange ihr wollt.«

Sie stellte Käse und Marmelade auf den Tisch und hielt das Gespräch in Gang, während sie aßen. Ihretwegen und ihrer selbst wegen. Fragte nach Shirins Schule, drängte aber nicht, wenn sie hin und wieder gähnte, statt zu antworten. Nima aß nur wenig, trank Kaffee und nickte an den verkehrten Stellen, als wäre er in einer anderen Welt.

Shirin gähnte wieder. »Kann ich mich irgendwo hinlegen? Ich bin hundemüde.«

»Wir waren durch die Verhöre und die Durchsuchung des Boots die halbe Nacht auf«, erklärte Nima.

Hannah stand auf. »Komm mit, wir finden einen Platz für dich.«

Sie holte eine Decke und Bettzeug, klappte das Sofa in der ehemaligen Rahmenwerkstatt auf und machte ein Bett. Shirin legte sich vollständig angezogen hinein, rollte sich zusammen und schlief ein. Hannah ließ die Tür angelehnt und ging zurück in die Küche zu Nima.

Er sah sie schuldbewusst an.

»Ich weiß sehr wohl, dass du ein Recht darauf hast zu hören, was passiert ist. Aber im Moment bin ich völlig fertig, und wenn das okay ist, würde ich auch zuerst gerne schlafen.«

»Natürlich. Ich kann dir das Sofa zurechtmachen.«

Er lächelte, und sie versuchte zurückzulächeln, spürte ihr Gesicht aber nicht. Wie in aller Welt sollte sie ihm das sagen? In ihrem Körper schlug ein neues kleines Herz, in ihrem Körper wuchs ein Kind. Nimas Kind.

*

Wie viele gepflegte, grauhaarige Männer im Anzug konnten es auf Magda Abrahamsen abgesehen haben? Doch wohl nur einer! Liv rief ihn an, aber die Mailbox sprang sofort an, auch als sie es erneut versuchte.

Ein Streifenwagen fuhr auf den Fahrradweg vor der Boutique, gefolgt von einem Passat, in dem Liv Petters bevorzugtes Zivilfahrzeug erkannte.

Die Beifahrertür des Passats ging auf, und Petter sah sie mit großen Augen an. »Was machst du hier?«

»Ich wollte mit Magda reden, aber ich bin zu spät gekommen.«

»Als ich vor fünf Minuten hier ankam, hatte Sixten sie schon abgeholt.«

Er stieg aus dem Auto, mühsam wie ein alter Mann. Möglicherweise entsprach das nur seinem Alter mit all den Beschwerden, die dazugehörten, doch sie hatte Schwierigkeiten, sich daran zu gewöhnen.

»Was meinst du damit, dass Sixten sie abgeholt hat?«

Petters Kollegen begannen, die zwei Zeuginnen zu befragen und die Boutique zu sichern, doch er blieb bei Liv stehen.

Sie brachte es nicht über sich, ihn an das Gespräch mit Viola zu erinnern, das er entweder vergessen oder als unwichtig abgetan hatte.

»Mettes und Albans Kind wurde von Kirsten Abrahamsen adoptiert und heißt heute Magda.«

Petter warf einen Blick zu der kleinen Schmuckboutique hinüber. »Ist es nicht gestorben?«

»Nein. Ich verstehe nicht ganz, wie das mit der Geschichte von einem toten Kind zusammenhängt, aber das ist jedenfalls nicht Sif. Sie heißt heute Magda und ist als Kirstens Tochter aufgewachsen. Mit diesem Geständnis wollte Bo herausrücken.«

»Dann hat Sixten Bo umgebracht, um ihn daran zu hindern? Wir haben ihn immer noch nicht auf den Überwachungskameras entdeckt …«

»Er kann einen seiner Handlanger geschickt haben.«

Petter nickte. »Aber was will er mit Magda? Wo hat er sie hingebracht?«

»Lass uns zu dem Haus am Nytorv und zu Sixtens Wohnung in der Laksegade fahren. Bietet die Polizei *einer nahen Freundin der Familie, die helfen kann, Magda zu finden,* eine Mitfahrgelegenheit an?« Liv malte mit den Fingern Anführungszeichen in die Luft.

»Meine Kollegen wissen genau, wer du bist. Hör auf, allen etwas vormachen zu wollen.« Er nickte in Richtung der anderen Polizeibeamten. »Lass mich sie kurz briefen, damit wir keine Probleme bekommen. Ich schicke einen Wagen in die Laksegade, und wir fahren zum Nytorv.«

»Aber schnell, Petter!«

Petter sprach kurz mit seinen Kollegen, die nickten, ohne zu ihr hinzusehen. Ein jüngerer Beamter setzte sich hinters Steuer und startete den Passat, und Petter winkte sie auf den Rücksitz. Wenige Minuten später hielten sie vor dem Vitting-Hansen-Domizil am Nytorv.

Als Petter schellte, öffnete eine Frau in einem weißen Kittel die Tür. Sie hatte graue Haare, und auf ihrer Stupsnase saß eine schwere Brille mit einem grünen Gestell.

»Wollen Sie zu Herrn Vitting-Hansen?« Sie sah an ihnen vorbei nach draußen, entdeckte den Passat und schüttelte verwirrt den Kopf. »Ich dachte, das wäre der ärztliche Bereitschaftsdienst. Aber die fahren natürlich keine Einsatzfahrzeuge.«

Petter zeigte ihr seinen laminierten Dienstausweis und stellte sich vor. »Wir sind hier, um mit Sixten Vitting-Hansen zu sprechen. Ist er da?«

»Nein, ich habe ihn seit gestern nicht mehr gesehen. Per geht es nicht so gut, ich habe einen Arzt gerufen«, erklärte sie.

»Wo ist Per?«

»Ganz oben.« Die Krankenschwester blinzelte verblüfft. »Aber es geht ihm nicht gut genug, um Gäste zu empfangen.«

»Das wird er müssen.«

Liv schenkte der Krankenschwester ihr freundlichstes Lächeln, ging zum Fahrstuhl und rief ihn herunter. In einer Wolke von Protesten fuhren sie und Petter in die Etage des ehemaligen Generalstaatsanwalts hoch. Sie stiegen auf dicken Teppichboden aus und gingen durch eine offene Tür, die sie in ein großes Schlafzimmer führte. Die Gardinen waren vorgezogen und die Möblierung älteren Datums bis auf ein Krankenhausbett unter einem Baldachin, das eindeutig an die Stelle des Himmelbetts getreten war, das einmal hier gestanden haben musste.

Im Bett lag der dünnste, älteste Mann, den Liv je gesehen hatte. Er hatte die Augen geschlossen und so hohle Wangen und trockene Haut, dass sie an die Stöckchen denken musste, die man auf dem Waldboden nach einem Sturm findet. Ein Tropf versorgte ihn in kleinen Tropfen mit einer klaren Flüssigkeit.

Petter lehnte sich über das Bett und sprach leise zu ihm, den Ausweis in der Hand. »Herr Vitting-Hansen, entschuldigen Sie die Störung. Ich bin von der Polizei.«

Der Mann im Bett bewegte sich, blinzelte und lachelte sie milde an. Er tastete nach der Fernbedienung für das Bett und kam in eine sitzende Position.

»Wen haben wir hier?« Per Vitting-Hansens Stimme war luftig und so schwach, dass man sie kaum hörte. Doch als Liv Augenkontakt zu ihm herstellte, sah sie einen

Schimmer der Würde, mit der er der Welt einmal gegenübergetreten war, damals, als der Körper ihm noch gehorchte. Autorität ist nichts, was man so einfach verliert. »Polizei?«

»Wir suchen Ihren Sohn, Sixten. Wissen Sie, wo er ist?«

»Was hat er angestellt?«

Liv stutzte über die Formulierung, hielt sich jedoch im Hintergrund und überließ Petter das Wort.

»Wir müssen in Verbindung mit einem Mord mit ihm reden. Es eilt. Wo kann er sein?«

»Mord? Wer ...« Der alte Mann schluckte und griff nach dem Glas auf dem Nachttisch. Trank und wendete sich wieder Petter zu.

»Bo Riebenau.«

Per gab einen heiseren Laut von sich, der sowohl ein Schnauben als auch ein Husten sein konnte. Dann drehte er den Kopf und sah Liv direkt an, obwohl Petter geantwortet hatte. Sie hatte das Gefühl, dass der alte Mann ihr direkt in die Seele sah. Wie, wenn man Augenkontakt mit einem Tier hat und eine wortlose Verbindung spürt, die tiefer geht, als man erklären kann.

»Mein Junge ...« Per schüttelte den Kopf und konnte nicht fortfahren, doch Liv spürte, dass das Kopfschütteln etwas über Sixten aussagte. Dass der alte Generalstaatsanwalt sehr wohl wusste, dass sein jüngster Sohn einen schlechten Charakter hatte.

»Tibirke Bakker«, schnaufte er. »Das Landhaus. Die Krankenschwester hat die Adresse.«

»Danke. Und gute Besserung, Herr Vitting-Hansen.«

Er schloss die Augen. Die Audienz war vorüber.

Liv und Petter gingen zum Fahrstuhl. Sie drückten auf »Erdgeschoss« und warteten, bis er sich in Bewegung setzte.

»Petter, ich glaube, ich weiß, worum es hier geht. Warum er sie entführt hat …«

»Und worum geht es?«

»Hierum! Was ist so ein Haus am Nytorv wert? Ein Landhaus in Tibirke Bakker? Die Familie verfügt über ein enormes Vermögen. Wer erbt das alles, wenn Per Vitting-Hansen bald den Löffel abgibt?«

Petters Augen wurden schmal. »Sixten vermutlich.«

»Genau. Es sei denn, es taucht noch ein Erbe auf. Dann muss er teilen.«

KAPITEL 25

Tisvilde schuldete sein charakteristisches Aussehen einem Eiszeitgletscher, der vor zwanzigtausend Jahren wellige Moränenhänge mit Strandhafer und Heidekraut zurückgelassen hatte. Entlang der Küste hatten dicht an dicht stehende Ferienhäuser mit ihren Grundstücken mit kurz gehaltenem Rasen und Blumenbeeten längst die wilde Natur zerstört, doch im Landesinneren waren die Tibirke Bakker noch unberührt. Einige wenige Ferienhäuser – die allerteuersten des Landes – lagen zwar in der unter Naturschutz stehenden Landschaft verstreut, doch die Wege zwischen ihnen waren weit.

Vor allem an einem Herbsttag wie heute fand Liv es etwas unheimlich hier. Es erinnerte sie an die Landschaft, die sie vor sich gesehen hatte, wenn ihr Großvater ihr aus *Der Hund von Baskerville* vorlas. Einsam, winddurchweht und voller bodenloser Löcher, in die man fallen und für immer verschwinden konnte. Sie blickte in die Landschaft hinaus, während sie hörte, wie Petter die Absperrung mit dem Präsidium koordinierte, eine Suche nach Magda Abrahamsen veranlasste und die Hundepatrouille anforderte, falls es Sixten gelang zu entwischen.

Das Ferienhaus der Familie Vitting-Hansen im Øvrevænget glich einem reetgedeckten Badehotel, das versteckt hinter den Hügeln lag. Ein schwarzer Mercedes-

Kombi parkte auf dem Kies am Ende des gelben Hauses, ansonsten gab es kein Zeichen von Leben.

Der Bedienstete fuhr den Passat neben den Kombi und überprüfte der Ordnung halber das Nummernschild beim Kraftfahrzeugamt.

»Yes, das stimmt, das ist Sixtens Auto.«

»Dann lass uns reingehen.« Petter öffnete die Beifahrertür, schwang die Füße auf den Kies und blieb einen Moment sitzen, bevor er ausstieg. Seine Bewegungen sind zögerlich geworden, dachte Liv und folgte ihm auf den Hof. Als müsste er sich auf die einfachsten Aufgaben konzentrieren. Aufstehen, die Tür schließen, gehen.

»Es ist niemand zu Hause.«

»Ist abgeschlossen?« Liv griff nach der Klinke. Die Tür glitt auf. Sie sah ihn an und zog die Brauen hoch.

Er seufzte und schickte den Blick zu dem Beamten weiter. Er nickte, dass er beim Auto bleiben sollte, und zog seine Dienstpistole aus dem Gürtel. »Zum Teufel auch.«

Petter schob die Tür mit der Schuhspitze ganz auf, und sie traten ein. Die Holzböden waren hell, und an den stuckgeschmückten Decken hingen Lüster. Im ersten Raum hinter der Diele stand ein aufgeklappter Flügel, bereit für die Bewohner des Hauses.

»Was für ein Ferienhaus!«, murmelte Petter.

Liv ging um einen echten Teppich herum. Die Frage war, ob das Haus es wert war, dafür zu töten. Diese Art Wohlstand war schwer nachzuempfinden, wenn man selbst nur ein ganz gewöhnlicher Sterblicher war.

»Hallo, ist jemand zu Hause?«

Petter rief mit heiserer Stimme, bekam aber keine Antwort. Sie gingen durch die vielen imponierenden Zimmer weiter, die alle sauber und gebrauchsfertig, aber leer waren.

»Wo zum Teufel hat er sie hingebracht?«

»Das ist ein großes Grundstück. Sollen wir draußen suchen?«

Petter nickte und sah zum nächsten Fenster. »Glaubst du, er plant, sie zu töten?«

»Wenn er verzweifelt genug ist. Er ist gestern Abend bei mir vorbeigekommen, um sich zu vergewissern, dass wir nichts von Magdas wirklicher Identität wissen. Ich fürchte, dass er weit gehen wird, um sein Erbe zu schützen.«

Sie gingen nach draußen und fragten den Beamten, ob es aus der Stadt etwas Neues zu Magda gab. Das tat es nicht. Der Uniformierte schlug vor, dass Liv, die Zivilistin und unbewaffnet war, im Auto wartete, während er und Petter das Grundstück absuchten. Sie konnte Petter ansehen, dass sie gehorchen musste, und setzte sich brav hinein und schloss die Autotür, während die beiden jeder in eine andere Richtung davongingen.

Als sie außer Sichtweite waren, zählte sie bis zwanzig und stieg aus. Sie konnte ja in Sichtabstand zum Auto bleiben, sodass sie sich blitzschnell in Sicherheit bringen und Alarm schlagen konnte, sollte es nötig werden.

Richtung Osten fiel das Grundstück zu einem kleinen See ab, der von Bäumen umrundet war. Sie schritt durch das Heidekraut und lauschte der Stille, die man nur außerhalb der Saison auf dem Land fand. Keine Vogelrufe, kein Verkehr, nur ein schwaches Sausen in den Bäumen und Büschen und das Geräusch ihrer eigenen Schritte. Es war auf eine majestätische Weise schön hier, die sie wiedererkannte, aber selbst nicht mochte. Zu feierlich für ihren Geschmack, zu einsam.

Sie kam zu den Bäumen und lief zwischen den dünnen Stämmen hindurch. Es waren Birken und Kiefern, hier und da lagen umgefallene Stämme und verfaulten, und die Erde war weich und feucht von einer dicken Schicht Kiefernnadeln. Die Füße sanken unter ihr ein. Sie näherte sich dem kleinen See, der dunkel hinter den Stämmen lag. Am Ufer stand ein niedriger Unterstand für Wanderer, der nach einem guten Versteck aussah.

Liv blieb stehen und versuchte, Schritte und Rascheln von Petter oder dem Bediensteten auszumachen, aber sie schienen zu weit weg zu sein.

Irgendwo hinter sich hörte sie ein metallisches Klicken. Das Geräusch war tief und unheilverkündend, sie kannte es gut. Langsam drehte sie sich um und stand Sixten Vitting-Hansen von Angesicht zu Angesicht gegenüber. Über seinem linken Arm hing ein abgeknicktes Jagdgewehr.

*

Nima lag mit geschlossenen Augen auf dem Sofa und versuchte, zur Ruhe zu kommen. Das Bettzeug duftete nach Hannahs Waschmittel und erinnerte ihn daran, dass sie bis vor Kurzem ein Paar gewesen waren. Der Geruch war ebenso unerwünscht wie die Bilder von Bilals über den Küchentisch verspritztem Gehirn, die seine Gedanken heimsuchten. Der Klang des Pistolenschusses, Shirins Schrei und der Körper, der seltsam in sich zusammen sackte, bevor er auf dem Boden aufkam.

Der Gedanke war natürlich naiv, doch ein Teil von ihm hatte sich trotzdem vorgestellt, dass die Aktion eine Kleinigkeit verändern, sein Widerstand gegenüber Bilal die Bande zumindest ein wenig erschüttern würde. Aber nein, natürlich nicht. Bilal war einfach tot, und der Drogenhandel lief unangefochten weiter. Auch heute würden Dealer Kinder auf Spielplätzen rekrutieren, damit sie für sie verkauften, auch heute würde jemand zu etwas gezwungen, bedroht und süchtig gemacht werden, und sein kleines

Aufbegehren würde niemand bemerken. Der Gedanke verursachte ihm Übelkeit.

Nima stand auf, holte seine Sachen und schlich aus dem Haus, zu seiner Erleichterung, ohne jemandem zu begegnen. Die Schultern bis zu den Ohren hochgezogen, verschwand er in seiner Werkstatt. Machte Licht an, setzte Kaffee auf und ließ sich in den alten Sessel fallen. Er fühlte sich krank. Krank von der Stadt, krank von den Menschen, die sich immer als noch schlechter erwiesen, als man glaubte. Er selbst inklusive.

An der Wand hinter der Kaffeemaschine hing gerahmt das Lieblingsgedicht seines Vaters. Das von Forugh Farrochzad. Nima las, wie schon so oft, die ersten drei Zeilen:

Ich bereue nicht,
wenn ich an diese Resignation denke,
diese schmerzliche Kapitulation.

Er hatte immer sorgfältig darauf geachtet, sich nicht zu sehr auf etwas oder jemanden einzulassen. Das Boot war billig und die Werkstatt leicht zu veräußern, sollte es einmal aktuell werden. Er besaß nicht viel und schuldete niemandem etwas, so ging es ihm am besten. Doch wenn er an seinen Vater dachte – einen stolzen iranischen Mann mit einer Frau und zwei Kindern, einem Haus mit Garten und Idealen, für die er gekämpft hatte –, wusste er sehr wohl, dass er im Vergleich dazu nur halb lebte. Dass ihm der Mut fehlte, sich voll im Hier und Jetzt zu engagieren.

Es war nur nicht so einfach. Wenn er versuchte, mutig zu sein und dagegen anzukämpfen, wie jetzt, sorgte das nach wie vor nur für ein unbedeutendes Schwappen im Weltenmeer. War es wirklich die Mühe wert? Einer zu sein, auf den andere zählen konnten?

Nima stand auf. Sein Körper fühlte sich schwer und kalt an. In dem Geheimfach hinter der Kaffeemaschine fand er einen alten Joint, der einen etwas trockenen Eindruck machte, dafür aber nach Stinktier roch. Die vergangene Woche war ein Albtraum gewesen, er verdiente es, etwas abzuschalten und für eine kleine Weile nur an sich selbst und an das zu denken, wozu er Lust hatte. Er setzte sich wieder und zündete den Joint an, inhalierte den süßen Rauch und hielt ihn in der Lunge fest, spürte, wie sich die betäubende Wirkung des Stinktiers im Körper ausbreitete und ihn sich verflüssigen ließ.

Er lehnte sich zurück. Der Stoff des Stuhls war aufgerissen und fühlte sich uneben unter dem Hinterkopf an, doch das war ihm vollkommen gleichgültig. Der Gedanke ließ ihn die Decke anlächeln. Er schloss die Augen und nahm noch einen Zug. Entspannte zum ersten Mal seit einer Ewigkeit, ließ die Angst los und diese verkrüppelnde verdammte Sorge, die seine Schultern die ganze Zeit beschwerte. Und es war nicht einmal schwer. Puff, und das Ganze war weg.

Das Handy brummte in der Tasche. Shirin. Und es war nicht das erste Mal, dass sie anrief. Vielleicht war er eingeschlafen.

Er räusperte sich und ging dran.

»Hei, bist du wach?«

»Wo bist du?« Ihre Stimme war nur ein Hauch.

»Alles okay? Hannah ist zu Hause, du bist nicht allein.« Nima setzte sich auf und versuchte, einen klaren Kopf zu bekommen.

»Ich wusste nur nicht, wo du warst ... und du hast dich nicht gemeldet.«

»Entschuldige. Ich ...«

Er schluckte. Was zum Teufel machte er? Nach dem,

was gestern passiert war, hatte er sie einfach in einem fremden Haus allein gelassen.

»Ich komme.«

*

»Sie befinden sich auf privatem Grund.« Sixten Vitting-Hansen hatte eine Hand auf dem Gewehr und sah sie ruhig an. Er trug seine übliche Anzughose und ein Hemd, heute jedoch mit einer Fleecejacke statt einem Blazer.

Liv hätte gerne den Kopf gedreht, um nach den anderen zu sehen, wagte es aber nicht, unsicher zu wirken. »Wir sind hier, um Magda zu holen.«

»Magda?« Er zog die Brauen hoch.

»Ihre Nichte. Magda Abrahamsen. Zeugen haben gesehen, wie Sie sie vor anderthalb Stunden gezwungen haben, in Ihr Auto zu steigen, und mit ihr weggefahren sind.«

»Ich habe keine Ahnung, wovon Sie reden. Ich bin gestern am späten Abend hier hochgefahren, um heute früh auf die Jagd zu gehen.« Er griff nach dem Gewehr. »Soll ich Sie zurück zu Ihrem Auto bringen?«

»Vergessen Sie's! Ich bin Ihr kleinstes Problem. Die Polizei ist überall auf dem Grundstück und sucht in diesem Moment alles ab.«

Er sah gekünstelt nach rechts und links und wieder sie an. Keine Polizisten in Sicht. Ein kleiner Ruck mit dem Gewehr gab ihr zu verstehen, dass sie losgehen sollte.

Liv verschränkte die Arme vor der Brust und blieb stehen.

»Das war es also, wo ich meine Nase nicht hineinstecken sollte. Weshalb Sie Emil auf mich angesetzt haben.«

»Wovon sprechen Sie?«

»Das war schon super, als Alban damals starb, nicht? Als Angst und Trauer sich erst etwas gelegt hatten und Sie sich in der ungeteilten Aufmerksamkeit Ihrer Eltern sonnen konnten?«

Er lachte höhnisch. Aber Liv wusste, dass sie einen Treffer gelandet hatte.

»Sie wollten weder die Liebe Ihres Vaters noch sein Geld teilen. Bo musste sterben, um zu verhindern, dass Magda Ihren Vater traf. Nicht vorstellbar, wenn sie in letzter Minute im Testament bedacht würde?!«

»Sie fischen im falschen Teich.« Sixten drehte das Gewehr so, dass es auf sie gerichtet war. Es ruhte immer noch lässig auf seinem Unterarm, doch die Mündung zeigte auf sie wie ein böses Auge. »Gehen wir!«

Liv drehte sich um und spürte den ersten Anflug von Angst. Petter war in der Nähe – aber hatte sie unterschätzt, wie weit Sixten zu gehen bereit war?

Sie ging zwischen den Baumstämmen den Hang hinauf zurück zum Haus, seine schweren Schritte hinter sich. Die Autos standen immer noch auf dem Kiesweg, ansonsten war kein Zeichen von Leben um das Haus herum zu sehen. Liv steuerte auf den Passat zu, unsicher, was er von ihr wollte. Er war mindestens einen Kopf größer als sie und bewaffnet. Falls er gewalttätig wurde, waren die Umstände zu seinem Vorteil.

»Ich habe keine Autoschlüssel.«

»Wir warten einfach, bis Ihre Freunde zurückkommen …« Er knickte das Gewehr wieder ab und stellte sich breitbeinig in den Kies. »Ich lasse mir das hier nicht bieten. Sie vergessen, dass ich meine Rechte besser kenne als die meisten.«

Liv steckte die Hände in die Taschen und wich seinem Blick aus. Zählte sechs lange Minuten die Sekunden, in denen sie stumm dastanden, bis sie Schatten am Horizont flimmern sah.

Sixten drehte sich zum Hügelkamm um. Petter und der Beamte kamen durch das Heidekraut. Sie kamen alleine, ohne Magda.

»Sie sind ohne vorherige Absprache und ohne richterlichen Beschluss hier«, rief Sixten, als sie in Hörweite waren. »Wenn Sie also keinen triftigen Grund haben, mich einer Gesetzesübertretung zu beschuldigen, möchte ich Sie bitten, mein Grundstück unverzüglich zu verlassen.«

»Wir haben einen triftigen Grund. Zwei Zeugen haben gesehen, wie Sie Magda Abrahamsen vor ihrer Boutique in ein Auto gezerrt haben.« Petter war jetzt bei ihnen. Er schnappte nach Luft, und seine Jacke saß schief. Neben Sixten wirkte er wie ein Obdachloser.

»Haben die Zeugen mich mit Sicherheit identifiziert?«

Petter schwieg, und Sixten nickte.

»Das habe ich mir gedacht. Aber wenn Sie unbedingt einen Blick ins Haus werfen wollen, können wir gerne zusammen eine Runde drehen, bevor Sie fahren.«

In dem peinlichen Schweigen, das entstand, sah Petter von Liv zu dem Beamten und wieder zurück.

Sixten verstand ohne Zweifel, was los war.

»Diese Freiheit haben Sie sich schon genommen?« Seine Stimme war angespannt. »Dann bedanke ich mich für den Besuch, und kommen Sie gut nach Hause.«

Petter und der Beamte wechselten über das Autodach einen Blick. Der Uniformierte löste ein Paar Handschellen, und Petter trat vor Sixten und streckte die Hände aus.

»Das Gewehr, danke! Es ist 13:34 Uhr, und Sie sind festgenommen. Man beschuldigt Sie der Freiheitsberaubung von Magda Abrahamsen. Sie haben nicht die Pflicht, eine Aussage zu machen, und Sie haben das Recht auf einen Anwalt bei dem Verhör.«

Sixten lieferte das Gewehr ab. »Die Handschellen sind nicht nötig, und ich setze mich selbst ins Auto. Aber ich warne Sie: Sie vergeuden Ihre Zeit.«

Liv beobachtete den Auftritt mit gerunzelter Stirn. Wenn sie jetzt fuhren, was war dann mit Magda?

»Wartet kurz, vielleicht weiß ich, wo sie ist.«

Bevor jemand protestieren konnte, lief sie über das Grundstück zu den Bäumen hinunter, steuerte um Steine und Grasbüschel herum, so gut sie das in dem Terrain vermochte, trat aber doch in ein Erdloch und knickte um, bevor sie bei den Bäumen war. Sie hinkte und fluchte laut, um den Schmerz zu betäuben, und es half gerade genug, um weiter zu dem kleinen See zu gehen.

Sie kam zum Ufer und dem Unterstand, der Wanderern Schutz für die Nacht bot. Es war eine niedrige Holzkonstruktion, lediglich gedacht, um dort zu schlafen, nichts anderes. Die Seite, die zum Wasser zeigte, war offen. Liv bückte sich und guckte in die Dämmerung des Unterstands.

Vor der Rückwand lag ein Mensch.

CHRISTIANIA, JULI 1984

Eine Ente quakt am Wasserrand. Sixten wirft einen Ast nach ihr, nur um zu sehen, ob er trifft. Das tut er nicht. Er sitzt im Gebüsch unten am Wallgraben und versucht, die Zeit totzuschlagen. Es ist ein schwerer Tag, doch er weiß, dass er nur ausharren muss, dann wird der Schmerz irgendwann verschwinden. Zumindest ist es warm, sagt er sich, jetzt kann es nur besser werden.

Er kommt inzwischen fast jeden Tag hierher und wandelt in den Fußspuren seines Bruders. Zu Hause ist es schwer auszuhalten, Mutter und Vater weinen und streiten sich. Sixten sagt, dass er zu einem Freund geht, und radelt hier heraus. Sie hören sowieso nicht zu, er könnte genauso gut gehen, ohne etwas zu sagen. Sie vermissen ihn nicht, nur Alban. Es ist nicht so geworden, wie er sich das vorgestellt hat.

Sixten bürstet sich etwas Erde von der Hose. Er ist immer noch nicht besonders gern in Christiania, doch es gibt ihm das Gefühl eines Bußgangs, und das genießt er. Das Epizentrum für Sünder, hier ist er mehr zu Hause, als man vielleicht glauben sollte.

Damals, als Alban noch zu Hause wohnte, hat Sixten nach der Schule meistens in seinem Zimmer gesessen. Wie ein Schatten, der etwas von der Jugend in sich aufsaugte, von der er damals bereits ahnte, dass sie nie seine werden würde. Alban drehte die LP von Bob Dylan um und setzte die Nadel in die Rille, und die heisere Stimme erfüllte den Raum mit der Aufforderung, nicht noch einmal nachzudenken, weil es all right war. Die Musik war für sie beide zu alt, was sie für Alban, der sich nicht der Popkultur und dem Gruppendruck in der Klasse beugte, genau richtig machte. Seine Jeans waren eng und schwarz, und er trug Eyeliner, obwohl Vater das hasste.

Für Sixten war er die Welt. Er konnte Alban nicht einmal dafür hassen, dass er alles hatte, selbst wenn er selbst so wenig hatte.

Die Ente quakt wieder und schlägt mit den Flügeln. Sixten steht auf und geht näher heran, doch obwohl sie es versucht, kann die Ente nicht wegfliegen. Etwas scheint nicht zu stimmen mit ihr. Er geht in die Hocke und streckt die Hand nach ihr aus, ein wenig ängstlich, ob sie nach ihm schnappt, doch sobald er sie zu fassen bekommt, beruhigt sie sich in seinen Händen. Sie ist überraschend klein unter den Federn, der Körper nur eine Handvoll. Er hebt sie vorsichtig aus dem Wasser und untersucht sie. Der eine Flügel hängt herunter, wahrscheinlich kann sie deshalb nicht fliegen.

Er trägt sie zu einem Baumstumpf und setzt sich mit ihr im Schoß hin. Neben dem Stumpf liegt ein großer Haufen Äste, und da ist eine kleine Erhebung mit einem Kreuz darauf. Er hat Angst, dass die Ente mit ihrem beschädigten Flügel zu fliegen versucht, wenn er sie loslässt. Sie liegt still in seinen Händen, und er hat fast das Gefühl, dass sie zu ihm hochsieht, vertrauensvoll.

Mit der einen Hand hält er den kleinen Körper des Vogels fest, mit der anderen streicht er mit einem Finger über die glatten Federn, vom Kopf bis zum Schwanz und wieder zurück. Er tippt auf den Schnabel, schlägt mit dem Zeigefinger darauf, sodass die Ente den Kopf schüttelt.

Sixten lächelt das Tier an und greift mit zwei Fingern nach dem verletzten Flügel, drückt erst und reißt dann fest. Die Ente faucht.

Aber Sixten lässt sie nicht los.

KAPITEL 26

Die angeforderte Unterstützung durch die Polizei Nordseeland traf lobenswert schnell ein. Zwanzig Minuten nachdem Petter angerufen hatte, hielten sowohl ein Streifen- als auch ein Krankenwagen auf dem Hofplatz vor dem Landhaus der Vitting-Hansens. Glücklicherweise stellte der Krankenwagen sich als unnötig heraus. Magda Abrahamsen war bis auf den Schock nichts passiert.

In der Sekunde, in der Sixten klar wurde, dass er entlarvt war, verschloss er sich wie eine Auster und verweigerte die Beantwortung jeglicher Fragen. Selbst als Petter ihn auf den Rücksitz des Streifenwagens verfrachtete, machte er keine Anstalten, sich zu äußern, sondern saß einfach nur da und sah vor sich hin, als würde ihm ein Unrecht geschehen.

Liv bekam von einem der Sanitäter ein Kühlpack für ihren Knöchel und setzte sich damit auf die Treppenstufe. Petter knallte die Tür des Streifenwagens zu und ließ ihn mit Sixten Vitting-Hansen fahren, bevor er zu Liv kam.

»Ist das Bein okay?«

Sie nickte und verschob das Kühlpack ein wenig. »Was er wohl mit ihr vorhatte?«

»Sie hat gesagt, dass er versucht hat, sie dazu zu bringen, eine Verzichtserklärung auf das Erbe zu unterschreiben. Und als sie sich geweigert hat, hat er sie ins Auto gezwungen und ist hierhergefahren. Er hat ihr gedroht, ist aber nicht gewalttätig geworden, sagt sie. Nicht, bevor er einen Anruf bekommen hat, dass wir unterwegs sind. Da hat er sie gefesselt und zu dem Unterstand gebracht.«

»Der Vater oder die Krankenschwester muss angerufen und gesagt haben, dass wir kommen.«

Petter holte eine kleine Dose hervor, machte sie auf und stopfte sich etwas in den Mund.

»Was ist das?«

»Snus«, erklärte er und schob sich den Tabak unter die Oberlippe. »Schmeckt grauenhaft, aber mein Arzt sagt, dass ich mit dem Rauchen aufhören muss.« Er spuckte hinter sich auf den Boden. »Glaubst du, er hatte vor, sie umzubringen, wenn sie nicht auf das Erbe verzichtete?«

»Es erscheint mir dumm, sie am helllichten Tag zu entführen und dann zu ermorden, aber was hätte er sonst tun sollen?«

»Dann hat er Bo also umgebracht, weil er den Eltern von ihrem Enkelkind erzählen wollte?«

»Ja, und weil Bo wusste, dass Sixten eine Rolle bei Albans Tod gespielt hat. Mir ist nicht ganz klar, wie die ausgesehen haben soll, aber er muss eine Heidenangst gehabt haben, dass sein Vater davon erfährt.«

Sie nahm das Kühlpack weg und versuchte, sich auf den Fuß zu stellen. Der Schmerz schoss hoch bis hinter die Augen. Doch sie kam auf die Beine.

»Brauchst du eine Hand?«

»Nein danke, es geht.«

Er schaute skeptisch auf ihr Hinken, ließ sie jedoch in Ruhe. »Wir fahren jetzt in die Stadt, um Sixten zu verhören. Magda möchte gerne zu Hause abgesetzt werden, anschließend bringen wir dich nach Vesterbro.«

»Gut.«

Liv humpelte zu dem Passat und setzte sich auf den Rücksitz neben Magda. Sie war schmutzig vom Liegen im Unterstand, und die Spuren um ihr Handgelenk waren immer noch sichtbar. Sie lächelte Liv matt an. »Danke. Ich weiß nicht, was passiert wäre, wenn Sie nicht gekommen wären.«

Liv nickte. Magda schloss die Augen und lehnte sich gegen die Autotür. Das Auto fuhr los.

Die mit Erika bewachsenen Hügel gingen in Laubwald über, gehüllt in Gelb und Orange, bis die Natur Stück für Stück von Tankstellen und mehrspurigem Asphalt abgelöst wurde. Nach fünfzig Minuten bog der Beamte nach rechts in den Virginiavej ab und hielt vor dem Haus der Familie Abrahamsen. Noch bevor der Motor aus war, ging die Haustür auf, und Kirsten kam ihnen mit ausgestreckten Armen auf dem Gartenweg entgegen.

Kirsten versuchte, Magda in eine Umarmung zu ziehen, doch die schlug die Hand ihrer Adoptivmutter zur Seite, ging an ihr vorbei und verschwand im Haus. Kirsten rief ihr nach, doch sie antwortete nicht.

Liv und Petter stiegen aus dem Auto.

Kirsten sah sie mit einer tiefen Falte zwischen den Augenbrauen an. »Magda muss sich nur erst an den Gedanken gewöhnen, das ist alles sehr viel auf einmal. Hat er ihr etwas getan?«

Sehr viel auf einmal war eine Untertreibung. Magda hatte an ein und demselben Tag erfahren, dass sie adoptiert war, und war von ihrem Onkel entführt worden. Nicht verwunderlich, wenn sie etwas mitgenommen war.

»Er hat sie gefesselt und bedroht«, sagte Petter, »doch sie ist nicht physisch zu Schaden gekommen und wollte lieber nach Hause als ins Krankenhaus. Das haben wir respektiert.«

Kirsten nickte ihm zu. »Danke, wir werden uns schon um sie kümmern. Ida ist nach Hause gefahren, falls Sie mit ihr sprechen wollen.«

»Das hat bis morgen Zeit.« Petter sah zu Liv. »Sollen wir dich zu Hause absetzen?«

»Es ist okay, ich gehe zu Fuß. Es ist ja nicht weit.«

Die Wahrheit war, dass ihr Knöchel verdammt wehtat und dass der Kilometer bis nach Hause ihr wie ein Endloslauf durch die Wüste Gobi vorkam. Doch der Gedanke, mit Petter im Auto zu sitzen, war noch weniger verlockend. Ohne ganz zu verstehen, weshalb, ertrug sie ihn im Moment nicht. Vielleicht war sie einfach nur müde. Müde, sich im Schatten abzurackern.

Sie winkte und sah den Passat auf die Smallegade raus in Richtung Stadt fahren. Kirsten stützte sich auf das Gartentor und sah sie forschend an.

»Was ist mit Ihnen? Sie humpeln wie eine alte Frau.«

»Ich bin umgeknickt, während ich einen Mörder gejagt habe. Wie ungeschickt von mir!«

»Ja.« Kirsten sah nicht so aus, als würde sie die Ironie verstehen. »Hat er gestanden?«

»Noch nicht.« Liv setzte sich in Bewegung, musste aber nach zwei Schritten stehen bleiben. Die Schmerzen wurden immer stärker. »Haben Sie ein paar Paracetamol?«

»Ich gucke mal nach.« Kirsten drehte sich um und ging ins Haus.

Liv humpelte den Gartenweg hoch zur offenen Haustür, hob den verletzen Fuß an und bewegte ihn leicht hin und her. Er war bestimmt verstaucht. Sie hinkte in die Küche und setzte sich auf einen Stuhl, hob den Fuß hoch und inspizierte den Knöchel. Er war geschwollen und blau.

»Vertragen Sie Opiate?«, rief Kirsten aus dem Badezimmer.

»Ich glaube, ja.«

»Gut, gut.«

Kirsten rumorte weiter. Liv stellte den Fuß vorsichtig wieder auf den Boden und richtete sich auf. Ihr Blick fiel auf den Kühlschrank, an dem ein einzelnes Foto mit einem Kirschblütenmagneten befestigt war. Auf dem Bild stand eine junge Kirsten mit sonnengebräunten Wangen vor einem bunten Hausgiebel neben Dustin Hoffman.

*

Hannah versuchte, den Artikel fertig zu schreiben, kam aber immer wieder ins Stocken und musste im Text zurückgehen, um sich zu erinnern, wo sie war. Es ist schwer, sich das Leben vorzustellen, das auf der anderen Seite des Elternwerdens liegt, wenn man noch nicht die Grenze überschritten hat. Man weiß, dass es hart und allumfassend ist, aber was bedeutet das? Man weiß auch, dass die Liebe zu einem Kind mit nichts zu vergleichen ist, aber was bedeutet das?

Der Gedanke erschien unmöglich. Gleichzeitig erfüllte er sie mit einer irrationalen Freude, die sie verzweifelt zu unterdrücken versuchte. Nicht jetzt, der Körper sollte sich nicht an den Gedanken gewöhnen, und das Herz noch weniger.

Sie ging in die Küche und blickte auf den Abwasch. Setzte sich auf die Klappbank und sah aus dem Fenster. Es musste geputzt werden.

»Hei, Herzl.«

Jan kam in die Küche. Er trug einen Morgenmantel, was mitten am Tag gar nicht zu ihm passte.

»Hei, Vater. Geht es dir besser?«

Er zog einen Stuhl vor und setzte sich ihr gegenüber.

»Soll ich dir etwas zu essen machen? Du musst einen Mordshunger haben.«

Er schüttelte den Kopf. »Schatz, da ist etwas, das ich dir sagen muss.«

Nein, dachte Hannah, da ist etwas, das *ich* dir sagen muss. Aber sie konnte ihm ansehen, wie schwer ihm das fiel, deshalb schwieg sie und wartete ab. War er nicht sehr blass? Fast schon hohlwangig? Als sie damals den Krebs festgestellt hatten, gehörten Blutmangel und Erschöpfung zu den Symptomen.

Er trommelte leicht mit den Fingern auf die Tischplatte, eine Bewegung, die sie gut an ihm kannte. Eine Seelenpause.

»Ich habe Judith einen Antrag gemacht.«

Die Worte trafen sie wie kleine scharfe Speere in den Magen. Sie spürte, wie ihr der Kiefer herunterfiel, doch die Worte waren weit weg.

»Und sie hat Ja gesagt.« Er atmete laut aus. »Ich weiß gut, dass ich das vielleicht zuerst mit dir hätte besprechen sollen. Aber wir sind erwachsene Menschen, alle beide, und niemand von uns sollte gerade dafür um Erlaubnis bitten: einen anderen Menschen zu lieben.«

»Kennt ihr euch nicht erst ein halbes Jahr?«

»So ungefähr. Aber ich bin ein alter Mann, Schatz. Ich habe keine Zeit zu verlieren. Und ich weiß, dass ich gerne den Rest meiner Tage mit Judith verbringen möchte.«

Er sah sie beschämt an.

Hannah wusste, dass sie ihrem Vater gratulieren und ihm versichern sollte, dass er nichts falsch machte. Dass sie sich für beide freute.

»Aber was ist mit mir?«

Er sah sie, ohne zu blinzeln, an. »Was meinst du?«

»Wo soll ich wohnen?«

»Ja, aber … Das findet sich alles, Schatz. Vielleicht können wir alle zusammen hier wohnen, das ist schließlich ein großes Haus.«

»Ich habe sie nur einmal getroffen!« Sie schrie fast und biss sich auf die Lippen. »Darum kannst du mich nicht bitten.«

Er lächelte sein klitzekleines Vaterlächeln. Die braunen Augen leuchteten vor Liebe. »Doch, das kann ich. Das Praktische regelt sich. Entweder suchen Judith und ich uns etwas, und du bleibst hier. Oder wir teilen das Haus auf eine gute Weise auf. Wir gehen es ruhig an, Liv soll ja auch nicht ohne Vorwarnung ausziehen müssen.«

Sie sah zu Boden. »Ich dachte, du wärst krank.«

»Dann ist es bestimmt eine Erleichterung zu hören, dass ich nicht krank, sondern glücklich und verlobt bin, oder?«

Natürlich war es das. Eine Erleichterung, dass er glücklich war. Wer sagte, dass das bedeutete, die Spuren ihrer Mutter würden nun durch eine ihr völlig fremde Frau ausgewischt? Sie sollte sich freuen. Auch wenn sie offenbar allein mit dem kleinen Leben dastehen würde, das in ihrem Bauch wuchs.

»Natürlich«, hörte sie sich sagen. »Herzlichen Glückwunsch, Vater.«

Sie stand auf und eilte aus der Küche, bevor die Tränen flossen.

*

»Hier, nehmen Sie zwei, und spülen Sie sie mit reichlich Wasser hinunter. Dann sind Sie in zehn Minuten wieder auf den Beinen.« Kirsten reichte Liv zwei längliche Pillen und füllte ein Glas mit Wasser aus dem Küchenhahn.

Liv schluckte gehorsam die schmerzstillende Medizin

und zeigte auf den Kühlschrank. »So ein Bild gibt es auch von meinem Großvater. Mein Vater hat es in einem Goldrahmen.«

Kirsten nahm das Bild von der Kühlschranktür. »Ja, wir waren wohl viele, die das Treffen verewigt haben. Er war nur ein paar Tage da, muss aber auf etwa fünfzig Bildern gewesen sein und ich weiß nicht wie viele Autogramme gegeben haben.«

»Warum war er in Dänemark?« Liv nahm das Bild. Es war fast identisch mit dem ihres Großvaters. Das gleiche scharfe Sonnenlicht, dieselbe staubige Straße und die Sommerkleidung.

»Paramount wollte einen Film in Christiania drehen. Sie haben für ein Location-Scouting eine kleine Mannschaft von Fotografen und Assistenten geschickt – und eben auch Dustin Hoffman. Ich kannte einen der Produzenten von meinen Jahren in Kalifornien und habe ihnen geholfen, die Genehmigung zu bekommen, an diversen Stellen zu filmen. Aus dem Film ist nie etwas geworden, dafür durfte ich die Aufnahmen behalten.«

Liv zog die Brauen hoch. »Haben Sie die noch?«

»Vielleicht im Keller.«

»Darf ich sie ausleihen, wenn es sie noch gibt?« Filmaufnahmen von Christiania aus den ersten Wochen im Juli 1984, genau um Alban Vitting-Hansens Tod herum, konnten potenziell Hinweise liefern, die Sixten weiter belasteten. Aber es bestand kein Grund, Kirsten zu involvieren. »Es könnte lustig sein zu sehen, ob mein Großvater auf den Filmen ist …«

»Ich leihe sie nur ungern aus.« Kirsten sah auf ihre Armbanduhr und atmete durch die Nase aus. »Und ich muss noch etwas tun, jetzt, wo ich kein Abendbrot mehr für Hausgäste machen muss und was weiß ich …«

»Es dauert doch bestimmt nicht lange nachzusehen …«

Sie sah aus, als wäge sie das Für und Wider ab. »Die Frage ist, ob der Projektor überhaupt funktioniert.«

»Sonst könnte ich einen besorgen und wiederkommen.«

Kirsten sah sie mit einem Blick an, den sie nicht deuten konnte, bevor sie seufzte und durch die Küche in den Keller hinunterging. Sie hörte sie Kisten auf den Boden hinunterheben und öffnen. Ein paar Minuten später kam sie mit einem Pappkarton auf dem Arm wieder herauf.

»Wir können uns eine Rolle ansehen, bis die Pillen wirken.«

Sie stellte den Karton auf den Esstisch, hob vorsichtig einen khakifarbenen Projektor heraus und schloss ihn an. Nahm eine kleine Filmspule aus dem Karton und murmelte vor sich hin, während sie sie in den Projektor einsetzte und den Film einzufädeln begann.

»Das sind Acht-Millimeter-Filme, die nur fünf Minuten dauern, und sie sind ohne Ton. Aber Ihr Großvater kann natürlich darauf sein. Ich habe sie jahrzehntelang nicht hochgeholt.« Sie führte den Filmstreifen etwas von der Spule weg und an der Optik vorbei, steckte ihn in die neue, leere Spule und schaltete den Projektor an. Er sprang mit einem Ton an, den Liv unmittelbar mit den Schwarz-Weiß-Aufnahmen von Straßenbahnen auf dem Rathausplatz verband.

Kirsten nickte. »Ich schalte mal das Licht aus, dann sehen wir mehr.«

Sie richtete den Projektor auf eine weiße Wand, die durch Farben und Formen lebendig wurde. Die körnigen Aufnahmen zeigten *Den Grå Hal* von Stockrosen umgeben und zwei große Hunde, die im Schatten lagen und schliefen. Eine junge Frau lief in Jeans und einem Bikinitop durch das Bild und lachte auf eine Weise, die ihr Auftreten spontan aussehen ließ. Als sie weg war, steckte Dustin Hoffman den Kopf mit weit aufgerissenen Augen und einem weißen Lächeln vor die Kamera. Ein neuer Clip zeigte Kinder, die auf einen Baum kletterten, und im nächsten ging Dustin Hoffman zwischen den Regalen im Lebensmittelladen hin und her und sah sich die Waren an.

Der Film war zu Ende, und das Lichtfeld auf der Wand wurde weiß. Kirsten stand auf. »Das war's. So spannend ist das wirklich nicht.«

»Schaffen wir noch einen?«

Kirsten zögerte, dann wechselte sie die Spule. Ein neuer Film flackerte über die Wand, diesmal stand die Mannschaft unten am Wall und filmte übers Wasser. Das Laub wirkte satt und schien in der Sommerwärme ganz still zu hängen. Dustin Hoffman stand mit verschränkten Armen am Ufer und blies Luft zu seiner Stirn hoch. Er sah in die Linse und zog an seinem T-Shirt, wie um zu zeigen, wie warm es war. Der Fotograf schwenkte über das Wasser, weiter zu der Hütte, dem Weg, den Bäumen am Wall und zurück zu dem Schauspieler.

Liv zeigte auf etwas. Ihr war schwindelig. Das waren wohl die Tabletten, die zu wirken begannen. »Moment bitte. Können wir zurückspulen?«

»Ja sicher. Warum?« Kirsten drückte auf einen Knopf, und der Film lief rückwärts, bis sie ihn losließ. Dustin Hoffman zog wieder an seinem Halsausschnitt.

»Ist das nicht Lalikas Hütte?«

Kirsten kniff die Augen zusammen. »Ist sie das? Ich finde, die sehen alle gleich aus, die Hütten am Wasser.«

»Von welchem Datum ist der Film?«

»Das steht auf der Rolle.« Kirsten beugte sich zu dem Projektor hin. »Mittwoch, der 11. Juli 1984.«

Albans Todestag. Liv sah die Kamera über die Hütte

schweifen und wieder zurück zu Dustin Hoffman. Das *war* die Hütte. Auf den ersten Blick verschlossen und verlassen. Bis auf ein einziges Lebenszeichen. Aus dem Schornstein kam Rauch. An einem warmen Sommertag.

»Spulen Sie bitte noch einmal zurück!«

Kirsten tat, was sie wollte, und sie sahen die Hütte ein drittes Mal. Aus dem schmalen Schornstein stieg zweifelsfrei eine dünne Säule dunklen Rauchs. Jemand hatte in der Hütte Feuer gemacht, in der Alban lag und verdurstete.

Liv blinzelte und folgte weiter dem Film.

Dustin Hoffman stand vor dem Stall und sah sich die Pferde an. Eine junge Frau mit langen dunklen Haaren und in einem blauen Kleid kam ihm entgegen.

»Sind das nicht Sie?«

Dustin Hoffman hielt die junge Kirsten an und sagte etwas, wozu sie nickte. Er nahm ihre beiden Hände in seine, ihre Handflächen waren total verrußt.

Wie bei jemandem, der gerade Brennholz in einen Holzofen gelegt hatte und sich danach nicht die Hände waschen konnte.

»Ich denke, ich kann jetzt gehen.« Liv stand auf und musste nach dem Stuhlrücken greifen, um nicht zu fallen. »Die sind effektiv, das muss ich sagen.«

»Ich denke, Sie sollten sich wieder hinsetzen.« Kirstens Augen leuchteten in der Dunkelheit.

»Was meinen Sie?«

»Sie können ja kaum auf den Beinen stehen«, lachte sie. »Vertragen Sie kein Morphium? So stark sind die Tramadol nun auch wieder nicht.« Sie beugte sich vor und nahm eine Tasse vom Tisch, hob sie hoch und schlug Liv mit voller Kraft ins Gesicht.

KAPITEL 27

Liv blinzelte sich zurück ins Bewusstsein. Sie sah Stuhlbeine und Bodenplanken und spürte, wie ihr das Blut in die Augen lief. Ihr Kopf pochte, das Schwindelgefühl war stark. Vielleicht sollte sie sich einfach zehn Minuten hinlegen, dann war sie klar genug, um zu gehen. Sie schaute sich um und erinnerte sich, wo sie war. Ihr Körper war schwer und widerspenstig, und die Gedanken wanden sich wie Regenwürmer. Sie drehte vorsichtig den Kopf und sah Kirsten, die sich über sie beugte.

Liv versuchte, sie scharf zu sehen. Die Lider fühlten sich schwer an.

»Lassen Sie mich gehen! Sie kommen damit nicht durch.«

»Das glaube ich doch.« Kirsten legte den Kopf leicht schief, als wäre Liv ein Kind, das belehrt werden musste. »Hier! Machen Sie den Mund auf!«

Kirsten zwang eine Pille in ihren Mund. Liv schmeckte Kalk, schluckte reflexartig und spürte die Pille trocken hinuntergleiten, sodass sie husten musste.

»Sie haben damals das Schloss an der Hütte angebracht.«

Liv versuchte, sich aufzusetzen, doch Kirsten stellte ihr einen Fuß auf die Schulter.

»Alban hat bekommen, was er verdient hat. Solche Menschen lassen sich nicht rehabilitieren, verstehen Sie?

Es gibt Bosheit. Menschen, die kleinen Kindern Leid zufügen, sind böse.«

Liv schluckte die letzten Pillenstückchen. »Was geben Sie mir da?«

»Etwas, um weiterzuschlafen. Das wird natürlich ein Schock für Ihre nächsten Angehörigen sein. Sie werden sich fragen, ob Sie sie absichtlich genommen haben oder ob es ein Missgeschick war. Ich werde ihnen die Antwort leider schuldig bleiben. Sie sind schließlich selbst in mein Badezimmer gegangen und haben die Tür geschlossen. Hier, machen Sie den Mund auf!«

Kirsten zwang ihr noch eine Pille zwischen die Lippen. Liv versuchte, sie auszuspucken.

»Ich kann Ihnen auch einfach die Teekanne auf den Kopf hauen. Das wird schwerer zu erklären sein, aber es wird mir schon gelingen.«

Liv nahm die Pille. Kirsten schwebte über ihrem Gesicht und verschwand dann aus ihrem Blickfeld. Plötzlich verstand sie. Es war so einfach. Ein totes Kind und ein lebendes. Die Trauergruppe. *Engelkinder.*

»Da waren zwei Kinder an dem Abend!«

Kirsten hielt einige Sekunden die Luft an. Als sie endlich antwortete, klang ihre Stimme rau. »Sie haben lange gebraucht, das herauszufinden.«

»Ihr Kind ist gestorben. Nicht Mettes, sondern Ihres.«

»Nehmen Sie jetzt einfach noch eine Pille, dann ist das Ganze bald überstanden.«

Die Erschöpfung rollte wie eine Flutwelle über Liv. Sie kämpfte dagegen an, so gut sie es vermochte. Biss die Zähne zusammen, bis es in den Schläfen wehtat, und ballte die Hände. Obwohl der Schmerz ihr Gehirn betäubte, glitt vieles jetzt an seinen Platz. Der Mann, den Petter in Gewahrsam genommen hatte, hatte sich der Freiheitsberaubung von Magda Abrahamsen schuldig gemacht, war aber nicht für Bos Tod verantwortlich. Sixten war gierig. Aber er war kein Mörder.

»Warum Bo? So lange nach …«

»Ich habe ihn gebeten, nicht in den alten Dingen herumzustochern. Aber er wollte nicht hören.« Kirsten richtete sich auf, stöhnte, als verursachte ihr die vornübergebeugte Stellung Beschwerden. Dann kniete sie sich hin und legte sich auf den Boden, sodass sie von Angesicht zu Angesicht dalagen.

»Wusste mein Großvater, dass Sie …« Liv rang nach Luft und zwang sich, die Augen offen zu halten, versuchte, den Körper mit Sauerstoff wachzuhalten, doch die Worte klangen genuschelt.

»Na, da ist ja noch Leben in Ihnen.« Kirsten sagte das konstatierend, neutral, wie eine Krankenschwester das tun würde.

Liv war jung und stark, und natürlich konnte sie eine so viel ältere Frau überwältigen, selbst wenn sie Schlaftabletten bekommen hatte. Es galt nur, die Impulse im Gehirn wieder unter Kontrolle zu bekommen, den Körper zu zwingen, ihr zu gehorchen. Sie spannte die Bauchmuskeln an und versuchte, sich aufzusetzen, kam aber nur wenige Zentimeter hoch, bevor die Lähmung einsetzte und die Unterlage sie aufsog, hinunter, hinunter.

Unmittelbar, bevor sie die Augen schloss, sah sie Kirsten lächeln.

CHRISTIANIA, JULI 1984

Schon auf dem Weg zu Kirsten Abrahamsen weiß Carl, dass er sich entschlossen hat. Er geht als neuer Mann durch Christiania. Nicht mit schweren Schritten oder einem schlechten Gewissen, den Luxus würde er sich nie erlauben. Wenn man eine Entscheidung trifft, muss man deren Konsequenzen mit geradem Rücken und klarem Blick tragen. Selbstmitleid ist etwas für Kinder und Narzissten. Aber er nimmt zur Kenntnis, dass die Entscheidung ihn verändert, für immer wohl, und er spürt nach, was das bedeutet.

Kirsten hält sich angeblich bei einer Theatertruppe auf, die im Haus Vadestedet in dem Teil der Freistadt übt, den sie Den Blå Karamel *nennen. Carl muss einmal nach dem Weg fragen, doch als er näher kommt, hilft ihm der Gesang. Er klingt exotisch – er kann weder Worte noch eine Melodie ausmachen –, aber er passt zu einer Theatergruppe in der Freistadt. Richtig, die singenden Menschen vollführen eine Art Tanz, zu dem sie mit einem Synthesizer und einer Biertonne als Trommel selbst Musik machen. Vor einem baufälligen Backsteinhaus zählt er zwölf junge Männer und Frauen, die einen Kreis bilden und abwechselnd in diesen Kreis treten und tanzen. Carl sieht ihnen ein paar Minuten zu, vor allem, um Zeit zu gewinnen.*

Irgendwann hört das Ritual ohne ein sichtbares Zei-

chen, dass es jemand beendet, auf. Die Leute beginnen zu reden und zu lachen, und die Musik verklingt. Carl geht zu einer Frau in hellblauen Joggingsachen, die die Instrumente zusammenpackt, und fragt sie nach Kirsten.

Sie nickt in Richtung eines Bauwagens im Vorgarten.

»Sie sitzt da drinnen, ist aber mitten in einem Paiute-Trauerritual und will nicht gestört werden.«

»Das duldet leider keinen Aufschub.«

Er geht hin und öffnet die ramponierte Tür zu dem Bauwagen, der im Dunkeln liegt und nicht möbliert ist. Kirsten sitzt im Schneidersitz auf dem Boden, in weiße Sachen gekleidet. Langsam öffnet sie die Augen.

Als sie ihn sieht, ändert sich ihr Gesichtsausdruck im Bruchteil einer Sekunde von ruhig zu misstrauisch. Sie weiß eindeutig, wer er ist.

»Hei, Kirsten, entschuldigen Sie die Störung. Haben Sie zwei Minuten?«

Sie schenkt ihm ein mikroskopisches Nicken.

Carl tritt ein und schließt die Tür hinter sich. Im Bauwagen wird es dunkel.

»Gibt es nicht irgendeinen Raum im Haus, wo wir stattdessen reden können? Gern einen mit Stühlen.«

Die zwanzig Jahre jüngere Frau lacht höhnisch. »Zu alt geworden, um auf dem Boden zu sitzen?«

Carl seufzt und setzt sich mit angezogenen Knien auf den Hintern. Im Bauwagen ist es warm und stickig, ihm bricht sofort der Schweiß aus, und das ärgert ihn.

»Machen wir es kurz, ich habe von der Strafe des Rats gehört, in die Alban zwar eingewilligt, die ihn aber unglücklicherweise das Leben gekostet hat. Haben Sie zu Ihrer Rolle in der Sache etwas hinzuzufügen?«

»Er hat das freiwillig gemacht. Wenn ich Ihnen sage, Sie sollen ein Jahr aufhören zu essen und zu trinken, und

Sie das tun und daran sterben, ist das Ihre Verantwortung. Alban hätte einfach etwas trinken können …«

»Ihre Selbstjustiz bleibt aber kriminell.«

Kirsten schweigt lange. »Was bedeutet das für uns?«

Natürlich, denkt Carl. Keine Reue, keine Reflexion, nur Angst vor den persönlichen Konsequenzen.

»Sie kommen ins Gefängnis. So funktioniert ein Rechtsstaat. Für Selbstjustiz wird man vom Staat bestraft. Die Beteiligung an einem Einsperren ohne Wasser und Brot, das mit dem Tod endet, bringt sechs bis vierzehn Jahre Gefängnis für jeden von Ihnen.« Er übertreibt willentlich die Länge der Strafe, um sicherzugehen, dass die Botschaft ankommt.

Kirsten schweigt. Seine Augen haben sich inzwischen so weit an die Dunkelheit gewöhnt, dass er die roten Flecken an ihrem Hals sehen kann.

»Wenn Sie sich mit einem sehr guten Anwalt zusammentun, können Sie vielleicht die Gefängniszeit herunterhandeln, aber etwas sagt mir, dass der Generalstaatsanwalt an allen Fäden ziehen wird, um Sie so lange wie möglich einsitzen zu lassen. Rechnen Sie also mit vierzehn.«

»Wer sagt, dass der Generalstaatsanwalt daran interessiert ist, dass der Tod seines Sohns Aufmerksamkeit erregt?«

Carl zieht die Brauen hoch. »Was soll das heißen?«

»Ich sage nur … ein Junkie, der sein Kind umbringt, ist keine gute PR für einen Mann in seiner Position.«

»Charmante Pointe, Kirsten. Aber es sind immer noch Sie, die einsitzen, da können Sie sich nicht rausverhandeln, indem Sie mit niederen Enthüllungen drohen.«

Sie schüttelt den Kopf. »Was ist mit dem Kind? Verdient es nicht eine Chance? Ist es fair, es für die Missetaten seiner Eltern büßen zu lassen?«

Carl blickt zu Boden. Er weiß nicht, warum er mit ihr diskutiert. Er hat sich schließlich entschlossen. Vielleicht will er nur sehen, dass sie sich etwas windet.

Es wirkt. Kirsten stolpert nervös über die Worte.

»Mette ist ohnehin zu krank, um sich um das Kind zu kümmern, und Alban ist tot. Es wird im Kinderheim enden, ist das eine Zukunft für einen Säugling? Der Rat ist einig mit mir, sie unterstützen mich.«

Carl streckt die Beine aus und schüttelt sie, damit er keinen Krampf bekommt. Er kann immer noch umkehren, es ist noch nicht zu spät. Wenn er will, kann er direkt ins Präsidium fahren und an die Tür seines Chefs klopfen. Alles erzählen, was er weiß. Von Albans und Mettes Heroinrausch, durch den Kirstens Kind gestorben ist, von der Strafe des Rats und dem Baby, das unten am Wall begraben ist, verborgen und vergessen.

»Sind Sie sicher, dass es das ist, was Sie am meisten wollen?« Er fragt, ohne sie anzusehen, kann es nicht ertragen, ihrem Blick zu begegnen. »Sie sind schließlich diejenige, die den höchsten Preis bezahlt hat.«

Kirsten schweigt wieder lange. Dann holt sie tief Luft und atmet laut aus. »So, wie ich das sehe, habe ich nichts verloren. Solange ich Magda behalten darf.«

Es läuft Carl kalt den Rücken hinunter. »Nennen Sie sie so?«

»So heißt sie.«

Er wartet, bis sich das Unbehagen etwas gelegt hat, und spricht dann mit Autorität, um nicht zu riskieren, dass seine Stimme ihn im Stich lässt. »Alle sind daran interessiert, den Fall so schnell wie möglich zu schließen. Als Leiter der Ermittlungen kann ich dafür sorgen, dass das passiert. Mein Team bleibt dabei, dass es sich bei Albans Tod um einen durch Drogen bedingten Selbstmord handelt.

Ich stimme dem zu und erwähne weder die Kinder noch den Rat. Dafür versprechen Sie, das Kind wie Ihr eigenes aufzuziehen.«

Sie nickt.

»Warten Sie, da ist noch eine Sache!« Er wartet, bis sie ihn ansieht. »Ida wird die Patin des Kindes sein. Sie wird ihm nahe sein und an seinem Leben teilhaben. Einverstanden?«

Kirsten nickt erneut. »Einverstanden!«

Carl steht auf und geht, ohne noch etwas zu sagen. Er setzt einen Fuß vor den anderen, wie er das sein ganzes Leben lang getan hat. Er ist ein neuer Mann. Doch er ahnt bereits, dass er den alten besser leiden konnte.

»Was machst du da, Momo?«

Die Frage drang durch die Nebel in Livs Gehirn. Eine Kinderstimme. Das musste Polly sein, Kirstens Enkelin.

Liv öffnete die Augen. Kirsten stand auf und bewegte ihr Knie zu Livs Hals hin, sodass sie nichts sagen konnte.

»Die Privatdetektivin ist gefallen und hat sich verletzt. Ich helfe ihr.« Kirsten klang ruhig und überzeugend. »Lauf wieder nach oben, Schatz, es ist schon spät. Du musst ins Bett.«

»Mama arbeitet, und Papa ist nicht zu Hause.«

Kirsten drehte sich halb zu dem Mädchen um. »Lauf hoch, putz dir die Zähne und leg dich mit einem Buch hin, dann komme ich gleich und setze mich zu dir.«

Liv versuchte, das Mädchen auf ihre Lage aufmerksam zu machen, formte das Wort *Hilfe*, aber Polly sah es nicht.

»Was fehlt ihr?« Polly blieb stehen.

»Ihr geht es einfach nicht gut. Ab mit dir, Schatz!«

Liv hörte kleine Schritte auf der Treppe und wusste,

dass der kleine Strohhalm jetzt weggeweht war. Kirsten legte Gewicht in das Knie, sodass sie keine Luft bekam. Die Lähmung breitete sich von der Stirn über die Kiefer in den ganzen Körper aus. Am schlimmsten war es, wenn sie versuchte, dagegen anzukämpfen. Wenn sie die Kontrolle ganz aufgab und sich einfach fallen ließ, würde sich die Lähmung wie Sonnenschein in einer Sommerwasserpfütze ausbreiten, blendend und allumfassend.

Kirsten hob das Knie von ihrem Hals. Liv holte tief Luft, erinnerte sich dann aber, dass das nichts zu bedeuten hatte. Von hier an kam sie gut ohne Luft zurecht, von hier an konnte sie sich nur dem Licht in der Wasserpfütze hingeben. Sie spürte die Unterlage nachgeben und den Körper unter die Oberfläche sinken.

»Was hast du getan?«

Eine Frauenstimme durchbrach die Stille, doch diesmal war die Stimme weder jung noch ängstlich. Magda klang groß wie ein Haus, sie klang wütend.

»Kirsten, geh weg von ihr!«

Liv schnappte nach Luft, ihr Körper zitterte und lebte wieder. Sie öffnete die Augen und drehte den Kopf.

Kirsten sah Magda, die zwei Meter von ihnen entfernt stand, ein Küchenmesser fest in der Hand.

»Schatz, was tust du da? Leg das Messer weg …« Kirsten trat einen Schritt vor, die Hände entwaffnend zur Seite erhoben.

»Stopp!«, rief Magda so plötzlich und so laut, dass Kirsten gehorchte. »Oder willst du auch mich umbringen?«

»Schatz, es würde mir nicht im Traum einfallen …«

Magda brach in Tränen aus. Sie liefen ihr über die Wangen, und sie musste schniefen, um das Messer nicht loszulassen.

»Schatz …« Kirsten trat vorsichtig einen Schritt näher, während sie beruhigend murmelte. Liv sah, wie Magdas Arme vom Weinen schwach wurden, und wusste, dass es nur eine Frage von Sekunden war, bevor Kirsten ihr das Messer aus der Hand schlug. Und dann?

Liv drehte sich vorsichtig auf die Seite und zog die Knie zum Bauch hoch. Sie steckte sich zwei Finger in den Mund und erbrach sich. Die Übelkeit ging in Wellen durch den Körper, doch die Pillen kamen heraus. Etwas drückte gegen ihre Hüfte. Sie steckte eine Hand in die Tasche und spürte Bos Selenitdolch glatt und spitz zwischen den Fingern.

Kirsten machte einen weiteren Schritt auf Magda zu.

Liv kam lautlos in die Hocke und zum Stehen. In der Hand hielt sie den Seleniten, den Stein mit der Energie wie ein Lichtschwert. Energie, um das Universum von Unreinheiten und Bosheit zu befreien.

Kirsten legte den Arm um Magda, der das Messer aus der Hand fiel. In derselben Sekunde trat Liv vor und rammte den Steindolch in Kirstens Schulter. Sie ging in die Knie und fasste sich an den Arm.

Liv bückte sich nach dem Messer und rief Magda zu, dass sie die Polizei rufen sollte.

»Aber …« Magda schluckte. »Mein Handy ist oben.«

Liv hob das Messer gegen Kirsten und spürte, wie die Sicherheit in Beine, Körper und Kopf zurückkehrte. Sie würde die Stellung schon halten.

Als Magda aus dem Raum verschwand, legte Kirsten das Kinn auf die Brust und murmelte:

»Entschuldige, Schatz. Ich wollte nur … Entschuldige.«

DONNERSTAG, 24. OKTOBER

KAPITEL 28

»Mein Gott, was für ein Riss! Tut es sehr weh?«

Petter verzog das Gesicht und beugte sich näher zu Liv, um den Schaden in Augenschein zu nehmen. Der Verband, den ein müder Assistenzarzt ihr spät am gestrigen Abend verpasst hatte, hatte sich im Lauf der Nacht als unzulänglich erwiesen, und der Tag hatte mit einer frühen Fahrt zur Notfallambulanz und fünf Stichen an der Stirn sowie einer Untersuchung auf eine Gehirnerschütterung begonnen.

»Es geht«, log sie. Das Morgenlicht über Christiania war grau und kündete von Regen.

Sie führte die vier Kriminaltechniker unter das Blattwerk und näher zum Wasser. Sie hatten bereits zweimal vergebens gegraben. Sie blickte in Richtung Fredriks Bastion hoch und wieder zurück. Es stand kein Kreuz mehr da, und die Erde war platt durch den Regen.

»Ja, da ist es, glaube ich.«

Sie sperrten die Stelle mit Absperrband ab, trugen Arbeitslampen heran und begannen vorsichtig zu graben. Ab und zu kamen Hundebesitzer auf dem Weg vorbei und warfen neugierige Blicke herüber, bevor sie zu der Wallanlage von Christiania weitergingen.

Petter und Liv traten ein wenig zur Seite und sahen der Grabung zu.

»Kirsten wird auch noch untersucht. Sie behauptet, sie

habe Sehstörungen nach dem Stoß mit dem Steindolch in ihre Schulter.«

»Wie praktisch. Dann könnt ihr sie nicht verhören?«

Er zuckte die Schultern. »Wir bekommen sie schon noch für den Mord an Bo dran. Die Techniker gleichen gerade Fingerabdrücke und DNA-Spuren mit den Tests ab, die wir mit ihr gemacht haben.«

»Es wird schwerer zu beweisen sein, dass sie Alban umgebracht hat, obwohl sie das unter vier Augen gestanden hat. Spricht man eigentlich noch von einem Täter, wenn der Täter eine Täterin ist?«

Petter sah sie verärgert an. »Fängst du jetzt auch damit an? Im Strafgesetzbuch heißt es Täter.«

»Vergiss es! Was ist mit Sixten?«

»Man hat ihm erlaubt, zu seinem Vater nach Hause zu fahren, der heute Nacht gestorben ist. Wir erheben Anklage wegen Freiheitsberaubung, Gewalttätigkeit und Erpressung.«

»Der alte Generalstaatsanwalt ist heute Nacht gestorben?«

Er nickte.

»Ohne seine Enkelin getroffen zu haben.« Liv riss die Augen auf, das tat weh. »Mal sehen, ob sie noch mit ins Testament gekommen ist. Es wäre zu hoffen. Sixten verdient es nicht, das Vermögen alleine zu erben.«

»Hier ist etwas!«

Die Kriminaltechniker winkten sie rechtzeitig genug zu sich, um zu sehen, wie sie ein Bündel aus der Erde freilegten. Es war klein, eingewickelt in Plastik und verwittert, doch Liv hatte keine Zweifel, was sie da vor sich hatten. Das vermoderte Skelett eines klitzekleinen Menschenkinds.

Kirstens Tochter.

Petter ging einen Schritt Richtung Ufer. »Dieses kleine Baby musste also sterben, weil Alban und Mette mit Fixen beschäftigt waren?«

Liv atmete die Seeluft ein und in einem dichten Dampfstrahl wieder aus. »Ja. Kirstens Tochter ist umgekommen, ihr eigenes Kind hat überlebt.«

»Und dann hat sie das Kind von Mette und Alban an seiner statt genommen? Was zum Teufel ist das für ein Mensch, der sein Kind begraben und gegen ein anderes austauschen kann, als wäre nichts passiert?«

Liv griff sich an die Stirnwunde. »Ob es nicht eher so war, dass sie den Verlust nicht ertragen konnte? Dass es leichter war, so zu tun, als wäre die Tragödie nie passiert? Kirsten hat dem Kind die CPR-Nummer ihrer verstorbenen Tochter und deren Namen gegeben, Magda. Das war ihre Bedingung, dass keine Polizei benachrichtigt wurde.«

»Aber das Kind und die Strafe des Rats haben ihr trotzdem nicht genügt«, nickte Petter. »Sie hat in der Hütte geheizt und die Tür mit einem Schloss verriegelt. Alban sollte sterben, wie er ihr Kind hatte sterben lassen.«

Hinter ihnen hoben die Kriminaltechniker den kleinen Menschen auf eine Bahre und trugen ihn über die Baumwurzeln am Ufer.

»Traurig.«

»Ja …« Liv sah der Bahre nach. Traurig schien ihr nicht ausreichend.

Sie warteten, bis die Bahre die Böschung hoch und im Krankenwagen verschwunden war, dann sahen sie wieder über das Wasser. Petter stand so lange in seine Gedanken versunken da, dass sie zu glauben begann, er habe vergessen, weshalb sie hier waren.

»Alles okay, Petter?«

Er seufzte. »Die Abteilung hat einen Ermittler eingestellt. Deshalb bist du von dem Einstellungskomitee nicht kontaktiert worden. Sie waren offenbar von Anfang an auf einen bestimmten Kandidaten eingeschossen, das konnte ich nicht wissen ...«

Liv gab den Worten Zeit, sich zu setzen, und spürte, wie die wohlbekannte Gefühllosigkeit sich ausbreitete. Scheiß drauf! Wenn sie sie nicht wollten, war das einfach nur ärgerlich. Doch tief in ihrem Körper bohrte die Enttäuschung sich einen Weg wie ein kleiner Wurm, der den Apfel nicht aufgeben mochte. »Wieso wiegt deine Meinung nicht schwerer als die des Einstellungskomitees? Bist du nicht der Ermittler mit dem höchsten Dienstalter?«

»Ich *habe* versucht, dich ins Spiel zu bringen!«, behauptete er.

Und das hatte er vielleicht auch, aber halbherzig. Sonst wäre sie wohl verdammt noch mal zu einem Gespräch eingeladen worden!

»Nun ja. Schwamm drüber«, sagte sie, meinte es aber immer noch nicht. »Es kommen andere Möglichkeiten.«

»Das nächste Mal bist du dran, das verspreche ich dir! Und ich brauche dich ja weiter, das weißt du. Mehr und mehr, wie es scheint.«

Liv nickte und fühlte sich mutlos.

»Und du bekommst ja auch dein Beraterhonorar für die Arbeit hier.«

»Ja, ja.« Liv sah Petter an, der die Hände in den Taschen hatte und ein Sinnbild des schlechten Gewissens war. Sie hatte Lust zu gehen. Sollte sie sich vielleicht bei ihm für die Krumen bedanken, die er ihr hin und wieder zuwarf? »Wer hat den Job bekommen?«

Petter lachte verlegen. »Ein Mann, fürchte ich.«

»Hör auf, meine Agenda ist nicht geschlechtsspezifisch, sie ist egoistisch. Wie heißt er?«

»Ah, wie war das noch? Du kennst ihn bestimmt, er ist aus deinem alten Kreis in Nordjütland. Zieht mit der ganzen Familie von Aalborg nach Kopenhagen, ist wohl so ein ehrgeiziger Typ.«

Liv hielt die Luft an. Manchmal weiß man, was kommt, bevor es eintrifft. Eine Art Instinkt für die Katastrophe. Sie sah, wie Petter sich den Nasenrücken rieb und sich mit aller Kraft zu erinnern versuchte.

»Ah, ich und Namen, verdammt! Sie sind einfach wie weg. Gestern habe ich Susanne Linda genannt. Sie war wenig begeistert.«

»Martin Johnsson?«, schlug sie vor.

Sie sah seine Augen bei dem Triumph des Wiedererkennens aufleuchten.

»Genau. Sie nennen ihn Malle.«

*

Hannah ging ins Wohnzimmer und stellte fest, dass das Sofa leer war. Die Decke war zur Seite geworfen, und die Polster waren kalt. Im selben Moment hörte sie die Haustür gehen. In der Diele waren Schritte zu hören, und Nima tauchte in der Tür auf.

»Wo warst du?«

»Ich musste ein paar Dinge in der Werkstatt erledigen. Was ist mit Shirin?«

»Sie ist wieder eingeschlafen. Ich habe mich zu ihr gesetzt.«

Sie standen voreinander, verlegen, wie nur zwei Menschen das sein können, die einmal intim gewesen sind, es aber nicht mehr waren.

»Können wir reden?«

Sie faltete die Decke zusammen und setzte sich auf das

Sofa. Er setzte sich neben sie, ein wenig zu nah, das Gesicht ihr zugewandt. Sie spürte seine Fingerspitzen auf ihrer Haut, behutsam wie ein Katzenschwanz.

»Stopp!«

Er zog die Hand zu sich. »Ist das ernst mit diesem Immobilienmakler?«

»Nikolaj ist Journalist. Und das hat nichts mit ihm zu tun. Ich muss dir etwas sagen.« Sie sah, wie sein Blick in die Ferne schweifte, wie immer, wenn sie etwas von ihm wollte. Aber dem hier konnte er sich nicht verweigern, auch wenn es schwierig war. Dieses eine Mal konnte sie ihn nicht schonen. »Etwas über uns.«

Nimas grüne Augen wurden hart. Hart wie ihre Stimme. Sie konnte das Pflaster genauso gut abreißen. Sie holte den Test aus der Tasche und legte ihn auf den Tisch.

Er schaute auf den Plastikstab, als wäre er giftig.

»Was ist das?«

»Du weißt genau, was das ist, Nima. Muss ich es wirklich laut sagen?«

Er sagte nichts, starrte nur unbeweglich auf den Test. Sie konnte noch beten, dass seine unmittelbare Reaktion nicht die am schlimmsten denkbare sein würde. Sie war es.

»Bist du sicher, dass es von mir ist?«

Hannah drehte ihm den Rücken zu und sah in den Hof hinaus. Ihr Kindheitsland, der Ort, der zweiundvierzig Jahre lang der Mittelpunkt ihrer Welt gewesen war. Selbst wenn sie in anderen Teilen der Stadt gewohnt hatte, in anderen Wohnungen mit einem anderen Lichteinfall, war er das Zentrum ihres inneren Kompasses gewesen. Jetzt trug sie die Veränderung in sich. Wenn sie das Kind bekam, würde sich die Kompassnadel verschieben. Von ihrem Vater und ihr zu einem neuen kleinen Menschen, den sie noch nicht kannte. Der Gedanke war zu abstrakt, um Sinn zu ergeben, doch sie wusste, dass ein Kind alles verändern würde.

»Ich bin in den letzten beiden Jahren mit keinem anderen Mann als mit dir zusammen gewesen. Nicht vor dieser Woche. Es ist von dir.« Sie zwang sich, sich umzudrehen und ihn anzusehen. Wenn er hierbei nicht der Erwachsene sein konnte, würde sie es sein. Sie konnte das. »Wir müssen unvorsichtig gewesen sein. Ich weiß nicht, wie es passiert ist. Aber es ist passiert.«

Er saß wie versteinert da.

Hannah hätte ihn am liebsten geschlagen, eine Reaktion aus dem leeren Gesicht herausgeprügelt. Sie war es, die in einer Schwangerschaft gefangen war, die sie sich weder gewünscht noch für möglich gehalten hatte. Hatte er überhaupt nicht vor, ihr zu helfen?

»Du wirst …« Er räusperte die Stimme frei von Gefühlen. »Du wirst es wegmachen lassen müssen.«

»Es?«

Er schob vorsichtig den Test zur Seite und stand vom Sofa auf. Seufzte und rieb sich das Gesicht mit den Händen, als hätte er es schwer.

»Hannah, ich kann jetzt nicht der Vater eines Babys sein. Ich habe die Verantwortung für einen zerbrechlichen Teenager und schon damit reichlich zu kämpfen. Tut mir leid.« Er machte eine hilflose Handbewegung.

»*Tut dir leid?* Das ist kein Kinobesuch, den du nicht willst. Das Kind gibt es bereits. Wir sollen es umbringen, um nicht Eltern werden zu müssen, verstehe ich das richtig, ja?«

Er ging auf sie zu, als wollte er sie in den Arm nehmen. Sie trösten. Ein Blick reichte, um ihn zu stoppen.

Er schüttelte den Kopf. »Wie soll das funktionieren?

Willst du mit dem Baby auf meinem Boot wohnen? Sollen Shirin und ich hierherziehen? Ich rauche und trinke und lebe davon, alte Autos zusammenzuschrauben. Alles, was ich anfasse, wird zu Scheiße.«

»Eindeutig.«

Nima schlug mit den Händen aus. »Ich habe nie vorgegeben, etwas zu sein, das ich nicht bin. Wir haben Pech gehabt, jetzt müssen wir … aufräumen und weiterkommen.«

Seine Worte schnitten wie ein Messer in Hannahs Herz. Sie legte sich eine Hand beschützend auf den Bauch. Sie hätte sich einsam fühlen müssen, aber das tat sie nicht. Sie war nur abgeklärt und wütend.

»Du und Shirin könnt so lange hierbleiben, wie ihr das braucht. Aber wir beide sind fertig miteinander.«

Sie stand auf und ging in die Küche, stellte sich an die Spüle und spürte, dass sie keine Tränen mehr übrig hatte. Kein Bedauern mehr. Der Bauch fühlte sich noch immer wie ein ganz gewöhnlicher Bauch an, aber das würde nicht mehr lange so sein.

Sie legte die Hand wieder darauf. »Dann sind wir wohl nur noch zu zweit, mein Schatz.«

*

Als Liv von dem Grab wegging, tat alles in ihr weh. Der Gedanke an Malle Johnsson als Ermittler bei der Polizei von Kopenhagen und sie selbst als Privatdetektivin in einem feuchten Keller in Vesterbro überschritt eine Grenze. Er hatte wieder gewonnen. Die Ungerechtigkeit war nicht zu ertragen.

Ida rief an, als sie in ein Taxi stieg.

»Hei, Liv …«

Liv begegnete dem Blick des Fahrers im Spiegel und hob einen Zeigefinger, um Zeit zu gewinnen. »Hei, Ida, alles okay?«

»Nicht wirklich. Kirsten … Nein, ich weiß gar nicht, was ich sagen soll. Schock ist das einzige Wort, das es ausdrückt.« Sie räusperte sich. »Hast du die Möglichkeit vorbeizukommen? Ich bin zu Hause. Magda ist auch hier. Wir bekommen gleich Besuch, es wäre schön, wenn du dabei wärst …«

Liv signalisierte dem Fahrer ein *Entschuldigung* und schloss die Autotür. Sie ging in dem Moment wieder durch das Tor, als ein Regenbogen über der Stadt aufstieg. Die Kieswege der Freistadt lagen im Regen verlassen da, die Leute suchten Schutz unter den Vordächern und bei den Buden. Sie zog sich die Jacke über den Kopf und lief an den alten Kasernenbaracken mit Graffiti und Doppelfenstern vorbei, den Solidaritätsflaggen an den Fassaden und den Wartelisten, auf die man gar nicht erst kam. Der Regen fiel auf Kopenhagens unmöglichen Traum von Gleichheit und Raum für das Unangepasste, das Wasser wischte den Staub ab und offenbarte eine Freistadt, die mehr und mehr dem Rest der Gesellschaft glich. Repressive Toleranz nannte sich das wohl, wenn man etwas zu Tode akzeptierte.

Ida empfing Liv an der Tür mit einem Handtuch und einer Umarmung, die Liv nur ein paar Sekunden ertrug.

»Komm rein ins Warme. Magda hat Hühnersuppe gekocht.«

Liv zog die Schuhe aus und ging ins Wohnzimmer. Magda kam mit einer Schale mit klarer Suppe für sie herein. Sie sah müde aus.

»Bitte schön.«

»Danke. Wie … kommen Sie zurecht?«

Magda schüttelte den Kopf. »Im Moment lebe ich eine Stunde nach der anderen.« Sie verschwand wieder in der Küche, offensichtlich nicht in der Stimmung für ein Gespräch.

Liv setzte sich mit der Suppe an den runden Esstisch, an den sie sich plötzlich wieder erinnerte. Es war nur ein kurzes Aufflackern, nichts anderes, doch sie erinnerte sich, hier gesessen und zu Abend gegessen zu haben. Mit ihrem Großvater.

»Das schmeckt gut.«

»Hat sie gestanden?« Ida nahm Liv gegenüber Platz. Die Haut unter ihren Augen zeugte von einer schlaflosen Nacht.

»Nicht offiziell. Aber sie hat Bo umgebracht, daran besteht kein Zweifel. Und Alban damals.«

Ida rieb sich mit dem Daumen über die Sorgenfalte. »Du musst mir glauben: Wir haben nicht gewusst, dass sie die Tür damals mit einem Schloss versehen und den Kamin angemacht hat. Dein Großvater hatte einen Verdacht in der Richtung, glaube ich, hat aber keine Beweise gefunden.«

Liv spürte den Trollsplitter im Herzen. Großvater, der den Fall als Selbstmord geschlossen hatte, obwohl er es besser wusste. Großvater, der nicht der Polizist und der Mensch gewesen war, den sie in ihm gesehen hatte.

Ida sah aus dem Fenster und stand auf. »Da kommen sie! Der Regen hat Gott sei Dank aufgehört.«

Liv sah, dass ihre Hände zitterten. Magda kam herein und stellte sich neben Ida. Sie atmete ganz flach.

Draußen kamen zwei Frauen den Gartenweg entlang, eine jüngere und eine ältere. Die Aufmerksamkeit der jüngeren richtete sich auf die ältere Frau, als brauche sie Hilfe. Liv kniff die Augen zusammen und erkannte die ältere Frau.

Mette Møller.

Sie trat vorsichtig ins Zimmer. Ihr Blick klebte am Boden, eine Schweißschicht bedeckte die Oberlippe. Einen Augenblick blieb die Zeit stehen in Christiania, wo eine Frau ihr Kind verloren und eine andere es aufgezogen hatte.

Magda machte einen Schritt auf ihre biologische Mutter zu.

»Ich bin es, Magda. Sif.«

Mette nickte, hielt den Blick aber weiter auf den Boden gerichtet. Ein Sturm von Gefühlen zog über ihr Gesicht. Sie schloss die Augen und schluckte. Dann hob sie das Kinn und sah ihre Tochter an.

CHRISTIANIA, JULI 2004

Liv merkt, wie der Schlaf sich anschleicht, und weiß, dass sie sich ihm ergeben sollte. Es ist spät. Trotzdem kämpft sie dagegen an. Geräusche aus dem Esszimmer dringen durch die Tür, Musik mit einem Klavier und einer traurigen Trompete, das Klirren von Glas und leise Stimmen. Das Laken auf dem Sofa ist hart vom Waschen und kratzt an ihrer Haut. Sie hat Heimweh. Idas Haus ist unordentlich und auf eine Weise laut, die ihr fremd ist. Leute kommen und gehen, ohne die Schuhe auszuziehen, Nachbarn machen selbst Kaffee, und alle reden mit kräftigen Stimmen und lachen laut.

Zu Hause in Rødovre ist es still und sauber. Es ärgert Liv, dass sie das vermisst. Sie wäre gern mehr wie Magda und ihre Freundinnen. Halberwachsen und selbstsicher, sie hören Ramones und rauchen Zigaretten und wirken unerreichbar und völlig gleichgültig gegenüber Unordnung und Staubflusen. Nicht, dass sie verstehen würde, was die anderen beschäftigt, denn sie machen nicht richtig etwas. Machen Ferien wie der Rest des Landes, aber von nichts. Sie gehen weder in die Schule noch einer Arbeit nach. Magda zeichnet hin und wieder Blumen auf Idas Aquarellpapier, aber das ist auch das Einzige, was sie macht, außer mit den Freundinnen zu feiern und im Wallgraben zu schwimmen.

Im Zimmer nebenan ist die Platte zu Ende, ein Stuhl

schrammt über den Boden, und die Musik beginnt wieder. Großvater lacht gedämpft, und Ida holt eine Flasche Wein aus der Küche. Liv kann ihre Schritte und den Korken hören, der aus dem Flaschenhals gezogen wird. Sie wünscht sich, sie würde verstehen, was sie hier machen. Da ist eine Intimität zwischen ihrem Großvater und der ihr völlig fremden Frau, die sich nicht sicher anfühlt. Sie kennen sich offenbar schon viele Jahre, obwohl Großmutter erst seit einem halben Jahr tot ist.

Heute hat er geweint. Sie hat ihn seit dem Begräbnis nicht weinen sehen und davor auch nicht. Sie haben einen Spaziergang am Wasser gemacht, und Großvater war still. Normalerweise zeigt er auf Häuser und erzählt lustige Geschichten über die Leute, die darin wohnen, doch heute war er schweigsam. Verzagt, nennt ihre Mutter sie manchmal, und heute hat sie das von Großvater gedacht. Er hat auf dem ganzen Spaziergang nur eins zu ihr gesagt, und das hat sie nicht verstanden: »Liv, mach es nicht so wie ich! Halt an dem fest, woran du glaubst!« Und dann hat er geweint.

Liv legt sich auf den Rücken und sieht zur Decke. Ihr tut der Bauch weh, der Schlaf ist jetzt weit weg. Die Tür zum Speisezimmer schließt nicht dicht, und wenn sie sich konzentriert, kann sie hören, worüber sie dort sprechen.

»Wie hat er geheißen?«, fragt Großvater. »Dieser Rocker, mit dem du zusammen warst?«

»Ach, Carl, da war nie was. Das weißt du doch. Ich bin zwar naiv, wenn es um die Liebe geht, aber ich bin klug genug, mich von Rockern fernzuhalten. Er hat es lediglich versucht.«

»Aber wie hieß er?«

»Frank.« Ida lacht.

Großvater sagt etwas, das Liv nicht mitbekommt.

»Ja, ja, wir können nicht alle ein ganzes Leben lang glücklich verheiratet sein wie Lisbet und du. Einige von uns haben nicht so ein Glück.«

Idas Worte beruhigen Liv etwas. Wenn sie ein Paar wären, würde sie wohl nicht so von Großmutter reden, oder?

»Das muss wunderbar sein«, fährt Ida fort. »Ich habe nie jemanden auf diese Weise geliebt. Bis auf meine Patentochter vielleicht.«

Die Platte kommt wieder zum Ende, doch diesmal dreht sie niemand um.

Großvater räuspert sich vorsichtig. »Wie viel weiß Magda von dem, was damals passiert ist?«

Ida antwortet lange nicht, und Liv bekommt Angst, ob sie sich da drüben küssen oder etwas anderes Ekliges tun. Doch dann ist das Klirren von einem Weinglas zu hören, das zurück auf den Tisch gestellt wird.

»Kirsten hat sich entschlossen, ihr nichts zu sagen. Ich habe es nie für gut gehalten, Kinder anzulügen. Zumindest sollte sie wissen, dass sie adoptiert ist. Aber das habe nicht ich zu bestimmen.«

Liv spürt ein schweres Gewicht auf der Brust. Adoptiert? Das klingt so fremd und erschreckend.

»Dann weiß sie …«

»Nichts.«

Das Gewicht auf der Brust bekommt Dornen. Liv hat Lust, sich die Ohren zuzuhalten, kann sich aber nicht dazu überwinden.

Großvater seufzt tief. »Ich bereue meinen Entschluss noch immer. Natürlich hätten Bo, Kim, Jørn und Kirsten verurteilt werden müssen, ich bin schließlich Polizist, verdammt! Ich habe nur den Gedanken nicht ertragen, dass die kleine Magda in Pflegefamilien oder in ein Heim kommt. Aber es fühlt sich immer noch falsch an.«

»Warum, Carl?«

»Weil … Wie nennt man einen Ermittler, der wider besseres Wissen einen Fall schließt und die Kriminellen laufen lässt?«

»Wenn er das für ein Kind tut, das sonst in einem Pflegeheim enden würde, nennt man ihn einen Helden.«

KAPITEL 29

Liv verließ Idas Haus in Christiania mit dem Gefühl, ihre Seele als Putzlappen für die Fenster im Empire State Building benutzt zu haben, so zerrissen war sie. Sie fühlte sich völlig leer. Sie näherte sich der Prinsessegade und beschloss, nach Hause zu gehen. Der Fall war gelöst, der Gerechtigkeit war Genüge getan, doch der Siegesrausch blieb aus.

Auf dem Weg über die Knippelsbro begann es wieder zu regnen, und es erschien ihr passend. Sie ging an der heruntergebrannten Börse und an Christiansborg vorbei, während der Regen sie im Nacken piekste und eine schmerzhafte Erkenntnis an die Oberfläche stieg.

Petter hatte sie benutzt.

Die Wahrheit war die, dass er nicht daran interessiert war, ihr zu helfen, eine Anstellung hier in Kopenhagen zu bekommen. Weil er selbst die Lorbeeren für ihre Ergebnisse einheimsen konnte, solange sie ihm im Schatten assistierte. Und sie hatte ihn auch benutzt. Sein Vertrauen ausgenutzt, um erst die Anstellung in Aalborg zu bekommen und dann die gelegentlichen Beratertätigkeiten für die Abteilung für Gewaltkriminalität in Kopenhagen mit der Hoffnung, dass sie zu etwas Dauerhaftem führten.

Liv überquerte den Rathausplatz und musste sich fast den Weg durch die fetten Tauben um den Würstchenwagen freitreten.

Petter war es in den letzten sechs Monaten merklich schlechter gegangen. War sie ihm Hilfe schuldig, damit die Krankheit nicht so wenige Jahre vor seiner Pensionierung entdeckt wurde? Oder schuldete sie es den Opfern in seinen zukünftigen Fällen, ihn in Pension zu schicken? Er riskierte es, seinen Job zu verlieren, und schlimmer noch, bloßgestellt zu werden und seinen Nachruhm zu zerstören. Streng genommen wusste sie nicht, wie viel von seinem Verhalten auf das Konto der Demenz ging. Sie wusste nur, dass die Arbeit sein Leben war. Für ihn gab es kein Leben nach dem Arbeitsleben.

Genau wie für sie.

Sie ging weiter die Vesterbrogade hinunter, bis sie an dem Tor in der Kaalundsgade stand. Sie steckte die Hand in die Tasche, um den Schlüssel herauszuholen. An dem grauen Nachmittagshimmel hing groß und weiß der abnehmende Mond. Der Anblick erfüllte Liv mit Trauer. Im großen Bild zählt nur die Liebe. Die Menschen, die wir lieben, und die Welt, die wir mit ihnen zusammen bauen. Wen hatte sie außer ihren Eltern in Rødovre und einer gemischten Erinnerung an ihren Großvater?

Ohne zu wissen, wohin sie wollte, ließ sie den Schlüssel in der Tasche und ging weiter durch Vesterbros Straßen. Das Trauergefühl steuerte ihre Schritte zu einem Ziel, das sie erst erkannte, als sie davorstand.

Sie holte das Handy heraus und rief Viola Riebenau an.

»Hei, Liv!« Sie klang überrascht.

»Hei, Viola. Ich habe mich gefragt, ob du mich zu einem Kaffee einlädst.«

»Du trinkst doch gar keinen Kaffee.« Man konnte hören, dass sie lächelte. »Die Polizei hat angerufen und gesagt, dass sie einen Verdächtigen festgenommen haben. Weißt du was dazu?«

»Ja. Wann können wir uns treffen?«

»Wie wäre es jetzt?«

»Okay.«

»Wo?«

Liv legte den Finger auf ihre Schelle und drückte. Sie konnte das Summen hören.

»Bei dir.«

Viola lachte und ließ sie herein. Sie lächelte noch immer, als Liv hoch in die Wohnung kam.

»Hei, danke, dass du vorbeikommst.«

Sie setzten sich aufs Sofa, und Liv erzählte Viola, so schonend sie konnte, warum Kirsten ihren Vater umgebracht hatte. Es war vielleicht ein gewisser Trost, dass er bei dem Versuch gestorben war, ein altes Unrecht wiedergutzumachen. Dass er versucht hatte, das Richtige zu tun.

Viola hörte zu, ohne eine Miene zu verziehen. Als Liv fertig war, atmete sie aus, als hätte sie mehrere Minuten die Luft angehalten.

»Ich habe immer gewusst, dass mein Vater ein guter Mensch war, aber sein Tod … All das hier mit dem Rat und seine Rolle dabei hat Zweifel in mir aufkommen lassen. Das ist ein furchtbares Gefühl, wenn man an dem wichtigsten Menschen in seinem Leben zweifelt.«

Liv nickte. Damit kannte sie sich aus. Sie hörte das Telefon in ihrer Tasche brummen und nahm es heraus. Es war Petter.

Viola stand auf. »Geh ruhig dran, das ist okay.«

Liv sah kurz auf das Display und drückte den Anruf weg.

Liv geh ran! Es geht um den Job!

Sie steckte das Telefon zurück in die Tasche.

»Das kann warten.«

Viola lächelte. »Ich brauche jetzt irgendwas. Was serviert man jemandem, der weder Kaffee noch Tee trinkt?«

»Du hast nicht vielleicht ein Bier?«

Viola sah auf die Uhr und lachte, aber sie holte zwei Bier aus dem Kühlschrank. Die Flaschen beschlugen sofort.

Liv nahm ihres und trank. Sie hätte jetzt ohne Weiteres die Flasche abstellen, aufstehen und gehen können. Aber deshalb war sie nicht gekommen.

»Darf ich noch etwas bleiben?«

Viola sah sie überrascht an und setzte sich wieder.

»Natürlich.«

*

Der Rumpf des alten Schleppboots knarrte, und obwohl sie nur vierundzwanzig Stunden fort gewesen waren, kam Nima der Laut fremd vor. Er und Shirin traten zögernd in die Kombüse, als wären sie Gäste, die zu früh waren und an der Garderobe stehen bleiben und warten mussten, bis die letzten Platzkarten verteilt waren. Die Durchsuchung der Polizei wurde an den Dingen sichtbar, die an anderen Plätzen standen, auf den Boden gelegt oder zur Seite geschoben worden waren. Niemand hatte daran gedacht, das Blut vom Fenster und dem Küchentisch zu wischen.

Shirin blieb mit dem Rucksack in der Tür stehen. Nima holte schnell einen Eimer unter der Küchenspüle hervor.

»Ich mache das weg. Geh du einfach in dein Zimmer und entspann dich.« Er gab Putzmittel in den Eimer und füllte ihn mit warmem Wasser, nahm ein paar Gummihandschuhe und einen Schwamm und begann, das Blut wegzuwischen. Warum gehörte es nicht zu den Aufgaben der Polizei, sauber zu machen, wenn sich jemand das Hirn über dem Küchentisch anderer Menschen weggeschossen hatte? Der Fleck schäumte auf und färbte das Wasser hellrot.

Nima wurde bewusst, dass Shirin noch immer mit dem Rucksack dastand und ihm zusah.

»Was ist los, Schatz?« Der Kosename spiegelte nicht ganz die Wahrheit wider und erinnerte ihn daran, dass das Verhältnis nur ein geliehenes war. Aber er benutzte ihn trotzdem. Schatz. Sie war so jung, dass sie es brauchte, dass jemand sie Schatz nannte. Und er war so alt, dass er es brauchte, jemanden so zu nennen.

»Ich habe keine Lust, auf meinem Zimmer zu sein.«

Nima richtete sich auf und blickte auf den Schwamm in seiner Hand, auf den ekligen, hellroten Schaum. »Komm, wir fahren eine Runde!«

Er zog die Gummihandschuhe aus und schrubbte sich die Hände, griff nach den Autoschlüsseln und scheuchte Shirin nach draußen zu dem Mustang. Natürlich sollte sie nach einem Selbstmord nicht beim Saubermachen dabei sein.

»Wo fahren wir hin?«

Er steckte den Schlüssel ins Zündschloss und hörte den Motor anspringen. Das wohlbekannte Gebrüll, das ihn jahrelang begleitet hatte.

»Wir fahren etwas herum und verkaufen den alten Scheiß hier. Ich kenne einen Sammler, der sicher gerne eine ordentliche Summe dafür hinlegt.«

Shirin riss die Augen auf. »Was willst du mit dem Geld?«

»Wir! Was wollen *wir* mit dem Geld ... Vielleicht sollten wir uns nach einer ordentlichen Wohnung umsehen. Auf festem Grund. Dann können wir das Geld für eine

Anzahlung oder eine Kaution, oder wie so was heißt, nutzen.«

»Wie kommen wir dann von einem Ort zum anderen?«

Er lächelte. Seine besorgte, kluge Nichte. »Ich kaufe uns ein kleines billiges Auto oder zwei Fahrräder.«

Sie sah aus dem Fenster, hob einen Finger und begann, an den Nägeln zu kauen. »Ich mag das Boot. Ich habe keine Lust umzuziehen.«

»Ich dachte, du findest, dass wir zu wenig Platz haben und dass es zu klein und unordentlich und abstoßend ist?« Nima versuchte sich all die hässlichen Worte in Erinnerung zu rufen, die Shirin normalerweise für ihr Zuhause hatte.

»Vielleicht könnten wir ja ein ordentliches Bad einbauen lassen?«, schlug sie vor. »Eins, wo man nicht vom Duschvorhang überfallen wird und es genug warmes Wasser gibt, um sich die Haare zu waschen?«

Er lächelte sie an. »Das klingt nach einer guten Idee.«

Shirin verschwand in ihrem Telefon, und dieses eine Mal schimpfte er nicht über die ewige Ablenkungsmaschine in ihrer Hand. Der ganze Scheiß, den sie erleben musste – wie sollte sie jemals wieder ein normaler Mensch werden? Vielleicht war es ein verlorener Kampf, aber er beabsichtigte, ihn trotzdem zu führen. Sie war groß genug, um all das zu sehen, was er tat, um sie bei sich behalten zu dürfen. Das musste ihr doch trotz allem das Gefühl geben, geliebt zu werden, oder?

Denn das tat er. Er liebte sie. Und das überraschte ihn ständig. Er kannte sie zwar seit ihrer Geburt, aber nur als eins der Kinder seines versoffenen Vetters, als störendes Element bei den Festen im Schrebergarten. Wie war plötzlich Liebe daraus geworden? Durch die Verantwortung. War es wirklich so einfach? Dass ein Mensch jemanden brauchte, um den er sich kümmerte, um sich wertvoll zu fühlen?

Die Ironie ging nicht an ihm vorbei. Er saß hier und plante Dinge, die das Leben seiner Nichte sicherer und komfortabler machen sollten, während er sich gleichzeitig weigerte, mit seinem eigenen Kind etwas zu tun zu haben. Was musste Hannah von ihm denken? Würde sie es wegmachen lassen?

»Wir könnten auch reisen!« Er gab Shirins Hand einen Klaps, um ihre Aufmerksamkeit zu bekommen. »Versuchen, im Ausland zu leben. Hast du nicht Familie in Paris?«

»Ich bin nie in Paris gewesen.«

»Das ist die schönste Stadt der Welt! Wir könnten eine Schule für dich finden, du könntest Französisch lernen.«

Shirin lächelte ihn nachsichtig an. »Vielleicht können wir für ein Wochenende hinfahren? Ich habe doch meine Freundinnen hier.«

»Okay.«

Nima sah zu den Schildern hoch und versuchte, sich an die richtige Abzweigung zu erinnern. Das Gefühl, konsequent ein wenig danebenzuliegen, verließ ihn nicht. Ungeachtet, wie viel Mühe er sich mit den Sprints im Leben gab, war da immer jemand, der ihn ausbremste, sodass er unmittelbar vor dem Ziel stürzte.

*

Liv trank einen Schluck Bier und spürte, wie sich der Alkohol sanft über die Unruhe in ihrem Körper legte. Sie lächelte Viola an und wusste plötzlich nicht, was sie sagen sollte. Sie kannten sich doch gar nicht.

»Was machst du eigentlich?«

Viola lächelte schief. »Ich studiere Jura. Im letzten Semester.«

»Wie dein Vater?«

»Jep. Und arbeite etwas in dem Café unten an der Ecke Istedgade.«

Liv fuhr mit dem Finger über die Flasche, sodass sich der Beschlag zu einem Tropfen sammelte. »Im Dienste der Gerechtigkeit. Dein Vater muss stolz gewesen sein, das an dich weitergegeben zu haben.«

Viola zuckte die Schultern. »Was ist mit dir, warum bist du Ermittlerin geworden?«

»Mein Großvater war Polizist. Ich wollte sein wie er.«

»Dann haben wir etwas gemeinsam.« Viola stieß mit ihrer Flasche gegen Livs und trank. »Möchtest du wieder zurück zur Polizei, oder bist du gerne Privatdetektivin?«

Die Frage war so aktuell, dass Liv lachen musste.

Viola sah sie verwundert an. »Habe ich etwas Falsches gesagt?«

»Nein, nein, ich ... ich habe mich tatsächlich gerade um eine Stelle beworben, aber die ist an meinen ehemaligen Kollegen gegangen.« Sie trank und versuchte, die Scham hinunterzuspülen. Die Scham, keinen Erfolg zu haben. »Ein richtiges Arschloch, im Übrigen.«

»Wie doof.«

Liv nickte. »Auch für seine zukünftigen Kollegen hier in Kopenhagen. Er ist ein Machttyp. Er hat mich immer am Nacken gepackt. So.« Sie demonstrierte es Viola und sah an deren Reaktion, wie intim die Berührung tatsächlich war. »Ich mochte ihm nicht sagen, dass er das lassen soll. Es kam mir vor, als würde ich zu viel Aufhebens darum machen ... aber er hat auch allen möglichen anderen Scheiß gemacht.«

Liv fühlte sich warm, und plötzlich wusste sie, dass das

Fieber, das in den letzten anderthalb Jahren aus unerklärlichen Gründen gekommen und wieder gegangen war, mit Malle zu tun hatte. All die Male, die sie sich nicht zur Wehr gesetzt hatte, waren zu einer Infektion geworden. Die Wut, von der sie geglaubt hatte, dass sie sich gegen ihn richtete, wohnte in ihr selbst und machte sie krank. Ihre Ärztin würde diese Diagnose vielleicht nicht unterschreiben, doch sie wusste, dass sie recht hatte.

»Das klingt, als wäre es gut, dass du ihn losgeworden bist.« Viola rückte näher und legte eine Hand auf ihre.

Liv ließ sie. Sie saßen so eng zusammen, dass sie Violas Herz schlagen hörte. Plötzlich bekam sie schlecht Luft, und die Haut um ihren Mund spannte.

»Äh, ich glaube nicht … Sei so lieb und lass mich los.«

Doch Viola ließ nicht los.

Liv senkte den Kopf und spürte, wie die Eiterbeule ein Loch bekam. Tränen stiegen hoch und ließen sich nicht länger zurückhalten. »Und jetzt hat er mir den Job geklaut.«

Sie brachte die Worte kaum heraus, doch Viola schien zu verstehen. Die Worte jedenfalls.

»Ist das so wichtig mit dem Job?«

»Wovon redest du?«

Viola lächelte. »Du hast gerade den Mord an meinem Vater aufgeklärt. Für mich sieht das so aus, als liefe deine Detektei bestens, und vielleicht solltest du zuallererst einmal lernen, das zu schätzen, was du hast.« Sie streichelte Liv mit der Hand über die Wange. »Du kannst sehr viel mehr, als du selbst glaubst.«

Liv versuchte, das Weinen zu verbergen, von dem sie wusste, dass es sie hässlich machte. Doch Viola weigerte sich wegzusehen. Sie trocknete eine Träne auf Livs Wange. Und dann küsste sie sie.